DROEMER

Charlotte von Feyerabend

SELMA LAGERLÖF

Sie lebte die Freiheit
und erfand
Nils Holgersson

ROMAN

DROEMER

Besuchen Sie uns im Internet:
www.droemer.de

Aus Verantwortung für die Umwelt hat sich die Verlagsgruppe Droemer Knaur zu einer nachhaltigen Buchproduktion verpflichtet. Der bewusste Umgang mit unseren Ressourcen, der Schutz unseres Klimas und der Natur gehören zu unseren obersten Unternehmenszielen. Gemeinsam mit unseren Partnern und Lieferanten setzen wir uns für eine klimaneutrale Buchproduktion ein, die den Erwerb von Klimazertifikaten zur Kompensation des CO_2-Ausstoßes einschließt. Weitere Informationen finden Sie unter: www.klimaneutralerverlag.de

FSC www.fsc.org
MIX
Papier aus verantwortungsvollen Quellen
FSC® C083411

Originalausgabe November 2021
Droemer Hardcover

Ein Imprint der Verlagsgruppe
Droemer Knaur GmbH & Co. KG, München

Redaktion: Clarissa Czöppan
Covergestaltung: Sabine Schröder
Coverabbildung: © Magdalena Russocka/ Trevillion Images und iStock Images
Illustration im Innenteil: alexblacksea / Shutterstock.com
Satz: Adobe InDesign im Verlag
Druck und Bindung: CPI books GmbH, Leck
ISBN 978-3-426-28259-5

2 4 5 3

Für Winnie, Calvin und Monty

»Ich schließe die Augen und ich sehe vor mir,
wie die Erde bebt und ein großes
Herrenhaus nach dem anderen einstürzt.«

Selma Lagerlöf

TEIL I

Kapitel 1

MÅRBACKA

Mårbacka, Juni 1888

Zwischen strohgelben Feldern blitzte ein Fleckchen Rot. Es duckte sich hinter eine Weide, aber Selma konnte es vom Bock der Pferdekutsche aus bereits sehen, als es noch so klein war wie eine Erbse. Eulenauge war sie treffenderweise früher von ihren Schwestern genannt worden, worauf Selma gekontert hatte, dass sie mit dem Herzen sah. Materie war nicht von Belang. Es war mehr ein Fühlen der Dinge, und Selma nannte es ihren siebten Sinn, der den anderen Sinnen baumhoch überlegen war. Doch heute musste sie sich auf die Augen verlassen, denn ihr Herz trug Trauer.

Das Rot kam näher. Es war ein einstöckiges hölzernes Gutshaus, das in Falunrot erstrahlte, wie so ziemlich alle Bauernhäuser in Schweden. Die Farbpigmente fielen beim Kupferbergbau im Ort Falun als Nebenprodukt ab und hatten Schweden flächendeckend rot eingefärbt. Die rasante Verbreitung fand auch deshalb statt, weil die Holzhäuser vortäuschen wollten, aus roten Backsteinen zu bestehen und wohlhabend zu sein. Jedoch waren die Herbststürme in Värmland farbenblind und brachten das kleine Gutshaus jedes Jahr wieder in knarrende Bedrängnis.

Als Kind hatte Selma oft die halbe Nacht wach gelegen und dem Gesang der Winde gelauscht. Manchmal voller Angst, ob eine besonders kräftige Böe das Haus einfach wegtragen würde, manchmal voller Freude, wenn die Geräusche wie ein kleines, feines Konzert, speziell für sie komponiert erklangen. Die ganze Welt schien damals aus diesem kleinen Fleckchen Erde zu bestehen und pulsierte für sie nicht nur in Falunrot, sondern in allen Farben des Regenbogens. Es war ein verwunschenes Königreich mit irdischen und auch unsichtbaren Wesen, das sie abgöttisch liebte.

Als Jugendliche bekam diese Welt Risse. Einige waren hässlich, andere besonders tief, und sie hatte es nicht abwarten können, aus dem Dunstkreis ihres Vaters zu entkommen und zu eigenen Abenteuern aufzubrechen, und jetzt, als Erwachsene, wollte sie einfach nur aus diesem Albtraum erwachen.

Ein Tränenschleier nahm Selma die Sicht. Sie blinzelte und zog tief in ihren Bauch die Luft ein. Sie zählte lautlos auf drei und streckte den Rücken. Schluckte ihre Gefühle hinunter, so, wie sie es sich als Kind angeeignet hatte. Nur keine Schwäche zeigen. Selma strich ihren langen dunklen Rock glatt, an dem der Wind vorwitzig zerrte. Dieser liebliche Wind, der so frei und wild war wie wenig anderes. Sehnsuchtsvoll schaute sie ihm hinterher, wie er von den Fliederhecken die süßen, vollen Düfte pflückte, ein paar unvorsichtige Bienen herumwirbelte und im Wald verschwand. Später wollte sie ihn suchen gehen. Später. Jetzt musste sie die letzten Meter hinter sich bringen, die sie von Mårbacka trennten. Fünf Pferdekutschen und mehrere Handkarren standen vor der weißen Veranda. Ihre Mutter war immer so stolz gewesen, nicht nur, weil ihr Großvater, der Pastor, das Bauernhaus im 17. Jahrhundert selbst errichtet hatte, sondern dass er mit der fünfstufigen Veranda dem Zuhause etwas Herrschaftliches geschenkt hatte. Das einzige Haus in der Nachbarschaft, das so etwas besaß. Ach was, in ganz Fryksdalen! Es war für etwas Größeres errichtet worden und sollte der Familie ganzer Stolz sein. Wie konnte sich der Großvater so getäuscht haben?

Heute zerbrach etwas in ihrem Inneren, das grässlich disharmonisch klang. Als ob in einem Gedicht von Bellman die Reime herausgebrochen wären. Bellmans Werke! Sie musste wenigstens eins der Bücher vor dem Verlust retten. Flüsternd rezitierte sie:

»Tritt vor Du Gott der Nacht, der Sonne Strahl zu brechen,
Und laß der Sterne Heer die Abendröthe schwachen;
Das laue Meer kühl' ab.
Der Menschheit sende Schlaf und lind're ihr Gebrechen
Mit Deinem Zauberstab.«

Wie oft hatte Selma diese Verse gelesen. Für ihre Mutter, die Handarbeiten machte, für ihren Vater, der Bellman glühend verehrte, und schließlich für sich selbst, weil die Melodie der Worte direkt in ihre Seele tauchte. Nicht nur gelesen, die Kinder hatten die Gedichte zusammen mit dem Vater lautstark gesungen, bis die Vögel im Garten aufgehört hatten zu tirilieren und die Rosen verwundert die Köpfe gen Haus gedreht und geschwiegen hatten.

Fremde Menschen erklommen die Stufen der Veranda, nutzten sie auf schamlose Weise ab, und noch mehr kamen wieder heraus. Selmas Lippen pressten sich aufeinander, bis nur noch zwei schmale Striche zu sehen waren. Schuld war nur ihr Vater! Selma erschrak über ihren eigenen Gedanken und lenkte den Hass auf die fremden Menschen, die Möbelstücke aus ihrem Zuhause trugen. Zwangsversteigerungen waren ein gefundenes Fressen für Grabräuber, Wechselbälger und üble Gestalten wie … Selmas Blick fiel neben den Eingang, wo ihre Mutter zwischen der Tante und ihrer Schwester stand. Eine Dreifaltigkeit der Trauer.

Die Kutsche hielt an. Selma bedankte sich bei ihrem alten Nachbarn, der zum Gruß die Hand an seine Mütze hob, für die lange Fahrt. Sie schritt mit hoch erhobenem Kopf auf ihre Familie zu. Dabei war das linke Bein etwas weniger schnell. Manche sagten, dass sie hinke, Selma wusste aber, dass sie einfach zwei unterschiedliche Temperamente in sich trug. Ein Gedanke flatterte durch ihren Kopf: Dieser Rhythmus war im Grunde ein synkopischer Tanz, wie es eigentlich ihr ganzes Leben war. Das konnte man so doch sagen, oder? Nein, das konnte man eigentlich nicht so sagen, antwortete eine zweite Stimme. Eine feine Erzählung durfte zwar die Wahrheit ein wenig beugen und ergänzen, aber aus einem Spatz wurde noch lange kein Pfau. Selma ließ die Atemluft in einem langen Zug aus dem Mund streichen. Lautlos und kontrolliert. Kontrolle war eins ihrer Lebensmottos, neben dem starken Willen und dem Fleiß. Sie sollte ihre Gedanken auch besser unter Kontrolle halten. Diese waren bereits mit dem Wind im Wald verschwunden, um ihre alten Freunde zu begrüßen.

Zwei Männer, die noch in ihren lehmverklumpten Hosen von der Feldarbeit steckten, trugen zwei Kinderstühle heraus und luden sie auf eine der Kutschen. Selma war nur noch ein paar Schritte von ihrer Mutter entfernt und stieß einen spitzen Schrei aus. Das waren ihre alten Kinderstühle. Ein Geschenk des alten Schreiners in Askersby, die als Tisch, Schlitten und zum Rumreiten in der ganzen Stube gedient hatten. Es gab nichts, was man damit nicht spielen oder bauen konnte. Das konnte doch nicht wirklich jetzt passieren …

Auf die Unterseite jedes Stühlchens war eines der Kinder gemalt, Selma selbst sah aus wie ein Wackelpeterchen mit blauem Kleidchen und gestreiftem Schürzchen, mit nichts auf dem Kopf und nichts in der Hand.

Wann endete endlich dieser Albtraum? Selma musste einen Impuls unterdrücken, einfach hinzurennen und den Bauern die Stühle aus der Hand zu reißen.

Dieses verdammte Geld. Diese unnützen, bedruckten, dummen Papierfetzen, die so entscheidend das Leben formten. Über Glück und Leid bestimmten. Über Bestehen und Untergang. Wenn sie könnte, würde sie alles Geld der Welt verbrennen und die Asche zum Felderdüngen verwenden. Das wäre auch das Beste, was man damit machen könnte. Darübertrampeln und darauf herumtollen, die Reste durch die Luft wirbeln und den Trollen zum Fraß vorwerfen. Sie stockte mitten in der Bewegung. Vor ihr auf dem Boden lag ein ausgerissenes Blatt aus der heimischen Zeitung *Nya Wermlands-Tidningen,* an dessen Buchstaben sich ihre Augen förmlich festsogen.

4. Juni 1888 – »Frau Louise Lagerlöf [lässt] aufgrund ihres Wegzuges einen größeren Teil ihrer wertvollen Habe versteigern, nämlich Gold, […] Tafelsilber, […] alle möglichen in größeren Haushalten vorkommenden Hausratsgegenstände, […] Saloneinrichtung, […] Kronleuchter, Bettzeug aus Daune und Rosshaar, ein größerer, äußerst kostbarer Wäschevorrat, darunter 25 Tischtücher mit Servietten [und eine] Kutsche mit Geschirr[…] etc.«

Mit einem energischen Schritt begrub Selma die boshafte Annonce unter dem dreckigen Absatz ihres Schuhs und ging zu ihrer Familie. Wortlos nahm sie ihre Mutter in den Arm und barg ihr tränenüberströmtes Gesicht in den Duft, der diese schon seit ihrer Kindheit umgab. Etwas Heimat würde ihr immerhin bleiben.

»Selma!«, die vier Jahre jüngere Schwester Gerda schob ihr etwas in die Hand. Selma spürte den weichen Stoff, blickte nach unten und starrte in ein Puppengesicht. Die Puppe hatte sie selbst gemacht. Eine der seltenen Gelegenheiten, bei der sie freiwillig eine Nadel angefasst hatte. Die Puppe gehörte zu einer stattlichen, doch überschaubaren Gesellschaft von Handpuppen, mit denen sie Vorstellungen gab und ihre Geschwister unterhielt. Als Selma fünf Jahre alt war, starb die Großmutter, und das Haus verstummte auf einen Schlag. Alle Geschichten schienen ihre Jäckchen gepackt zu haben, um der alten Frau das letzte Geleit zu geben. Aber zurückkommen wollten sie auch nicht mehr. Die Stille war unerträglich. Die Wärme und Geborgenheit, die ihre Großmutter direkt nach dem Aufstehen um sie gelegt hatte wie eine bunte Decke, wurde zusammen mit ihr im Grab verscharrt. Die unzähligen Erzählungen, die die Großmutter jedem Mauseloch und jedem Berggipfel andichtete und damit die Heimat als einen abenteuerlichen und liebenswerten Ort zeichnete, verschwanden in einem großen schwarzen Loch des Kummers. Gegen diese Leere hatte Selma später mit den Puppen angespielt. Gegen die Geister, die oben unter dem Dach gewohnt hatten, die keiner mehr mit magischen Sprüchen hatte bannen können, und gegen die Trauer, die Selma auf ihr Bettchen gedrückt hatte wie ein welkes Blatt ins Gras.

»Ich dachte, du willst das vielleicht noch haben?« Gerda nickte ihr mit einem schiefen Grinsen zu. »Und das ist auch für dich.« Hinter ihnen stand ein Korb voll mit Büchern. Obendrauf lag eine Märchensammlung von Hans Christian Andersen. Das war ein kleiner Schatz, besaßen die meisten Familien doch nur wenige Bücher, manche hatten nur die Bibel im Haus.

Selma biss sich auf die Zunge. Körperlicher Schmerz konnte sie schon immer gut vom inneren Schmerz ablenken.

»Willst du noch einmal rein?«, fragte Gerda.

Selma nickte.

Ihre Schwester fasste sie an der Hand. Beide stiegen langsam die Verandatreppe hoch und standen im Flur. Rechts ging es in die Küche, geradeaus ins Esszimmer, vor ihnen kletterte eine Treppe ins Dachgeschoss, und links ging es ins Elternschlafzimmer. Die beiden jungen Frauen starteten den Rundgang im Schlafzimmer der Eltern. Der Raum sah geplündert aus. Zerfetzt. Der Seele beraubt.

Gerda sagte: »Du weißt, dass wir alles versucht haben, das weißt du, oder?«

Selma strich ihr liebevoll über die Wange. »Bess, Liebes, natürlich weiß ich das. Weder unser Bruder Johan konnte das Gut halten noch dein Mann den Ausverkauf verhindern. Allerdings kreide ich Johan durchaus an, dass er diese Schulden auf das Haus aufgenommen hat. Und dann emigriert er. Weiter als bis Amerika konnte er wohl nicht kommen. Aber Bess, du und dein Mann, ihr wollt doch nicht wirklich in dieser unwirtlichen, leeren Hütte hausen bleiben? Die Aasvögel kreisen doch bereits über dem Kamin.«

Gerda nickte, ihre Augen blitzten verdächtig. Leise sagte sie: »Doch sind so auch einige Dämonen ihrer Kräfte beraubt worden.«

»Der Nähtisch?«, fragte Selma mit ihrer tiefen Stimme, die heute noch dunkler klang, und zeigte zum Fenster, wo dieser gestanden hatte, aber Gerda schüttelte den Kopf. Der Nähtisch brachte doch auch ein paar Kronen ein, den konnten sie nicht behalten. Nur das Doppelbett der Eltern und das Nötigste wie ein Tisch mit Stühlen und Geschirr für zwei Personen sollte im Haus bleiben. Alles andere musste verkauft werden, um Schulden zu bezahlen. Selbst die Uniformen des Vaters waren bereits von ihrem Platz verschwunden. Selma schlängelte sich an unbekannten Menschen vorbei in den Salon, der hinter dem Schlafzimmer lag. Hier hatten sie als Kinder striktes Tobeverbot gehabt, galt es doch, den wertvollen Spiegeltisch der Mutter zu bewahren, und das Klavier sollte auch nicht noch mehr schiefe Töne dazubekommen. Jetzt klafften an beiden Stellen dunkle Flecken, die vorwurfsvoll in ihrer Dunkelheit erstarrten. Selbst das Bildnis von Bellman, das früher spielerisch leicht über dem Klavier gethront hatte, war weg. Vater pflegte neue Besucher auf das Bildnis aufmerksam zu machen und von den Vorfahren zu erzählen, die mit Bellman sogar persönlich befreundet und seine Gönner gewesen waren. Einige Verse und Lieder wurden seit Generationen in der Familie weitergegeben, die ein Geschenk des großen Liederdichters waren. Selma eilte weiter ins Esszimmer. Die Schaukelstühle waren verschwunden sowie der Spieltisch und das zweite Klavier. Selma zeigte auf einen weiteren Fleck an der Wand. »Das ist bislang der einzige Lichtblick. Dass dieses uröde Bild vom Fischer und seiner Fackel verschwunden ist. Es gibt in ganz Schweden doch kein Haus, wo nicht einer dieser grauslichen Drucke die Luft verdüstert.«

Gerda lachte laut auf, verstummte aber, als die Tür zur Küchenstube aufgeschlagen wurde und zwei Männer in derben Feldarbeiterklamotten eine alte hölzerne Standuhr herauszerrten. Die Schwester rieb sich ihre feine Nase und eilte einem Mann in dunkler, bis zum Kinn zugeknöpfter Jacke hinterher, der Zahlen vor sich hin murmelte.

»Warten Sie doch bitte einen Augenblick«, schimpfte die zierliche Gerda und zischte: »Bei allen Teufeln, passt doch gefälligst auf diese Uhr auf. Sie gehörte noch der Urgroßmutter.«

Keine Zeit. Selma hatte keine Zeit, sie musste durch die Stube hindurch in die Küche. In die Wohlfühlzelle des Hauses. Aber auch hier klaffte ihr die Leere wie eine offene Wunde entgegen. Abrupt blieb sie stehen und starrte auf einen verbeulten Wassereimer, der schon früher neben der Sitzbank für den Fall eines Feuerausbruchs an der Kochstelle parat gestanden hatte. Sie griff sich den Eimer, presste ihn an die Brust und rannte durch den Flur die Treppe hinauf. Die hölzernen Stiegen jaulten unter ihren Füßen auf. Als sie oben ankam, verlangsamte sich ihr Tempo. Man musste durch einen dunklen, fensterlosen Speicher hindurch, um ins Kinderzimmer zu gelangen. Als Kind war Selma sich sicher gewesen, dass es hier spukte. Es hatte nur eine kurze Zeit gegeben, in der dieser Düsterort ertragbar gewesen war, und das hatte Selma mit einer schweren Erkrankung erkauft.

Selma öffnete die Tür an der anderen Seite des Speichers, und einzelne Lichtstreifen verirrten sich in die Schwärze. Schnitten mit ihren Fingern helle Spuren in die Düsterheit und ließen Staubpartikel Drehungen vollführen wie kleine Kobolde, die in die Luft boxten. Selma musste ihre Augen im Giebelzimmer zusammenkneifen. Es gab nichts, worauf sie sich hätte setzen können. Alle Betten, die sie mit ihren Geschwistern geteilt hatte, waren verschwunden. Mit einem Scheppern schlug der Eimer auf dem Boden auf, und Selma ließ sich danebensinken. Sie fasste mit der Hand an ihr Herz und versuchte den Atem wieder zu beruhigen. Eins, zwei, eins, zwei. Schön langsam, befahl sie sich. Ihr Blick fiel auf eine Maserung im Holz, die aussah wie eine kleine Tür. Sie gehörte zu diesem Raum wie die Tinte ins Tintenfass. Hier wohnte der gute Geist des Hauses und wurde jedes Jahr an Weihnachten mit einer Schüssel Brei bedacht.

»Tomte«, flüsterte Selma. »Lieber, guter Tomte. Ich verspreche dir, dass ich alles tun werde, um unser Zuhause wieder im alten Glanz erscheinen zu lassen. Alles! … Und ich verspreche es dir nicht nur, sondern ich schwöre es bei Mårbackas Erde. Ich komme wieder und werde das vollenden, was mein Großvater einst angefangen hat. Mårbacka soll erstrahlen.« Ein kurzes Lachen drang aus Selmas Kehle und öffnete ihr Herz. »Ich soll als Kind schon anders gewesen sein, das erzählt zumindest Mama. Und obwohl die Familie meines Vaters die hübscheren Menschen hervorbringt, so sterben die meisten aus dieser Linie doch früh. Weißt du, kleiner, fleißiger Tomte, dass wir von Mårbacka nach Mutter kommen? In uns pulsiert das Blut der Wallrother. Und rötter heißt ja Wurzeln. Ein alter Pfarrer sagte einst, dass keine anderen Wurzeln der Welt so zäh seien wie die rötter der Wallrötter. Mein Vater scheiterte hier, nach dessen Tod mein Bruder und nun mein Schwager. Aber warte nur ab, was wir Frauen von Mårbacka zu schaffen wissen!« Selma stand entschlossen auf und schritt zur Tür. Sie hatte die Hand bereits auf der Klinke, als ihr noch etwas einfiel und sie zurückeilte. Unter einem der Fenster rüttelte sie an einer Holzleiste, bis diese ein Versteck preisgab. Gerade groß genug für ein Buch, und so eins befand sich auch darin. Selma zog es heraus, strich mit ihren Fingerspitzen über die Buchstaben, die das Wort *Oceola* bildeten, und verstaute es in ihrem Kleid. Das war der erste Stein, auf dem sich viele weitere zu Schlössern und Palästen türmen sollten. Das war der Anstoß, um ihren Schwur einzulösen.

»Am meisten liebe ich es, wenn Du über Dich selbst erzählst. Ich habe dann das Gefühl, dass ich auf die Knie fallen sollte, um Dir zu danken, denn wer tut das heutzutage schon, so offen über sein Innerstes zu reden. Auch wenn Du sagst, dass ich Dich dazu hypnotisiere. Das ist es nicht. Ich habe ein so großes Verlangen, vom Leben anderer zu hören, in diesen einzutauchen, da ich selbst nie richtig gelebt habe.«

Brief von Selma, 1894

Kapitel 2

ELEKTRIFIZIERT

Fünf Jahre später
Landskrona, Weihnachten 1893

Selma schob einen Stapel Blätter zur Seite und schaute seufzend aus dem Fenster. Es war doch schon wieder dunkel geworden. Die Straßenlampen tuschten ihre direkte Umgebung gelblich und erhellten die windzittrigen, schneebedeckten Äste der Linden, die die Straßen von Landskrona säumten. Die Geschöpfe des Lichts ließen sich in einen wohlverdienten Schlaf sinken, und Selma hatte das Gefühl, dass ihr Tag jetzt erst anfing. Jetzt hatte sie Zeit für das, worauf sie sich seit dem Aufstehen freute. Sie hatte sich regelrecht nach diesem Moment gesehnt und verfluchte die Müdigkeit, die ihre Augen beschwerte und sie mit leiser Stimme ins Bett locken wollte.

Selma schlug mit der Faust auf den Holztisch und riss die Augen auf. Der Beruf als Lehrerin an der Mädchenschule machte ihr zeitweise sogar Spaß, doch fraß er fast ihre ganze Energie. Aber von etwas musste sie ja leben, vor allem seitdem sie vor fünf Jahren, nachdem zuerst das Mobiliar ihres alten Zuhauses Mårbacka und nicht ganz ein Jahr später auch das Haus selbst verkauft worden war, die finanzielle Verantwortung für ihre Mutter Louise und die Tante Lovisa übernommen hatte. Eigentlich konnte sie sich glücklich schätzen, damals diesen Schritt zur Unabhängigkeit gemacht zu haben. Immerhin hatten sie es sich letztes Jahr leisten können, aus der alten Schulwohnung unter dem Dach des Schulgebäudes auszuziehen. Mit Mutter, Tante und dem dreizehnjährigen Dienstmädchen Augusta in zwei Giebelzimmern nebst Küche hatte man im Stehen nicht umfallen können, so eng war das gewesen. Jetzt hatten sie in der Storgatan nicht nur eine größere Wohnung und einen schönen

Ausblick auf den Park mitsamt der Sofia-Albertina-Kirche, sondern mussten auch nicht rund um die Uhr den Schulmief einatmen. Denn dieser setzte sich manchmal aus recht spießbürgerlichen Partikeln zusammen und versuchte, alles im Keim zu ersticken, was nicht flüchten konnte.

Selma fasste sich mit der kalten Hand in den Nacken, beugte das Kinn zur Brust, schloss die Augen und massierte die schmerzenden Muskeln.

»Wenn ich mit der Männerfigur starte, könnte ich das eigentliche Dilemma besser in den Mittelpunkt stellen, aber die Frauenfigur geht dabei unter«, sprach sie leise mit sich selbst. »Vielleicht sollte ich mit der Landschaft beginnen? Genau, ich lasse mich vom Ort des Geschehens inspirieren, so kann die Stimmung melancholisch auf die Charaktere abfärben. Aber welcher Ort? Soll ich in Värmland bleiben, wie bei *Gösta,* oder weiterreisen? Seitdem Mårbacka verkauft ist, zieht es mich eigentlich weg.«

Es knarzte. Laut und regelmäßig. Das Geräusch vermischte sich mit dem Knistern des Kaminfeuers. Die Mutter wird wieder das Kribbeln in den Beinen haben und ihre Runden drehen, dachte Selma und war froh, dass eine Tür zwischen ihnen lag.

Ihr Blick schweifte erneut aus dem Fenster. Heute kam sie nicht so recht in Fahrt. Sie hatte zwar bereits eine Handvoll Novellen zusammen, die sie in einem Band bei dem Verleger Albert Bonnier in Stockholm herausbringen wollte, aber das reichte nicht. Und Bonnier selbst ahnte noch nichts von seinem Glück. Auf ihre schriftliche Anfrage, ob er sich mit ihr treffen wolle, hatte er mit den üblich höflichen Floskeln geantwortet. Wenn manchen Menschen keine Floskeln zur Verfügung ständen, wüssten sie wohl nicht, was sie sagen sollten. Na ja, züchtigte Selma ihre Gedanken, das wird auf Bonnier wohl nicht zutreffen, zählte er doch zu den renommiertesten Verlegern Schwedens mit einer dementsprechenden Aufmachung und Reichweite der Bücher, da sollte er schon etwas wortgewandt sein.

Selmas Erstlingswerk *Gösta Berling,* das sie vor zwei Jahren bei einem kleineren Verlag herausgebracht hatte, öffnete ihr immerhin einige Türen, doch ließ der finanzielle Erfolg stark zu wünschen übrig. Wenn das so weiterging, müsste sie wohl für den Rest des Lebens Lehrerin bleiben. Und der neue Erzählungsband war bei Weitem noch nicht vollständig. Es fehlte noch eine herausragende Blüte, ein Sahnehäubchen. Es musste ihr einfach noch etwas Brillantes einfallen.

Sie blickte zu dem Regal neben dem Fenster, auf dem zwei Exemplare von *Gösta Berling* standen. Nussbraune Buchrücken, auf denen in glänzendem Gold der Titel sowie ihr Name prangten. Neben etwas lokalem Ruhm und einem überschaubaren Preis eines Zeitschriftenwettbewerbs hatte sie etliche neue Briefkontakte gewonnen. Ob das jetzt so ein Gewinn war, sei dahingestellt. Finanzielle Unabhängigkeit, sodass sie einfach den lieben Tag lang schreiben konnte, wäre ihr lieber gewesen, aber der Weg zur Schriftstellerin war offensichtlich mit zahlreichen Felsbrocken gepflastert. Und Briefen!

Der Boden unter dem Tisch sah aus wie ein lebendig gewordenes Stillleben. Zwischen Büchern lugte der Rand eines vollgekrümelten Tellers hervor, gekrönt von einem kleinen Stapel ungeöffneter Briefe. Überall lagen beschriebene Zettel, die sich eng aneinanderschmiegten wie Seide an einen Körper. Mit der Zielsicherheit einer Schlafwandlerin zupfte Selma den Stapel Briefe heraus. Sie blätterte sie durch und blieb an einem Umschlag hängen, der ganz zart nach Wiesenblumen duftete und eine beige Färbung hatte. Mit einem Briefmesser schnitt Selma den Umschlag sorgfältig auf und zog zwei Seiten Briefpapier heraus, die von einer kleinen Handschrift eng beschrieben waren. Selma überflog die Seiten, die sich um das Wetter in Stockholm und eine anstrengende Reise drehten. Es folgte die Schilderung von Schwierigkeiten, einen Übersetzer fürs Dänische zu finden, und erging sich dann in Banalitäten, bis Selma an einer Stelle hängen blieb: *Ich genieße unseren fachlichen Austausch und würde mich sehr freuen, Sie auch in persona kennenzulernen. Vielleicht bringt eine Reise Sie ja bald nach Stockholm. Dann könnten wir auch die Übersetzung meiner Novellensammlung diskutieren. Mit verehrten Grüßen, Sophie Elkan.*

Warum nicht, dachte Selma, zog ein leeres Blatt heran und tunkte die Spitze ihrer Schreibfeder in das Tintenfass. Sie hielt kurz inne und betrachtete zufrieden die weiße, unschuldige Seite, auf die sie gleich mit fein säuberlicher Handschrift Buchstabe um Buchstabe bannen wollte.

Die Wohnung war schon lange weihnachtlich geschmückt, das Luciafest hatte Licht in die Häuser gebracht, und der Jahreswechsel scharrte bereits mit seinen Hufen. Sie wollte Bonnier sowieso im neuen Jahr einen Besuch abstatten, warum eigentlich nicht direkt nach Silvester?

Warum denn eigentlich nicht!

* * *

Stockholm, Neujahr 1894

Eine Woche später saß Selma im Salon ihrer Freundin Hildur Djurberg in Stockholm. Sie kannten sich von der Ausbildung am Lehrerinnenseminar, das sie beide hier in Stockholm besucht hatten. Selma nippte an einer Tasse heißen Tee und sah dem Dampf zu, wie er bis unter die Holzdecke schwebte und sich dort einfach auflöste. Ein feiner Hauch von Kamille und Pfefferminze breitete sich aus und vertrieb etwaige Erkältungsgeister, die das neue Jahr aufsuchen wollten. Wenn wir die nicht bereits mit unserem Gelächter heute vertrieben haben, dachte Selma. Es schien, als hätte sich ein Fass voll guter Laune angestaut, das sich nun über sie ergoss.

Hildur hob ihre Stimme: »Stell dir vor, der Vortrag, zu dem wir gehen wollen, ist komplett ausverkauft. Ellen Key ist gerade in aller Munde und wird heiß umschwärmt. Obwohl sich mir alleine beim Titel *Schwedische Literatur im Dienste der nationalen Volksaufklärung* schon die Zunge verknotet. Aber ihre Art vorzutragen ist unübertroffen, ich bekomme jedes Mal Lust, einfach aufzuspringen und zu applaudieren, mitten im …«

Ein Schrillen an der Haustür unterbrach die Unterhaltung, und wenige Sekunden später stand das Dienstmädchen im Zimmer und knickste entschuldigend. »Eine Frau Elkan will gerne vorsprechen.«

Selma wechselte mit Hildur einen Blick, und beide nickten lächelnd. Für ein gepflegtes, intelligentes Gespräch zu dritt hatten sie jederzeit Muße. Eine schlanke, hochgewachsene Frau betrat den Raum. Sie war ganz in Schwarz gekleidet und trug einen modernen, ebenfalls schwarzen Hut mit einem Schleier, der ihr Gesicht verdeckte. Selma erahnte darunter ein feines, längliches Gesicht. Warum nur trug sie Schwarz? Wenn sie vor Kurzem jemanden verloren hätte, dann wäre sie doch heute nicht gekommen, oder? War in Sophie Elkans Novellensammlung nicht auch eine tiefe Melancholie zu spüren?

Die Fremde zog ihre Handschuhe aus und reichte sie dem Dienstmädchen, schaute sich im Salon um und nahm auf einen Wink der Gastgeberin in einem roten, gepolsterten Sessel Platz. Jede Bewegung voller Eleganz und Bedachtsamkeit, so als ob jeder Augenblick intensiv betrachtet werden müsste und das Leben hinter einer Glasscheibe stattfände. Mit ihr als Beobachterin.

»Vielen Dank für Ihren Besuch, Frau Elkan, wir freuen uns, Sie kennenzulernen«, sprach Hildur und goss ihr Tee in eine Tasse, die sie auf den Tisch vor dem Sessel stellte. Anschließend zeigte sie auf eine Keramikschüssel, die mit hauchzarten rosa Blumen verziert war und in der sich duftende Gebäckstücke aneinanderdrängten.

Sophie Elkan neigte den Kopf zur Seite und sagte mit einer vollen, melodischen Stimme: »Vielen Dank. Es ist mir eine Ehre, dass Sie Zeit für mich finden. Weiß ich doch, dass Sie und Fräulein Lagerlöf viele Termine haben.« Sie legte eine Pause ein und schien zu warten, aber die beiden anderen Frauen taten ihr nicht den Gefallen, das Wort zu ergreifen, sondern lächelten nur wohlwollend. Blieben sitzen, bewegten nicht einmal einen Finger und blickten die neu Hinzugekommene einfach interessiert an. Selma freute sich innerlich spitzbübisch. Mit Hildur hatte sie schon damals am Lehrerinnenseminar mit solch wortlosem Lächeln so mancher Lehrerin rote, hektische Flecken ins Gesicht getrieben. So ein Schweigen wurde von vielen unterschätzt. Nicht nur, dass man höflich wartete, bis der andere seine Gedanken zu Ende formuliert hatte, nein, man wirkte selbst gleich bedacht und intelligent und strahlte Souveränität aus. Nicht umsonst hatte Selma viel Zeit mit ihren Großeltern väterlicherseits verbracht und somit ausreichend Pfarrersluft und Wortkunst eingesogen. Rhetorik zählte bei ihr quasi als vorschulisches Studienfach, das sie frei Haus auf dem freien Feld beigebracht bekommen hatte, und die rhetorische Pause hatte es zur Muttermilch quasi gratis dazugegeben. Im Lehrerinnenseminar hatte dieses Verhalten zumindest den Erfolg gebracht, dass einfache Fragen weder an Hildur noch an Selma verschwendet worden waren, und bei zu komplizierten hatte man auch nicht an sie herantreten wollen. Eigentlich hatten sie es ganz nett während der Ausbildung gehabt.

Sophie Elkan hustete kurz, wobei ihr Schleier auf und ab ruckte wie bei einem mittelschweren Erdbeben, dann drehte sie ihren Oberkörper zu Selma. »Wie war denn Ihre Reise nach Stockholm? Ich hoffe doch, dass Sie es komfortabel hatten?«

»Ja, das hatte ich, danke, dass Sie nachfragen, meine Liebe«, antwortete Selma und hob ihre Teetasse an die Lippen.

Sophie Elkans Kopf drehte sich zwischen Hildur und Selma hin und her. Sie schien irritiert zu sein. Was jede andere an ihrer Stelle auch gewesen wäre. Hildur gluckste kurz auf, was sie in einem folgenden Redeschwall zu vertuschen suchte: »Sie sind auch Autorin, wie Selma, nicht wahr? Aber Sie schreiben ja nicht unter Ihrem richtigen Namen, sondern unter einem Pseudonym, oder nicht? Wie war es doch gleich? Ach, entschuldigen Sie bitte, ich bin ganz beschwingt, dass meine liebe Freundin Selma zu Besuch ist, sodass ich meine Gedanken nicht alle ordentlich sortiert habe. Sehen Sie mir das bitte nach. Ich entschuldige mich für einen Augenblick, ich muss … Sie wissen ja, Termine.« Hildur eilte nach draußen, als ob der Leibhaftige hinter ihr her wäre.

»Rust Roest war es«, sagte Selma und stellte die Teetasse wieder ab. »Ein schönes Pseudonym haben Sie gewählt, bedeutet es nicht ›Die Ruhe rostet‹?«

Sophie Elkan legte den Kopf erneut in eine leichte Schieflage und schien Selma unter ihrem Schleier hervor zu mustern. »Ja, das stimmt. Es ist ein flämisches Sprichwort, dem ich auf den Reisen mit meinem Mann begegnet bin. Wobei mir etwas Ruhe heute ganz guttun würde.« Sie sank in sich zusammen und wirkte gar nicht mehr so elegant und streng. Eher wie ein kleines, müdes Mädchen.

Selma klopfte mit ihrem Zeigefinger auf die Lehne ihres Sessels. Ihre Neugierde war geweckt, wen hatte sie hier eigentlich vor sich? »Sie wollten mit mir über die Möglichkeit einer Übersetzung ins Dänische sprechen? Ich kann Ihnen nur den Kontakt anbieten, den mir mein *Gösta* eingebracht hat. Wobei ich mit der Übersetzung mehr als zufrieden bin.«

Sophie nahm sich einen Teller und beglückte das zarte Porzellan mit einem zuckrigen Stück Gebäck. »Vor allem hat die Übersetzung Ihres Werkes beim bekanntesten Literaturkritiker diesseits des Äquators für viel Wohlwollen gesorgt, den er zu Ihrem Glück auch überschwänglich in den wichtigen Literaturzeitungen geteilt hat.«

»Das hat er«, Selma nickte und nahm sich ebenfalls ein Stückchen Süßes.

»Wollen Sie denn einen Ihrer beiden Romane übersetzen lassen oder die Novellensammlung?«

»Meinen Roman vom letzten Jahr, *Reiche Mädchen*. Hatten Sie denn Gelegenheit hineinzulesen?«, fragte Sophie.

»Nein, ich kam noch nicht dazu. Das tut mir leid. Wissen Sie, mein Beruf und die Schriftstellertätigkeit fressen mich komplett mit Haut und Haaren auf und …«

Sophie unterbrach sie. »Das ist nicht weiter schlimm, man mag auch nicht immer die Wahrheit hören.«

Mit einer Serviette wischte sich Selma einen Krümel vom Mund. »Ich schon. Ich bin schon erwachsen, ich bevorzuge sogar die Wahrheit vor jedem Schmus.«

»So? Und wenn ich Ihnen sagen würde, dass ich Ihren *Gösta* gar schrecklich fand? Ich mag Sie als Mensch viel lieber.«

Selma lehnte sich im Sessel zurück. Sprachlosigkeit war jetzt nicht gerade eine ihrer Tugenden. Nach einer diesmal unfreiwilligen rhetorischen Pause, die länger in der Luft hing als der Dampf des Tees, antwortete sie kühl: »Dann muss ich damit wohl leben und hoffe, dass mein nächstes Werk auf mehr Gegenliebe stoßen wird. Ich kann Ihnen den Kontakt zu meiner Übersetzerin gerne zukommen lassen, kein Problem. Sie hatten in Ihrem letzten Brief eine Reise erwähnt, die sehr strapaziös gewesen sein soll?« Selma nahm erstaunt zur Kenntnis, dass Sophie zwar Tee sowie Gebäck vor sich stehen hatte, aber sie machte keine Anstalten, den Schleier zu lüften, um etwas zu sich zu nehmen. Gab es vielleicht neue Techniken der Nahrungsaufnahme, die sie noch nicht kannte?

Die Verschleierte nickte. »Ja, das war meine letzte Italienreise. Vor dem langen, kalten Winter war das eine Wohltat. Waren Sie schon einmal in Italien?«

Selma schüttelte den Kopf.

»Oder in Deutschland?«

Selma schüttelte erneut den Kopf.

»Aber Sie sind doch bestimmt schon mal ins Ausland verreist?«

»Ja, nach Dänemark. Nach Italien reiste ich bis jetzt nur in Gedanken und auf dem Papier. Als Abschlussarbeit meines Lehrerinnenseminars schrieb ich über die Entstehung des Königreichs Italien«, antwortete Selma, die so langsam anfing sich zu ärgern, den gemütlich-lustigen Nachmittag gegen dieses unergiebige Geschwafel eingetauscht zu haben. Wo blieb denn nur Hildur?

»Bestimmt nach Kopenhagen, oder? Das ist ja nur eine Spuckweite entfernt von Landskrona.«

Auf Selmas Nicken hin fuhr Sophie fort. »Als Kind war ich ganz oft in Dänemark, und es kam mir vor wie ein verzaubertes Märchenland … Ich liebe Sprachen, dieser anfangs fremde Klang, der zu einer neuen Heimat werden kann, da sich die Geheimnisse ferner Länder damit öffnen lassen wie eine Büchse Fisch.« Sophie kicherte wie ein Schulmädchen, und ihre Gestalt streckte sich wieder. »Anche i pesci del re hanno spine. Auch die Fische des Königs haben Gräten. Wissen Sie, was das bedeutet?«

Selma schüttelte den Kopf und biss ein großes Stück vom Gebäckstück ab, sodass es Krümel auf den Teller regnete.

»Ich würde es frei so übersetzen, dass nichts perfekt ist. In anderen Worten: Alle gleichen sich darin, nicht perfekt zu sein. Und das spürt man dort, in den lauen Sommernächten, wenn die Menschen auf den Marktplätzen tanzen, ob reich oder arm, mit Fisch oder ohne Fisch.« Sophie ließ ihren Blick aus dem Fenster zum schneegrauen Haus gegenüber schweifen. »Italien liebe ich besonders für den sonnigen Geruch, den es mir auf die warme Haut zaubert, und das rollende R, von dem ich noch nachts träume und das durch die kleinen verwinkelten Gassen spukt.«

»Warum tragen Sie eigentlich Schwarz?«, polterte es aus Selma heraus, bevor sie sich selbst auf die Zunge beißen konnte.

Sophies Stimme rutschte ein paar Halbtonschritte nach oben. »Haben Sie davon nicht gehört?«

»Ich … ähm nein. Ich …«

Sophie erhob sich zaghaft, was im Kontrast zu ihrer großen Gestalt merkwürdig unpassend wirkte. Wie ein Riese, der sich seiner Größe nicht bewusst war und versuchte, in ein Erdloch zu krabbeln. »Ich trage Trauer. Mein Mann und meine Tochter sind gestorben.« Auf Selmas entsetzten Gesichtsausdruck fügte Sophie schnell hinzu: »Das liegt schon etliche Jahre hinter mir. Fünfzehn, um genau zu sein. Aber … die Trauer gehört zu mir. Sie ist ein Teil von mir. Und da mein Äußeres genauso zu mir gehört wie …« Sophies Stimme verstummte mitten im Satz, und sie drehte sich zum Glockenstrang, um nach dem Dienstmädchen und ihren Handschuhen zu läuten.

Mit einer schnellen Bewegung stand Selma ebenfalls auf und trat an den Gast heran. »Das tut mir sehr leid. Ich weiß gar nicht, was ich sagen kann. Aber lassen Sie mich …« Selmas Hand zuckte nach vorne, und mit einem raschen Ruck zog sie den Schleier nach oben.

Ihr Gehirn hatte noch nicht realisiert, was ihre Hände getan hatten, da starrten sie zwei sanfte braune Augen erschrocken an. Ein Meer von bernsteinfarbenen Sprenkeln zog sich kreisförmig um die Pupille, schien bei jedem Blinzeln zum Leben zu erwachen und hüpfte vergnügt im Kreis. Um die Iris lag ein dunkler Ring, als ob ein Kunstmaler sich Mühe gegeben hätte, diese noch einmal extra einzurahmen.

»Was soll das?« Sophie wollte Selmas Hand zur Seite stoßen, doch diese starrte sie immer noch an. »Ich … ich bin es nicht wert, angeschaut zu werden. Die jahrelange Schlaflosigkeit hat ihre Spuren in meinem Gesicht hinterlassen. Ich bin so … so hässlich.«

Selma schluckte. Wie konnte Sophie nur so etwas behaupten?

In diesem Moment öffnete sich die Tür, und Hildur trat lächelnd ein. Wobei ihr in der nächsten Sekunde das Lächeln ein Stockwerk tiefer rutschte und im Halse erfror. Sie musste sich räuspern, bis Selma sie bemerkte, und wusste dann nicht, was sie äußern sollte. »Frau Elkan, Sie wollen bereits gehen?«, sagte ihre Stimme, wobei man heraushören konnte, dass der Rest des Körpers viel lieber vor der Tür geblieben wäre. Hildur stotterte: »Ich … ich«, und Selma erlöste sie mit einem »Termine, ich weiß … wir haben ja gleich auch noch Termine.« Mit einer weichen Stimme sagte Selma zu Sophie: »Ich bin mir sicher, dass wir noch sehr gute Freundinnen werden.« Sie ließ den Schleier los, der leicht wie eine Feder herunterschwebte. Mit gesenkter Stimme fuhr sie fort: »Ich finde Sie übrigens sehr schön.«

* * *

»Dusengesicht?«, wiederholte Selma die Worte von Hildur. »Ich weiß ja nicht.«

Hildur hatte sich bei Selma untergehakt, und sie spazierten die Straße entlang.

»Hübsch ist sie auf jeden Fall. Vor wem will sie das denn verstecken?«

»Manchmal will man gar nichts vor den anderen verstecken, sondern nur vor sich selbst.« Selma schubste mit der Schuhspitze ein paar lose Steine zur Seite und verfiel in ein Grübeln, das Hildur gar nicht bemerkte, da sie fröhlich von dem neuesten Klatsch der Stadt berichtete. »Hildur, was denkst du, bist du ruhelos?«

»Bitte was?« Hildur war zwar gewohnt, dass Selma von einem Thema zum nächsten sprang wie ein junger Hase, aber dieser Gedanke kam geradezu aus einem jungfräulichen Brunnen.

»Na ruhelos halt. So wie im Pseudonym von Sophie. Mit anderen Worten – getrieben – oder ohne Rast und Pause.«

»Nee, als ruhelos würde ich mich nicht beschreiben. Ich mag Pausen. Vor allem die mit Butterbroten. Weißt du noch, wie du früher immer über uns Stockholmer geschimpft hast, die wochenlang nur Butterbrote essen?«

Selma fiel in das helle Lachen mit ein und ließ sich von Erinnerungen zum Beginn ihrer Ausbildung zurücktragen. Sie selbst würde sich auch als ruhelos bezeichnen. Das war sie schon damals gewesen. Schon als Kind. Vielleicht sollte sie bei ihrer Rückkehr nach Landskrona mal ihre Mutter darauf ansprechen. Und sie durfte nicht vergessen, nachher in eine Buchhandlung zu gehen. Zwei bernsteingesprenkelte Augen zeichneten sich am Himmel ab und blinzelten ihr zu. Ruhelos war eigentlich etwas Gutes.

* * *

Am nächsten Morgen betrachtete Selma lange ihren nackten Körper vor dem milchigen Spiegel, der goldumrandet in Hildurs Gästezimmer an der Wand lehnte. So etwas macht man nicht, hörte sie im Kopf die Stimme ihrer Großmutter. Sich nackt so lange anzustarren, du bist ganz schön eingebildet und du weißt, was in der Bibel im Buch der Sprüche über Eitelkeit steht: »Die Anmut ist Trug, und die Schönheit Eitelkeit; eine Frau, die den Herrn fürchtet, sie wird gepriesen werden.« Selma schüttelte den Kopf, um die Stimme zu vertreiben. Sie musterte die Füße, die Beine, die bei jeder Bewegung Hautareale zum Wackeln brachten, die so aussahen wie die Euter von Kühen. Ihr Bauch war faltig geworden, und an den Brüsten zog bereits die Erdanziehungskraft. Auf den Armen tummelten sich die ersten Altersflecken, und das Gesicht entsprach eher dem Typus Bauernmädel als Städterin. Ein kantiges Gesicht, eine fleischige Nase und Lippen, die sich trotzig zusammenpressten. Selma fuhr sich über ihre kurzen Haare. Hässlich! Das hatte gestern Sophie von sich behauptet. Dabei war Selma diejenige, die bereits als Kind gewusst hatte, dass sie hässlich war. Sie hob das Unterkleid vom Boden auf und zog es über den Kopf. Was hatten Hässliche für einen Vorteil? Sie mussten keinem beweisen, dass sie mit Äußerlichkeiten stolzieren gingen, stattdessen konnten sie sich mit voller Konzentration auf das schmeißen, was sie eigentlich machen wollten. In ihrem Fall war das einfach. Selma lachte ihr Spiegelbild an, setzte sich nunmehr halb nackt an den Schreibtisch und tunkte die Feder in ein Tintenfass. *Flaumenvögelchen* schrieb sie auf ein leeres Blatt. So sollte das Sahnestück heißen, das bald ihr neuestes Buch krönen sollte. Bonnier hatte ihr die Veröffentlichung noch für dieses Jahr zugesagt. Und er hatte sogar noch Interesse für ihren *Gösta* gezeigt.

Was konnte es Besseres geben?

Das Leben war wunderschön.

Flaumenvögelchenschön!

* * *

Hildur reichte Selma ein Glas Punsch. »Was bist du denn so unruhig? Seit drei Tagen sitzt du an deinem Schreibtisch und fluchst mehr als unser Bierkutscher in seinem gesamten Leben.«

Selma nahm einen Schluck des heißen, aromatischen Getränks, während sich ihre Wangen rötlich verfärbten. »Du weißt, wenn ich schreibe, dann passt zwischen die Welt und mich kein Blatt, dann bin ich nur noch eine dienende Hülle meiner Gedanken.«

»Aha. Selma … ich bin nachher noch bei Jörgensson eingeladen, willst du nicht doch mitkommen? Es wird bestimmt nett. Er verkehrt in den besten Stockholmer Kreisen und erzählt immer so lustige Geschichten.«

Aber Selma schüttelte nur den Kopf.

»Ach Selma, solange dich das Schreiben glücklich macht … sag mir nur, falls du mehr Punsch benötigst.«

Ein paar Stunden später war die erste Fassung von *Flaumenvögelchen* zu Papier gebracht, und Selma griff sich einen Bogen Briefpapier, verfasste einen Vierzeiler, klingelte nach der Hausangestellten, die ihre Nachricht an die Adressatin überbringen sollte, und verbrachte die nervöseste halbe Stunde ihres Lebens. Sie zog den Ausgehmantel an, dann wieder aus, verharrte vor ihrem Spiegelbild, verfiel in ein mädchenhaftes Giggeln, das sich mit einem angestrengten Versuch ablöste, ihre neue Geschichte zu korrigieren. Aber mehr als einzelne Worte zu streichen und dann wieder exakt die gleichen einzufügen, bekam sie nicht hin.

Als es an der Zimmertür klopfte, fassten eiskalte Finger nach ihrem Herzen und zerquetschten es. Mit zittriger Hand öffnete sie der Hausangestellten, die ihr auf einem Tablett einen geschlossenen Umschlag hinhielt.

Selma murmelte etwas, was sie selbst nicht verstand, und schloss die Tür. Beim Versuch, den Brief zu öffnen, zerriss sie fast den Umschlag. Halblaut las sie:

»Liebe Frau Lagerlöf, vielen Dank für Ihre Zeilen. Auch ich musste an unsere Begegnung öfters denken und würde mich freuen, Sie heute bei mir zu empfangen. Würde Ihnen 16 Uhr passen? Mit ehrerbietigen Grüßen, Sophie Elkan.«

Selma blickte zum Fenster hinaus und beobachtete, wie flauschige Schneeflocken aus gemütlichen Wolken herabschwebten, sich vergnügt um die eigene Achse drehten und ihr zuzwinkerten.

* * *

Die Kirchturmuhr schlug vier Mal, als Selma in der Nybrogatan stand, sich auf ihren Atem konzentrierte und an der Haustür der Pension des Fräuleins Gyllenram anklopfte. Wenige Herzschläge später betrat Selma den Salon von Sophie Elkan. In einem gusseisernen Ofen bollerte die Wärme und sprang Selma an wie ein Raubtier. Die Hitze suchte eine Angriffsfläche und krallte sich an ihrer nackten Haut im Gesicht fest. Sie spürte, wie die Wangen anfingen Feuer zu fangen und sich die ersten Schweißperlen auf der Stirn zusammenballten.

Sophie erhob sich aus einem stocksteifen Lehnstuhl, legte ein Buch auf einen filigranen Beistelltisch und kam Selma entgegen. Ganz ohne Schleier, ganz ohne Scham. Selbstbewusst und kerzengerade wie eine von Selmas Oberlehrerinnen, die gerade über Körperhaltung und Autorität predigten.

»Ist es denn noch am Schneien?«, fing Sophie an und winkte höflich in Richtung Sofa, worauf sich Selma erleichtert sinken ließ.

Dieses Rumstehen, ohne zu wissen, womit die Hände spielen oder welche Mimik das Gesicht aufsetzen sollte, war höchst unangenehm.

»Es hat gerade aufgehört. Die Schneeflocken … Also, als ich hier eintrat. Höchstens es schneit jetzt gerade wieder.« Selma biss sich auf die Zunge und nahm dankend eine Tasse Tee an. Zwischen mehreren Schlückchen musterte sie ihr Gegenüber über den Rand des blümeranten Porzellans. Sophie hatte ein feines, längliches Gesicht, das sich über einer hochgeschlossenen schwarzen Rüschenbluse abhob. Die Farbe der Bluse betonte das dunkle Haar, das am Hinterkopf zusammengesteckt war. Doch einige vorwitzige Löckchen kräuselten sich in der Stirn und tanzten hinter den Ohren weiter. Unter schwarzen, vollen Augenbrauen schimmerten tiefbraune Augen, aus denen magische Blitze zu zucken schienen. Die großen Augen drückten Freude und Trauer zugleich aus und waren so dunkel, dass Selma hineinzufallen schien wie in einen Brunnen. Nur Edelsteine hatten ein ähnliches Feuer und die Macht zu verzaubern. Selma stürzte tief und immer tiefer, fand nicht mehr aus diesen Welten heraus. Die Bernsteinspritzer im Braun schienen unendliche Urseen im Herzen der Mutter Erde zu sein; lockend, einfach von allem loszulassen.

»Entschuldigen Sie, aber habe ich da was?« Sophie tupfte sich mit einer bestickten Serviette die Stelle zwischen ihren Augen ab.

»Nein … nein, da war …« Selmas Blick fiel auf ein großes Gemälde, das im Hintergrund über einem Sekretär prangte. Der goldene schlichte Rahmen fasste ein weißes Passepartout ein, in dessen ovaler Mitte ein fast lebensgroßer, gut aussehender Mann saß. Mit Schnauzer und Fliege. Beschützend hatte er eine Hand um ein kleines Mädchen gelegt, das auf seinem Schoß kauerte, eine kleine Puppe im Arm hielt und sich dicht an ihn schmiegte. Ein Bild voller Zuneigung, Vertrauen und Liebe.

Sophie folgte Selmas Blick, nickte, wandte ihren Kopf zur Seite und starrte auf das Buch, das aufgeschlagen auf dem Tisch lag.

Selma ärgerte sich. Sie ärgerte sich maßlos über sich selbst. Schlimmer hätte die Situation gerade nicht sein können. Fieberhaft suchte sie in ihrem Kopf nach unverfänglichen Themen und dachte an ihre morgendliche Zeitungslektüre. »Haben Sie schon gehört, dass Alfred Nobel den schwedischen Rüstungsbetrieb Bofors gekauft hat?«

Sophie hielt den Kopf weiterhin zur Seite, aber schüttelte ihn.

»Wollen Sie lieber über das Theatergeschehen oder den Kunstverein plaudern?« Über die königliche Familie hatte sie schon ausgiebig mit Hildur gesprochen, das musste sie jetzt nicht schon wieder haben.

Aber Sophie schüttelte erneut den Kopf.

»Alfred Nobels Bruder kam doch vor ein paar Jahren bei einem Versuch mit diesem verflixten Dynamit ums Leben. Da wundert man sich, dass er einfach weitermacht. Zwar lebt er jetzt irgendwo in Italien, aber er kann es nicht lassen, Schweden auf explosive Weise kultivieren zu wollen.«

Sophie blickte ihr wieder ins Gesicht.

Selma kam in Fahrt. Wenn sie Zeitung las, fraß sie sich durch alle

Meldungen, die mit Wissenschaft, Natur oder Heimat zu tun hatten. Oft schnitt sie besonders interessante Meldungen aus und sammelte sie in einer Mappe. »Lustigerweise gibt es ja bereits einen Nachruf auf Alfred Nobel. Wenn ich mich nicht täusche, dann hatte eine französische Zeitung ihn mit seinem gerade verstorbenen Bruder verwechselt und schrieb so etwas wie *Der Kaufmann des Todes ist tot.* Wie würde das denn auf Französisch lauten? Ich habe gehört, dass Sie mehrere Sprachen sprechen, ist das richtig? Wäre ›Le marchant de mort a mort‹ denn richtig?«

In Sophies Augen schimmerten Funken, die das Feuer neu entfachen wollten. »Fast: ›Le marchant de la mort est mort.‹ Und ja, das stimmt, ich spreche mehrere Sprachen.«

»Ja?«, hakte Selma nach.

»Bitte?«

»Welche Sprachen denn?«, insistierte Selma.

»Französisch, Deutsch und Englisch. Und für meine Hochzeitsreise lernte ich zusammen mit meinem Mann noch Italienisch.« Sophies Brust hob und senkte sich, als sie seufzte. »Damals lebte ich schon einmal in Stockholm. Kennen Sie den Berzelii Park? Wunderschön!«

»Ist das nicht in der Nähe der Synagoge? Sie stammen doch aus einer jüdischen Familie, oder?«

Ihr Gegenüber schmunzelte. »Man merkt Ihnen Ihren Beruf an. Fragen, Fragen, Fragen. Vielleicht sollten wir mal die Position wechseln. Was hat Sie dazu veranlasst, in Ihrem *Gösta* mit allen Regeln zu brechen? Sie haben definitiv etwas von der Naturmystik des Dichters Johan Ludvig Almquist einfließen lassen, aber warum dieses Stilmittel?«

Selma strich sich über ihre kurzen Haare und lächelte. Dann ahmte sie Sophies Tonfall nach und sagte: »Bitte?«

Laut lachend antwortete Sophie: »So ungewöhnlich wird meine Frage nicht sein, oder? Das ist doch das, was Ihr größter Kritiker Georg Brandes so hervorgehoben hat. Stimmt es eigentlich, dass Sie sich mit ihm extra in Dänemark getroffen haben, bevor diese lobende Kritik in den Zeitungen erschien? Übrigens in der Zeitung seines Bruders. *Politiken* heißt die, oder?«

Selma zuckte mit den Schultern.

Die Gastgeberin hob die Augenbrauen und fuhr fort: »Brandes betonte ja, dass Sie es wagen, von gewohnten ausgetretenen Pfaden abzubiegen. Aber ich frage mich, warum. Was stört Sie an dem bestehenden Realismus, dass Sie diese … diese Sprache wählen, diese klebrige Romantik und die … ähm … ungewöhnliche Aneinanderreihung von Geschichten?«

Mit einem Zögern antwortete Selma: »Wer sich den Gesetzen nicht fügen lernt, muss die Gegend verlassen, wo sie gelten.«

»Ist das von Strindberg?«

»Nein, von Goethe.«

Sophie lachte kurz auf. »Ah, ein Deutscher. Ich liebe Goethe. Er hatte doch auch eine Reise durch Italien geschildert, oder?«

Nach einem Räuspern trug Selma vor:

»Kennst du das Land, wo die Citronen blühn,
Im dunkeln Laub die Gold-Orangen glühn,
Ein sanfter Wind vom blauen Himmel weht,
Die Myrte still und hoch der Lorbeer steht,
Kennst du es wohl? Dahin! Dahin
Möcht' ich mit dir, o mein Geliebter, ziehn.«

Seufzend sagte Sophie: »Mit Italien kann man nie etwas falsch machen.« Sie klingelte nach der Haushälterin, flüsterte ihr etwas ins Ohr, und die ältere Dame huschte wieder zur Tür hinaus.

Auf Selmas fragenden Blick sagte Sophie: »Il mondo è un bel libro, ma poco serve a chi non lo sa leggere.«

Selma lächelte verlegen und wartete auf eine Erläuterung, aber Sophie machte keine Anstalten, den Spruch zu übersetzen. Sie stützte stattdessen ihr Kinn auf der rechten Hand auf und beobachtete Selma.

Diese fühlte, wie sich im Nacken eine Wärme entzündete, und fuhr sich wieder über die kurzen Haare. Sie öffnete den Mund, um etwas zu sagen, und schloss ihn wieder. Wie ein Fisch, der auf dem

Trockenen gelandet war und auch nicht wusste, wie er das kommentieren sollte. Selma schaute zur Seite und registrierte den zierlichen, verschnörkelten Beistelltisch, auf dem wohlgefaltet nebeneinander jeweils eine Ausgabe vom *Svenska Dagbladet,* der *Dagens Nyheter* und dem *Göteborgs Handels- och Sjöfarts-Tidning* lagen sowie ein Buch von Alexis Sluys mit dem Titel *La Gymnastique pédagogique.*

Als diesmal die Haushälterin klopfte und in der Tür erschien, war Selma sogar recht froh. Die ältere Dame stellte mit einem Knicksen eine durchsichtige Karaffe mit einer gelblichen Flüssigkeit auf einen Beistelltisch, allerdings so ungeschickt, dass diese auf dem Fuß eines Glases landete und fast umgefallen wäre. Mit einem spitzen »Uuh« konnte die Haushälterin die Karaffe noch fassen und gerade hinstellen. Selma und Sophie blickten sich an und mussten loslachen, was die ältere Frau dazu veranlasste, ihre Nase zu rümpfen und sich zu beeilen, wieder hinauszukommen.

Sophie schenkte die süßlich duftende Flüssigkeit in zwei geschliffene Gläser und reichte Selma eins davon. »Das ist zwar nur eine kleine Pfütze und nicht das Gleiche wie in Italien, frisch gepresst von den Bäumen, aber trotzdem kann man ganz deutlich den Sommer schmecken.«

»Was ist das denn?«, wunderte sich Selma und nippte verzückt an dem fruchtigen Getränk. »Ist das etwa …?«

»Der Saft von Orangen«, fiel ihr Sophie ins Wort.

»Können Sie hexen?«

Mit dem Glas hoch erhoben in die Luft prostete Sophie ihr zu und sagte: »Können das nicht alle Frauen? Und was hältst du eigentlich vom Du?«

Selma nickte, und Sophie fuhr daraufhin fort: »Carl David af Wirsén kritisierte deinen *Gösta* als verworrenes Mystisches und hat gesagt, dass ihm die dummen Menschen leidtun, vor allem die, die in Värmland wohnen. Er lässt kein gutes Haar an deinem Werk. Schrieb er nicht, dass du als unverheiratete Frau nichts von Erotik und Liebe verstehst?«

Selma schluckte. Dieser Wirsén war ein zeternder Höllentroll, dummerweise aber ständiger Sekretär der Schwedischen Akademie und somit ein Mann von Rang und Namen. Das Gespräch entwickelte sich in eine Richtung, die ihr alles andere als angenehm war. Höchstens, man würde eine Mistgabel im Rücken als wohltuend empfinden. Sie ergriff die Teetasse und hielt sie so fest, dass der Henkel zwischen ihren Fingern schmerzte. Sie sagte: »Es gab dafür auch viele positive Kritiken. Mein Verleger hat mir erst elf Spalten voll des Lobes aus dem ganzen Land geschickt.«

Sophie stand auf, und während sie redete, lief sie auf und ab. »So viele Ahs und Ohs und ein Meer aus Ausrufezeichen. Alles wird in deinem *Gösta* glorifiziert und bis ins letzte Detail übertrieben. Es passt einfach in keine Kategorie, es ist eine Mischung aus Tragödie, Liebesgeschichte, hat was von Goethes *Faust* und Abenteuerromanen. Ich verstehe wirklich nicht, dass …« Sophies Blick streifte Selmas Gesicht, und sie blieb stehen. »Ich bin mir sicher, dass dir auch bei meinen Büchern Kritik einfallen würde, falls du mal etwas davon lesen solltest.«

Selma lehnte sich in ihrem Sessel zurück: »Wie kommst du darauf, dass ich von dir nichts gelesen hätte? Ohne deinen Debütroman *Dur und Moll* hätte ich dich wohl nie angeschrieben.«

»Ich dachte, du wolltest einen Tipp von mir, so von Schriftstellerin zu Schriftstellerin, so viele andere schreibende Damen gibt es ja nicht gerade.«

»Deinen Erzählbogen habe ich bewundert. Das stimmt. Aber das war nicht der Grund. Ich habe die Einsamkeit gespürt, von der du schreibst. Dieses Sich-alleine-Fühlen zwischen all den anderen Menschen. Das Ausgeschlossensein von Lachen und Liebe. Das Danebenstehen, wenn den anderen das Leben passiert. Aber wenn du dein Herz nicht verschlossen hast, um in deinem Selbstmitleid zu versinken und dem Rest der Welt diese Trauer aufs Auge zu drücken, dann kannst du am Leben der anderen teilnehmen. Selbst Fremde können füreinander da sein, es ist nur eine Frage des Willens. So hast du es selbst geschrieben.«

Sophie hielt sich an der Rückenlehne des Sessels fest und starrte auf das große Gemälde an der Wand, das ihren verstorbenen Mann und die verstorbene Tochter abbildete. Sie sprach mit leiser Stimme: »Niemand ist alleine, überallhin folgen die Augen guter Geister … Ich werde meinen Mann und meine Tochter für immer lieben und niemals wieder heiraten.« Sie setzte sich und schaute Selma ernst an. »Die Liebe ist etwas Großes und Einzigartiges. Und soll es auch bleiben.«

Selma spürte den Drang, einfach aufzuspringen und Sophie in den Arm zu nehmen. Sie zu trösten, ihr zu sagen, dass sie ab jetzt für sie da sein wolle. Sie beschützen und ihr zuhören. Doch blieb sie sitzen, krallte die Fingerspitzen in das Sofa und erzählte: »Seit zweihundertfünfzig Jahren dichten so gut wie alle meiner Familienmitglieder Verse. Der eine oder die andere besser oder schlechter. Nichtsdestotrotz begleiten seit ich denken kann Gedichte und Geschichten mein Leben. Manchmal wusste ich nicht einmal, ob mein Zuhause bei den Berggeistern in den Geschichten war oder bei meinen Eltern auf dem kleinen Hof. Was war real und was nur erzählt? Und entsteht die Realität vielleicht erst dadurch, weil wir sie uns gegenseitig schildern und ihr somit eine Form geben?« Selma hielt für einen Augenblick inne, starrte kurz an die Decke und fuhr in einem weicheren Ton fort: »Seit zweihundertfünfzig Jahren dichten so gut wie alle meiner Familienmitglieder Verse, und irgendwann in dieser langen Zeitspanne musste ja auch mal eine echte Begabung entstehen. Ich glaube seit meinem siebten Lebensjahr daran, dass ich diejenige bin. Dieser Glaube ist in meinem Leben so zentral wie bei dir die Liebe.« Selma lachte. »Und frag mich nicht, warum, doch habe ich das Gefühl, dass du das alles bereits weißt. Dass wir uns schon lange kennen, mindestens seit unserer Kindheit.«

»Mindestens«, Sophie nickte und lachte ebenfalls.

»Weißt du, was ich an deinem letzten Buch so fabulös finde?«

Sophie schaute erstaunt. »Hast du jetzt doch *Reiche Mädchen* gelesen?«

»Na klar, ich hatte ja ein paar Tage Zeit, und der lokale Buchhändler war gut sortiert. Es ist deine Leichtigkeit, die mich überrascht hat. Wie kannst du so leicht über den Tod der Frau und dieses Kindes schreiben?«

Mit einem Ruck stand Sophie wieder auf, trat zum Schreibtisch, nahm sich eine Schreibfeder, tunkte diese in ein Tintenfass und führte sie über ein leeres Blatt, wobei sie riesige Schnörkel hinterließ. »So«, sagte sie. »So mach ich das. Geht ganz einfach. Immer rauf und runter.«

Das folgende Gelächter hinderte tatsächlich das Dienstmädchen daran, erneut das Zimmer zu betreten, um nach den Wünschen der Herrschaften zu fragen.

Die nächsten drei Stunden glitten Selma zwischen den Fingern hindurch wie sonst nur der feine Sand an der Küste. Sie diskutierte mit Sophie über den Drang, von dem alle Schriftstellerinnen besessen waren: von der unbändigen Lust am Fabulieren. Der Faszination daran, wie aus bruchstückhaften Ideen vollständige literarische Gebilde entstanden. Erfundene Figuren, die plötzlich anfingen, ein Eigenleben zu entwickeln, sich im Lichte der Aufmerksamkeit drehten und am Ende doppelt so viele Seiten für sich beanspruchten, wie anfangs für sie eingeplant gewesen waren. Von Eingebungen, die den Schlaf so lange raubten, bis man sich ihrer erbarmte und sie niederschrieb.

»Bei *Gösta* überkam mich die Idee auf einer Brücke in Stockholm«, sagte Selma. »Auf einer Wanderung über die Malmskillnadsgass, zwischen dem Hafengassenhügel und der Feuerwehrstation. Als ich über die großen Sagas der Literatur nachdachte und erkannte, dass genauso ein Erzählschatz in meiner Heimat direkt vor meiner Nase nur darauf wartete, gepflückt zu werden. Ich musste erst zwischen grauen Steinen leben, um die Fülle zu erkennen, die mich in der grünen Heimat umgab.«

»Dann war das sicherlich eine himmlische Fügung«, ergänzte Sophie und schlug elegant ihre Beine übereinander. »Auf Brücken steht man mit dem Kopf in den Wolken und den Füßen fast im

Wasser, da weiß man nie, was einem begegnet. Ich bekam das letzte Mal allerdings nur eine Ladung Vogelkot ab.«

Selma lachte mit und bemerkte, dass Sophie an ihrem rechten Mundwinkel ein Grübchen hatte, das sich dann zeigte, wenn sie vergnügt war. »Was hat dich zu dem Roman *Reiche Mädchen* inspiriert?«

»Er stellt ein paar sozial aktive Frauen in den Mittelpunkt. Dabei sehe ich August Strindberg als meinen Lehrmeister an. Nicht, was ihn persönlich anbelangt, der Ewige bewahre mich! Möge sein Schnurrbart abfallen, was seine Sicht auf Frauen angeht. Aber als Schriftsteller ist er mir ein großes Vorbild.«

Selma überlegte. »Ich mag, wie Strindberg in *Das rote Zimmer* den Finger in die Wunde der gesellschaftlichen Heuchelei legt, die sich ja wirklich durch das Beamtentum, die Zeitungen bis hin in die Armenviertel zieht. Aber, Sophie, sag, hat nicht auch Strindberg den Gottesmann sehr überspitzt dargestellt, der seine missionarischen Schriften verhökert, um das große Geld zu verdienen?«

»Nein«, sagte Sophie. »Das war eine Überzeichnung, ganz klar, aber sonst wäre dieser Aspekt auch untergegangen. Und, liebe Selma, willst du lieber wieder über deinen *Gösta* sprechen? Von wegen Überzeichnung?«

Selma grinste. »Nein, danke. Mich würde interessieren, neben dem ganzen ›Strindberg schreibt so toll‹, was deine Motivation war. Du hast den Schnöseln einen Spiegel vor die Nase gehalten und auch gesellschaftliche Fragen diskutiert. Aber was war der unstillbare Quell tief in deinem Inneren? Welche Teufelchen piesackten dich und flüsterten dir diese Geschichte zu? Komm schon, da war doch was, was dir keine Ruhe gelassen hat.«

Sophie starrte Selma in die Augen.

Fünf Sekunden.

Zehn Sekunden.

Schien hinter den Worten eine andere Selma zu sehen wie noch zuvor. Ihre braune Iris vergrößerte sich, und ihr Blick huschte zu Selmas Lippen, um dann langsam wieder hochzuwandern und fast zärtlich Selmas kurze Haare entlangzustreifen. »Eigentlich hätte ich gar nicht nach *Gösta* fragen brauchen, du liebst offensichtlich ungewöhnliche Wege. Gab das eigentlich Ärger in dem Lehrerinnenseminar, als du mit kurzen Haaren erschienen bist?«

Mit einem nachdenklichen Blick zuckte Selma mit den Schultern und griff zum letzten Schluck Orangensaft, den sie sich bis jetzt aufgehoben hatte.

Sophies Stimme wurde leiser. »Mit jeder Seite meines Buches bin ich einen Schritt mehr in diese Gesellschaft zurückgekehrt. Zurück aus meiner selbst gewählten Isolation nach dem Tod meiner Liebsten. Jede Zeile des Schreibens ließ mich spüren, dass ich doch noch lebte, und jedes einzelne Wort zeigte mir, dass das Leben lebenswert sein konnte. Ein starkes positives Gefühl erwachte in mir, sodass der Schmerz verblasste. Ganz weggehen wird dieser Schmerz wohl nie. Aber es ist schon ein großer Fortschritt, wenn er nicht die Schlagzeile meines Lebens darstellt. Das Schreiben ermöglichte es mir, auf den Ruinen meiner Existenz ein neues Leben zu errichten. Es sind unsichtbare Bande, die uns Schriftstellerinnen mit dem Text verknüpfen. Nur die wenigsten können diese sehen.« Sie stand auf, ging zum Kamin und starrte auf die knisternden Flammen.

»Unsichtbare Bande«, wiederholte Selma. »Das ist schön. Sehr schön sogar.« Sie erhob sich, um sich zu verabschieden. Es war schon spät geworden, und sie wollte Hildur nicht mit dem Essen auf sie warten lassen. Die herbeigerufene Haushälterin half Selma in den Mantel und eilte voraus zur Haustür, um diese zu öffnen.

Sophie lächelte, ließ dadurch so viel Sonne ins Zimmer, was nicht einmal ein Korb voller Orangen geschafft hätte, und fragte: »Zu Ellen Key kommst du doch auch?«

»Ja, ich wurde eingeladen und bin schon sehr gespannt, was Frau Key über die schwedische Kulturwissenschaft zu berichten hat, auch zur Pädagogik soll sie sich ja Gedanken machen, das interessiert mich sogar noch mehr. Mit politischen Themen habe ich es nicht so. Ich bevorzuge da ihre sozialen.« Selma ergriff Sophies ausgestreckte Hand und wunderte sich über den starken Griff, hatte sie doch einen sehr sanften erwartet. »Ich freue mich, dass du wieder zurückgefunden hast aus deiner Isolation«, sagte Selma. »Bücher verändern nicht nur die Leser, sondern machen auch etwas mit einem selbst. Und ich freue mich auch sehr, dass wir uns persönlich begegnet sind. Eine Frage noch: Was hat dieser italienische Spruch denn nun bedeutet?«

»Das verrate ich dir das nächste Mal«, antwortete Sophie.

Selma hatte schon den Türgriff in der Hand, als sie sich nochmals umdrehte. Sophie stand noch immer am Kamin und blickte hinein. Ein Bild voller Anmut, Stolz und Melancholie.

Unsichtbare Bande, wiederholte Selma leise, als sie die Straße entlangging, und *Unsichtbare Bande* schrieb sie abends auf eine leere Seite und legte diese als Titelblatt auf den Stapel ihrer handgeschriebenen Blätter. Durchzogen diese Bande nicht die ganze Welt, tasteten sich zwischen Wäldern, Bergkämmen, Straßenzügen und Seelen hindurch, um auf gleiche Pole zu stoßen oder um augenscheinlich Fremdes doch noch vereinen zu können? Was war real, und was fand nur im eigenen Kopf statt? Und wenn nicht sie, wer sollte das alles sonst erzählen?

* * *

Vier Tage später stand Selma zwischen teuer gekleideten Menschen und hielt die Luft an. Zumindest wenn eine Dame, die mehr Parfum aufgetragen hatte, als es jedem atmenden Lebewesen guttat, zu nah an ihr vorbeilief. Starke Gerüche vertrug sie nur in natura. In Form von real duftenden Rosenbüschen oder Flieder. Selma drehte den Kopf wie ein Wetterfähnchen auf der Scheune nach rechts und links und ließ Hildur plaudern, die ganz angeregt von dem phänomenalen Auftritt Ellen Keys erzählte. Was für ein Charisma Ellen Key habe, eine ganz und gar leuchtende Aura. Der dänische Literaturkritiker Georg Brandes habe nicht nur bei der Einschätzung von Selmas Werk so richtiggelegen, sondern auch bei dem Lob von Ellen Keys Rhetorik.

»Selma, hörst du mir eigentlich gar nicht zu?«, ereiferte sich die Freundin und nahm einen empörten Schluck aus dem Glas voll perlendem Sekt.

Eine Hand tippte Selma von hinten auf die Schulter, und eine melodiös klingende Stimme sagte: »Schön, dich hier zu treffen. Wann wolltest du noch mal abreisen?«

Über Selmas Gesicht huschte ein Lächeln. »In zwei Tagen. Die Arbeit, du weißt ja.«

Sophie begrüßte Hildur, und kurz darauf trat auch Ellen Key zu ihnen, eingehüllt in einen Hauch aus Süße und Schweiß und mit raschelndem bodenlangem Rock und hochgeschlossener Bluse. »Was für eine Ehre, Sophie Elkan und Selma Lagerlöf. Gleich zwei so bekannte Schriftstellerinnen unter meinen Gästen zu finden.«

Mit einem spitzbübischen Lächeln antwortete Sophie: »Es war uns eine Ehre und Freude, Ihnen zuzuhören, und vielen Dank nochmals für die Einladung. Wir konnten ja gar nicht anders, als zu Ihnen zu kommen.«

Für eine Sekunde schien Ellen Key irritiert, fing sich aber schnell wieder, hörte Hildur zu, die für eine gefühlte Ewigkeit ihre Ausführungen lobte, und unterbrach sie: »Danke für Ihre Anerkennung, das bedeutet mir sehr viel, es ist mir ein großes Anliegen, über soziale Missstände zu referieren. Uns liegen ja Zahlen vor, die erschreckender nicht sein könnten. Und auch die Zahl derer, die sich erheben und ein Frauenwahlrecht einfordern, wird immer …«

Ein hochgewachsener, eleganter Mann trat zu ihnen und küsste zuerst Sophie die Hand, bevor er auch die anderen Damen begrüßte. Auf Sophies Wangen glänzte wieder ihr Grübchen, als sie sagte: »Darf ich vorstellen, mein guter Freund Herr Karl Warburg.«

Selmas Augen wanderten zwischen Sophie, die sich nun angeregt mit dem Mann über irgendeinen Zeitungsartikel unterhielt, und Hildur, die immer noch mit Ellen Key plauderte, hin und her. Die Stimmen der Umstehenden schienen sich zu einem Gemurmel zu verweben. Die Gerüche wurden intensiver, und eine Süße zog direkt in Selmas Kopf, die ihr die Sinne zu rauben schien. Selma trat einen Schritt näher auf Ellen Key zu und nutzte eine Atempause von Hildur, um in das Gespräch zu grätschen. »Was Sie über William Thierry Preyer und dessen Werk *Die Seele des Kindes* in der Zeitung veröffentlicht haben, ist sehr interessant.«

Hildur stand Erstaunen ins Gesicht geschrieben, aber Ellen Key nahm den Faden auf. »Vielen Dank, Frau Lagerlöf. Die Pädagogik liegt mir sehr am Herzen. Aber da spreche ich ja mit einer Kollegin, wie ich gehört habe. Wie sehen Sie den Weg, der vor den Lehrenden liegen mag?«

Selma schielte kurz auf Sophie und antwortete mit einer hohen Stimme: »Steinig.«

Ellen lachte. »Treffender hätte man das nicht beschreiben können. Aber es gibt keine Steine, die der Mensch nicht wegzuräumen vermag. Gerade das Schulumfeld sollte für die jungen Menschen einen befruchtenden Einfluss haben und keinen abschreckenden. Schon alleine wenn ich mir die Lehrwerke anschaue, schaudert es mich. Sie vermitteln Wissen nicht als Nahrung, sondern sind wie Medizin und werden in dünnen, glatten und geschmacklosen Oblaten verabreicht.«

Selma nickte. »Die Fantasie braucht Nahrung. Ein Kind braucht eine saftige grüne Wiese voller Geschichten, auf der es spielen kann und in denen dann beigemischt moralische Fragen geklärt werden können.«

»Moral?«, wiederholte Ellen Key. »Meinen Sie damit meine oder Ihre? Und welche ist die richtige? Es geht darum, die Kinder darin zu bestärken, was sie gut können, ihnen ein Umfeld zu bieten, in dem sie sich bestens entfalten können und …«

Hildur räusperte sich und fragte: »Wie viele Zuhörer hatten Sie heute denn?«

»Ich würde so auf zweihundert tippen, oder, liebe Frau Key?«, sagte Karl Warburg und trat wieder in die Runde.

Ellen Key lachte, hakte sich bei dem Mann ein und erwiderte: »Dann wird es umso schwerer sein, Ihre Frau zu finden, aber nicht unmöglich. Machen wir uns auf die Suche, ich hätte da noch eine Frage an Betty.«

Sophie, Hildur und Selma schauten den beiden hinterher. Als das Paar außer Hörweite war, raunte Selma Hildur zu: »Was unterbrichst du denn mit der Frage nach den Zuhörern?«

»Hej, du hast mich zuerst unterbrochen, das ist nicht fair. Und dabei habe ich Ellen Key noch gar nicht das letzte Geheimnis aus der Nase gezogen.«

»Das da wäre?«

»Ihr Vater ist doch gestorben, das scheint sie sehr aus der Bahn geworfen zu haben, angeblich hat sie sich danach umso mehr in die Arbeit gestürzt.«

Sophie schob ihren Kopf zu den beiden Frauen. »Und was ist dann das Geheimnis?«

»Es war wohl nicht nur die Arbeit, in die sie sich gestürzt hat«, Hildur lachte, erblickte eine Bekannte und ließ die beiden stehen.

Sophie schaute Selma in die Augen. »Gleich trifft sich noch eine kleine, feine Runde in einem der Salons, willst du dich uns anschließen?«

Selma biss sich auf die Lippe. »Wie viele werden es denn sein?«

»Unter zweihundert.« Sophie lachte und ergänzte. »Vielleicht so um die dreißig.«

»Nein, danke. Mein Bedürfnis an Gesellschaft wurde heute schon mehr als erfüllt. Mich zieht es an den Schreibtisch und in die Welt meiner Gedanken. Darf ich übrigens deine Äußerung ›unsichtbare Bande‹ für eins meiner Werke verwenden?«

Sophie schaute sie gerührt an und strich sich ihr schwarzes Kleid glatt. »Für eins deiner Werke?«

»Ja, eine Sammlung von Novellen.«

»Aber nicht so was wie *Gösta Berling*, oder?«

Selma ergriff Sophies Hand und schüttelte den Kopf. »Nein, also darf ich?«

»Ich würde mich mehr geehrt fühlen, als wenn mir drei Ellen Keys den Unterschied zwischen der schwedischen Kulturgeschichte in ihrer Beziehung mit der europäischen Geistesgeschichte erklären würden.«

»Danke.« Selma drückte Sophies Hand. Das Gemurmel aus zweihundert Kehlen hatte sich in eine Ecke verzogen und spielte ein Kartenspiel, während das Licht der Kerzen Sophie einhüllte.

»Selma, warum dachtest du eigentlich bereits bei unserem ersten Treffen, dass wir Freundinnen werden könnten?«

Selma atmete den leichten Vanilleduft von Sophie ein und wusste, dass sie diesen vermissen würde. »Ich dachte das nicht nur, ich wusste es einfach. Das ist eine Frage von Elektrizität, aber das erkläre ich dir das nächste Mal.«

Sophie reckte ihren Kopf und schaute zu einer Menschentraube, die in Aufbruchsstimmung zum Eingang strebte. Sie wippte auf ihren Fußspitzen ein paarmal vor und zurück, beugte ihren Kopf abrupt zu Selmas Ohr und flüsterte: »›Il mondo è un bel libro, ma poco serve a chi non lo sa leggere‹ bedeutet, dass die Welt ein schönes Buch ist. Aber es nützt dem nichts, der es nicht lesen kann. Ich hoffe sehr, dass wir uns sehr bald wiedersehen, liebe Selma.« Damit hauchte sie ihr einen Kuss so leicht wie ein Schmetterlingsflügelschlag auf die Wange und entschwand in der Menge.

»Wenn sich unsere Wege das nächste Mal wieder kreuzen, musst Du mich festhalten, bis ich Dir etwas über mein wahres Leben erzähle, denn das kennst Du noch lange nicht. Es ist eine unendlich lange Variation auf das Wort Wille. Mir wurde wirklich nichts geschenkt oder in die Wiege gelegt, sondern ich habe mir meine Begabung selbst erschaffen, indem ich sie mir als Erstes einfach herbeiwünschte. Abgesehen von dem Ehrgeiz und dem Geschick zu Reimen, das kann ich durchaus meinen Vorfahren zu verdanken haben. Aber nicht mehr. Hättest Du mich mit 20 kennengelernt, mit all meiner jugendlichen Dummheit, wovon ich immer noch welche in meinen Knochen stecken habe, hättest Du nie erwartet, dass ich mit 30 Schriftstellerin geworden bin. Eigentlich ist mein Leben eine Geschichte voller Demütigungen, die schwer auf mir lastet, und es bedarf immer noch eine große riesige Menge Sonnenschein, um mich davon zu befreien.«

Selma an Sophie, 1894

Kapitel 3

DIE GEISTER, DIE ICH RIEF

Zwei Tage nach dem Treffen bei Ellen Keys Veranstaltung, 1894

Hinter Selma lag Stockholm. Die schwimmende Stadt, erbaut auf Inseln, verbunden mit Brücken, von Wasser liebkost. Etwas Unwirkliches umgab sie, etwas Feierliches und Großes. Einmal hatte Selma sich am Hafen mit Fischern unterhalten, die über Meermädchen gesprochen hatten. Wunderschöne Frauen in schleppenden, grünen, seidenen Gewändern und mit Perlenkränzen im Haar. Sie seien schuld, dass Stockholm auf diesen drei Inseln gegründet worden sei, zwischen dem Mälarsee und der Ostsee. Vor langer Zeit hatte ein Fischer heimlich Meermädchen beobachtet und eins ihrer Schwimmgewänder, ein Seehundfell, gestohlen. So konnte sich das seehundfelllose Meermädchen nicht mehr verwandeln und musste mit dem Fischer mitgehen. Durch eine List gelang es ihr nach Jahren, wieder an das Tierfell zu gelangen, sie schlüpfte hinein, verwandelte sich in einen Seehund und tauchte ins Wasser hinab. Der Fischer warf in seiner Liebesnot einen Jagdspieß hinterher, traf sie und hoffte, dass sie wieder auftauchen würde und zurückkommen. Aber da sah er, wie sich über das Wasser ringsum ein milder Glanz ergoss, der ihm eine wunderbare Schönheit verlieh. So etwas hatte der Fischer noch nie gesehen; das Wasser leuchtete und blinkte und spielte in rosigem und weißem Schimmer, gerade wie Perlmutter in einer Muschel. Und als die glitzernden Wellen ans Ufer schlugen, sah der Fischer, dass auch dieses sich veränderte. Überall begann es zu blühen und zu duften; ein weicher Schein breitete sich aus, und es bekam eine Schönheit, die es früher nicht gehabt hatte. Und der Fischer erriet, woher das alles kam. Die Sache ist nämlich die: Wer ein Meermädchen sieht, findet es schöner als alle anderen Menschenkinder – er kann gar nicht anders. Und als sich nun das Blut des Meerweibchens mit dem Wasser vermischte und alsdann mit den Wellen über die Ufer floss, teilte sich ihre Schönheit auch dem Land mit; die Schönheit wurde ihnen als Vermächtnis geschenkt, dass alle, die sie sahen, von der Lieblichkeit dieser Ufer hingerissen wurden und von da an stets von Sehnsucht nach ihnen erfüllt waren.

Selma ließ die verschneite Landschaft vorbeiziehen. Die immergrünen Nadelbäume, die den Tieren und den Geschöpfen aus Sagen und Märchen Speis und Schutz boten, die Felsen, die sich wie endlose Finger von versteinerten Lebensformen an den kargen Mutterboden krallten und sich trotzdem nicht dagegen erwehren konnten, dass Bäume ihre Wurzeln in die Risse schoben. Die wunderschönen Bauernhöfe, die mit ihrer falunroten Farbe die Tränen und Nöte ihrer Bewohner seit Jahrzehnten aufsogen. Pferde, Kühe, Schafe und überall das Blau der Seen und Flüsse.

Es gab nichts, das sie mehr beruhigte, sie schneller in Gleichklang mit sich selbst bringen konnte. Eine Stimme in ihrem Kopf flüsterte: Hier bin ich Mensch, hier darf ich's sein.

Ein Lachen arbeitete sich aus ihrer Kehle hoch und gluckste unterdrückt aus ihrem Mund ins Zugabteil. Selma schaute die beiden Mitreisenden an, die mit ihr den beschaulichen Raum teilten, aber die ältere Frau und ihr Gatte hatten die Augen geschlossen und waren von dem gleichmäßigen Rattern in den Schlaf gewiegt worden. Die Hände der beiden Alten waren voller Schwielen, die Fingernägel kurz bis aufs Nagelbett, und die Runzeln im Gesicht erzählten von hart verdienten Geschichten, die sie vor dem prasselnden Kamin ihren Enkeln weitertrugen. Nichts hätte besser in diese Landschaft passen können wie diese beiden Alten, dachte Selma und zog ein Notizbuch und einen Stift aus ihrer Reisetasche. Etliche Bauernhöfe später starrte sie noch immer auf eine leere Seite. Unzählige Bauernhöfe später hatte sich das nicht geändert. Ihr wollten einfach nicht die richtigen Worte einfallen, die ihren Gedanken gerecht geworden wären.

Wieder schweifte ihr Blick raus in die Landschaft, liebkoste die vorbeiziehenden Bauernhäuser, entschwand in den Tiefen der Wälder und tanzte auf den glitzernden Gewässern.

Bis jetzt hatte sie immer gedacht, dass das genug sei.

Die Gesellschaft von sich selbst und ihren Gedanken.

Die Freiheit, über das Leben entscheiden zu können. Die Gewissheit, einen Beruf auszuüben, der ihr genau dies ermöglichte.

Aber gerade jetzt empfand sie einen stechenden Schmerz in der Brust, der ihr fast den Atem nahm. Mit jeder Faser ihres Körpers sehnte sie sich zurück nach Stockholm. Zurück in das Gespräch mit Sophie. Das hatte ihr auch einen Gleichklang verschafft, einen anderen, einen, der ihre Seele zu den Wolken riss. Und ihre Gedanken ertranken in einem Tiefbraun, mit bernsteinfarbenen Sprenkeln.

Vielleicht hatte Sophie ebenfalls Meermädchenblut in sich?

Selma seufzte und zog ein einzelnes Blatt aus der Tasche, auf dem sie das *Flaumenvögelchen* vor einiger Zeit angefangen hatte. Sie las leise: »Wie auf einem Bilde habe ich das schmale kleine Gesichtchen vor mir und den Hut, der es umschließt und der unter dem Kinn geknüpft ist, das dunkelbraune glatt gekämmte Haar und den großen Schal mit den gestickten Seidenblumen … In sie bin ich vom ersten Augenblicke an verliebt gewesen.«

Selma schaute zum Zugfenster hinaus auf die Baumskelette, die ihren grünen Blättern hinterherträumten.

War das so?

Waren die Gefühle, die sich in ihrer Brust zusammenballten, so leicht in einem Wort zusammenzufassen?

Liebe.

Ein einziges, kurzes Wort, das einen ganzen Wald an Empfindungen abbilden sollte? Das wäre ja fast so, als ob man versuchte, allen verschiedenen Arten von Rosen nur mit dem Namen *Rose* gerecht zu werden. Dabei gab es die verschiedensten Farben, Formen, Dornenarten, Blätter, Düfte und Größen. Die Wildrosen liebten den Wind und den Sturm, die gezüchteten knickten beim kleinsten

Hüsteln bereits ein. Es gab Rosenbüsche, die sich frei wie Bäume in den Himmel erhoben, und andere, die sich zwischen Felsen Schutz suchend duckten.

Warum versuchten die Menschen überhaupt, Dinge und auch Gefühle in einzelne Worte zu packen? Müsste man nicht über so gewaltige Gemütsbewegungen ganze Zeilen oder Gedichte schreiben, anstatt nur ein Wort zu sagen? Sophie hatte erzählt, dass es in Finnland um die hundert Worte für Schnee gab, den einzelnen Dialekten, aber auch den Wetteränderungen geschuldet. Schnee war ja nicht gleich Schnee. Er konnte kleben, fest wie ein knuspriger Krapfen sein oder flockig weich wie eine zarte Feder. So war es doch auch mit der Liebe. Warum stopften die Menschen die Worte nur so gerne in fertige Kisten? Einfach nur, um das festzuschnüren und nicht darüber nachdenken zu müssen? Dann könnte man diese auch im Regal stapeln und abstauben. Höchstens noch eine Schleife drum, damit es nett aussah.

Liebe.

Selma schaute aus dem Zugfenster. Ein Elch rannte zwischen den Bäumen hindurch, und Selma spähte, ob sie noch weitere entdecken konnte. In ihrem Kopf erklang eine Stimme, die immer lauter wurde. Sofort fühlte sie sich zurückgeworfen in ihre Kindheit. Über Weihnachten bis weit in den Januar hinein hatten ihre Eltern auf Mårbacka eine Vielzahl an Gästen beherbergt, auch ihre heiß geliebte Tante Nana. Tante Nana, die Geschichtenerzählerin. Sie konnte schon mit wenigen einleitenden Worten ganze Welten vor dem inneren Auge entstehen lassen. Und manchmal las sie auch vor. Es war Nanas Stimme, die in Selmas Kopf aus Goethes *Faust* rezitierte:

»Vom Eise befreit sind Strom und Bäche
Durch des Frühlings holden, belebenden Blick;
Im Tale grünet Hoffnungsglück;
Der alte Winter, in seiner Schwäche,
Zog sich in rauhe Berge zurück.«

Selma konnte sich nicht erinnern, sich jemals so sehr nach dem

Frühling gesehnt zu haben. Sie wollte die Sonne auf der Haut spüren, die Vögel Arien schmettern hören und ihnen beim Nestbau zuschauen. Und es gab keinen, der ihre Sehnsucht besser in Worte fassen konnte als Goethe mit seinem brillanten Meisterstreich *Faust*. Eine ihrer ersten Lieben, dem sie mit ihrem *Gösta* ein schwedisches Ebenbild gesetzt hatte. Da war es schon wieder, dieses so schlicht daherkommende Wort: Liebe. Was konnte sich dahinter verbergen? Eine Sehnsucht, ein Wunsch, aber nach was? Verstanden zu werden von einer Ebenbürtigen?

Das letzte Mal, als sie dieses Gefühl in sich gespürt hatte, war sie ebenfalls in Stockholm gewesen. Damals, zum ersten Mal weg von zu Hause, in der großen, fremden Stadt. Selma seufzte. Es schien ihr, als ob das einem anderen Leben angehörte. Damals war sie neun Jahre alt gewesen und bei ihrer Tante, dem Onkel und deren jüngeren Kindern zu Besuch. Sie sollte die Annehmlichkeiten der Stockholmer Ärzte annehmen und sich behandeln lassen. Damit ihr Humpeln verschwinde oder zumindest nicht mehr so stark ins Auge falle. Ob ihre Eltern damals noch gedacht hatten, dass sie somit als Ehefrau besser zu vermitteln sei? Sahen diese nicht, dass ihre hervorstehende Unterlippe und ihre groben Gesichtszüge dem sowieso einen Strich durch die Rechnung gemacht hätten? Sie war ja weder so wunderschön wie ihre ältere Schwester Anna, der in Scharen die Verehrer hinterherliefen und die Mamas ausgemachter Liebling war, noch so süß und lieb wie ihre jüngere Schwester Gerda. Selma streckte ihre Arme hoch über den Kopf und dehnte sich. Ihr blieb nichts anderes übrig, als nach anderen Begabungen zu suchen. Und das war auch gut so. Wie sich die Blickweise verändern konnte, wenn man als so kleiner Mensch durch die Straßenschluchten lief. Damals fand sie die Stadt hässlich. So grau und eng. Sie durfte nicht alleine draußen herumtollen, sondern musste brav und ordentlich sein. Auf ihre Kleider aufpassen, vor allem auf das neue weiße Mäntelchen, das die Tante ihr gekauft hatte. Und wehe, sie ging mal ohne Hut und Mantel auf die Straße. Nie zuvor hatte sie so lange, gerade Straßen gesehen, auf denen Kinder ebenso sittsam entlangschritten wie die Großen. Auf einem Bein Wurfsteinen hinterherhüpfen? Von wegen. Klettern, sich schmutzig machen, sausen und juchzen, bis die Sonne unterging? Fehlanzeige. Die Kinder spielten hier vorsichtig mit Puppen und übten sich schon darin, erwachsen zu sein. Und vor allem sauber zu bleiben. Selma seufzte erneut. Das konnte manchmal schneller kommen, als man wollte. Also, das mit dem Erwachsenwerden. Schmutzig machte einen das Leben schon von ganz alleine.

Ein Lächeln zog sich über Selmas Gesicht. Stockholm hatte auch lichte Seiten. Der Besuch bei den Ärzten hatte ihr recht gut gefallen, auch die gut sortierte Bibliothek ihres Onkels, aus der sie sich bedienen konnte, wie sie wollte. Vor allem die Romane des Schotten Walter Scott verschlang sie wie andere Kinder Bonbons. Aber noch besser fand sie die abendlichen Theaterbesuche. Sie durfte mit ins Kongliga-Stora-Theater und in eine neue Welt eintauchen. Worte, die sich zuvor an Buchseiten geklammert hatten, bekamen Beine und Füße und begannen lebendig zu werden. Figuren, die manchmal nur eindimensional schwarz auf weiß gefangen gewesen waren und so viel Verve gehabt hatten wie ein Stück Kohle, liebten plötzlich, lachten und weinten. Aber am allerbesten gefielen ihr die Nachmittage, wenn sie Gymnastik hatte. Dort traf sie auf Louise Thyselius. Selma sehnte den Moment herbei, wenn sie einen Blick auf das liebe Gesicht erhaschen konnte, und tat alles, damit ihr Louise ein Lächeln schenkte. Nachts träumte sie davon, ein Mann zu sein, der schöne Frauen lieben durfte. So schön! Wie konnte überhaupt ein Menschenkind so wunderschön sein? Es war, als ob eine Fee aus den Geschichten der Großmutter Gestalt angenommen hätte. Nur für Selma die Flügel abgeworfen. Aber das, was sie damals gespürt hatte, war nur eine blasse Kopie von den Gefühlen, die sie jetzt in sich spürte.

Nur eine blasse Kopie.

Liebe!

Eine Schar von großen schwarzen Vögeln kreiste über einem Feld und krächzte so laut, dass es sogar das Rattern des Zuges übertönte.

Sie sammelten sich in der Luft und flogen über die Wipfel davon. Was das wohl für Vögel waren, und was hatten sie es so eilig?

Selma hatte es nicht dringlich, nach Landskrona zu kommen. Was wartete da schon auf sie? Landskrona war eine Kleinstadt am Öresund in der südschwedischen Provinz Schonen mit seiner Werft und Zuckerfabrik, mit den Kolleginnen, von denen sie wenige mochte, einer gewöhnungsbedürftigen Chefin, Josepha Ahnfelt, die so konservativ war, dass man schon eine Spitzhacke bräuchte, um das Eis um ihre Gedanken zu lösen, und Selmas kleines Zuhause, das sie sich mit ihrer Mutter und der Tante teilte. Seit neun Jahren lebte sie hier am anderen Ende Schwedens und arbeitete als Lehrerin auf der Stelle, die sie damals hatte nehmen müssen. Eine Wahl hatte sie nicht wirklich gehabt, konnte sie doch froh sein, nicht auf einem Dorf zwischen Kühen und Hühnern gelandet zu sein, dessen spannendstes kulturelles Ereignis der sonntägliche Gottesdienst war. Und davon waren die Kühe und Hühner wohl genauso wenig angetan wie Selma selbst. Sie mied Gottesdienste wie der Teufel das Weihwasser. Zum Glauben brauchte sie keine Vorbeter, das Pastorenblut in ihren Adern war ja dickflüssig genug, und Opfergaben half sie mitzuerwirtschaften, wenn ihr Nähverein eine Wohltätigkeitsgala ausrichtete, für die sie dann in Ermangelung an Handarbeitsgeschick einfach die Umrahmung übernahm und Gelegenheitsgedichte vortrug oder aus ihren Büchern vorlas.

Selma schürzte ihre Lippen zu einem Schmollmund. Was wohl eine bereichernde kulturelle Errungenschaft für diese Tiere darstellen könnte? Sie bezweifelte, dass sie Schweine für Gedichte gewinnen könnte. Vielleicht eher ein Hühnerballett? Bilder von Bauernhoftieren, die um den Misthaufen herum Polka tanzten, tauchten vor ihren Augen auf. Ein Schwein, das einen knallroten Schubkarren schob. Pferde, die zusammen um einen Tisch saßen und Karten spielten. In ihrem alten Zuhause Mårbacka hatte sie oft das Gefühl gehabt, dass es da so viel mehr gab zwischen Himmel und Erde, was man einfach nicht mit Worten greifen konnte. Magie und Zauber, die geholfen hatten, das Land, die Menschen und die Tiere so zu weben, wie sie waren. Wer wusste schon, was die Tiere trieben, wenn sich die Menschen schlafen gelegt hatten?

Sie vermisste ihre alte Heimat Mårbacka, die nun eine kleine Ewigkeit von zwei Tagesreisen entfernt lag. Aber warum sollte sie dorthin reisen? Um dem neuen Besitzer, Freiherrn Sten Raab, die Hand zu schütteln? Auch hegte sie kein Verlangen, dort fremde Menschen ein und aus gehen zu sehen. Doch verging kein Tag, an dem nicht ihre Gedanken zum Ort ihres Kinderlachens zurückwanderten und sich im goldenen Licht der Sonne unter ihrem Lieblingsbaum ausruhten und den Duft der Rosenbüsche einsogen.

Selma packte das Blatt fort, schloss ihre Gedanken in einem Raum in ihrem Kopf ein, warf dessen Schlüssel weg und fing an, mit dem Stift in das Notizbuch zu schreiben. Wenn sie schriftstellerischen Erfolg haben wollte, von dem sie tatsächlich leben konnte, ohne nebenbei als Lehrerin die meisten Brotkrumen zu verdienen, musste sie schreiben. Einfach nur schreiben, schreiben, schreiben. Sie wusste, dass sie es schaffen konnte. Sie wusste es einfach. Wusste, dass sie es musste. Sie hatte keine andere Wahl.

Mit dem Stift pochte sie auf das Buch. Aber es wollten keine neuen Gedanken sprudeln. Sie musste noch die Geschichtensammlung von *Unsichtbare Bande* beenden. Das Gespräch mit dem größten Verleger Schwedens, Karl Otto Bonnier, war sehr gut verlaufen. Er hatte sie am Ende eine unerbittliche Verhandlungspartnerin genannt, aber warum sollte sie nicht auch sagen, was sie wollte? Dieses dümmliche Lächeln, hinter dem sich die meisten Frauen versteckten, nur um nicht anzuecken, stieß sie schon aus mehreren Kilometern Entfernung ab. Warum erzog man die Mädchen so, dass sie zu gefallen hatten, und die Burschen, dass sie das Schiff lenken konnten? Das ergab doch keinen Sinn. Wäre es so von der Natur gewollt, dann müssten alle Mädchen ja die Lust und Geschicklichkeit für Handarbeit und Haushalt in die Wiege gelegen bekommen haben. Dem war aber nicht so. Das konnte sie aus erster Hand berichten. Als Kind hatte sie lieber dem Hufschmied zugeschaut, war auf dem Acker unterwegs gewesen, hatte in dem kleinen Bach gespielt oder war auf die Bäume geklettert, als Blümchen zu sticken. Blümchen waren dazu da, bewundert zu werden, daran zu schnuppern oder für die Bienen. Und ihre Eltern hatten ihr das auch erlaubt. Frei sein wie der Wind. Zumindest, als sie noch jung gewesen war, war es ihr möglich gewesen.

Selma zeichnete einen Kreis auf das Blatt, umschnörkelte ihn, ließ Wellenlinien nach innen laufen und bildete damit den Buchstaben S. S wie Salz, ohne das das Brot den Menschen nicht munden wollte, S wie Suppe, die tägliche Mahlzeit allen arbeitenden Volkes, und S wie Sozialismus. Hatte nicht Sophie darüber gesprochen? Voller Leidenschaft und Wärme. Sie kannte wohl einen Belgier, Alexis Sluys oder so ähnlich, der Sozialist und genauso an pädagogischen Umbrüchen interessiert war wie Selma. Es waren seltsame Jahre, in denen man sich gerade befand. Die schlimmen Hungerjahre waren überstanden, ihr Bruder Johan sowie fast ein Drittel der Bevölkerung in die USA aufgebrochen, um dort ihr Glück zu suchen und vom leeren Mittagstisch wegzukommen. Die Industrialisierung verursachte einen modernen Durchbruch, was allerdings die gesamte Gesellschaft ins Schwanken brachte wie ein kleines Fischerboot inmitten der Ostsee bei Sturm. Gerechtigkeit war eines der Schlagworte, und die Rechte der Frau ein zweiter Pfeiler. Auch Georg Brandes hatte bereits gesagt, dass es die Aufgabe der Literatur sei, Probleme beim Namen zu nennen und darüber zu diskutieren. So wie es schon die französischen Naturalisten getan hatten, wie Emile Zola oder die Brüder Goncourt. Und das nicht nur zu Hause beim dritten Glas Selbstgebrannten, sondern in aller Öffentlichkeit. Jede schwankende Bootsfahrt ermöglichte auch die Chance, seinen Fuß auf neues Land zu setzen. Was für ein Glück habe ich eigentlich, dachte Selma, und ihre Gesichtszüge entspannten sich. Ich treffe mich und korrespondiere mit den interessantesten Menschen dieser Zeit, mein *Gösta* traf auf Georg Brandes' Wohlgefallen, und ich darf so großartige Frauen wie Sophie Adlersparre eine gute Freundin nennen. Wer kann schon von sich behaupten, das erste Frauenmagazin in Schweden gegründet und den Kampf für die

Frauenrechte mit ins Rollen gebracht zu haben? Und jetzt noch Sophie. Es kommt wirklich nicht drauf an, von welchem Hof man kommt, sondern in welche Richtung man spuckt.

Ein paar Minuten später hatte Selma ihre Pläne geändert und schrieb mit einem Bleistift:

Liebe Freundin,
ich sitze im Zug, der mich von Stockholm und Dir wegträgt und seine ganz eigene Melodie erklingen lässt. Man muss schon genau lauschen, um zwischen dem ganzen Gerattere und Geschnaufe eine liebliche Weise herauszuhören. Aber birgt nicht alles etwas Schönes in sich, egal wie lärmend oder polternd es daherkommt? Vor allem wenn man mit dem Herzen lauscht, entdeckt man Zwischentöne und Motive, die sonst verborgen bleiben. Manchmal müssen sich die Fäden von vielem verweben, um eine gewisse Dichte zu erzeugen, so wie ein Diamant tief im Inneren der Erde nur durch einen bestimmten Druck entstehen kann. Durch diese gebündelte Intensität kann Energie freigesetzt werden, und erst dann kann etwas Neues, etwas Liebliches entstehen. Bei Dir verspüre ich eine unaufdringliche Dichte, etwas, was zwischen den Worten schwebt. Manchmal bedarf es noch eines Kusses, um den Diamanten aus dem Erdboden zu kitzeln, wer weiß das schon. Wobei Deine Melodie glänzend wie eine Ritterin daherkommt und ich bestimmt andere begleitende Einfälle auf Dich dichten könnte als ein bloßes Geschnaufe.
Hast Du etwas Philosophie von Höffding gelesen? Er beschäftigt sich mit der ewigen Jagd und dem inneren Wesen, das irgendwo im Hintergrund sitzt und von uns wenig Beachtung findet, aber ein ständiger Mitwisser ist. Gerade beim Schreiben sollte man sich viel mehr mit ihm versöhnen und auf ihn hören, auf den ewigen Dichter mit unendlicher Erfahrenheit.
Du hast mich gefragt, was Gösta mit mir gemacht habe, und ich muss sagen, er hat mich gerettet. Nicht auszudenken, wenn ich in

jene Zeiten zurückkehren müsste, als alle fanden, dass meine Tätigkeit am Schreibtisch Zeitverschwendung sei, und niemand darauf Rücksicht nahm, dass ich Stille und Arbeitsruhe benötigte. Du, liebste Sophie, wirst bereits gefeiert und verehrt für Deine Veröffentlichungen, aber ich musste mich bis jetzt immer hinter meinen Worten ducken und Entschuldigungen stammeln, weil ich mich für diese nutzlose Sache zurückzog. Entschuldigt, dass ich schreibe. Entschuldigt, dass ich davon überzeugt bin, eine große Schriftstellerin zu werden. Seit zweihundertfünfzig Jahren dichten so gut wie alle meiner Familienmitglieder Verse, und entschuldigt, wenn ich es bin, aus der etwas werden soll.

Ich bin Dir noch eine weitere Erklärung schuldig: die Sache mit der Elektrizität. Bereits bei unserer ersten Begegnung spürte ich, dass von Dir ein so großer Sog ausgeht wie von einem starken Magneten. Ich bin mir ziemlich sicher, dass Oscar Levertin für Dich jede Blondine im Stich gelassen hätte, egal wie jung oder hellhaarig sie ist, wenn Du nicht Schriftstellerin wärst. Vor Frauen mit einer eigenen starken Stimme scheint er sich als Kritiker zu fürchten.

Schau, eine so gewöhnliche und graue Arbeitsbiene, wie ich eine bin, die kann gerne Schriftstellerin sein. Da tritt kein Schaden auf. Aber das trifft nicht auf die Königin im Menschenbienenstock zu. Auf Dir darf kein Duft von Männlichkeit lasten und keine ernsten Reden sollen Dein Bild verstören. Ich erinnere mich noch an jedes Wort unserer Unterhaltung, und Deine Bemerkung, dass Du eine »liebende Frau« seist, sandte mir heilige Schauder entlang meiner Nervenbahnen. Ich hoffe, dass ich eines Tages einen so feinfühligen und edel leidenschaftlichen Menschen der Jetztzeit in meinen Büchern zeichnen kann.

Wie konnte ich anders, als zu wissen, dass wir Freundinnen werden würden? Ich hoffe sehr, dass meine tiefe Zuneigung auf Deine Gegenliebe stoßen wird.

Deine Selma

* * *

Landskrona, ein paar Tage später

»Übermorgen nach Kopenhagen?«, flüsterte Selma ihrer Freundin Anna Oom zu. Sie saßen im Schulhaus im Lehrerinnenzimmer und steckten die Lehrerinnenköpfe zusammen. Selma mit ihren kurzen dunklen Haaren und Anna mit lockigen schwarzen Haaren, die hinten zusammengesteckt waren, und einer Brille mit kleinen ovalen Gläsern, die ihre dunklen Augen noch betonten. Selma fragte: »Aber es geht doch nicht schon wieder …«

»Doch. Leider. Die Rektorin ist nicht davon abzubringen, uns zu begleiten.«

»Für einen Anstandswauwau hat sie aber einen zu kurzen Schwanz und eine zu dicke Brille.«

Anna prustete laut los und zog sofort vorwurfsvolle Blicke auf sich. Essenspausen im Lehrerinnenzimmer waren in Ruhe abzuleisten. Gute Laune stand hier eigentlich nicht auf der Tagesordnung. Gleich drei andere Kolleginnen blickten skeptisch zu ihnen herüber, und eine deutete mit einem ernsten Kopfschütteln sogar noch eine Steigerung des Unbehagens an. Diese hieß mit Vornamen auch Selma, was vom Schicksal nicht nett war. Wie konnte man seinen eigenen Namen dann immer noch mögen, wenn die gleiche Namensträgerin eine humorlose Steinzeitschachtel war?

Nach einem Bissen in das mitgebrachte Brot flüsterte Anna weiter: »Mensch, Selma, wir wollen doch wieder ins Theater gehen und ins Historische Museum. Hast du nicht sogar das letzte Mal gesagt, dass alleine ein Besuch in diesen geschichtlichen und reich ausgestatteten Mauern es wert sei, überhaupt zu atmen und zu leben?«

Selmas Gesicht überzog ein Grinsen. Sie liebte dieses Museum und hatte durchaus schon überlegt, ob sie in ihrem nächsten Leben nicht Museumswärterin werden wollte. Was für ein Segen musste es sein, seinen ganzen beruflichen Alltag mit dem Beobachten der Besucher und des Museumsinventars zu verbringen. Selma sagte: »Aber dann können wir aus dem Nähverein wieder nicht Elise Malmros mitnehmen. Die Rektorin hält nichts von Frauen, die einen Männerberuf ausüben, und da Elise die Sparbank leitet, ist sie ihr ein Dorn im Auge. Da bekommt unsere knochentrockene Josepha ja noch vor dem Sund nasse Füße. Außerdem mag sie uns doch eigentlich gar nicht. Wir sind ihr viel zu eigenwillig.«

»Selma!«, rief Anna auf und zog ihre Freundin am Arm nach draußen, um in Ruhe reden zu können. »Was ist dir denn über die Leber gelaufen?«

Selma schob den Kopf in den Nacken und ließ ihren Blick mit den weißen Wolken über die grünen Baumwipfel verschwinden. »Ach Anna, ich muss erst einmal rechnen, ob das bei mir finanziell drin ist.«

»Selma«, antwortete Anna und hakte sich bei ihr unter. »Ich zahl auch unser Zimmer in Kopenhagen und die Kaffeepausen, wenn du versprichst, mir Josepha vom Leibe zu halten.«

Selma lachte. Hätte Josepha sie gerade gehört, könnten sie sich auf die Suche nach einer neuen Stelle begeben. Wobei selbst dafür Kopenhagen ein durchaus attraktives Pflaster darstellte.

* * *

Vier Tage später saß Selma wieder in ihrer kleinen Wohnung in Landskrona, die sie sich mit ihrer Mutter und Tante teilte. Sie war ganz beschwingt von dem Ausflug zurückgekommen und barg die vielen bunten Eindrücke in ihrem Kopf wie einen eingefangenen Regenbogen. Die Weite und Freiheit war nicht von Äußerlichkeiten abhängig, es war die Weise, wie man sich in seinen gegebenen Umständen bewegte. Auch wenn man nachts in der Küche saß, versuchte, das laute Geschnarche der lieben Angehörigen zu überhören, und die Schreibfeder über ein Stück Papier tänzeln ließ. Die Gedanken spazierten immer noch durch die Straßen Kopenhagens, bewunderten die Schiffe, die an den Kaimauern im Nyhavn auf ihren nächsten Einsatz lauerten, und beneideten die pittoresken gelben, roten, blauen, grünen und orangen Häuser, vor denen Cafétische und Musiker auf Gäste warteten. Kopenhagen war quirliger als jede Stadt, die Selma bislang kannte. Kopenhagen war bunter und irgendwie auch fröhlicher. Und ganz ungeniert schritten die Damen hier Hand in Hand durch die Straßen und gaben sich sogar ein Küsschen auf den Mund. Was hatte Dänemark Schweden nur voraus?

Selma tunkte die Feder in ein Tintenfässchen, schob die Schreibhand zurück über das Briefpapier und erstarrte. Was sollte sie schreiben? Sie hatte sich bereits für Sophies Brief bedankt, von der Reise erzählt, von dem Palmenhaus, das mit seiner Glaskuppel fast das rot-graue, schlanke Rosenborger Schloss überragte, in dessen Bauch eine extravagante Schatzkammer schlummerte. Der Botanische Garten lockte mit seinen Palmen und exotischen Pflanzen in die Ferne. Selma kam es vor, als hätte Sophie durch ihre Schwärmerei von Italien in ihr ein gärendes Feuer neu entfacht, das sich Fernweh nannte. Den Wunsch, andere Kulturen und Menschen kennenzulernen, deren Düfte und Melodien aufzusaugen und vielleicht auch etwas Dichtung daraus zu schmieden. Und zu sehen, wie Frauen dort lebten. Waren sie frei, zu tun und zu lassen, was sie wollten?

Selma setzte die Feder auf das Papier und schrieb weiter:

Ich wollte Dir nochmals vielen Dank für Dein liebes Porträt sagen, das ich jeden Tag immer wieder betrachte. Ich lege Dir heute eins von mir bei, mit dem ich halbwegs zufrieden bin. Frisch aufgenommen im Fotoatelier Hansen & Weller in Kopenhagen. Die Landskronar hier in Schweden bevorzugen die dänischen Fotografen. Sie sollen mehr von Mode verstehen und von der Kunst, die zu Fotografierenden dementsprechend modisch ausschauen zu lassen. Etliche fahren dafür extra über den Sund. Findest Du, dass es modischer ist? Aber was ist schon Mode? Eine Erscheinung, der alle hinterherrennen, ob zu Recht oder Unrecht wird sich wohl erst später feststellen lassen. Auf der Fahrt über den Sund hatte Anna für uns Polkagris dabei. Kennst Du das eigentlich? Es stammt aus Gränna, das liegt ja auf dem Weg zwischen Stockholm und Deiner Heimatstadt Göteborg. Ich mag die Geschichte über Polkagris fast noch mehr als die klebrigen rot-weißen Zuckerstangen selbst, die nach

Pfefferminze schmecken. Vor über dreißig Jahren holte sich die Witwe Amalia Eriksson vom Magistrat die Erlaubnis ein, Backwaren und Zuckerwerk herzustellen und selbst ein Geschäft zu leiten. In welchen Zeiten leben wir eigentlich, in denen wir Frauen noch die Erlaubnis der Männer brauchen, um selbst etwas zu verdienen! Darüber diskutieren wir hier in unserem Nähverein recht kontrovers. Mich würde interessieren, wie Du darüber denkst, liebste Sophie. Amalia erhielt auf jeden Fall die Erlaubnis, wahrscheinlich nur, damit sie und ihre Tochter nicht nach finanzieller Unterstützung fragen und die Schatztruhe der Stadt belasten würden. Und wie Anna erzählt hat, verkaufte sich dieser Polkagris übers ganze Land. Ist es nicht toll, wenn Menschen etwas ganz Neues erschaffen, das dann einen so durchschlagenden Erfolg hat? Ich würde auch gerne etwas herstellen, das Menschen nicht nur im Kopf berührt, sondern auch im Magen. Aber Annas Plan, mit dieser schwedischen Leckerei die Dänen zu kultivieren, ging nicht auf. Wir können uns eher von denen eine Scheibe abschneiden, was Kultiviertheit anbelangt. Damit meine ich aber nicht deren Rote Grütze. Damit würde ich nicht einmal die Sauen hier füttern wollen.
Vielen Dank für Deine Einladung, über Ostern nach Göteborg zu kommen, Du weißt gar nicht, wie sehr ich mich darüber freue und mich nach den guten, teuren Gesprächen mit Dir sehne. Auch wenn ich nach etwas Erholung abseits von anderen Menschen giere. Vielleicht sogar mit Dir alleine? Du hattest doch erzählt, wie Du mit Deinen Freundinnen auf Reisen bist und die ferne Welt eroberst. Das würde mir wohl auch gefallen. Du weißt gar nicht, wie sehr ich Deine Zartheit und Feinheit bewundere, auch, als Du …

»Entschuldige bitte«, tönte eine Stimme neben Selma.

Selma zuckte zusammen und schaute ihre Mutter an, wie ein hypnotisiertes Huhn auf einen heranfliegenden Adler starrte.

»Du weißt, der Durst …«, sagte Louise Lagerlöf und goss sich aus einem Wasserkrug einen großen Schluck zu trinken ein.

Selma sah sie unverwandt an.

»Kommst du gut vorwärts mit deinen Erzählungen?«

Selma blinzelte schnell hintereinander und fragte: »Mit was?«

»Ja mit diesen ... diesen Erzählungen halt, die du gerade am Arbeiten bist.« Die Mutter fuhr sich mit der Hand in den Nacken, beugte den Kopf und massierte sich den Hals. Es knackte dabei, als ob man dünne Hühnerknochen durchbrechen würde. Selma schüttelte sich.

»Johan ist wieder weitergezogen, jetzt lebt er wohl in Seattle. Er plant, spätestens nächstes Jahr Frau und Sohn nachkommen zu lassen, und fragt, ob wir ihm etwas Geld schicken können. Gerda hat auch geschrieben. Deine Schwester sagt, dass das Ferienhäuschen in Falun frei stehe, falls wir zu Besuch kommen wollten. Diese gesamte Provinz Dalarna ist ja eh sehr interessant und bunt, das ganze Brauchtum inspiriert dich doch bestimmt auch, mein Kind. Was sagst du?«

»Mama, du solltest jetzt wirklich wieder schlafen gehen.«

Louise hörte auf, ihren Hals zu massieren, und nickte. »Ja, Selma, das mache ich. Es wäre schön, wenn du Johan helfen könntest. Und falls du wieder jemanden zum Zuhören brauchst, sag Bescheid.«

»Zuhören?«, wiederholte Selma.

Louise Lagerlöf schaute sie an, als ob sie Fieber hätte. »Kind, arbeite nicht so lange. Und ja – ich spiele gerne wieder erstes Publikum. Wie immer. Du sagst doch, dass jeder deiner Texte eine mündliche Vorleseprüfung zu bestehen hat.«

Selma nickte und schickte ihrer Mutter einen Handkuss durch den Raum.

Louise blieb am Küchenfenster stehen, schaute kurz raus und sagte im Weitergehen. »Das Schönste ist immer das Grün, nicht wahr? Das Grün und der Duft. Gut, dass es auch in der Stadt etwas Grün gibt.«

Selma blickte ihrer Mutter nach, die gerade die Tür hinter sich ins Schloss zog, und drehte ihren Kopf auch in Richtung Fenster.

Der Duft von Grün?

Farben konnten doch gar nicht riechen. Ihre Mutter hatte bestimmt den Ausblick auf den Park gemeint. Das war auch tatsächlich ausschlaggebend für diese Wohnung in der Storgatan gewesen. Grün musste immer in Reichweite sein. Wenn auch die Rosenbüsche unter den Fenstern fehlten. Dieser betörende Duft aus der fruchtigen Note von Apfel vermischt mit dem Würzigen von Zimt und der Frische vom regennassen Moos. Die Rose war die Königin unter den Blumen. Falls ich jemals in die Gunst kommen sollte, mir Eigentum zu kaufen, dann pflanze ich als ersten Schritt Rosenbüsche unter den Fenstern, wie auf Mårbacka, dachte Selma und tunkte die Feder erneut ins Tintenfass. Es wurde Zeit, dass der Brief fertig wurde. Morgen war wieder Schule, und sie konnte nicht jedes Mal auf den letzten Drücker in die Klasse huschen. Wobei morgen Hausunterricht anstand.

Dann konnte sie ja noch ein paar Minuten weiterschreiben.

* * *

»Selma, Selma!«, eine Faust hämmerte gegen ihre Tür. »Selma, du musst aufstehen, es ist halb acht. In fünfzehn Minuten kommen deine Schülerinnen.«

Selma schlug die Augen auf. Draußen war es bereits hell, und in der Küche tönten laute Stimmen. Der Duft von Kaffee und frisch gebackenen Brötchen durchzog das Haus. Selma schwang die Beine über den Rand des Bettes und stand auf. Sie zog die Nachtwäsche aus, schob mit dem Fuß etliche Bücher zur Seite, angelte vom Fußboden die Kleider vom Vortag und zog sich diese über den Kopf. Als sie sich mit einer Bürste über den Kopf ging, erstarrte sie inmitten der Bewegung. Bilder aus den Träumen der vergangenen Nacht manifestierten sich vor dem inneren Auge. Sie sah unter einem bernsteinfarbenen Himmel endlose Felder voll gelbem Getreide und Pferde, die darauf ausgelassen tobten. Sie stiegen laut wiehernd auf die Hinterbeine und sprangen umher wie zu groß geratene Hasen. Über den Köpfen der Pferde kreisten unzählige große schwarze Vögel, die immer wieder runterstießen und die Pferde schließlich in den Wald zurückdrängten. Ein Gefühl von Trauer machte sich in Selma breit, so als ob sie etwas verloren hätte.

»Selma«, rief die Stimme ihrer Mutter wieder. »Selma, willst du etwa ohne Frühstück unterrichten?«

»Ich komme ja schon. Weißt du, in Landskrona schläft man nun mal sehr tief. Immer und überall.« Selma öffnete die Tür und schaute in das lächelnde Gesicht ihrer Mutter.

»Nicht alle, mein Kind, nicht alle. Ich bin mit deiner Tante zum Frühstück verabredet, aber wir lassen dir zwei Brötchen da, ja?« Louise Lagerlöf streichelte Selma kurz über die Wange und raschelte zusammen mit ihrer Schwägerin, eingepackt in dicke Kleider und Wollumhänge, aus der Wohnung.

Selma biss in das noch warme Brötchen und genoss den Geschmack der zerfließenden Butter. Heute hatte sie aus der obersten Stufe der elfklassigen Höheren Schule für Mädchen nur drei zum Unterrichten. Da es keinen Schulraum für diese kleine Klasse gab, kamen sie regelmäßig zu ihrer Lehrerin nach Hause. Als Selma die Stelle in Landskrona angetreten hatte, musste sie in Mathematik und Physik unterrichten. Die meisten Kolleginnen hatten kein richtiges Lehrerinnenexamen abgelegt und waren dementsprechend nicht für diesen Unterricht qualifiziert. Zumindest nicht in den höheren Klassen. Es waren dummerweise Fächer, die so viel Freiraum für Kreativität hatten wie tote Tauben Hunger. Aber es kommt ja immer darauf an, was man daraus macht, dachte sich Selma und öffnete die Haustür, um zu lauschen, ob die drei bereits kamen. Seit ein paar Jahren unterrichtete Selma zudem noch Kirchengeschichte, Schwedisch, schwedische Geschichte und als Neuestes auch Erdkunde. Immerhin kam das ihren eigenen Interessen mehr entgegen. Auch wenn das ständige Hin- und Herspringen in den Fächern sie manchmal schwindelig machte und sie sich dabei ertappte, wie sie in die schwedische Geschichte eingetaucht war, obwohl sie Naturkunde unterrichten sollte. Aber ging nicht alles Hand in Hand?

Stimmen erklangen im Treppenhaus, und zu Selma flogen die Wortfetzen »Hinkende«, »Schnee« und »Aufsatz« hoch.

Selma wusste sehr wohl, dass die Schülerinnen ihr den nicht gerade schmeichelhaften Spitznamen *die Hinkende* gegeben hatten, aber warum nicht das aussprechen, was offensichtlich war? Sie konnte den Mädchen nicht wirklich böse sein. Vor allem nicht, da sie wusste, dass ihre Kolleginnen noch ganz andere Namen trugen, wie Räuberhauptmann, alter Krächzkauz oder Fischblase. Wobei Selma noch nicht herausgefunden hatte, welche ihrer Kolleginnen die Fischblase war. Und vor allem, warum.

Selma begrüßte die drei, wartete, bis sich diese vom Schnee befreit und in der Küche neben dem kleinen knisternden Ofen eingefunden hatten.

»So, wer mag anfangen?«

Drei erstaunte Augenpaare starrten Selma überrascht an. Eigentlich gab es bei Selma so gut wie nie Hausaufgaben, und wenn doch, vergaß sie, diese abzufragen. Sie war somit bei den Faulen genauso beliebt wie bei den Fleißigen, die sich bei ihr Bücher ausleihen durften.

»Ruth hat mich das letzte Mal gefragt, was Darwinismus sei, aber es war ja kurz vor zwei Uhr und somit Schulschluss, und ich hatte noch etwas zu erledigen. Ich dachte, vielleicht hat eine von euch in der Familie oder im Bekanntenkreis nachgefragt? Also: Was ist Darwinismus?«

Olga Virgin und Anna-Clara Romanus schüttelten die bezopften Köpfe, aber Ruth Brandberg nickte: »Mein Vater meinte, dass Darwin nicht so bekannt sei wie Carl von Linné. Außerdem gebe er hauptsächlich Blödsinn von sich, wie ein Huhn Mist produziert. Wobei man auf Mist noch was zu essen anpflanzen könne.«

Selma schmunzelte, Ruths Vater war Arzt und ihr einziger männlicher Freund in Landskrona. Sie kannte seine Begeisterung für den schwedischen Biologen Carl von Linné zur Genüge. Linné war vor über hundert Jahren Professor und später auch Rektor der Universität in Uppsala gewesen. An der gleichen Uni hatte ihr Bruder Medizin studiert. Zu dem Zeitpunkt hatte Selma im Alter von vierzehn Jahren im nicht weit entfernten Stockholm geweilt. Sie war zum zweiten Mal in Stockholm bei Verwandten untergebracht gewesen, um ihr Hüftleiden behandeln zu lassen. Selbstverständlich war sie des Öfteren zu Besuch im altehrwürdigen Uppsala gewesen, um den Dom mit seinen Königsgräbern zu bewundern, die Runensteine, die sie in alte Zeiten der Wikinger und der Isländersagas eintauchen ließen, oder auch die Universitätsgebäude, die aus dem 15. Jahrhundert stammten. Und Feste konnten die Studenten feiern, darauf verstanden sie sich. Feste voller Gesang, Gelächter, schöner Kleider und Blumen. Und was für ein Gesang!

»Ruth, da hat dein Vater recht. Carl von Linné ist sehr bekannt, man könnte sogar sagen, dass er den Weg für Darwin geebnet hat. Wie du weißt, hat Linné ja Ordnung in die Dinge gebracht. Er hat festgestellt, dass sich zum Beispiel Blumen anhand ihrer Griffel und Stempel gleichen, und so hat er sie in Klassen eingeteilt. Außerdem hat er eine gute Idee gehabt, Tiere und Pflanzen einheitlich zu benennen. So wird schon anhand des Namens klar, zu welcher Gruppe eine Pflanze gehört. Da zieht sich die Ordnungsmarotte bis zu den Wörtern durch. Haha.«

Die Schülerinnen blickten sich in der Küche um und blieben mit ihren Augen an den großen, unordentlichen Stapeln beschriebener Blätter hängen, die auf und unter einem Tischchen in der Ecke lagen, und Olga schaute auf Selmas Ärmel. »Frau Lagerlöf, Sie haben da ein Loch in Ihrem Kleid.«

Selma verzog ihren Mund. »Danke, Olga, aber ja, man muss Ordnung in die Dinge bringen. Nur wer klar strukturiert ist und sich in seinen Gedanken und auch in den äußeren Dingen beweglich zeigt, der kann klar sehen. Linné ist es gelungen herauszufinden, dass auch hinter den wunderbaren unzähligen Gewächsen ein Muster liegt.« Selma legte die Falten ihres Ärmels um, sodass das Loch nicht mehr zu sehen war. Ohne die Hilfe des Hausmädchens und vor allem ihrer Tante wäre sie aufgeschmissen gewesen. Dann hätte sie wohl nicht einmal eine Brotkante zu Hause und müsste verhungern oder nur noch mit komplett löchriger Kleidung umhergehen. Draußen auf den Straßen stolzierten durchaus schicke hübsche Damen umher, die es verstanden, Farben und Materialien so zu kombinieren, dass sie das Beste aus Figur und Gesicht herausholten. Selma selbst würde ihren Stil wohl mit *praktisch* beschreiben. Es war ja durchaus praktisch, wenn es draußen windete, etwas über seinen nackten Körper zu werfen. Wer fror schon gerne? Und sie hatte weder Zeit noch Geld, sich mit den verschiedenen Moden auseinanderzusetzen. Praktisch war doch … ähm, praktisch, dachte Selma.

Ruth seufzte. »Ich wäre auch gerne mal ein bedeutender Wissenschaftler, der den ganzen Tag in der Erde buddelt, um mit Pflanzen zu reden und sie zu sortieren.«

Die beiden anderen Mädchen lachten, ahmten nach, wie sie im Boden buddelten und dann mit imaginären Pflanzen sprachen. Selma sah, wie sich Ruths Mundwinkel nach unten verschoben. Sie wartete, bis das Lachen abebbte, und fuhr fort. »Man erzählt sich übrigens, dass der Schullehrer von Linné davon abgeraten hatte, dass dieser studieren sollte, und heute kennt man ihn in der ganzen Welt. Tja, Ruth, wer weiß, was die Welt sich für verrückte Dinge für dich ausgedacht hat … die ersten weiblichen Studenten gibt es ja schon in Uppsala, aber noch sind es Ausnahmen. Und die Männerwelt wäre wohl froh, wenn es dabei bleiben würde. Aber ich denke, man sollte das versuchen zu erreichen, wofür man brennt, denke dabei einfach an Linné, der hat sich auch nicht von anderen beirren lassen.«

»Fräulein Lagerlöf«, unterbrach Olga. »Was hat das denn jetzt mit dem Darwinismus zu tun?«

»Ah, gut, dass du mich auf den Punkt zurückbringst. Darwin hat herausgefunden, dass sich Pflanzen und Tiere weiterentwickeln, sie verändern sich, um sich dem Lebensraum anzupassen.« Selma sah drei fragende Augenpaare auf sich ruhen und fuhr fort. »Darwin hat Vögel untersucht, deren Schnabelformen sich verändert haben, um sich der Nahrung anzupassen, die sie fraßen. Große Schnäbel zum Knacken von Kernen, spitze kleine zum Picken von Grassamen und so weiter. Dabei geht es darum, dass sich diejenigen Exemplare vermehren, die sich am besten der Umgebung angepasst haben. Somit werden die Eigenschaften an die Vogelbabys weitergegeben, die nützlich sind.«

Die Blicke der Schülerinnen wurde starrer.

»Mhm, stellt euch vor, eure Großeltern verlieren ihre letzten Zähne, und es gibt nur hartes Brot zu essen. Einer kommt auf die Idee, das Brot einzuweichen, und der andere nicht. Wer kann länger überleben?«

Die drei Mädchen nickten. Ruth kicherte. »Die sollten sich aber dann nicht mehr vermehren, so ohne Zähne.«

Selma stimmte in das helle Mädchenlachen mit ein und schaute aus dem Fenster. Wie würde sich die Zukunft wohl weiterentwickeln? Was würde sie noch an neuen Ideen und Wissen zusammentragen, und welche Rolle würden sie alle darin spielen, die sie hier so fröhlich beisammen waren?

Selma klopfte mit der flachen Hand auf den Tisch und setzte eine ernste Miene auf. »Ihr wisst, dass von Zeit zu Zeit die Frau Rektorin Aufsätze von euch erwartet. Ich hoffe, dass ihr die letzte Aufgabenstellung ernst genommen und bereits damit angefangen habt?«

Drei Augenpaare schnellten nach unten und bewunderten den Fußboden.

»Ich verlängere euch das noch um eine Woche, aber dann will ich auch, dass sich das Ergebnis sehen lässt. Ruth, konnte ich deine Frage beantworten?«

Ruth nickte, und ihr Gesicht überzog ein Lächeln. »Fräulein Lagerlöf, wann gehen wir denn mal wieder selbst in die Botanik, und Sie bringen uns etwas über die Natur vor Ort bei?«

»Ruth, wie wäre es, wenn wir das Ende des Winters abwarten? Auch wenn der Huflattich schon sprießt und die Bäume Knospen tragen, ist es noch ein bisschen kalt, oder? Hat eine von euch eigentlich schon einmal von ihren Großeltern ein Gericht vorgesetzt bekommen, in dem sich die frischen Spitzen von Tannen befanden?«

»Geht es in der Geschichte wieder um Trolle?«, fragte Olga, aber diesmal schüttelte Selma den Kopf. In dieser Schulstunde wollte sie keine Sagen erzählen, sondern den Mädchen ein Bewusstsein vermitteln, dass die Älteren zwar weniger Zähne im Mund hatten, dafür aber eine ganze Menge an Erfahrung. Vielleicht käme am Ende ein Troll vor. Aber dann nur ein ganz kleiner.

* * *

Selma lauschte den hellen Mädchenstimmen, die die Treppen hinunterpurzelten und mit einem Juchzen draußen auf die Straße hüpften. Unbekümmertheit ist das größte Geschenk, dachte Selma. Aber hat man diesen Kreis einmal verlassen, dann kann man auch nicht wieder zurück. In der Küche klapperten die Töpfe und Teller, und der Geruch von Kartoffeln zog durch die Räume. Der Kamin knisterte. Selma lehnte sich in dem Stuhl zurück und schloss die Augen. Sie sah die Felder von Mårbacka vor sich. Sie spürte den kalten Wind, der ihr Frost und Röte ins Gesicht trieb. Pferde wieherten, und die Ketten, mit denen die Kaltblüter Bäume über die Wege zerrten, klirrten. Hinter zerzausten Bäumen stand ein Herrenhaus, das herrschaftlicher nicht sein konnte. Prächtige Säulen zierten den Eingang und trugen einen Balkon, von dem grimmige Gestalten hinunterblickten. Mächtig und Furcht einflößend, wie nur Götter und Könige es sein konnten. Das Herrenhaus weitete sich zu einem Palast, der von einer schwarzen Nacht geschluckt wurde. Aus der Dunkelheit schossen Pfeile auf Selma zu, und diese riss mit einem hellen Aufschrei die Augen auf.

»Was ist passiert?« Selmas Mutter trat aus der Küche und blickte sich erschrocken um.

»Nichts, liebe Mutter. Nichts. Da klopfte gerade nur eine neue Geschichte in mir an.« Selma lachte laut auf und lauschte in sich hinein.

Louise beobachtete sie und setzte sich zu ihr an den Tisch. Sie fasste Selmas Hand und streichelte sie, wie sie es schon getan hatte, als Selma noch auf allen vieren durch das Zimmer gekrabbelt war.

»Selma, du weißt, dass ich sehr stolz auf dich bin, ja? Uns Wallröttern liegt das Geben im Blut, aber verliere dabei nicht dich selbst aus den Augen, mein liebes Kind.« Louise erhob sich und küsste Selma auf die Haare. »Lässt du sie jetzt so?«

Selma räusperte sich. »Ich weiß nicht. Ich hab mich jetzt dran gewöhnt. Auch wenn ich nicht verstehe, was die typhoide Darmerkrankung damit zu tun haben sollte, sich die langen Haare abzuschneiden. Versteh einer manchmal die Wege der Ärzte. Aber es gibt mir Kraft.«

»Was meinst du denn mit Kraft?«

»Die kurzen Haare geben mir Kraft, anders zu sein. Nicht nur innerlich, sondern auch von außen. Ohne diese fiebrige Krankheit hätte ich das doch nie getan. Als ob ich mich getraut hätte, einfach so meine Weiblichkeit abzuschneiden. Das Einzige, was an mir schön war. Aber es gefällt mir. Jetzt bin ich anders.«

»Aber Selma, das bist du doch schon immer gewesen. Du bist hübsch! Und auch anders. Und das ist auch gut so. Wie hättest du sonst den *Gösta* schaffen können? Oder solch eine inspirierende Lehrerin werden? Du siehst die Mädchen so, wie sie sind. Und ich sehe dich so, wie du bist. Und du bist wunderbar.« Damit verschwand Louise wieder in der Küche, und das leise Geklapper von Küchengeräten vermischte sich erneut mit dem Knistern des Kaminfeuers. Selmas Augen fielen erneut zu. Seitdem sie nachmittags private Nachhilfestunden gab, danach noch zum Nähverein musste, verschob sich ihre Arbeitszeit immer mehr in die Nacht hinein. Das forderte seinen Tribut.

* * *

Der Nähverein setzte sich aus Frauen unterschiedlichsten Temperaments zusammen, die auch verschiedene Geschmäcker teilten, was das Tragen von Unterröcken mit Rüschen oder ohne betraf. Blickdichte, schwere Stoffe, die bei jeder Bewegung raschelten wie eine ganze Schar Linden im Wind, oder zarte, verspielte, die mehr über ihre Trägerinnen aussagten als drei selbst gedichtete Verse voller Sehnsucht. Doch eines vereinte sie durch alle Altersschichten hindurch: Sie machten leidenschaftlich gerne Handarbeit.

Und dann gab es da noch Selma.

Anstatt sich mit einer Nadel zu piksen, stand sie vor den Damen, die fast einheitlich eine ungesunde Rundrückenposition über ihren Näharbeiten eingenommen hatten, und trug eines ihrer Sonette vor.

»Fra Diavolo

Es gibt ein Wirtshaus dort in Terracina,
Umschattet von üppigen Platanen,
Eine Zuflucht für fremde Karawane,
Dank der Weine, feurig und feine.

Wenn des Mondes Strahlen zitternd bescheinen
Seine mit Efeu bekränzten Altanen,
Spielen sich dort kleine, glühende Romanzen ab,
Beschützt von Santa Mandolina.

Dann lehnt die Dame sich an der Ranken Gitter
Und unten in duftberauschter Nacht
Erstirbt des Marquis' Stimme in zärtlicher Liebkosung.

Morgen ergreift er wohl den Karabiner
Und federbestückten Kalabreserhut
Und fordert Steuern von gehorsamen Vasallen.«

Sieben Frauenköpfe ruckten in die Höhe, drehten hin und her wie bebrillte Eulen, murmelten Zustimmung und vertieften sich wieder in Gespräche.

»Das ist ungewöhnlich«, sagte Anna Oom, die Achte im Bunde. »In letzter Zeit hast du doch höchstens so lustige Sonette auf deine

Lehrerinnenkollegen gedichtet, oder? Sitzt du nicht gerade an etwas ganz anderem … ich dachte, du schreibst nur noch in der Art von deinem *Gösta?*«

Selma nickte und sprach mit verschnupfter Stimme. »Das stimmt, aber manchmal muss man zu seinen Wurzeln zurückkehren, um weiterzukommen. Manchmal muss man in die Asche alter Schriften abtauchen, um neu belebt wieder aufzutauchen.«

»Was meinst du denn?«, fragte Anna, während die anderen ihre Köpfe zusammensteckten und sich über den letzten Tratsch aus Landskrona und Kopenhagen unterhielten.

»Ach, ich weiß auch nicht. Es kommt mir so vor, als wäre mir früher die Feder viel leichter über das Blatt gehüpft. Ich muss zurzeit sehr viel an seltsame Dinge denken. Ich träume wilder denn je und sehe dann tagsüber das schiefe Gesicht meines Kindermädchens Lisa Maja vor mir oder das liebe, runzelige Gesicht meiner Großmutter. Letzte Nacht konnte ich nicht schlafen, bis ich was für sie geschrieben hatte.«

»Ja, und?«

»Wie?«

»Ja, was denn nun? Selma, du bist echt komisch, trag schon vor.«

Selma seufzte aus tiefstem Herzen, schloss die Augen und rezitierte leise, aber voller Gefühl:

»Meine alte Großmutter, die tot ist und fort,
wird an meiner Seite sitzen und die Erzählung aufgreifen
jedes Mal, wenn mein Gedächtnis mich im Stich lässt.
Nicht ich werde die Worte wählen oder die Gedanken,
dies wird meine Großmutter tun, die tot ist und fort.«

Anna schaute Selma groß an. »Das reimt sich ja gar nicht.«

»Ach, Liebes, das soll sich auch gar nicht reimen, das ist direkt aus dem Herzen geschrieben.«

Anna reckte den Kopf wie ein Jagdhund, der Witterung aufnahm, und lauschte den anderen Frauen, deren Stimmen lautstark durchs

Zimmer flogen. Dann kicherte sie und sagte: »Die streiten sich immer noch über das Kartenlegen.«

Selma hatte ihr gar nicht zugehört, sie schien in ihren Gedanken versunken zu sein.

»Selma! Selma, was meinst du dazu?«

»Ich weiß nicht. Ich vermisse meine Großmutter, ihre Geschichten, ihr Lachen, das Streicheln über meine Haare mit einem ermutigenden Wort …«

»Das meinte ich nicht, Selma, sondern …«

»Von wem ich noch träume? Von meiner lieben Freundin und Förderin Baronin Adlersparre. Ohne sie würde ich noch immer ausschließlich Sonette für die Schublade schreiben. Aber, Anna, du wolltest mir was über deine Mithilfe bei der Armenpflege erzählen. Wie viele andere Frauen haben sich denn angeschlossen? Und sollten wir nicht einmal wieder etwas veranstalten, um Geld für die Armen zu sammeln?«

»Selma, Selma, heute bist du noch schrulliger als sonst. Ich weiß weder, wo Terracina liegt, was ein Kalabreserhut ist oder was du zum Kartenlegen sagst.«

Selma lachte. »Ein Kalabreserhut ist ein Filzhut, der in der Mitte eher spitz zuläuft, aber was interessant an ihm ist, ist die revolutionäre Gesinnung. Bei dem Stichwort – die rot-blauen Muster auf deinem Kleid sehen auch sehr revolutionär aus. Was hast du heute im Sinn?«

»Ähm … ganz ehrlich? Kaffee und Kuchen! Nur mit einem befriedeten Magen kann man über Frauenfragen sprechen, und das wollen wir doch heute tun, oder?«

»Jawohl. Kaffee, Kuchen, und über Frauenfragen lasse ich euch vor allem sprechen, das ist mir allemal lieber, als weiter über meine Sonette zu reden. Heute auf jeden Fall.«

Die Stimmen der anderen Frauen wurden lauter. Sie hatten sich immer noch an der Frage festgebissen, ob Kartenlegen dazu dienen könne, zu beweisen, dass es Gott gebe.

Helen Gullberg ereiferte sich. »Im Nachbarort meiner Eltern ließ sich eine Frau die Karten legen, und da hieß es, ihr Vater werde in acht Tagen sterben. Obwohl der kerngesund war. Stellt euch vor, seit dem Tag rauschte es immer abends um ihr Bett, und sie konnte nicht mehr die Bibel lesen. Es ging einfach nicht mehr, und nach acht Tagen, zack, war der Vater tot.«

»Das soll ein Beweis für Gott sein?«, mischte sich Anna ein.

»Na klar. 5. Mose, Kapitel 18, Verse 10 bis 11: ›Niemand von euch darf seinen Sohn oder seine Tochter als Opfer verbrennen, niemand soll wahrsagen, zaubern, Geister beschwören oder Magie treiben. Keiner darf mit Beschwörungen Unheil abwenden, Totengeister befragen, die Zukunft vorhersagen oder mit Verstorbenen Verbindung suchen.‹«

»Wie soll das ein Gottesbeweis sein?«, wunderte sich Selma lautstark.

Helen lächelte siegesgewiss: »Indem diese Frau den Tod ihres Vaters durch das Kartenlegen verschuldet hat.«

Selma schnappte nach Luft. »So ein Blödsinn. Sehr wohl kann man die Karten nach der Zukunft befragen. Solange man damit kritisch umgeht und nicht jede Deutung gleich für bare Münze nimmt. Vielleicht zeigt sich ja gerade der göttliche Wille durch die Karten und dadurch, dass sie jeder selbst deuten kann, wie er will.«

Jetzt schnappte Helen nach Luft. »Das ist doch absoluter Humbug. Da könnte man ja gleich anfangen, an Traumdeutung zu glauben.«

Selma griff sich ihr Trinkglas. »Da hast du recht. Träume kann man auch deuten.«

Während sich Helen darüber ereiferte, dass ja schon in Selmas *Gösta* böse Geister sich reihenweise die Hand gaben, trank Selma einen großen Schluck Punsch und spürte sofort, wie ihr eine stärkende Hitze den Hals hinab bis zum Bauch und dann wieder zurück bis zum Haaransatz wanderte. Es war manchmal so müßig, mit Menschen zu reden, die so festgefahren waren wie gestrandete Handelsschiffe.

Helen breitete ihre Hände theatralisch aus und klagte über die

Stelle im *Gösta,* in der es hieß: »Böse ist die Natur, besessen von unsichtbaren Mächten, die dem Menschen schaden.«

Auf einem Beistelltisch neben Selma lag ein blaues Journal, auf dem in goldenem Prägedruck das Wort *Lotusblüthen* stand und von ebendiesen Pflanzen als seitliche Blumenranken umrankt wurden. Selma beugte sich nach vorne, angelte sich die *Lothusblüte* und schlug die erste Seite auf. Sie las stumm:

»Theosophische Monatschrift, enthaltend Originalartikel und ausgewählte Übersetzungen aus der orientalischen Litteratur in Bezug auf die Grundlage der Religionen des Ostens und der Theosophie. Herausgegeben von Franz Hartmann M.D., Mitglied der theosophischen Gesellschaft in Indien.«

Selma blätterte weiter und blieb an der Überschrift *Yoga und Christentum oder die Geheimlehre in der christlichen Tradition* hängen. Mit ihrem Finger fuhr sie die Zeilen entlang und überflog den Text. Anhand der Biografie von Meister Eckhart, der ein unkonventioneller Philosoph und Theologe gewesen war und Ende des 13. Jahrhunderts in Thüringen gelebt und bereits Yoga-Praktiken übernommen hatte, erläuterte der Autor Franz Hartmann die Grundlagen von Yoga. Er kam zu dem Schluss, dass die Yogalehre die Vereinigung mit Gott und ein Weg zu Christus darstelle, der im Herzen jedes Menschen wohne. Gott sei nicht in Worten zu finden, sondern im Geiste und in der Wahrheit. Selma las: »Das Wort ›Yoga‹ stimmt überein mit dem Worte ›Religion‹ (von religere, lat. = zurückbinden) in seiner ursprünglichen und wahren Bedeutung. Die Yoga-Lehre soll keine bloße Morallehre sein, sondern sie rät dem Menschen, sein ewiges Leben nicht in einem anderen äußeren Menschen, sondern in sich selbst zu suchen und selbst zu diesem höheren ewigen Leben zu erwachen. Diese Yoga-Lehre bildet aber nicht nur das Wesen der indischen Weisheitslehre, sondern sie ist auch die Grundlage und der Gipfelpunkt allen wahren Christentums, wenn sie auch nur verhältnismäßig wenigen Theologen bekannt ist. Sie wurde von den indischen und ägyptischen Priestern sorgfältig bewahrt und sie war die Grundlage von Geheimkulten bei den Griechen und Römern.«

»Selma, was ist los?« Selmas Freundin Elise Malmros, die nicht nur die Sparkasse vor Ort leitete, sondern auch eine Abendschule für Arbeiterfrauen, und die außerdem diesen wohltätigen Nähverein gegründet hatte, stupste Selma von der Seite an und lächelte. »Was ist denn? Seit wann lässt du dir die Häme von Helen einfach so gefallen?«

Selma hob wie in Zeitlupe den Kopf und tauchte aus einer anderen Welt auf, die sich um unsichtbare Bande drehte. Manchmal schienen Themen sie geradezu zu verfolgen. Erst Sophie und jetzt auch hier in diesem Text. »Was? Was meinst du?«

Helen schaute gerade in ihre Richtung und plärrte: »Sogar der Bischof hat sich gegen *Gösta* ausgesprochen. Kein Wunder, wenn man die Mächte des Bösen quasi heraufbeschwört, hier kommt noch eine verwerfliche Stelle, hört gut zu: ›Mit Donner und Lärm brauste die Wilde Jagd des Abenteuers rund um den langen Löven-See. Auf weite Entfernung hörte man ihr Getöse. Der Wald gab nach und fiel, alle Mächte der Zerstörung kamen los. Das Feuer loderte, Überschwemmungen verwüsteten, und wilde Tiere strichen hungrig um die Höfe.‹ Wird da nicht die Hölle auf Erden errichtet und …«

Die anwesenden Frauen lachten und riefen: »Noch mehr Zitate. Noch mehr!«

Helen hob die Hand und sagte: »Wartet mal, ich such gerade was«, und tauchte in einer Ecke des Raumes zwischen Ordnern und Blättern unter.

Selma lächelte Elise an. »Ach, weißt du, wenn ich mich um jede Meinung kümmern würde, käme ich ja gar nicht mehr zum Schlafen. Schön, dass Helen immerhin mein Buch so konzentriert gelesen hat. Sie kann ja ganze Textstellen auswendig. Beeindruckend. Falls ich mal irgendwann eine Erinnerungsstütze brauche, kann ich sie fragen. Sag mal, Elise, von wem ist denn diese *Lothusblüte?* Kann ich mir das ausleihen? Diese Yoga-Übungen würde ich mal gerne ausprobieren. Und sprichst du nicht Italienisch? Hast du ein Lernbuch für mich?«

Helen trat wieder zu den anderen und las von einem Blatt mit lauter Stimme ab: »Wollt ihr mal hören, was die Dichterin bei der Aufnahme zu unserem Nähkränzchen ausgefüllt hat? Lieblingstugend: Barmherzigkeit. Lieblingseigenschaft beim Mann: Ernst und Tiefe. Bei der Frau: dasselbe. Lieblingsbeschäftigung: Charaktere zu studieren. Was sieht Selma als das größte Glück an? An sich selbst zu glauben. Was sieht sie als das größte Unglück an? Die Gefühle eines anderen zu verletzen. Lieblingsfarbe? Die des Sonnenuntergangs. Lieblingsspruch: Vanitas vanitatum vanitas – Alles ist eitel … Und diese Frau, die Mann und Frau die gleichen Charaktere zuspricht, eitel an sich selbst glaubt und hier ist, um uns zu studieren, dieser Frau hängt ihr an den Lippen, wenn sie liest?«

Die anderen lachten, klatschten Applaus und forderten: »Jetzt dein Fragebogen, Helen. Komm schon. Zeig uns mal deine Abgründe!«

Selma schüttelte unmerklich den Kopf und blickte Elise an.

Diese lächelte erneut und nickte. »Na klar, liebe Selma. Die *Lothusblumen* seien dein, und ich schaue nachher mal nach dem Italienischbuch. Aber nur, wenn du uns später noch etwas vorliest. Ich höre dir doch so gerne zu. Du hast bestimmt schon wieder eine neue Kurzgeschichte angefangen. Und musizieren wollten wir ja auch noch, und nicht zu vergessen unsere Diskussionsrunde über die Frauenfragen.«

Die Nacht wachte schlaftrunken auf, als sich zwei Miezekatzen auf einem Mäuerchen lautstark stritten. Es hörte sich an, als ob sich kleine Kinder in die Wolle bekommen hätten und voller Weh und Seufzen ihr Leid klagten. Ein Hund mischte sich ein und bellte eine scharfe Ansage hinüber: Ruhe!

Mehrere Fenster klapperten, als die müden Menschen die Fensterläden schlossen, um wenigstens noch den Rest der Nacht ruhen zu können.

Selma saß wieder einmal im Schein einer Öllampe an dem Tisch in der Küche und hatte sich eine dicke Wolldecke um die Beine und den Schoß gelegt und eine zweite um die Schultern geschlungen. Vor ihr lag ein Brief von Baronin Adlersparre, die sich darüber beschwerte, dass Selma jetzt auch noch Nachhilfestunden gab.

… wie willst Du Dein Talent denn pflegen und weiterbringen, wenn Du ihm immer weniger Zeit einräumst? Ich warte seit Wochen darauf, dass du mir etwas zuschickst, wofür habe ich Dich denn so lange unter meine Fittiche genommen? Als keiner an Dich geglaubt hat, reichte ich Dir die Hand. Ich habe Dich von der Lyrik zur Prosa gebracht, beherbergt, finanziell unterstützt und bin mit Dir Deinen ganzen Gösta einmal vorwärts und rückwärts geritten und die ganzen Ausritte im Kreis nicht zu vergessen, bis wir deinen Weg gefunden hatten! Wenn Dein Bruder Geld braucht, dann musst Du doch nicht alles herbeischaffen. Ich weiß, dass er Dir damals zu Deiner Ausbildung Geld geliehen hat, aber bist Du jetzt für immer in seiner Schuld? Ich bin entsetzt! Bitte, liebe, kleine, süße Selma, bitte widme Dich wieder Deinen Schriften. So eine Begabung, wie Du sie hast, verpflichtet Dich sogar weiterzuschreiben. Immer weiter und weiter. Und ich veröffentliche auch gerne wieder etwas in meiner Frauenzeitschrift Dagny, falls du weitere pittoreske und scharfsinnige Verse hast. Ich bin weiterhin für Dich da, auch wenn ich selbst gerade mitten in der Forschung über Friederike Bremer stecke. Sie ist eine so faszinierende Frau, nicht nur, weil sie unsere Frauenbewegung ins Leben gerufen hat. Aber wem schreibe ich das. Du liebst ihre Schriften ja fast so sehr wie ich, waren es nicht ihre Skizzen aus dem Alltagsleben und die Tagebuchaufzeichnungen der Reise durch Nordamerika, was Du …

Den Rest des Briefes konnte Selma nicht mehr lesen, weil ihr der Kopf auf die Brust gesunken und sie bereits in die Traumwelt eingetreten war. In ihrem Nachthemd schritt sie eine lange, sich windende Treppe nach oben. Immer weiter und weiter, bis am Ende der unzähligen Stufen eine Tür offen stand. Selma trat in den Raum und musste die Augen schließen. Geblendet von all dem Licht, das aus unzähligen

Fenstern hereinschoss. Nach einer Weile hatte sie sich an die Helligkeit gewöhnt und blickte hinaus. Sie befand sich oberhalb von Stockholm, auf einem Berg der Södervorstadt. Die ganze Stadt lag dort unten mit Häusermassen und Wasserläufen, mit Turmspitzen und Rauchsäulen; alles von den Nebeln und Dünsten des Winterhimmels umschwebt, die von Hellrot nach Grauschwarz, von Lichtviolett nach Rotbraun schillerten. Eine kleine, weißhaarige Dame saß auf einem Ecksofa. Sie hielt Empfang. Empfang für Erinnerungen. Menschen und Heime und Gegenstände und Gedanken und Diskussionen kamen geflogen. Kindheitserinnerungen und Jugenderinnerungen, Liebe und Tränen, Ehrenbezeugungen und bitterer Hohn, alles kam auf die bleiche Gestalt zugesaust, die dasaß und alle mit einem gütigen Lächeln ansah. Sie hatte ein scherzendes oder wehmütiges Wort für sie alle. Als das Mütterchen Selma gewahr wurde, streckte sie ihr die Hände entgegen. Selma wollte die Hände ergreifen, da schnellten die Hände nach oben und legten sich auf Selmas Mund. Die Alte flüsterte eindringlich: »Sie müssen besser lesen lernen. Besser lesen. Lesen! Immer weiter, weiter, weiter.«

Selma spürte, wie eine Hitze in ihr aufstieg, sie stellte sich in die Mitte des Raumes, und eine Veränderung geschah mit ihr. Wenn sie anfing, eines ihrer Sonette zu rezitieren, wiederholte sie nicht nur die Worte, die sie zuvor geschrieben hatte, sondern sie fühlte diese. Jedes einzelne. Selma genoss die Ruhe, die das Wort Baum erzeugte, fing an, durch den Raum zu schweben, als sie den Wind erwähnte, und Tränen flossen ihre Wangen entlang, als sie von der Trauer eines Kindes sprach. Die alte Dame fasste sich an ihr Herz und sagte: »Wir sind so im Einklang, dass unser Blut den gleichen Rhythmus zu pochen scheint.« Tick, tack, tick, tack. TICK, TACK. TACK. TACK.

Selma erwachte. Louise Lagerlöf stand neben ihr und klopfte sachte auf ihre Schulter. »Selma, liebe Selma, komm, ich helfe dir ins Bett.«

»O, Kinder entschwundener Zeiten! Ich habe euch nichts Neues, sondern nur das, was alt und beinahe vergessen ist, zu erzählen. Märchen weiß ich aus Kinderstuben, wo die Kleinen auf niedrigen Schemeln um die greise Erzählerin herumsaßen, oder Sagen aus der Hütte, wo die Knechte und Mägde vor dem flackernden Holzfeuer versammelt waren und sie einander flüsternd erzählten, während ihre Kleider vor Nässe dampften und sie ihre Messer aus der am Hals hängenden Lederscheide zogen, um Butter auf dicke, weiche Brotscheiben zu streichen, oder aus dem Saal, wo sich alte Herren in Schaukelstühlen wiegten und, von dampfendem Punsch aufgeheitert, von entschwundenen Zeiten redeten.«

Aus Gösta Berling

Kapitel 4

VERWUNSCHENES UND VERSCHWIEGENES

Zwei Monate später
Schloss Nääs, Ostern 1894

»Was für ein herrlicher Park. Herrlich!«, sagte Selma und schaute entlang der wuchtigen schneeweißen Baumriesen, die die Halbinsel bevölkerten. Sie folgte Sophie, die sie gerade durch den Park des Schlosses Nääs führte. Eindrucksvolle Eichen mit ausladenden krummen Ästen versuchten die Wolken zu kitzeln, und das Eis, das den See Sävelången im Winter noch komplett bedeckt hatte, war bereits von der Sonne an einigen Stellen angenagt worden und gab dem Gewässer seine blauen Augen zurück. Es schien hier kein Ende und keinen Anfang zu geben. Blauweiß, weißblau, blauweiß. Über dem See hingen Äste tief hinab, und es schien, als versuchten sie den restlichen Schnee wegzuwischen, um wieder eine komplett freie Sicht auf den Grund des Wassers zu ergattern. Auf Seenixen, Wassertrolle und Seerosenstängel. Eine kleine Felsklippe beugte sich vornüber, trug einen kleinen, schlafenden Aussichtspavillon auf seinem Rücken. Selma fühlte sich inmitten einer der Sagen, die ihre Oma immer zu erzählen pflegte. Sie liefen weiter, bis Sophie urplötzlich auf einem Rasenstück auf der Rückseite des Schlosses anhielt und Selma fast in ihren Rücken gestolpert wäre.

Sophie seufzte: »Hier sind wir.«

Dunkle Fensteraugen blinzelten auf die beiden Frauen. Viel mehr gab es hier auch nicht zu sehen. Nur an wenigen Stellen hatte die Sonne den Schnee weggeküsst, und erste vorwitzige Pflanzentriebe nutzten ihre Chancen und reckten sich zaghaft gen Licht.

Sophie breitete begeistert ihre Arme aus und rief: »Stell dir vor, seit der Bronzezeit leben hier Menschen. Und jetzt stehen wir hier.

Du und ich.« Sie riss sich die wärmende Mütze vom Kopf, schmiss sie Selma vor die Füße und rannte mit ausgestreckten Armen um ihre Freundin herum, bis sich Selma im Mittelpunkt eines Sterns befand. Gebildet aus den Fußabdrücken Sophies im weißen Schnee.

Selma hob die Mütze auf und lockte Sophie heran. Diese kam auf sie zu, bis ihr Gesicht nur noch eine Handbreit von Selmas entfernt war. Sophies Gesichtszüge wurden ganz weich. Sie küsste Selma auf die Nasenspitze, duckte sich unter Selmas Armen hindurch, die versuchte, sie an sich zu drücken, und trat ein paar Schritte zur Seite. Sie zeigte anklagend auf die Schlossmauern, wie ein Theaterdirektor den Auftritt eines neuen Protagonisten ankündigen würde. Stolz und hoheitsvoll.

»Liebe, gute Selma. Darf ich dir zu diesen ehrwürdigen Steinen, die auf das 16. Jahrhundert datiert werden, eine kleine Geschichte erzählen? Ich weiß, dass sie dich erfreuen wird.« Nachdem Selma genickt hatte, fuhr Sophie fort: »Vor langer Zeit lebte hier eine reiche Tochter, die der Willkür ihrer Stiefmutter ausgesetzt war. Sie verlobte sich früh mit einem Arzt und fieberte der Hochzeit entgegen. Doch hatte sie eines Tages beim Kartenspiel eine Erscheinung: Die Hand einer alten Frau tauchte in der Luft auf und drohte mal dem einen mit mahnend erhobenem Zeigefinger, mal dem anderen, aber es war immer derjenige, der gerade falsch spielte. Das Mädchen erschrak bis auf die Knochen, das kannst du dir ja vorstellen, wer sieht schon gerne eine Geisterhand rumwedeln? Aber als sie einen Brief an ihren Verlobten schreiben wollte, erschien die Hand wieder. Sie hatte sich ja nur verlobt, weil sie wegwollte aus diesem Zuhause. So schrieb sie offen und ehrlich über ihre Gefühle, bedauerte und entschuldigte sich und legte den Ring bei. Die Hochzeit wurde abgeblasen und jeder, der in diesen Räumen verkehrte, versuchte fortan so wenig wie möglich zu betrügen und zu bescheißen. Ob diese Geisterhand heute noch hier umherspukt, ist mir allerdings nicht bekannt. Wir werden es ja in den nächsten Tagen sehen.«

Selma trat zu Sophie und fasste ihre Hand. »Na gut, dass ich die

Angst vor Gespenstern vor geraumer Zeit abgelegt habe.« Sie schaute sich um und seufzte. »Hier weht ein anderer Odem. Es scheint, als ob die Jahrhunderte hier nur entlangfließen, um uns Geheimnisse zuzuraunen. Da stört mich auch eine solche Geisterhand nicht, im Gegenteil, sie schwingt gewissermaßen den Taktstock dazu.« Selma beugte ihren Kopf zu Sophie und flüsterte ihr zu: »Geliebte Liebste, ich wollte dir …«

Sophie ließ sie nicht ausreden, sondern schob sie ein Stück von sich weg und sagte in ernstem Ton. »Selma, ich weiß, dass dich das alles aufgewühlt hat.«

Selma schaute sie verblüfft an.

»Ja … ja, das mit deiner Rektorin, die dir die Pistole auf die Brust gesetzt hat, und dann noch dein Besuch in Göteborg, also bevor wir hierhergereist sind.«

»Du meinst den Ärger mit Josepha Ahnfeldt? Ja, das ist extrem ärgerlich und bringt mich in einen Zwiespalt. Als ob ich mich zwischen dem Schreiben und Unterrichten entscheiden könnte.« Selma biss auf ihre Unterlippe. »Die Rektorin denkt, dass das so einfach wäre, ist es aber nicht. Das weißt du selbst wohl am besten. Ich kann gar nicht anders, als zu schreiben. Das ist viel mehr als bloß eine Spielerei oder Leidenschaft. Ich dachte, ich hätte solche dümmlichen Diskussionen, in denen ich mich rechtfertigen muss, schreiben zu *dürfen,* hinter mir. Habe ich nicht den Preis der Zeitschrift *Idun* gewonnen und *Gösta* bis jetzt recht gute Kritik bekommen? Und Unterrichten …« Selma schüttelte Sophies Mütze energisch in der Luft, als hätte sie einen Lehrkörper am Kragen erwischt. »Ich wünschte, ich könnte selbst eine Schule eröffnen, um all die Missstände, die immer noch beim Unterrichten stattfinden, zu tilgen. Das eine mache ich, weil ich Geld verdienen muss, und das andere, weil es meine Bestimmung ist. Josepha passt es einfach nur nicht, dass ich eine so andere pädagogische Auffassung habe als sie. Aber was bildet sie sich ein, über meine freie Zeit entscheiden zu wollen? Jetzt habe ich schon keinen Ehemann und muss mich dann vor einer Rektorin rechtfertigen?«

Sophie wippte auf ihren Fußspitzen auf und ab und schien gleich wieder losstürmen zu wollen. Ihr Atem bildete kleine Nebelwolken, die durch die Luft kugelten.

Selma sagte: »Jetzt sei doch nicht so nervös. Oder … oder findest du, dass ich mich in Göteborg zu dämlich angestellt habe für deine feinen Freunde? Traust du dich nicht, mir das zu sagen?«

Mit einem Kichern antwortete diese: »Nein, Selma. Du kannst gut palavern und stehst selbstbewusst deine Frau. An deinem Kleidungsstil müssen wir noch arbeiten, aber das bekommen wir hin. Ich weiß schon, worin du besonders gut aussehen wirst und wo wir das bekommen!«

»Karl und Betty Warburg kann ich gut leiden. Das sind deine besten Freunde aus Göteborg, oder? Ich hatte allerdings das Gefühl, dass Betty mir das eine oder andere Mal böse Blicke zuwarf.«

Sophie grinste. »Ich glaube, sie ist eifersüchtig auf dich. Wer kann es schon ertragen, von dem Platz der allerbesten Freundin gestoßen zu werden, und als ob das nicht genug wäre, sich noch den lieben langen Tag Geschichten über Selma Lagerlöf anhören zu müssen. Weißt du, meine Freunde meinen, dass du mich ganz schön aufwühlst und meine Gedanken besitzt wie ein Graf sein Schloss.«

»So, so, ich bin also deine allerbeste Freundin. Und besitze deine Gedanken. Nur das?«

Sophie schenkte ihr einen Luftkuss. »Wusstest du, dass Oscar Levertin gesagt hat, dass du eine Naturgewalt seist, eine Visionärin, aber etwas unpersönlich?«

»Mhm. Ist das als Kompliment zu verstehen, oder eher nicht?«

»Da er nicht so viel von weiblichen Schriftstellern hält, wahrscheinlich nicht.« Nach einer Pause fuhr Sophie fort: »Er meinte, dass er nur Frauen als Schriftsteller akzeptieren könne, die als Männer schrieben.« Sophie lachte. »Aber ich habe ihm meine Meinung gesagt, dass man Autoren als geschlechtslos betrachten müsse, alles andere sei dumm. Und du schlicht und ergreifend einfach begabt seist. Als ob wir Frauen durch Zufall mal von einer Muse geküsst würden und dann so aus Versehen ein Buch zustande bekämen. Ha!«

Selma hatte Sophie erreicht und drückte ihr die Mütze auf den Kopf. »Weißt du, wenn ich ehrlich bin, hatte ich in Göteborg bei der gesellschaftlichen Veranstaltung schon etwas Angst. Mit so vielen Autoren und Zeitungsredakteuren und Kritikern war ich noch nie in einem Raum. Vor allem Per Hallström und Helena Nyblom haben mich schwer beeindruckt, sie schreibt doch diese herrlichen Sagen. Und dieses herrliche rote Kleid mit passender Blume im Haar … Hat sie nicht auch dänische Wurzeln? Dänemark bringt ja mit das Interessanteste unserer Zeit hervor. Und dann noch Prinz Eugen. Ein echter Prinz! Ich hatte gar nicht gewusst, dass er malt. Was für ein großartiger Mann. Er ist doch der jüngste Sohn von König Oskar II., oder? Ein Mensch, der die Natur liebt und malt, taugt auf jeden Fall was … Da war so viel Intellekt und Prominenz in dem Salon, dass ich mich fast nicht getraut hatte zu atmen.«

»Als er dich nach dem Leben auf dem Land fragte, hättest du ihm vielleicht nicht gerade von den trächtigen Säuen und dem Problem mit den Überschwemmungen auf den Feldern erzählen sollen, aber er fand es ja ganz unterhaltsam.« Sophie lachte und plauderte weiter: »Gut sieht er aus, nicht wahr? Mit seinem noblen Gesicht. Sogar die Ohrläppchen scheinen im richtigen Winkel zu stehen. Und den Geschichten über sein Studium der Malerei in Paris hätte ich noch lange lauschen können. Wahrscheinlich war er mehr an deinen värmländischen poetischen Landschaftseindrücken interessiert als an euren Milchkühen.«

Selma kniff Sophie in die Seite, die lachend ein Stück weiterhüpfte, mit dem Fuß ein Herz in den Schnee malte und erzählte: »Und Verner von Heidenstam nicht zu vergessen, hat er dich nicht gefragt, ob du bei der neuen Schriftstellerzeitschrift *Vintergatan* etwas veröffentlichen willst? Vielleicht kann er dich auch noch in die schwedische Tageszeitung bringen, dann wirst du im ganzen Land gelesen. Er war ja ganz angetan von dir. Wusstest du, dass er eng mit Oscar Levertin befreundet ist? In den beiden hast du auf jeden Fall Verehrer für deinen Stil gefunden.«

Selma nickte. »Wen ich durch dich nicht alles kennenlerne! Als hättest du mir eine Tür geöffnet und mich dann halb hineingeschubst.« Die beiden schlenderten zu den Bäumen, von denen der verbliebene Schnee hinunterrieselte wie feiner weißer Staub. Selma fuhr fort: »Hast du mitbekommen, wie Ellen Key und von Heidenstam sich über das schwedische Nationalbewusstsein gestritten haben?«

Sophie schüttelte den Kopf.

»Heidenstam bezeichnete Schweden als alten, weit gereisten Mann, der sich vor den Nachbarn verbeugt und seine eigene Identität vergessen hat. Daraufhin konterte Ellen Key, dass unsere Nation eher ein alter, schöngeistiger Adeliger sei, der seine Verrichtungen am Hofe als Lebensaufgabe und sein literarisches Schaffen nur als Zeitvertreib betrachte. Somit lässt er schnell beim Besuch bei seinen Nachbarn das Manuskript in der Hosentasche verschwinden, und seinem Biografen nennt er nicht die Titel seiner Bücher, sondern zeigt nur, wie er die Bücher sortiert hat.«

Sophie tänzelte den Weg ein paar Schritte voraus, machte tiefe Verbeugungen, bis Selma an ihrer Seite angekommen war und sagte: »Ich mag ja Ellen Key. Nicht alles von ihr und sie als Person nicht immer, aber sie trägt ihre Meinung auf der Zunge, das imponiert mir sehr. Findest du nicht, dass sie viel älter aussieht wie ich?«

»Ja, aber das ist sie doch auch, oder? Ein paar Jahre zumindest.« Sophie verzog ihren Mund, und Selma ergänzte schnell. »Ich meine natürlich ein paar Jahrzehnte.« Mit einem Lachen fügte sie hinzu. »Solange sie nur danebensteht und zuhört, sieht sie aus, als könnte sie kein Wässerchen trüben. Im Gegenteil, mit ihren glatten, gescheitelten, braven Haaren und diesem treuherzigen Gesichtsausdruck. Aber wehe, sie fängt erst einmal an zu reden, dann …«

»Dann stehen alle stramm«, ergänzte Sophie.

Selma nickte. »Und das, was sie sagt, hat oft Hand und Fuß. Sie meinte, dass man mal lernen solle, das Selbstwertgefühl der Nation nicht mehr von Grabsteinen und Gedenkstatuen zu kratzen, sondern man solle nach vorne blicken. Aktiv.«

»Hat das Heidenstam auf sich sitzen lassen?«

»Nein, natürlich nicht. Er wurde sehr laut, zwirbelte immer aufgeregter an seinem buschigen Schnauzbart und sprach von einer Wiederbelebung des Nationalstolzes und Identität und solchen Dingen, während Key nur lauschte, bis er geendet hatte. Eben mit diesem Lächeln, mit dem jede Mutter ihr ein Kind anvertrauen würde. Dann wartete sie ein paar Sekunden, sagte: ›Und genau das müsste komplett neu erfunden werden‹, und stolzierte mit einem huldvollen Kopfnicken davon.«

Sophie lächelte. »Das ist so typisch. Eigentlich müsste Ellen Key Bücher schreiben, also nicht ihre Sachbücher, sondern Romane. Sie hat das richtige Gefühl für Höhe- und Wendepunkte.«

Das Wasser plätscherte, und schwarze Vögel krächzten über ihren Köpfen einige Kreise. Die beiden liefen ein paar Minuten schweigend wieder in Richtung Schloss.

Selma überlegte laut. »Ich denke, sie hat recht und unrecht. Die meisten Schweden betrachten sich und das Leben als einen immer wiederkehrenden, langweiligen, trägen Ablauf und verharren auch darin, das ist schade, aber die Alten aus Värmland, aus meiner Heimat, die nicht. Die leben in einem Königreich und sehen sich als hochrangige Persönlichkeiten. Sind selbstbewusst und leben die Magie des Landes. Es wäre schön, wenn man diesen värmländischen Schleier auf ganz Schweden ausdehnen könnte. Die Menschen sollen sich zwar nicht auf der Geschichte des Landes ausruhen … also sie sollen schon dem Fortschritt einen schwedischen Stempel aufdrücken, aber trotzdem können wir doch auf das stolz sein, was wir erreicht haben, oder?«

Wieder schwiegen beide. Sahen dem Schnee zu, wie er im Sonnenlicht glitzerte und wie kleine Edelsteine die Umgebung tausendfach zurückwarf. Zumindest hundertfach.

Sophie sagte: »Wir sind das Ergebnis unserer Geschichte. Ich frage mich nur, ob unsere Geschichte auch so erzählt wird, wie sie es verdient hat.«

»Wie meinst du das?«

»Wenn wir Kurzgeschichten oder Romane schreiben, dann färben wir sie ja ein. Mit unseren Meinungen, Gedanken, Wünschen, Ängsten. Ein Teil unserer Persönlichkeit lebt in diesen Geschichten weiter. Ist es nicht so, dass, wenn Männer über historische große Ereignisse schreiben, dass das dann aus einer rein männlichen Sicht erfolgt? Kurz gesagt, der Mann ist der wahre und einzige Held, und der Mächtigere gewinnt. Wir schreiben ja ganz anders. Dir geht es nicht um die Darstellung von Macht und ihre Strukturen, sondern du beleuchtest die Tiefen, beleuchtest andere Seiten der Figuren, suchst nach Zusammenhängen, Ursachen. Verurteilst nicht im Vorfeld und lässt keine eindimensionalen Personen zu. Du schreibst und denkst weiblich.«

»Aber klar denke ich weiblich. Ich bin ja ein Weib.« Selma warf sich in Pose und drückte ihre Brust raus. »Sagte aber nicht schon Hans Christian Andersen, dass der Mensch die Welt fast immer durch die Brille des Gefühls sieht, und je nach der Farbe des Glases erscheint sie ihm finster oder purpurhell!« Selma drehte sich blitzschnell um und schloss ihre Arme um Sophie. »Und du, meine Liebe, du machst es deinen späteren Biografen mal sehr leicht. Du gibst ja sehr viel von dir preis!«

»Ja? Nur ich?« Sophie zappelte in der Umarmung. »Hast du im *Gösta* nicht auch dich selbst beschrieben? Dieses ewige über sich selbst Nachdenken, Bohren, sich selbst Hinterfragen, bis nur noch Bruchstücke der Persönlichkeit übrig sind? Marianne Sinclaire, das bist doch eigentlich du!«

Selma schüttelte ihren Kopf. »Nein, na ja … vielleicht ein bisschen. Aber es ist die Liebe einer Frau, die Gösta wieder ins Licht hievt. Die Liebe einer Frau!« Sie schloss die Augen und streckte Sophie einen Kussmund hin. Sophie drückte einen kurzen Schmatzer darauf, schlüpfte aus der Umarmung und hüpfte in die Luft: »Ich kann einfach nicht anders. Das drängt und springt von selbst hinaus.« Mitten in der Bewegung stockte sie, ruckte ihren Kopf in Richtung Schloss und schien zu lauschen. »Mutter ruft. Es ist wohl Zeit zum Kaffeetrinken.«

Über die Halbinsel waren mehrere Gebäude verteilt. Neben den Stallungen, kleineren Villen, Arbeitssälen, einem Turnsaal, Versammlungshaus und landwirtschaftlichen Bauten stand natürlich das Schloss im Mittelpunkt. Es thronte auf einem kleinen Hügel, an drei Seiten von Wasser umgeben, und streckte frech in der Mitte einen Turm in die Luft. Wie zwei Arme, die es nach vorne rechts und links ausspreizte, befanden sich zwei separat stehende Gebäude, die den südlichen und den nördlichen Schlossflügel bildeten. Eingekreist von schmückenden Hecken und mit einem wunderbaren Blick auf das Blau. Im Sommer sollten hier die hübschesten Blumen blühen.

Im südlichen Schlossflügel pflegte Sophies Familie zu übernachten, wenn sie zu Besuch auf Nääs waren, und hier war diesmal auch Selma mit untergebracht. Selma und Sophie eilten mit roten Wangen dorthin, klopften den Schnee von ihrer Kleidung und den Schuhen und betraten den Saal, wo sie ihre warmen Mäntel, Handschuhe, Mützen und Wolltücher ablegten. Ein großer blau-weißer Marieberg-Kachelofen bollerte ihnen Wärme entgegen und trieb noch mehr Röte in ihre Gesichter. Möbel aus weißem Birkenholz, verziert von Rosenschmuck und Weinblättern, standen im Raum und an den Fenstern. Um eine lange Tafel saßen bereits die anderen Familienmitglieder von Sophie: ihre Mutter Henriette, ihr Bruder Otto Salomon mit seiner Frau Ellen und den Kindern Otto junior und Axel, ihre Schwester Elise Sköldebrand mit ihrem Sohn August und Sophies Onkel August Abrahamson. August hatte zusammen mit Otto hier auf dem Schloss ein Handfertigkeitsseminar gegründet. Eine Schule für Lehrer aus ganz Schweden und sogar aus dem Ausland, die den Kindern den Umgang mit den Händen vermitteln sollten. Für den Kopf wurde schon genug getan, manchmal rauchte der ja bereits nach einer Stunde Unterricht.

Die Tafel war mit schimmerndem Damast und schwerem Silber eingedeckt, und der Duft nach frisch aufgebrühtem Kaffee und feinem Gebäck hing in der Luft. Selmas Magen fing an zu knurren und erinnerte sie daran, dass sie zum Mittagessen nicht viel hinunterbekommen hatte.

Ihr Magen tanzte Polka.

Ihr Herz hüpfte voran.

»Liebes, hast du unserem Gast bereits die Handwerksräume gezeigt?«, fragte August Sophie, nachdem er die beiden Frauen mit einem Handkuss begrüßt hatte. Er trug eine Fliege und einen grauen Bart, der sein Gesicht von der einen Schläfe über das Kinn bis zur zweiten Schläfe rundherum einrahmte. Seine Stimme strotzte nur so von Klarheit und dröhnte voluminös.

»Nein, Onkel, wir sind doch gerade erst angekommen, ich habe ihr das Drumherum an der frischen Luft gezeigt.«

August drehte sich zu Selma, die ihre Hände an einer frisch eingeschenkten Tasse Kaffee wärmte. »Fräulein Lagerlöf, ich habe gehört, dass Sie Lehrerin sind? Dann wird Sie unsere Einrichtung bestimmt auch interessieren.«

Selma nickte und hob die Tasse nah an ihr Gesicht, um mit dem Dampf ihre kalten Wangen aufzutauen.

Sophies Mutter, die ebenfalls ganz in Schwarz gekleidet war und das gleiche längliche, feine Gesicht wie Sophie hatte, zog eine Augenbraue hoch, lächelte und schenkte ihrer Tochter Kaffee nach. »Weißt du noch, wie du hier geheiratet hast? Ach, Fräulein Lagerlöf, Sie können sich das nicht prächtiger vorstellen. Mit acht Brautjungfern und fünf Marschällen. Und die Hochzeitsreise hatte Nathan mit seinem Freund Levertin geplant. Das war auch eine prächtige Angelegenheit: Berlin, Wien, Italien, Venedig …«

Selma raunte Sophie zu: »Levertin?«

»Ja«, Sophie nickte. »Aber nicht Oscar, der dich als Naturgewalt bezeichnet hat, sondern sein Vater. Der ist auch etwas netter.«

Henriette fuhr fort: »Fia hatte er immer Sophie genannt, seine kleine Fia. Ob zu Hause bei rauschenden Ballnächten, in den Salons der Reichen und Schönen oder in den Leseklubs Stockholms. Immer seine kleine Fia.«

Mit einem Hüsteln unterbrach Otto den Redeschwall seiner Mutter. Er trug einen gewaltigen schwarzen Vollbart und einen imposanten Schnauzer. Der restliche Kopf war kahl, und somit betonte der Bart die untere Gesichtshälfte und zog sie noch mehr in die Länge. Mit ernstem Ton sagte er: »Hochzeitsreise ist gut. Meiner Schwester und ihrem Bräutigam wurde von Freunden geraten, auf der Hochzeitsreise zu verbergen, dass sie Juden waren.«

August mischte sich ein: »Junge, wir wollen doch heute nicht über Politik reden. Vor allem nicht, wenn wir so ausgezeichneten Besuch hier haben. Fräulein Selma, Sie hatten vorhin erwähnt, dass Sie an unserer Landwirtschaft interessiert sind?«

Selma nickte und blickte zu Sophie, die auf ihren Teller starrte.

»Lieber Onkel«, unterbrach Otto. »Hätte sich politisch nicht so einiges verändert, hättest du als Jude hier überhaupt nicht einen Krümel Erde erwerben können. Erst mit der Änderung des Gesetzes 1868, dass Juden Ackerland kaufen dürfen, konntest du dich hier niederlassen. Sag mir nicht, dass Politik nicht wichtig sei! Hätte es in den Städten nicht diese Salonkultur gegeben, hätte man uns gemieden. Das war der einzige Weg, überhaupt mit Menschen höheren Standes zusammenzutreffen. Bedenke doch, wir haben erst seit wenigen Jahren die gleichen Rechte wie alle Bürger in diesem Land. Sophie, erzähl doch mal, wie es war, hier aufzuwachsen.«

Sophie blickte erstaunt auf und meinte: »Papa meinte immer, wenn man hässlich sei, solle man sich zumindest anstrengen und fleißig sein.«

Ihr Bruder schüttelte den Kopf, was seinen Bart in Bewegung versetzte. Seine Augen blitzten. »Sophie, als du in die Schule kamst, warst du eines der ersten jüdischen Kinder, denen das überhaupt erlaubt wurde. Wie hast du das damals erlebt?«

Sophie schaute nachdenklich aus einem der Fenster. Das Gelächter der Kleinsten am Tisch und das Klirren der Kuchengabeln schien sie nicht wahrzunehmen. »Ich war damals noch sehr jung. Neugierig vor allem, und ich liebte es, Verse zu zitieren, und ich liebte Schweden. Ich verstand nur nicht, warum mich die anderen Kinder immer hänselten und behaupteten, dass ich gar keine Schwedin sei.«

Henriette lachte kurz auf. »Einmal hast du einem Jungen sogar die Mütze vom Kopf gerissen, so wütend warst du. Du wolltest keinen Wüstennamen haben, sondern einen richtigen schwedischen. So was wie Helga oder Freya.«

Sophie blickte ihre Mutter ruhig an. »Ich passte nirgends hinein. Weder in die Schule noch zu Hause. Rebellisch nanntet ihr mich, oder nicht? Aber es war gut, dass du mir damals von der Geschichte der Juden erzählt hattest, das lehrte mich, stolz zu sein auf das, was ich bin. Auch wenn ich dich später damit enttäuschte, keine Anstalten zu machen, zu lernen, wie man einen Haushalt führt.«

Henriette nahm einen Schluck aus ihrer Tasse und lächelte. »Literaturgeschichte hast du damals gelernt, lang und breit über Politik gesprochen, ganz wie dein Bruder, und Verse geschrieben. Warst ja unsere kleine Hofdichterin. Zum Glück bist du bei Nathan auf die gleiche Leidenschaft gestoßen. Mehr als Pfannkuchen konntest du ja nicht backen. Der gute Nathan.«

Otto räusperte sich. »Fräulein Lagerlöf, sind Sie politisch?« Selma schüttelte den Kopf. Er fuhr fort: »Politik bestimmt leider unser Leben. So wie Religion. Dabei sollte Religion uns nicht trennen, sondern verbinden. Wir können das Christentum und das Judentum durchaus unter eine Haube bekommen. Fräulein Lagerlöf, Sie müssen einen unserer Gottesdienste hier besuchen. Ich esse koscher, verstehe mich als Jude, nehme aber an christlichen Andachten teil, die übrigens hier auf Englisch abgehalten werden und mit einem christlichen Segen enden. Es ist nicht leicht, sich zu einer Minderheit zu zählen, die von einer großen Masse Andersgläubiger umgeben ist. Da kann man sein Dilemma nur kompensatorisch lösen. Und hier auf Nääs leben wir so offen mit Menschen aus aller Herren Länder, dass es eigentlich im Grunde nur darum gehen kann, Mensch zu sein. Wir alle sind einfach nur Menschen. Und ist es nicht lustig, dass ich als Jude derjenige bin, der hier auf Nääs die schwedische Tradition sammelt, konserviert und weitervermittelt?« Mit einem Seufzer lud sich August ein weiteres Stück Gebäck auf den Teller, während sich Selma und Sophie anschauten.

Sophies Mutter sprach in die entstandene Stille, als ob sie gerade einen Gedanken zu Ende gedacht hätte, der aus einer Parallelwelt stammte. »Nathans Tod war eine Erlösung. Auch für die süße kleine Tultan. Und für ihn. Für beide. Er hatte direkt vor seinem Tod noch an uns telegrafiert und sich für alles bedankt.« Ihr Blick streichelte Sophies Haare. »Das war so ein wunderbarer Mann.«

»Mama«, sagte Sophie, und ihre Stimme klang belegt. »Der Schnee scheint dich in alte, dunkle Zeiten zu werfen. Aber die Sonne scheint!«

»Fleischsuppe, Huhn und Zitronencreme«, sagte Sophies Mutter leise.

»Mutter!«, sagte Sophie mit sich überschlagender Stimme.

»Entschuldige, ich weiß auch nicht …« Sophies Mutter erhob sich, murmelte etwas von Toilette und ging raus.

Otto nahm sich noch ein Stückchen Gebäck. »Sophie, lass gut sein. Du weißt ja, dass ein gewisser Hauch Melancholie über unserer Familie hängt wie ein Fluch. Hast du eigentlich mal wieder etwas von Alexis Sluys gehört? Du schreibst doch noch regelmäßig mit ihm, oder?«

Sophie zuckte zusammen, als ob ihr jemand einen Schlag in den Nacken versetzt hätte.

»Ja. Also nein.«

»Was denn jetzt?«

»Ich schreibe noch mit ihm, habe aber schon länger nichts mehr von ihm gehört.«

Ihr Bruder nickte. »Alexis ist auch viel beschäftigt. Gerade wenn neue Buchideen entstehen, dann hat man einfach keine Zeit für Briefe, oder wie sehen Sie das, Fräulein Lagerlöf?«

Selma rührte in ihrer Tasse Kaffee. »Ich sehe das ganz ähnlich und dann auch wieder nicht. Während ich Bücher schreibe, kann ich natürlich nicht gleichzeitig einen Brief schreiben, aber ich muss gestehen, dass mich in den Denkpausen das Briefeschreiben zerstreut. Genauso wie eine schöne Ausfahrt mit einer Kutsche. Ich habe gehört, dass es hier so prächtige Pferde in den Stallungen geben soll? Ich würde mir gerne noch mehr von dem Umland anschauen. Vielleicht sogar morgen? Sophie?«

Ein paar Stunden später saßen sie in Sophies Zimmer auf dem Bett.

Selma blickte Sophie an. »Alexis Sluys?«

Sophie zögerte mit der Antwort, als ob sie erst jedes Wort abwägen und betrachten müsste. »Er ist ein Bekannter von mir. Er ging in das Seminar meines Bruders hier vor Ort. Er kommt aus Belgien, verheiratet, Kinder, er ist ein sehr interessanter Mann. Habe ich dir nicht schon einmal von ihm erzählt? Er interessiert sich auch für Sozialismus. Ich habe sein letztes Buch in meiner Wohnung in Stockholm, falls du …«

»Fleischsuppe, Huhn und Zitronencreme?«, fragte Selma weiter.

Sophie nickte. »Das war das Lieblingsessen von Nathan. Es tut mir leid, dass du heute so dermaßen in meine alte Lebensgeschichte gestoßen wurdest. Der Tod von unserer kleinen Tochter und von Nathan ging uns allen so nah. So sehr.« Sophie pausierte, bevor sie mit leiser Stimme fortfuhr. »In seinen letzten Tagen hat er sich nach dem Tod gesehnt. Tuberkulose, weißt du. Er wollte einfach nicht mehr. Er … es … es war …«

Selma strich Sophie über die Haare, bis diese mit ihrem Kopf in Selmas Schoß sank und hemmungslos weinte.

* * *

Der Schnee knirschte unter den Kufen des Pferdeschlittens. Der Kutscher schnalzte mit der Zunge, ließ die Peitsche über den Rücken der Pferde knallen. Die beiden dampfenden Tiere wieherten hell und schritten noch weiter aus. Versuchten, den Frühnebel unter ihren Hufen zu bannen. Die verzauberte Winterwelt erwachte und versicherte, dass auf jede noch so dunkle Nacht ein frischer Morgen folgen würde.

Selma kuschelte sich unter einer dicken Wolldecke an Sophie, die ihren Kopf zur anderen Seite gedreht hatte und die Landschaft anstarrte.

»Sophie, was ist los?«

Sophie schaute Selma an. »Ich weiß nicht, liebe Selma. Es fühlt sich alles so komisch an. Als ob ich in einen Teil meines Lebens gefallen wäre, den ich schon längst als geschlossen betrachtet hatte.«

»Du hast hier in Nääs angefangen, wieder auf die Beine zu kommen?«

»Ja. Nach dem Tod meiner Lieben war ich zuerst bei meiner Mutter in Göteborg. Sie und meine Freunde haben mich aufgefangen. Wer weiß, wo ich sonst gelandet wäre. Als Gespenst in den dunkelsten Löchern. Ich habe hier für meinen Bruder vor allem übersetzt. Er schrieb für die Reihe *Schriften der Meister der Geburt Christi*. Und so kam ich zum Schreiben. Und schrieb immer mehr und mehr. Ließ meine Gedanken fließen. Zuerst erschien meine Kurzgeschichte *Eine kleine Geschichte ohne Namen* in einer Göteborger Fachzeitschrift, die ich dann mit anderen zusammen in der Novellensammlung *Dur und Moll* veröffentlichte, aber das kennst du ja. Fünf Jahre ist das jetzt her. Ich glaube, ich habe meine Seele gesund geschrieben.« Sophie lächelte. »Außerdem hätte ich als Gespenst nicht so die beste Figur gemacht.«

Selma griff das Lächeln auf. »Du machst in allem und jedem die beste Figur, liebste Sophie. Du bist der Glanz auf jeder Veranstaltung und das magnetische Sahnetüpfchen für gute Laune. Amor che muove il sole e le altre stelle.«

Sophie zog die Augenbrauen in die Höhe. »Selma, du überraschst mich immer wieder. Hast du jemanden gefunden?«

Selma nickte. »Ja, ich nehme jetzt Italienischstunden. Weißt du, immer nur Schnee, das kann man ja nicht.«

Und unter der Decke verhakten sich die Finger von einem braunen Handschuh mit denen eines schwarzen Handschuhs. Selma fühlte sich Sophie so nah, als ob sie eine Einheit wären. So etwas wie ein zweiköpfiger Troll aus den Tiefen der schwedischen Wälder. Nein, der Vergleich gefiel Selma nicht. Eher so, als ob zwei Wesen zu einem verschmolzen wären. Mit Gefühl und Wärme. Einfach wie Selma und Sophie.

Selma flüsterte Sophie zu: »Weißt du, meine Geliebte, mir ist unsere Rollenverteilung schon bewusst. Ich bin diejenige, die liebt, und du, du musst dich einfach lieben lassen. Frauenliebe ist heute eine sehr unreflektierte Sache, ich stecke da auch noch in den Ansätzen fest. Aber, liebste Sophie, du kannst deiner Rolle nicht entkommen. Und ich weiß, dass du das auch gar nicht willst.« Selmas Daumen strich zärtlich über Sophies Finger, während sich Sophie nach einem kurzen Lächeln wieder zur Seite drehte.

Sophie hielt ihr Gesicht in den Fahrtwind, sodass dieser die Tränen mit sich nehmen konnte, die ihre Wangen entlangperlten. Sie flüsterte »Amor che muove il sole e le altre stelle. Das stimmt. Die Liebe bewegt die Sonne und die anderen Sterne. Amor che muove il sole e le altre stelle. Ich frage mich nur, ob wir die Sterne oder die Sonne sind.«

* * *

Die Sonne stand mittig am Firmament, als Selma nach einer Mittagsruhe einen der Handwerksräume betrat. Es war kalt. Erst wenn der Winter sich schlafen legte, würden hier wieder die lachenden Stimmen von Schülern ertönen.

Es roch ganz leicht nach Holz und etwas Strengerem, dessen Geruch Selma nicht erriet. In dem lang gezogenen hohen Raum standen unzählige Werkbänke in zwei Reihen. Es waren bestimmt dreißig Plätze. Arbeitsmaterial stapelte sich in Regalen an der Wand. Gerahmte Bilder von Menschen in Trachten aus ganz Schweden hingen an den Wänden, und ganz hinten, mittig an der Wand, lehnte ein riesiger gusseiserner Ofen.

Selma lächelte und zeigte auf den Ofen. »Ich sehe schon, da kommen wohl die fertigen Werkstücke hinein, oder?«

Eine tiefe männliche Stimme räusperte sich hinter ihr. »Eigentlich nicht, wertes Fräulein Lagerlöf. Wir hier, wir schätzen unsere Schüler. Wie gehen Sie denn mit den Ihren um?«

Selma drehte sich um und sah in das Gesicht von Otto.

Dieser sagte: »Ich dachte, ich schließe mich nun etwas an. Nachdem ihr schon die Schlittenfahrt ohne mich gemacht habt.«

Sophie öffnete den Mund, um zu protestieren, als Otto anfing zu lachen. »Das war doch nur ein Scherz. Nichts für ungut. Und im Übrigen glaube ich auch, dass eine Freundin meiner Schwester eine formidable Lehrerin sein wird. Sophie umgibt sich eigentlich nur mit Menschen, die zum einen leidensfähig sind, also geduldig ihr Temperament ertragen können, und zum anderen empathisch. Da Sophie gerne weitschweifend erzählt, wäre es von Vorteil, wenn sie eher zum Typus des Phlegmatikers neigen, damit sie nicht so schnell weglaufen.«

Selma schaute etwas betreten zur Seite. Hatte er ihr Humpeln bereits bemerkt? Wenn das Wetter so kalt war, hinkte sie manchmal mehr als an wärmeren Tagen.

Sophie hakte sich bei Selma unter, grinste ihren Bruder an und sagte: »Na dann beglücke uns doch mal mit all deinem Wissen über die Handwerkskunst in Nääs. Darauf wartest du doch bestimmt schon den ganzen Tag, irgendjemanden mit den ollen Geschichten zu langweilen.«

Otto drohte ihr mit dem Zeigefinger, um anschließend damit über seinen schwarzen Schnurrbart zu streichen. »Es ranken einige Legenden um die Legung des Grundsteins von unserer Schule, die, muss ich bei aller Bescheidenheit gestehen, bekannter auf der ganzen Welt ist als das Schloss des Königs in Stockholm. Wir haben schon Schüler aus Deutschland, der Schweiz, England, Schottland, Brasilien, Uruguay, Südafrika, den USA und weit mehr ausgebildet.«

Selma und Sophie lachten, und Otto unterbrach sie, indem er den Zeigefinger wieder in die Luft reckte. »Na, wenn jetzt der König wüsste, dass ihr über ihn lacht! Aber König Oskar II. hatte tatsächlich etwas mit der Gründung dieser Schule zu tun. Mein lieber Onkel August ist ja mit ihm befreundet, und über ihn bekam ich damals, das muss wohl 1877 gewesen sein, Kontakt zu Uno Cygnaeus, der neben Fröbel, Locke, Rousseau, Pestalozzi und Diestelweg einen meiner geistigen Väter darstellt. Um das Ganze abzukürzen, ich besuchte den Pädagogen Cygnaeus in seiner Heimat Finnland, wo er eine reformpädagogische Schule gegründet hatte, und lernte dort von der Pike auf.«

»Und wie läuft es?«, fragte Selma und kurbelte neugierig an einer der Bänke herum.

»Wie läuft was?«, fragte Otto irritiert.

»Na, die Umsetzung. Meiner Erfahrung nach können die besten Ideen, die theoretisch festgelegt wurden, der Praxis nicht standhalten.«

Otto nickte, lief mit raschen Schritten zu einem der Regale, in denen ein paar rechteckige längliche Holzstücke lagen, holte sich zwei heraus und spannte diese in Werkbänke ein. Danach folgten verschieden große Feilen und andere Werkzeuge. »So, bitte schön«, sagte er und klatschte in die Hände.

Selma und Sophie blickten sich kurz an und legten dann mit ihren Werkstücken los. Sie hobelten, schnitzten und feilten und lachten. Als sie eine Pause einlegten und ihre nun bearbeiteten Holzstücke betrachteten, meinte Otto: »So.«

Selma schaute ihn verwundert an. »Bitte?«

»Sie hatten doch gefragt, wie wir das umsetzen. So. Mit Begeisterung. Es geht bei uns nicht um das fertige Produkt, sondern darum, dass die Menschen wieder lernen, sich zu vertrauen, dass sie kreativ sein können, dass das auch durchaus Spaß machen kann. Und durch Übung und verschiedene Materialien und Bearbeitungsweisen schulen wir die Augen unserer Teilnehmer und deren Schönheitsgeist. So als Ausgleich zum ständigen ruhigen Sitzen und vielen Lesen und Rechnen. Dabei geht es nicht darum, viel zu produzieren, sondern dass die Kinder lernen, etwas sehr präzise herzustellen, wovon sie auch einen Nutzen haben. Lieber weniger, aber dafür Schritt für Schritt korrekt. Wissen Sie, Fräulein Lagerlöf, die Liebe zu dem, was Sie tun, ist das Wichtigste aller Lehrergeschenke.«

»Ja, die Liebe!«, wiederholte Selma und blinzelte Sophie an. »Die Liebe ist durchaus das Wichtigste.«

* * *

Sophies Brust hob und senkte sich, als sie auf dem Bett lag und in ein Buch starrte, das sie mit beiden Händen hoch vor ihr Gesicht hielt. Selma lag seitlich neben ihr und betrachtete verzückt Sophies verspielte Löckchen, die sich um deren Ohren ringelten. Vorsichtig näherte Selma ihre Finger Sophies Haaren und wollte die Löckchen zärtlich hinter deren Ohr streicheln, als Sophie Selmas Hand zur Seite schob. Mit einem Ruck setzte sie sich auf und legte das Buch aufgeschlagen auf ihre Beine. *Der Zusammenbruch* von Zola prangte auf dem Titel.

Sophie presste ihre Lippen zusammen, sagte dann: »Mein Bruder hat gefragt, ob wir nicht im Sommer wiederkommen wollen, um ihn zu Ausgrabungen zu begleiten, die hier ganz in der Nähe stattfinden sollen. In Kungahälla.«

»Ja, gerne«, sagte Selma, schnappte sich Sophies Hand und drückte ihr einen Kuss darauf.

Sophie errötete und sagte: »Selma, liebe Selma, ich weiß nicht …« Das Buch schlitterte von ihren Beinen, und Sophie bückte sich, pflückte es vom Boden und klappte es zusammen. »Kennst du Zola?«

Selma rutschte zum anderen Ende des Bettes. »Ja, ich habe *Die Erde* von ihm sehr gerne gelesen, du weißt ja, dass ich alles Bäuerliche mag.«

»Dann wirst du von diesem Buch auch begeistert sein, es spielt vor dem Hintergrund des Deutsch-Französischen Krieges und beleuchtet die Schicksale einiger Menschen in den Pariser Kommunen. Vor allem …«

Selma erhob sich. »Sophie, ich weiß, dass das dein politisches Lieblingsthema ist, aber bei aller Liebe, das interessiert mich gerade nicht.«

»Georg Brandes hält auch große Stücke auf ihn. Zola soll auf dem Kamin seines Arbeitszimmers in Médan die Zeilen ›Nulla dies sine linea‹ stehen haben.«

»Heißt das ›Keine Tage ohne Linien‹?«

Sophie lächelte. »Ja, fast. ›Keinen Tag ohne Zeile.‹ Er soll eine ganz durchgetaktete Tagesstruktur haben. Um sieben Uhr raus, und jeden Tag eine feste Anzahl von Seiten, dann Recherche und Korrespondenz.«

Selma lief im Zimmer herum, blieb stehen und seufzte: »Das wünschte ich mir auch. Sich einfach nur auf das Schreiben konzentrieren zu können.«

Mit lauter Stimme sagte Sophie: »Warum kündigst du denn nicht?«

»Sophie, nicht jede Frau ist finanziell so gut abgesichert wie du. Ich muss mich dazu noch um meine Mutter, die Tante und dann noch um meinen Bruder mitkümmern.«

»Deinen Bruder?«

»Ja, die haben mich unterstützt, als ich meine Ausbildung gemacht habe. Mein Bruder Johan hat für mich sogar einen Kredit aufgenommen. Sonst wäre ich nie Lehrerin geworden. Und Johan in Amerika schwimmt nicht gerade im Geld. Dann hat er noch Frau und Kind.« Selma blickte Sophie eindringlich an. »Wünschst du dir nicht auch noch einmal, ein Kind zu haben?«

Sophie schaute irritiert. »Braucht man dazu nicht erst einmal einen Mann?« Sie lachte verlegen. »Oder war das eine Metapher für etwas? Meinst du vielleicht einen Hundewelpen oder ein neues Romanprojekt?«

Langsam schüttelte Selma den Kopf und ließ sich neben ihr auf das Bett sinken: »Für diejenigen, die mit einer Führerschaft oder Kontrolle über ihr Tun und Denken nicht klarkommen, was ist für die am besten? Also wenn du mich fragst, da verzichtet man besser auf einen Ehemann. Falls du nicht zufälligerweise einen auf Abenteuer eingestellten Ostindienseefahrer oder Afrikareisenden in deiner Freundesschublade verharren hast, der dazu noch an Literatur interessiert ist und Humor besitzt … Nein? Kennst du keinen?« Selma lachte. »Dann muss ich wohl einen anderen Plan verfolgen und ein Gerücht in die Welt setzen, dass meine große Jugendliebe mit neunzehn oder zwanzig starb und mich mit einem gebrochenen Herzen zurückließ. So kann man mich immerhin nicht für ein unsentimentales Ungeheuer halten … Und nein, ich dachte tatsächlich daran, ein Kind zu adoptieren. Am liebsten mit dir zusammen. Zusammen in einer Wohnung mit einem Kind. Wir schreiben, und es kriecht uns zwischen den Füßen umher. Von mir aus auch noch ein Hundewelpe dazu oder eine Katze. Wie es dir gefällt. Dafür braucht man doch keinen Mann. Männer halten einen nur klein und wollen nicht, dass man neben ihnen zu einer großen Blüte heranwächst, die eine eigene Meinung vertritt und gleiche Rechte haben will.«

Sophie stand auf und trat an einen kleinen verzierten Holztisch, auf dem eine Glaskaraffe und zwei geschliffene Gläser standen, um sich etwas Wasser einzuschenken. »Wie meinst du das denn jetzt?«

»Ach, jeder, der meinen Namen Fräulein Lagerlöf ausspricht, betont das Fräulein so ungläubig. Als ob man eine Person zweiten Grades wäre, nur weil man nicht einen Mann an seiner Seite hat. Als ob man einfach zu hässlich oder zu ungeschickt wäre, um geheiratet zu werden. Als ob es das größte Glück auf Erden wäre, einen Mann zu finden, der einen rauspickt, um dann die Gnade zu haben, ihn heiraten zu dürfen. In Ewigkeit zum Dienen bestimmt und dazu, um Erlaubnis zu fragen, wenn man irgendwas machen will, wie eine Reise. Darauf habe ich keine Lust mehr. Mit einer unglücklichen Liebe habe ich dann nicht das Unverständnis, sondern höchstens Mitleid auf meiner Seite. Damit kann ich besser leben.«

»Aber Selma, das ist doch egal, was andere denken, es zählt doch nur, wie du dich siehst und was du tust. Weißt du, bei uns sagt man: Kinder erschreckt man mit Teufeln und Erwachsene mit Menschen.«

Selma lachte, stellte sich neben Sophie und schenkte sich auch ein Glas ein. »Na ja, das macht das *Fräulein* auch nicht besser. Hast du eigentlich schon mal darüber nachgedacht, über euch zu schreiben? Also über euch Juden?« Selma grinste. »Vielleicht werde ich für einige Sünden meines Vaters büßen, indem ich dich zu meiner Heiligen mache.« Selma beugte sich ein Stück vor, roch an Sophies Haar, das frisch nach süßen Maiglöckchen duftete, und legte ihr die Hand auf den Rücken. »Über dich werde ich den Roman *Eros* schreiben, also sollte ich länger auf der Erde wandeln als du. Du, meine Italienreisende. Weißt du, ich bin das Reptil und du die Sonne. Ohne dich könnte ich nicht leben.« Sophie drehte sich zu ihr und lächelte. Selma fuhr mit gesenkter Stimme fort: »Immer wenn ich alleine bin, vermisse ich dich und denke daran, dich zu streicheln und zu küssen. Es ist also gefährlich und kein Champagnerrausch.« Selma näherte ihren Kopf Sophies Gesicht, doch diese trat zur Seite, sodass Selmas Hand wegrutschte.

Mit einer gequälten Stimme sagte Sophie: »Was ist denn los mit dir?«

»Das sollte ich dich eigentlich fragen.« Selma schnaufte laut aus. »In deinen Briefen sprichst du davon, wie verliebt du dich fühlst. Verliebt in mich. Dann bin ich wieder nur diejenige, die ihre Liebe beteuert und sich alleingelassen fühlt, da du dann nicht fähig bist, über deine Gefühle zu reden. Du sprichst von Küssen, dann wieder nicht. Dann steht in den Briefen, wie du mich vermisst. Oder auch nicht. Sophie, du spielst mit mir. Und das mag ich nicht.«

Sophie senkte den Blick. »Nein. Ich spiele nicht mit dir. Ich fühle mich dir sehr verbunden. Mehr als allen anderen lebenden Menschen. Aber das geht mir zu schnell. Viel zu schnell. Und … und zu weit.« Sie hob die Augen und schaute Selma ruhig an. »Selma, das mit uns ist mir wichtiger als alles andere. Aber lass uns bitte eine *hands off*-Regel einführen. Ja? Ich will dich nicht verletzen, aber ich bitte dich, auch meine Gefühle ernst zu nehmen. Ich bin kein so … kein so körperlicher Mensch, ich brauch das nicht so. Und ich will das gerade nicht. Es tut mir leid, Selma!«

Selma nickte, drehte sich zum Tisch, hob das Glas Wasser an die Lippen und trank es auf einen Zug leer.

Dann drehte sie sich wieder zurück und sagte in einem kalten Ton: »Keine Angst, das geht schnell vorbei. Wenn Menschen in Trauer leben, sind sie unwiderstehlich für mich. Du bist da auch nicht die Erste. In Dänemark gab es eine Miss Alberti, die war so melancholisch, dass sie fast nie jemanden sehen wollte. Und Frau Hude, eine Philosophie-Doktorin. Das ging auch alles vorbei.

Schnell entflammt, nie wirklich was gewesen und auch schon wieder vorbei. Gute Nacht, Sophie.« Damit ging Selma zur Tür hinaus in ihr eigenes Zimmer, legte sich auf das Bett und starrte die Decke an. Unfähig, einen klaren Gedanken zu fassen. Das Rauschen in den Ohren wurde immer lauter und lauter.

Aber auch das würde vorbeigehen.

Alles ging vorbei.

»In alten Zeiten hat hier an der Küste eine Stadt gelegen, die Vineta hieß. Sie war so reich und so glücklich, dass es niemals eine prächtigere Stadt gegeben hat, aber ihre Einwohner frönten leider dem Stolz und der Prunksucht. Zur Strafe dafür wurde die Stadt Vineta von einer Sturmflut überschwemmt und versank ins Meer. Aber die Einwohner können nicht sterben, und ihre Stadt geht auch nicht zugrunde. Und in einer Nacht alle hundert Jahre steigt sie in aller Herrlichkeit aus dem Meer auf und liegt genau eine Stunde auf der Oberfläche der Erde.«

Aus Nils Holgersson

Kapitel 5

DIE KÖNIGIN UNTER DEN INSELN

Ein paar Monate später
Landskrona, Sommer 1894

Die Sommerferien in Schweden dauerten runde drei Monate und wurden nicht nur von Selmas Schülerinnen sehnsuchtsvoll herbeigesehnt, sondern auch von Selma selbst. Der Wonnemonat Juni beschenkte das Land mit duftenden Blumen und viel wärmender Strahlkraft. Der Koffer war gepackt, die Tasche und der Sonnenhut lagen griffbereit. Selma hätte laut jauchzend durch ihre Landskronaer Wohnung hüpfen können, aber dann hätte sie sich vermutlich noch irgendwo gestoßen und wäre reiseunfähig geworden. Somit blieb sie ruhig auf einem Stuhl sitzen und freute sich nach innen.

Endlich klapperte die Tür, und eine vertraute weibliche Stimme rief: »Selma!«

Endlich war sie fertig, es konnte losgehen.

Nach einer sehr rütteligen Fahrt mit dem Kurierzug nach Norrköping verbrachten sie zusammen eine Nacht vor Ort, bis es am nächsten Tag an Bord einer Fähre weiterging. Sie befanden sich mitten auf der Ostsee und starrten zurück zum Festland, das unter Möwengekrächze im Nichts zu verschwinden begann.

Noch stand die Sonne am Firmament, auch wenn sie sich bereits in Richtung Dämmerungsflug befand. Aber im Sommer verdrängte die Helligkeit alles andere bis weit in die Nacht hinein. Es war noch angenehm warm, und an Deck tummelten sich so gut wie alle Fahrgäste, die ihre Gesichter mit geschlossenen Augen lichthungrig in die Luft reckten.

»Selma«, sagte eine sanfte Stimme und drückte ihr ein Glas Sekt in die Hand. »Bitte schön. Auf unsere erste gemeinsame Reise!«

Selma schaute Sophie in die Augen und nickte. Glück fühlte sich wohl so an. So wie dieser Moment. Ein geliebtes Gesicht, Sonne auf der Haut, Meeresduft in der Nase und etwas Prickelndes, damit man nicht vergaß, dass man lebendig und jeder Augenblick einzigartig war. Wie hatte sie Marianne in *Gösta Berling* sprechen lassen? »Ich warte auf die gewaltige Liebe, die mich über mich mir selbst entreißt; so stark muss ich die Liebe in meinem eigenen Herzen empfinden, dass ich davor erbebe. Bis jetzt kenne ich nur die Liebe, über die mein Verstand lächeln muss.« Bis jetzt war es so, dachte Selma. Bis jetzt.

Die Sonne war weitergewandert und hatte die Wärme in ihren Rucksack gepackt. Die meisten Passagiere befanden sich nun unter Deck. Die kitzelige Vorfreude war einer ungeduldigen Wartehaltung gewichen und wurde mit Essen, Lesen und Geplauder betäubt. Die, die eine Kabine gebucht hatten, zogen sich darin zurück wie in ein Schneckenhaus und versuchten zu schlafen, bis der Morgen wieder dämmerte.

Die Wellen schlugen gegen die Fähre und schmissen ihre weißen Schaumkronen, so hoch sie konnten. Gischt spritzte auch an die obersten Fenster, und lange Wasserfinger rannen zögerlich Tropfen für Tropfen zurück in ihre Wiege.

Sophie hatte die Augen geschlossen und lag auf dem Bett in ihrer Kabine. Die gesunde rosige Gesichtsfarbe war einer Blässe gewichen, die Selma so noch nie gesehen hatte. Die Ostsee hatte die Fähre kräftig gepackt und ordentlich auf und ab gewogen, wie ein Schaukelpferd im Sturm. Nicht jeder Magen vertrug das.

Selma hielt Sophies Hand, verdrehte aber dabei ihren Kopf, um aus dem kleinen runden Bullauge zu schauen. Sie wollte nichts von der Insel verpassen, auf die sie zusteuerten. Gotland hieß sie, und sie würden die nächsten sechs Wochen in dem Kurort Visby ihr

Quartier beziehen. Selma hatte den Auftrag erhalten, das Libretto für eine Oper der Göteborger Organistin und Komponistin Elfrida Andrée zu schreiben. Und Sophie hatte das zum Anlass genommen, diese Reise zu organisieren. Das fast südländische Klima dieser Insel würde bestimmt Selmas Gedanken beflügeln, und was wünschte man sich mehr für einen Schaffensprozess, als vom Umfeld geradezu getragen zu werden. Der Aufenthalt sollte hauptsächlich ein Arbeitsurlaub werden. Selma hatte als Grundstock und Inspiration für das Libretto das Wikinger-Epos die *Frithiofssaga* von Esaias Tegnér im Gepäck. Außerdem musste sie die Reisekosten wieder hereinbekommen, die Sophie für sie ausgelegt hatte, und wollte für den Kalender *Nornan* eine Erzählung schreiben sowie eine für die Zeitung *Wärmländigare*.

Sophie selbst hatte ebenfalls Arbeit dabei. Das war auch gut so. Sonst wäre der nächste Streit vorprogrammiert gewesen. Denn normalerweise benötigte Selma absolute Ruhe, um sich ihren Gedanken und dem Schreiben hinzugeben, mal schauen, wie das hier laufen würde.

»Da«, rief Selma. »Da sind sie.« Sie hatte schon viel von den Mauern der Stadt gehört. Aber dieses mächtige Bauwerk aus hellem Kalkstein immer größer und höher heranwachsen zu sehen, war schon etwas Einzigartiges. Dreieinhalb Kilometer umschlang die mittelalterliche Mauer die innen liegende Stadt. Visby, die Stadt der Wikinger, der Vitalienbrüder wie Klaus Störtebeker und der Hanse. Die Königin der Ostsee blühte und verging und blieb. Immer hatte sich Gotland inmitten blutiger Kämpfe befunden. Dänemark und Schweden hatten darum gestritten wie zwei ungezogene Kinder, die sich nicht über ein Lieblingsspielzeug einigen konnten.

Gut, dass die Stadt unter Denkmalschutz steht, dachte Selma. So etwas muss bewahrt werden. Für immer. Für alle Menschen. Aber welche Geheimnisse und Schätze hältst du für uns zwei bereit?

Selma fühlte, wie es auch in ihrem Inneren begann Sommer zu werden. Herrlich warm und prickelnd. Sie gab Sophie einen Kuss auf die Stirn, drückte die zarte Hand fester und sagte mit leiser

Stimme: »Johannes dachte daran, wie viel Schönes er nun in der großen, prächtigen Welt zu sehen bekommen würde, und ging weiter und weiter, so weit, wie er noch niemals gewesen war. Er kannte weder die Städte, durch die er kam, noch die Menschen, denen er begegnete. Jetzt war er wirklich ganz in der Fremde.«

Sophie lächelte. »Das ist von Andersen, aus *Der Reisekamerad,* ja, liebe Selma, ich will mit dir die große, prächtige Welt entdecken … aber ohne Wellengang das nächste Mal.«

* * *

Selma war auf den ersten Blick von Visby fasziniert. Die Stadtmauer war das prächtigste Bauwerk, das sie bis jetzt gesehen hatte. Die Wehrtürme und Kirchtürme ragten aus der eng zusammengestellten roten Häuserdachmenge mit den grünen Baumköpfen heraus, wie wahllos hineingesteckte Waffeln aus einem Erdbeerkuchen.

Als sie vom Hafen aus durch die verwinkelten engen Gässchen liefen, mit den geduckt stehenden Fachwerk- und Steinhäusern, prächtigen Herrenhäusern und seinen uralten Kirchen und Ruinen, fühlte sie sich, als hätte sie einen Zeitsprung in die Vergangenheit gemacht. Jeder einzelne Stein der funkelnden Kurstadt hatte unzählige Geschichten gespeichert und wartete nur darauf, dass ein vorbeischlendernder Gast stehen blieb, um sein Ohr lauschend an ihn zu drücken.

Selmas Sinne dehnten sich aus, streckten sich über eine Ruinenmauer, an der ein weiß blühender Blumenvorhang hing, sogen den Duft verblüfft ein, als ob das die erste Blüte wäre, die sie je wahrgenommen hätten. Kinderlachen erfüllte das Herz mit Wärme, es hüpfte über die Straße und bog in eine schmale Seitengasse ab. Und Sophie, die neben ihr entlangschritt und ein Abbild guter Laune war, schien omnipräsent zu sein. In Selmas Kopf, auf ihrer Haut, und selbst wenn sie die Augen schloss, tanzten bunte Lichter dahinter, formten Sophies schönen Körper und summten ihren Namen.

Ein Brennglas hing über Visby und verstärkte die Magie, die sich zwischen Menschen und ihrer Umgebung bilden konnte. Manches würde sich für den Rest ihres Lebens einbrennen, da war sich Selma sehr sicher. Sehr.

Sie saßen auf der Veranda ihres gemieteten Hauses und genossen zu der einen Seite den Blick in den Garten, in dem Obstbäume und Blumen in voller Blüte standen, und zur anderen Seite zur Stadtmauer und der Ostsee. Auf dem Tisch ruhten etliche Köstlichkeiten in kleinen Schälchen und eingewickelt in dickes Papier.

Selma stockte und lauschte. »Das kann doch nicht das Rauschen des Meeres sein, oder?«

Mit einem Grinsen erwiderte Sophie: »Nein, das ist mein Magenknurren, das übertönt alles. Jetzt habe ich ja wieder Appetit.«

Selma lachte und strich sich Salzbutter auf eine Scheibe Brot. »Hatte dir Doktor Lindh gar nichts gegen die Übelkeit mitgegeben?«

»Ach, Selma, ich habe so viele Tabletten und Döschen zu Hause rumstehen, dass ich schon manchmal gar nicht mehr weiß, was für was ist.«

Mit bronzenem Ton machte eine Kirchenglocke auf sich aufmerksam, kurz darauf stimmte eine zweite, hellere mit ein.

Selma belegte ihr Brot mit Lachs, Dill, gekochtem Ei und griff zu den Gurkenscheiben. »Hier gibt es so viele Kirchen und Klöster und Ruinen, dass der weißbärtige Gott mächtig ins Schwitzen kommen wird, wenn er allen einen Besuch abstatten will.«

»Selma!«, sagte Sophie und lachte. »Kennst du das von Johan Herman Wessel?

Dass Smörrebröd kein Essen ist
und Liebe niemals Hass –
das ist vorerst alles, was
ich über Smörrebröd und Liebe weiß.«

»Dabei ist so ein Smörrebröd oft besser zu verdauen als so manche Liebe.« Damit biss Selma herzhaft in ihr belegtes Brot.

Sophie griff zu den Krabben. »Was hattest du erzählt, wie oft hat deine Freundin Mats meinen Roman *Reiche Mädchen* gelesen?«

»Zweimal. Und sie kam zu dem Schluss, dass du eine herausragende Person und ein guter Mensch seist. Und sie hat damit ja recht.«

»Das freut mich zu hören, dass ihr das gefallen hat. Über literarisches Verständnis muss sie gewiss verfügen, immerhin hat sie deinen *Gösta* korrigiert. Schickst du ihr denn immer noch deine Manuskripte?«

Selma antwortete: »Nein, liebe Maja, ich lass meine Werke hauptsächlich nur noch von dir lesen. Und du hast doch auch Freunde, die bei dir lesen?«

Sophie nahm sich von einem Teller ein paar Blaubeeren und ließ sie einzeln in ihren Mund fallen. »Hauptsächlich? Also schickst du ihr doch noch Auszüge?«

Mit einem Lachen schüttelte Selma den Kopf. »Sophie, nein! Warum fragst du denn? Der Abend mit meinen Freunden in Landskrona, bevor wir abgereist sind, war doch nett. Oder bist du eifersüchtig? Auf Anna Oom oder wen?«

Sophie stieß ein lautes Schnauben aus und bewarf Selma mit Blaubeeren. Noch Tage später sollten blaue Flecken auf dem Balkon davon zeugen, dass Sophie nicht sonderlich gut traf.

Eine Woche später hatte sich der Tagesrhythmus der beiden eingependelt sowie die Aufgabenverteilung. Sophie war die Köchin und Selma die Hauswirtschafterin, die auch die Einkäufe erledigte und über einen reichen Bestand an Streichhölzern, Brot, Käse und Orangensaft wachte. Morgens, nach einem gemütlichen Frühstück, arbeiteten beide an ihren Projekten. Selma las sich in die große isländische Saga ein und entwarf verschiedene Versionen für das Libretto, und Sophie sortierte und schrieb an ihren Novellen für eine neue Sammlung. Um 16 Uhr hörten sie auf zu arbeiten, griffen sich passend zu Bluse und Rock einen Hut und Sonnenschirm und spazierten ein paar Gassen weiter zum Botanischen Garten. Eine Inschrift auf einem eingelassenen Stein erinnerte die Besucher daran, dass der Garten 1855 auf Vorschlag von Hans Petter Gustavsson angelegt worden war. Zwischen exotischen grünen Gewächsen und süßlich betörenden Blüten befanden sich viele Spazierwege mit Torbögen, Palmen, riesigen Blumentöpfen, Themengärten und die mit Efeu überrankten Ruinen der 1240 erbauten St.-Olof-Kirche. Neben einer großen Wiese und weißen Birkenstämmen prangte im Norden des Botanischen Gartens ein vornehmer zweistöckiger Pavillon. Riesige Fenster starrten wie überdimensionierte Augen aus dem braunen Holzkörper heraus. Eine Terrasse, die sich über die ganze Länge des Gebäudes zog, wurde von einer hellen Markise abgeschirmt. Und auf dem Kopf des Hauses ragten zahlreiche Türmchen in die Höhe, die alle ihre Fahnenmasten in die Luft streckten, wie Kinder in der Schule ihre Hände reckten. Hier trafen sich die Kurgäste und Touristen, um sich über leckeren Gerichten hoheitsvoll zuzunicken. Die Herren in hellen Anzügen und Zigarren, die Damen ebenfalls sommerlich hell gekleidet, mit prachtvollen Hüten auf den Köpfen und spitzenverzierten Sonnenschirmchen.

Selma und Sophie kamen so gut wie jeden Tag hierher und hatten auf der Terrasse mit Blick über die tiefblaue Ostsee den finnischen Schriftsteller Karl August Tavaststjerna und seine Frau, die Schauspielerin Gabrielle, kennengelernt. Sie verabredeten sich nun immer mal wieder, um miteinander zu plaudern. Zur Nacht hin gab es wieder stattlich belegte Brote im eigenen Zuhause, Tee, Bücher und viele Gespräche. Sie verstanden sich so gut, dass sie gar keine große Lust hegten, sich viel und oft mit anderen Menschen zu treffen oder Abendveranstaltungen zu besuchen. Wie oft hatte man das Gefühl, auf einen Seelenverwandten gestoßen zu sein, der nicht nur die gleiche Leidenschaft fürs Bücherschreiben und Lesen teilte, sondern dazu beitrug, dass man selbst von einem kreativen Höhenflug in den nächsten taumelte? Der die eigenen Gedanken schneller aussprach, als man sie selbst denken konnte. Der offensichtlich fast heimischer im eigenen Kopf war als man selbst.

An einem weiteren Abend saßen sie mit einer warmen Wolldecke um die Beine auf der Terrasse. Zwei Tassen Tee trugen einen würzigen Kräuterduft zu den Vögeln in den Bäumen, die sich gerade zum Schlafen dort eingefunden hatten. Die Helligkeit des Tages dehnte sich mittlerweile so lange in die Nachtstunden hinein aus, dass die Vögel gelernt hatten, einfach dann schlafen zu gehen, wenn die Menschen die ersten Vorhänge zuzogen.

»Hier ist es so still, dass ich meine eigenen Gedanken besser zu verstehen scheine als in der Stadt«, sagte Sophie.

»Das liegt zwar auch an der Stadt, aber hier ist es noch etwas ganz anderes, was dazukommt«, ergänzte Selma. »Meine Gedanken kann ich auch in Landskrona belauschen, und da ist es wirklich ruhig, das kannst du mir glauben. Selbst die Mäuse und Ratten fahren nach Kopenhagen, wenn sie etwas Spaß haben wollen. Aber hier in Visby, da hängt noch etwas anderes in der Luft.«

Sophie schaute in Selmas Augen und flüsterte: »Magie.«

»Ja. Eine Art besonderer Feenstaub. Es ist so harmonisch hier. Und da kannst du dich über mich lustig machen, wie du willst, ohne Magie wäre das Leben nur halb so spannend.«

Sophie lächelte und pustete den Dampf von der Tasse. »Ich mach mich doch nicht über dich lustig, liebste Selma. Zum einen glaube ich selbst auch an mehr als das, was zwischen zwei Buchdeckeln steht, und zum anderen lerne ich von dir.«

»Ja?«, fragte Selma.

»Du bist so von deinem Weg überzeugt, und dass du Erfolg haben wirst, dass ich dich dafür bewundere. Und dann deine Überlegungen und Struktur zum Aufbau von Geschichten. Ich bezweifle, dass viele Schriftsteller das so akribisch angehen wie du.«

Selma starrte in den zarten Himmel, der, wie auf einem Gemälde, die ersten Sterne freigab. »Wie wohl der Blick von da oben aussieht? Ich würde zu gerne mal über diese Stadt fliegen und mir das Netz aus Straßen und Gebäuden anschauen. Das sieht bestimmt so aus, als ob ein Kind eine Stadt geplant hätte. Bei den ganzen krummen Gassen ist das eher hingekritzelt als mit dem Lineal gezogen.«

Sophie stellte ihre Teetasse auf den Tisch. »Komplimente magst du nicht hören, oder?«

Selma fasste sich an ihr linkes Ohrläppchen und knetete daran. »Wie antwortete Goethes Faust auf Gretchens Frage nach seinem Glauben:

Nenn es dann, wie du willst,
Nenn's Glück! Herz! Liebe! Gott!
Ich habe keinen Namen
Dafür! Gefühl ist alles;
Name ist Schall und Rauch,
Umnebelnd Himmelsglut.«

Sophie kicherte. »Du bist einzigartig, Liebste.«

»Und Worte sind flüchtig wie der Wind, was für mich zählt, ist der Augenblick«, Selma beugte sich vor und fasste Sophies Hand. »Und dein Roman *Reiche Mädchen* ging ja gerade in den zweiten Druck, ich gratuliere dir dazu, das ist großartig! Du bist eine der bekanntesten Autorinnen Schwedens. Es gibt nicht viele von uns.« Selma schaute wieder in den Himmel. »Wann schreibst du eigentlich unter deinem richtigen Namen? Lässt deinen Rust Roest alleine vor sich hin rosten, polierst dich und strahlst selbst in der Öffentlichkeit?«

»Ach, Selma, du kennst das doch, wie schwer das ist.«

»Ist es das? Sophie, du weißt, dass ich schon die ganze Zeit unter meinem eigenen Namen schreibe. Ich brauch weder ein männliches Pseudonym noch einen anderen Namen. Steh doch zu dir selbst. Du bist gut, richtig gut, und wenn du selbst vorlesen würdest, hättest du im Flug die Herzen aller gewonnen.«

Sophie blinzelte. »Danke, Selma, ich schätze das sehr, was du sagst, aber ich trau mich nicht, in der Öffentlichkeit zu lesen.«

»Gerade du? Du Mittelpunkt jedes Fests?« Selma schaute sie ehrlich verwundert an.

»Ja … ach, keine Ahnung. Vielleicht hatte meine Erziehung da einen zu durchschlagenden Erfolg, und ich wurde darauf getrimmt, in der zweiten Reihe zu stehen. Frauen sollen nicht sagen, was sie denken, sondern gefallen.«

Selma hob Sophies Hand an ihre Lippen und küsste sie. »Sophie, dir kann keiner widerstehen, kein Kellner auf Visby, kein Zeitungsredakteur und ich sowieso nicht.«

Sophie strahlte. »Ich bin schon so gespannt, ob mein Interview wirklich in der Zeitung hier auf Visby erscheint.«

»Sollen wir wetten?«

»Nein«, Sophie lachte und nahm sich einen Keks von einem kleinen Porzellanteller. »Ich würde dann ja nur wetten, um zu verlieren. Und ums Geld müssen wir eh nicht spielen. Übrigens, Selma, ich nehme auf keinen Fall dein Geld an. Sei mein Gast auf dieser Reise. Ich zahl ja eh nur eine Krone pro Tag für dieses Häuschen, das ist wunderbar. Im Gegenteil, ich hätte solche Lust, mit dir nach Italien zu reisen. Du wirst staunen, ganz Italien ist in etwa so wie Visbys Altstadt und sein exotischer Botanischer Garten.«

»Ein ganzes Land voller Ruinen und Palmen?«

Sophie lachte und ergriff Selmas Hand. »So in etwa, und weißt du was, wir zwei könnten Italien im Sturm erobern. Wenn ich dich nicht mit Saft aus Orangen frisch von den Bäumen locken kann, mit was dann? Vielleicht mit alten italienischen Erzählungen? Ich werde dir eine Insel zu Füßen legen, zwischen Europa und Afrika, mit den ältesten Sagen des Landes. Wir werden nach Sizilien reisen. Du und ich.«

Selma blickte Sophie verträumt an. »Das wäre großartig, Liebes, aber als Lehrerin bin ich dummerweise an die Schulferien gebunden! Ich habe mich zwar dazu entschieden, nur noch zwanzig Stunden in der Woche zu unterrichten und selbst einen Teilzeitlehrer für die anderen zwanzig Stunden zu bezahlen, aber das entbindet mich nicht von dem Schulbetrieb.«

»Ach, Selma, was hältst du davon: Ich werde unter meinem richtigen Namen veröffentlichen, und du kündigst endlich dein Lehrerinnendasein. Im Ernst, dein Pflichtgefühl und deine Ideen, eine eigene Schule mit all deinen Idealen zu gründen, in allen Ehren, aber du kannst nicht beides machen. Du kannst nicht Vollblut-Schriftstellerin sein und noch eine Schule leiten. Du hast doch meinen Bruder in Nääs erlebt. So etwas verschlingt dich mit Haut und Haaren.« Sophie sprang urplötzlich auf. »Selma, komm! Schnell!« Und wie ein junges Reh sprang Sophie die Gasse entlang, durch eins der Stadttore hindurch, über eine grüne, verwilderte Wiese. Selma folgte ihr, so schnell sie konnte, bis sie ganz außer Atem am Wasser zum Stehen kamen. Ihre Freundin bückte sich und bespritzte sie mit dem kalten Wasser aus der Ostsee. Selma quiekte und wich lachend zurück.

Sophie schaute zufrieden zu Selma und sagte in einem feierlichen Ton: »So, jetzt bist du von einer Jüdin gesegnet worden, und zwar zu ihrer ganz persönlichen Reisekameradin. Mögen die Gewässer dir stets wohlgesinnt sein und dir ferne Länder Glück und Abenteuer bescheren. Natürlich nur mit mir an deiner Seite.«

Selma bückte sich und schöpfte mit der hohlen Hand ebenfalls Wasser, um Sophie nass zu spritzen, doch diese war bereits ein paar Schritte vorausgeeilt, und Selma kam mit ihrem leichten Hinken nicht ganz so schnell hinterher.

»Selma, komm, ich will dir noch was zeigen.«

Mit Wasserspritzern auf den Blusen und geröteten Wangen schritten die beiden Arm in Arm die Gassen entlang. Es musste bereits nach neun Uhr sein, aber es war noch so hell wie zum Spätnachmittag. Die Wärme hatte weitere Spaziergänger nach draußen gelockt, und doch fühlte es sich irgendwie komisch für Selma an. Als ob man etwas Verbotenes machte. So viel Zeit mit Nichtstun zu verbringen, das Leben bis in die letzte Zelle des Körpers zu spüren, das war anders.

Anders neu.

Aber ziemlich gut.

Sophie führte sie die Smedjegatan entlang. Der Weg stieg stetig an, und Selma fiel auf, wie die Erbauer der Stadt die unterschiedlichen Terrassenstufen des Untergrunds geschickt eingebunden hatten. Zu ihrer Linken lag der Botanische Garten, und sie wanderten gen Norden, vorbei an den Ruinen der Heiliggeistkirche, den Ruinen des Zisterzienserinnenklosters St. Gertrud, den Ruinen der Kirche St. Nikolaus bis hin zum Nordtor. Rausgefallene Steine der Stadtmauer lagen entlang der Mauer. Ein paar Schritte neben dem Tor sah sie eine gut erhaltene Ruine eines dreistöckigen Hauses, das in die Stadtmauer und das ansteigende Terrain integriert war. Das Haus schien mit der Stadtmauer verschmolzen zu sein.

Sophie zeigte darauf und sagte. »Das ist das Münzhaus, es soll noch älter als die Stadtmauer sein, also vor 1280 erbaut. Bei meinem letzten Visby-Aufenthalt wurde uns erzählt, dass hier Wegzoll von Reisenden und Kaufleuten erhoben wurde. Jetzt, mit dem kleinen Garten in den Ruinen, sieht es ja auch ganz nett aus. Daneben stand wohl mal das Holzhaus des hiesigen Henkers. Das ist aber vor ein paar Jahren abgerissen worden. Komm mit.« Sophie trat mit Selma durch das mächtige Nordtor, und sie schauten einen steil ansteigenden Hügel hinauf. Oben stand eine kreisförmige Mauer, auf der drei breite und hoch aufragende Steinpfeiler thronten.

Sophie fuhr fort: »Das ist der Königshang oder auch Henkersknechtshang genannt. Auf den Pfeilern lagen Holzbalken, somit waren die Erhängten von der See und der Stadt aus gut zu sehen.«

»Aha«, sagte Selma und kniff Sophie in den Arm. »Und warum zeigst du mir das?«

»Morgen ist doch Mittsommer. Da muss man doch wissen, in welchen Ecken hier welche Geister lauern, oder? Komm, wir gehen die Norra Kyrkogatan zurück, dann kannst du noch mehr Ruinen sehen. Stell dir vor, früher gab es hier um die fünfzehn Kirchen und drei Klöster, von denen nur noch eine richtig erhalten ist. Da waren wir ja schon drin, in der Sankt-Maria-Domkirche. Aber auf dem Land sollen noch intakte kleinere Gotteshäuser stehen, lass uns doch mal in den nächsten Tagen einen Ausflug machen, ja? Wir lieben ja beide das Ursprüngliche.«

Während Selma merkte, dass sie auch nach etlichen Tagen Aufenthalt erst einige Plätze der Stadt kannte, lauschte sie den Ausführungen Sophies, die von den Anfängen des Handels im Ostseeraum erzählte und welche herausragende Position Gotland innehatte.

Von Anfang an waren deutsche Kaufleute in das Geschick der Insel verstrickt gewesen und hatten versucht, durch bessere Schiffe, die Verheiratung der Töchter und politische Intrigen ihre Vormachtstellung zu sichern. Sophie war mittlerweile im 14. Jahrhundert angelangt und jonglierte mit Zahlen wie ein Akrobat mit seinen Bällen. Selma wunderte sich, wie man sich so viele Geschichtsdaten merken konnte, und fragte: »Sophie, man merkt, dass Reiseführer und Geschichtsbücher mit zu deinen Lieblingslektüren dienen. Warum schreibst du eigentlich nicht einmal einen historischen Roman?«

Sophie schlug den Weg zu ihrem Häuschen ein. »Das hatte ich mir auch schon gedacht, weißt du, wenn ich früher meinen Vater um zehn Öre bat, um mir etwas Süßes zu kaufen, bekam ich öfters zu hören: *Es wird mit dir gehen wie mit John Hall: Er schlief in einer silbernen Wiege und landete in einem Backofen.*« Sie lachte. »Du musst wissen, dass dieser Mann in der gleichen Straße in Göteborg gelebt hatte, in der ich aufgewachsen bin. In der Östra Hamngatan. Allerdings war das hundert Jahre vor uns, und er nannte einen stattlichen Palast sein Zuhause. Mein Vater und auch mein Schwiegervater erzählten uns Geschichten über ihn, seit ich mich erinnern kann. Er wurde wohl nach den Ideen Rousseaus erzogen und musste nie etwas lernen oder leisten. So setzte er nach dem Tod seines Vaters alles in den Sand, bis er, verarmt in einer kalten Winternacht, bei einem Bäcker um Wärme fragen musste und dort starb. Über ihn würde ich gerne etwas schreiben.«

Die beiden waren währenddessen wieder zu Hause angekommen und zogen die Vorhänge vor die Fenster. Selma setzte Wasser für einen Tee auf und nickte. »Interessant. Das gefällt mir! Jetzt bräuchten wir nur noch etwas Feenstaub, um uns mehr Zeit herbeizuwünschen. Bei den ganzen Ideen, die wir hier auf Visby sammeln, könnten wir ja zwei oder drei …«

Sophie unterbrach Selma und fuhr den Gedanken fort: »… Leben lang schreiben. Das denke ich genauso. Wir scheinen uns gegenseitig zu verstärken. Hier brennt die Luft.« Und Sophie zündete ein paar Kerzen an, um die nächste Stunde mit hellem Geplauder zu erfüllen. Manchmal saßen sie auch einfach nur da und sagten gar nichts, und auch das fühlte sich richtig an, während der Kräuterduft bis hoch zu den Holzbalken stieg, über die alten Ölgemälde mit ihren Schiffen und Seeungeheuern strich, in den Ritzen zwischen dem Gebälk verschwand und nach dem hauseigenen Tomte schaute, der irgendwo gemütlich vor sich hin döste.

* * *

»Müssen wir da wirklich hin?« Selma hatte eine schlechte Nacht verbracht und wollte den Mittsommerabend am liebsten im Bett verbringen.

»Auf jeden Fall, ich habe uns doch mit den Tavaststjernas verabredet.« Es klapperte in der Küche, und der Duft von frisch aufgebrühtem Kaffee lockte Selma an. Sie nahm sich eine Tasse, setzte sich an den schweren Holztisch und sagte: »Dann unterhältst du dich wieder den ganzen Abend mit den anderen, und ich sitze daneben und schaue dich nur von der Seite an und schmachte.«

»Aber Selma«, Sophie streichelte ihr über die kurzen Haare. »Du bist doch eigentlich diejenige von uns, die mutig aus ihren Werken vor einem Saal voller Menschen vorliest.«

»Aber du bist diejenige von uns, die mit ihrem Charme alle in die Tasche steckt. Ich kann ja schlecht heute Abend am Tisch aus meinen Büchern vorlesen.«

Sophie lachte und strich eine Falte ihres roten Nachtkleides glatt. »Warum nicht? Sonst erzähl doch was zu dem Libretto. Selma, du bist viel eloquenter, als du selbst denkst. Und mit dem neuen weißen Rock und der bezaubernden Jacke, die wir in dem kleinen Geschäft für dich gefunden haben, bist du der Hingucker des Abends. Und denk an das Büfett. Das wird bestimmt kulinarisch der Höhepunkt unseres Urlaubs. Selma, eingelegte Heringe, na?«

Selma schickte Sophie einen Luftkuss, die ins Bad eilte, um sich zu richten.

Der Pavillon im Botanischen Garten erstrahlte so hell, als ob er einem Leuchtturm Konkurrenz machen wollte. Wohltönende Musik erklang aus dem Inneren des mondänen Gebäudes. Klavier und Streicher, ganz nach Selmas Geschmack. Sie betraten das Gebäude und blieben im Eingang stehen. In der Mitte des Saals befand sich ein riesiges Büfett mit so vielen Speisen, dass sich die Tische darunter zu biegen schienen.

Der Rest des Raumes erglühte im edlen Glanz unzähliger Kerzen. Die Tische waren exquisit eingedeckt mit Tellern, Besteck, Gläsern und Servietten. Über dem Büfett öffnete sich der Raum bis hoch zur Decke, und man konnte bis auf den Balkon des zweiten Stockwerks sehen, wo an unzähligen Tischen festlich gekleidete Menschen schmausten und lachten. Viele hatten weiße Kleidung angezogen, entsprechend der längsten Nacht des Jahres, die auch die Weiße Nacht genannt wurde. Auf etlichen Köpfen lagen Kränze aus Birkenzweigen oder bunten Blumen. Kinder sprangen durch die Reihen und stürmten durch die Türen ins Freie. Vereinzelte Worte und Ausrufe erfüllten die Luft.

»Da hinten sind sie«, sagte Sophie und bahnte sich einen Weg zu einem Tisch, der direkt an einem der großen Fenster stand, die auf die Wiese und den aufgestellten grünen Maibaum hinausblickten.

Nach einer kurzen Begrüßung des Ehepaars Tavaststjerna holte sich Selma vom Büfett verschiedene Sorten der eingelegten Heringe, mit Dill gekochte Frühkartoffeln, Fleischbällchen und Sardellen. Am Tisch standen bereits Brot und Butter, und ein Kellner ging mit einem Tablett voller kleiner Gläser Schnaps von Tisch zu Tisch. Während Selma sich den Teller zum zweiten Mal mit eingelegten Heringen füllte, schritt Sophie weiter zum Nachtisch: frische Erdbeeren mit Schlagsahne und ein großes Stück Erdbeerkuchen.

Karl August Tavaststjerna stieß gerade mit einem Schnapsglas mit seiner Frau Gabrielle an und sagte: »Skål!« Als er Sophies Teller erblickte, stahl sich auf sein rundliches Gesicht ein Grinsen, was seinen breiten Schnurrbart ins Wackeln brachte. »Schwedische Erdbeeren sind schon etwas Besonderes. Besonders süß!«

Sophie nickte. »Ja, wahrscheinlich liegt das daran, dass die Frühlingsnächte hier so kühl sind, dass die Süße sich länger speichert.«

In einem anderen Teil des Restaurants klatschten einige Gäste in die Hände und sangen dazu: »Der Ganze geht, sing: hoppfadirallanlallanlej. Der Ganze geht, sing: hoppfadirallanlallanlej.«

Weitere Gäste an den anderen Tischen hatten ebenfalls ihre Gläser erhoben und stimmten in den Gesang mit ein. Auch Sophie und Selma. Der ganze große Raum schien von den Stimmen bis zur Decke ausgefüllt zu sein und vibrierte. »Der, der nicht den Ganzen nimmt, er bekommt auch nicht den Halben, der Ganze geeeeeeeht.«

Gläser klirrten aneinander, Lachen vermischte sich mit dem harten Klang. Sophie und Selma hatten ebenfalls mit den Finnen angestoßen und in einem Zug das Glas geleert. Selma verzog ihr Gesicht und biss schnell in eine Scheibe Brot, während die anderen den Schluss weitersangen:

»Sing: Hoppfadirallanlallanlej.«

Sophie stellte ihr Glas auf den Tisch und sagte: »In Schweden soll es etliche Tausende von Trinkliedern geben. Falls man alle der Reihe nach singen wollte, müssten wir wohl ein paar Jahre hier sitzen.« Als das Lachen in der kleine Runde ausgeklungen war, plauderte sie weiter: »Nachdem ich nun ausführlich über Göteborg und Stockholm berichtet habe, will vielleicht Selma etwas über das schwedische Landleben erzählen?«

Diese schaute ihre Freundin überrascht an, schüttelte den Kopf und schob sich schnell eine Gabel getrocknetes Fleisch in den Mund.

Sophie blickte Karl August an und fragte: »Würden Sie sich eigentlich als einen der ersten Realisten Finnlands bezeichnen?«

Der Finne strich sich über seine raspelkurzen Haare, knöpfte sich den obersten Knopf der Weste, die stark über seinem runden Bauch spannte, auf und antwortete: »Mhm, eine schwierige Frage.« Er hatte eine ausgeprägte hohe Denkerstirn und buschige Brauen, die den Augen einen ernsten Zug verliehen. »Wenn Sie den Realismus in meinen Werken dadurch definieren, dass ich Gesellschaftliches kritisiere, dabei gleichzeitig mit Frauen und dem Proletariat sympathisiere, Patriotismus vermeide und mich thematisch auf Nebenschauplätze verlege, dann kann ich Ihnen zustimmen. Aber ob ich der erste Realist bin? Es gab und gibt noch andere bedeutende finnische Realisten. Minna Canth, die auch viel im Theater gespielt wird, oder einer der Vorläufer war bestimmt Pietari Päivärinta. Nicht zu vergessen sind die Einflüsse aus Frankreich, ach, was sag ich denn, aus Russland, aus Dänemark mit Georg Brandes und auch der Darwinismus. Eigentlich ist ja das ganze Leben ein einziges Einflussnehmen. Mich persönlich haben vor allem Alexander Kielland und August Strindberg geprägt, den traf ich in Berlin.«

Selma tappte mit ihren Fingern auf den Tisch: »Sophie Adlersparre sagt, dass die Vorstellungswelt von Strindberg von Dekadenz geprägt ist und es um Sklaverei während des Geschlechtstriebes geht.«

Die anderen starrten Selma an, die diesmal eine Gabel voller Krabben in den Mund schob, wobei etwas Sauce an ihrem Mundwinkel entlangtropfte.

Gabrielle stieß ihren Mann mit dem Ellbogen an. »Ich denke, dass darüber hinaus ein Engagement im Alltag wichtig ist. Zu seiner Meinung stehen und nichts beschönigen. Politische Beiträge veröffentlichen. Das macht den wahren Realisten aus, nicht wahr?«

Selma tupfte sich den Mund mit einer Serviette ab, nickte zögerlich und wandte sich wieder an Karl August: »Gerade Ihr Roman *Harte Zeiten* hat mich sehr beeindruckt. So, wie Sie das Bäuerliche schildern, das ist so … so nah an der Sache dran. Dieses Aufeinandertreffen des Althergebrachten, der Tradition, bei Ihnen wird das ja in den Frauengestalten verkörpert, und des Modernen mit dem Eisenbahnbau und dem gesellschaftlichen Gefälle. Ich habe selbst eine Hungersnot auf dem Land miterlebt und auch das ganze schmierige Lügengebilde, das die Kirche den Armen verkauft hat. Das war wie bei Ihnen. Anstatt, dass die Regierung sich um die Getreidevorräte kümmerte, ließ sie mehr Gebete in den Kirchen sprechen, da ja nur noch der eine helfen könnte. Das haben Sie vortrefflich geschildert. Und da kann man schon einen Teil seines Glaubens verlieren.«

»Selma!«, sagte Sophie und zog ihre Freundin am Arm.

»Was?«, antwortete Selma. »Du feierst den Realismus doch so. Dazu gehört auch, authentisch zu seiner Meinung zu stehen.« Selma wischte sich mit der Serviette die Stirn ab, auf der sich ein paar Schweißperlen gesammelt hatten. »Ich glaube, ich kann nicht noch einen Schnaps trinken, das vertrag ich nicht.« Sie schaute aus dem Fenster hinaus auf die Wiese, wo sich ein paar Feierlustige eingefunden hatten und ein Spiel mit Holzfiguren spielten, die sie über die Wiese warfen. Bei diesem Spiel, Kubb, stellte man zunächst zehn kleine Holzklötze und mittig den großen König auf, die man mit anderen Holzklötzen umwerfen musste. Es gab mehrere Spielvarianten, und einige Spieler warfen den letzten entscheidenden Wurf auf den König rückwärts durch die Beine. Was sehr lustig aussah, wenn Frauen wie Männer ihre Pos in die Luft reckten und beim Zielen hin und her drehten. Wie Futter suchende Enten auf dem Trockenen.

Selma kicherte.

Karl August sagte. »Was oft vergessen wird, ist, dass mein Herz der Lyrik gehört.« Er räusperte sich.

»Tag für Tag
stiller wird mein Gebet
stiller, was sich ums Schöne dreht,
Schlag für Schlag.

Szene für Szene
leiser wird das Klagen,
von Schmerzen die Zeit getragen
Träne für Träne.

Gang für Gang
das Herz, das gab, nur gab,
im Wohllaut sich labt
Klang für Klang.«

Die Menschen an den Tischen um sie herum waren still geworden und hatten ihren Kopf zu ihnen gewendet. Als Karl August zu Ende gesprochen hatte, klatschten die Umsitzenden und auch seine Frau, Selma und Sophie.

Sophie sagte: »Selma hat auch schon gedichtet.«

Selma nickte, legte kurz ihre Hand auf die von Sophie und drückte diese. »Gedichte und Sonette sind mein Ursprung. Meine Basis. Aber aktuell sitze ich an zwei Sachen, ich schreibe für *Wärmländigare* eine kurze Erzählung, die ich *Graugänse* nennen will. Bei uns zu Hause hat man sich die Geschichte erzählt, dass sich eine Hausgans vorbeifliegenden Wildgänsen anschloss. Ein halbes Jahr später kam sie tatsächlich wieder zurück. Damit hatte bei uns auf dem Hof wirklich niemand mehr gerechnet. Und sie kam nicht alleine, nein, sie hatte Verstärkung mitgebracht, eine Wildgänsin und Jungtiere. Die sahen lustig aus, weiß und bräunlich getupft. Der Gänserich wollte wohl seiner neuen Familie sein altes Zuhause zeigen. Dumm für ihn war nur, dass die Köchin sehr flink war … Am Abend gab es Gänsebraten.«

Karl August schaute sie lächelnd an. »Auf jedes Leben folgt ein Tod. Immerhin konnte er noch die Wildnis und Freiheit zuvor erleben. Sie hatten erwähnt, dass sie an *zwei* Projekten sitzen?«

Selma nickte wieder. »Ich schreibe ein Libretto für Elfrida Andrée. Übrigens ist sie da geboren, wo wir gerade sitzen. Zumindest in der Stadt. Sie ist hier im malerischen Visby groß geworden. In einem künstlerischen und musischen Umfeld, sie wurde von den Musen quasi schon als Baby auf den Kopf geküsst. Eine bemerkenswerte Frau mit krönendem Einfluss. Wegen ihr hat der König schon zwei Gesetze ändern müssen. Müssen! Elfrida Andrée hat es geschafft, dass aus den reinen Männerberufen Organist und Angestellter im Telegrafenamt auch Frauenberufe wurden. Ich habe sie zuletzt in Stockholm getroffen, da arbeitet sie als Organistin an der finnischen Kirche. Im Gegensatz zu einigen männlichen Kollegen schreibt sie nicht für Salonschmeicheleien, sondern um das Ansehen der Menschheit zu erhalten. Das ist wie bei Ihnen, und ich würde auch sagen, wie bei Sophie und mir, wir wollen der Menschheit etwas hinterlassen. Wir sammeln Impressionen, halten fest, mit welchem Herzschlag die Welt atmet, und bannen das auf Papier. Andrée in Noten. Ihr Klaviertrio ist ein Genuss, ich finde es noch besser als ihr Klavierduo. Wussten Sie eigentlich, dass sie als erste Frau bereits 1879 als Mitglied in die Königliche Musikalische Akademie gewählt wurde?«

»Nein. Erstaunlich, dass die Männerwelt ihre Pforten öffnet. Aber echtem Genie kann keiner standhalten. Um was für ein Libretto handelt es sich denn?«, fragte Karl August.

»Die Königliche Oper in Stockholm soll eingeweiht werden, und sie haben einen Aufruf gestartet, dass Komponisten neue Werke für einen Wettbewerb einreichen können. Ich nehme die Liebesgeschichte der *Frithiofssaga* als Grundlage. Dramatik, Helden, Romantik und natürlich die Liebe.« Selma schaute zu Sophie, und ihre Blicke trafen sich. Liebe ist die Grundlage fürs Leben, schoss es ihr durch den Kopf.

Sophie machte den Mund auf und sprach zu Selmas Überraschung: »Liebe ist generell die Grundlage des Lebens. Ohne Liebe keine Tiefe, ich denke, dass wir sonst nur an der Oberfläche von Gefühlen dümpeln würden.«

Selma unterbrach und sagte: »Das wäre wie eine Rose zu besitzen, die nicht duftet und keine Dornen hat.«

Sophie schaute nun überrascht und sagte: »Genau das wollte ich auch gerade sagen.«

Karl August und seine Frau lachten. »Man merkt Ihnen schon an, dass Sie viel Zeit miteinander verbringen. Entschuldigen Sie uns bitte, wir wollen eine Runde das Tanzbein schwingen.« Damit verließ das Ehepaar Tavaststjerna ihren Tisch.

Selma beugte ihren Kopf zu Sophie und flüsterte: »Liebes, wollen wir los …«

Und Sophie ergänzte: »… und den Sternen lauschen? Anderen, nicht finnischen.«

Selma lachte. »Das wollte ich auch gerade sagen, was ist heute nur los?«

Sophie grinste. »Es ist Mittsommer, geliebte Selma, da ist die Luft zwischen uns Menschen und den Geistern …«

»Ganz dünn.« Selma lächelte. »Da kann mehr passieren als im Rest des Jahres.«

Sophie und Selma schlenderten in die Helligkeit des längsten Tages des Jahres. Sie wandelten durch den Botanischen Garten und kamen zu einer versteckt liegenden Wiese. Weiter hinten bewegte sich etwas. Um genauer zu sein: Es bewegten sich zwei Etwas. Zwei junge Mädchen huschten herum, bückten sich, pflückten Blumen, lächelten ein verschwörerisches Lächeln und verschwanden mucksmäuschenstill im Schatten der Wege.

»Hast du das auch gemacht?«, fragte Selma Sophie.

Am Mittsommerabend pflückten unverheiratete Mädchen, die von ihrem Zukünftigen träumen wollten, sieben verschiedene Blumen und legten sich diese unter ihr Kopfkissen. Das klappte aber nur, wenn sie ab dem Pflücken kein Wort mehr reden würden.

Sophie zupfte eine lila Blume von einem Strauch ab und steckte diese hinter Selmas Ohr. Dann zog sie ihre Schuhe aus und rannte barfuß über die Wiese. »Warum sollte ich? Ich wusste mit siebzehn, wen ich heiraten wollte, und jetzt weiß ich es wieder, mit wem ich mein Leben teilen will. Komm mit, ich muss dir noch was zeigen.«

»Was soll uns das jetzt sagen?«, fragte Selma zwischen zwei schnellen Schnaufern. Sophie konnte manchmal so schrecklich schnell rennen.

Sie standen direkt an der Stadtmauer vor einem hoch in die Luft ragenden Turm. Ganz oben reihten sich schwarze Fensterlöcher aneinander, die angestrengt Ausschau nach Feinden hielten.

»Das ist der Jungfrauenturm«, sagte Sophie, zog ihre Schuhe wieder an und legte ihre Hand auf die kalten Steine der Mauer.

Selma stellte sich neben Sophie und berührte ebenfalls das Gemäuer. »Befinden wir uns denn hier in dem Grimm'schen Märchen *Rapunzel,* und du wirst gleich dein Haar lösen?«

»Nein, Miss!«, lachte Sophie, küsste Selma überschwänglich auf den Mund und fasste deren Hände. »Hier wurde eine Jungfrau eingemauert. Das hört sich jetzt erst einmal tragisch an, sehr tragisch …«Sophie schürzte ihre Lippen, um gleich darauf wieder zu lächeln. »Aber eigentlich steckt eine romantische Liebesgeschichte dahinter, ähnlich wie bei deiner isländischen Saga. Der Dänenkönig Waldemar IV. wollte die Stadt einnehmen und kam durch eine List durch die Stadttore.«

»Mit der Jungfrau?«

»Absolut. Indem er die Kaufmannstochter Sigrid umgarnte und sie ihm die Stadttore öffnete. Die Bevölkerung musste Gold und Silber in rauen Mengen abdrücken, und als rauskam, dass Sigrid schuld daran war, wurde sie hier lebendig eingemauert.«

»Romantisch geht in meinen Augen aber anders«, sagte Selma, zog Sophie an sich und küsste sie leidenschaftlich.

In ihrer Unterkunft empfing sie ein betörender Duft nach Flieder. Die Wärme, die in der Luft lag, schien manche Gerüche noch schwerer zu machen, noch intensiver.

Selma holte eine Flasche Sekt und öffnete diese, schenkte zwei Gläser ein und trat zu Sophie, die auf der Terrasse saß und zum Meer blickte.

Die bedankte sich mit einem Lächeln, stieß an und sagte: »Weißt du, seit ich neunzehn Jahre alt war, reise ich auf den Straßen der Welt und reise, reise, reise. Ich weiß nicht, ob das eine Flucht ist oder einfach nur die Lust am Entdecken von Neuem. Aber wenn ich zu lange in Göteborg oder Stockholm bin, dann drängt es mich förmlich in die Ferne. Ich muss einfach. Rust Roest bedeutet auch, wenn ich zu lange meinen Kopf auf das gleiche Kopfkissen lege, dann rostet mein Gehirn ein.«

Selma lachte ein Lachen, das hoch bis zu den Bäumen flitzte und die Vögel wach kitzelte. »Ach Sophie, meine Seele hungert und dürstet nach dir, weil du mir nützlicher bist als jeder andere Mensch. Ohne dich hätte ich meine letzte Novellensammlung nicht hinbekommen. Nicht nur, dass ich die Geschichte deines Onkels Ruben erzählen durfte, sondern alleine die ganze Stimmung, diese Harmonie. Das haben meine Novellen von deiner Weichheit. Und damit meine ich nicht nur das *Flaumenvögelchen.*«

Musik durchschnitt die Luft. Eine Violine strich lauschend lange Töne glatt, um in einen gleichmäßigen und schnellen Rhythmus aus Sechzehntelnoten zu fallen.

»Polska«, juchzte Sophie und eilte zum anderen Ende des Gartens. Sie drückte ihr Gesicht an den Zaun, der dieses Grundstück vom Nachbargrundstück abtrennte.

Selma drängte sich neben sie und schaute ebenfalls durch einen schmalen Spalt hindurch. Büsche standen dem direkten Blick im Wege, aber nachdem Sophie und Selma etwas auf und ab gelaufen waren, hatten sie eine Stelle gefunden, wo sie zwischen den Büschen hindurch auf eine niedergetrampelte Wiese sehen konnten. Ein in Volkstracht gekleideter Mann hatte eine Violine gegen sein Kinn gedrückt und schritt musizierend zwischen etlichen tanzenden Pärchen herum. Dabei wiegte er seinen Oberkörper zur Melodie und nickte den Kindern zu, die Fangen spielend herumtollten.

Sophie und Selma schauten belustigt zu, wie sich die Tanzenden an den Händen hielten und sich auf verschiedene Weisen im Kreise drehten.

Selma rezitierte:

»Junge Mädchen, schöne Wesen,
Schwebt dahin so frisch und leicht!
Tanzet Walzer und Anglaisen
Eh' die Jugend von euch weicht.«
Sophie fiel mit ein:
»Doch gebt acht, wenn ihr euch schwinget
Froh im raschen Wirbel hin,
dass es Cupido nicht gelinget,
Zu entzünden euren Sinn!
Schelmisch von Natur, verschlagen,

Thut er's er heimlich erst und lacht;
Wird's beim Walzer dreister wagen –
Nochmals, Mädchen, gebet acht!«

Selma lächelte: »Ich wusste gar nicht, dass du Anna Maria Lenngren kennst!«

Sophie nickte und bewegte ihre Hüfte zum Rhythmus, als es vor ihnen raschelte. Ein junger Mann und eine junge Frau pressten sich genau vor ihnen gegen den Zaun. Selma zuckte zurück und schaute überrumpelt Sophie an, die ebenfalls nach hinten gewichen war. Von der anderen Seite des Zauns hörten sie einen gurrenden Singsang, Geflüstertes und unterdrücktes perlendes Gekicher.

Stille.

Selma zog ihre Schultern hoch, und Sophie nickte. Beide lugten erneut durch den Zaunspalt. Sogen Luft ein und wichen fast in der gleichen Sekunde wieder zurück.

Sophies Wangen röteten sich, und Selma stieß ein »Oh« aus.

Der Mann hatte seine Hand unter die Bluse der Frau geschoben, seinen Kopf an ihrem Hals unter dem Ohrläppchen versenkt. Die Frau warf schwer atmend den Kopf in den Nacken und krallte sich mit einer Hand in die Haare des Mannes.

Selma griff nach Sophies Hand und zog sie zurück auf ihre eigene Wiese. Die Violine spielte gerade eine Melodie, die nur eine einzige Möglichkeit zuließ: zu tanzen.

Selma hob Sophies Hand in die Höhe und trat einen Schritt auf sie zu. Und wieder zurück. Sie lockerte ihren Griff um Sophies Hand und drehte sich unter deren Arm im Kreis.

Diese kicherte und stieg auf das Spiel ein. Ihre Hände bildeten die Mitte ihrer Körper, den Drehpunkt all ihrer Bewegungen. Sie entfernten sich, bis die Arme ausgestreckt in der Luft lagen, und kamen so nah zusammen, dass ihre erhobenen Arme einen Bogen bildeten, unter dem sich ihre Gesichter fast berührten und den Atem des anderen spürten. Ein sich Annähern, Entfernen und ewiges Kreisen.

In einer flinken Bewegung ließ Selma ihren Arm um Sophies Hüfte gleiten, sodass diese wie von einem Gurt umschlossen war. Sie drehten sich als symbiotische Einheit weiter im Kreis.

Selma flüsterte: »Ich war vom ersten Augenblick an in dich verliebt. Du bist das Schönste, was mir je widerfahren ist.«

Mit geschlossenen Augen wiegte sich Sophie in der Melodie, löste sich auf und existierte nur noch zwischen den einzelnen Noten. »Ich bin auch in dich verliebt, Selma. Du bist so wunderbar, dass mir manchmal die Worte fehlen, so wie jetzt.« Sie kicherte erneut und drehte sich so aus, dass sie nun direkt Bauch an Bauch mit Selma tanzte. Ihre Hände waren mittlerweile verschmolzen, und ihre beiden Arme zeigten gen Himmel.

Selma küsste vorsichtig Sophies Nase, sie küsste Sophies Augen, den Mund. Stützte mit der einen Hand ganz zärtlich Sophies Hinterkopf, während die andere tastend und suchend den Rücken hinunterglitt. Sterne explodierten in Selmas Kopf, und ein Geruch nach Orangen und Rosen hing in der Luft. Sie sanken ineinander verschlungen auf die Wiese, während die Violine weiterspielte und von der Lust erzählte, sich der Melodie hinzugeben.

»Sophie«, flüsterte Selma und überschüttete deren Gesicht mit Küssen. »Sophie, du darfst mich nie verlassen, ja?«

Die Freundin öffnete ihre Augen und schaute Selma an, als ob sie gerade aus einem Traum erwacht wäre.

Selma streichelte Sophies weiche Wangen, spazierte mit ihren Fingern den Hals entlang bis zur Bluse und knöpfte den obersten Knopf auf, als Sophie ihre Hand wegstieß und sich wegdrehte.

»Nein. Nein!« Sophie erhob sich zittrig. Tränen liefen über ihre Wangen, und mit unsicheren Schritten lief sie wankend ins Haus.

»Sophie«, rief Selma ihr nach. »Sophie!« Aber ihre Worte verfingen sich im Melodiebogen des Tanzes und verwehten ungehört in der Helligkeit der Nacht.

* * *

Das himmelblaue Himmelsband, das die längste Nacht des Jahres begleitet hatte, war am nächsten Morgen verschwunden. Selma trat aus dem Haus in den Garten und fuhr sich über die kurzen Haare. Ihre Augen taten weh, und sie hatte Kopfschmerzen. Ob sie überhaupt in der letzten Nacht geschlafen hatte? Sie wusste es nicht. Manchmal kreisten die Gedanken im Schlaf weiter, und es gab keinen Unterschied zwischen Wachen und Träumen.

Sie hatte das ganze Häuschen und den Garten abgesucht, aber Sophie war nicht da. Verschwunden.

Die Wellen brachen am Hafen und schickten stoßweise ihr Geplätscher in die Stadt. Über Selmas Kopf kreisten laut krächzende Möwen, die sie auszulachen schienen. »Was hast du gemacht? Was hast du gemacht?« Weitere Möwen flogen dazu. »Wie konnte sie nur? Wie konnte sie nur?« – »Warum? Warum?«

Selma setzte sich mit einer Tasse Kaffee auf die Terrasse und starrte auf den Zaun zum Nachbargrundstück.

Die Haustür wurde geöffnet, und kurz darauf stand Sophie stocksteif neben ihr. »Selma. Ich … ich weiß nicht … was soll ich sagen?«

Selma nippte an der schwarzen Flüssigkeit, ohne aufzuschauen.

»Selma, das, was ich gesagt habe, das zählt. Du bist für mich einer der wichtigsten Menschen auf der Welt.« Sophie senkte ihre Stimme. »Und ich bin in dich verliebt, aber …«

Selma stand auf, wobei ihr Kaffee aus der Tasse schwappte und heiß auf der Hand landete. Mit lauter Stimme schimpfte sie: »Autsch. Scheiße. Sophie, entweder ist man verliebt oder nicht, oder … man bleibt doch nicht auf der Stelle stehen, während das Leben weitergaloppiert. Ich häng ja auch nicht mehr am nährenden Busen meiner Mutter. Ich bin groß, ich lebe. Bin lebendig. Und ich will das auch spüren.«

* * *

Der nächsten Nacht fehlten ein paar Minuten Helligkeit. Unveränderbar rann das Jahr auf den nächsten Winter zu. Aber wie konnte man an Schnee denken, wenn man Heidelbeeren von den kniehohen Büschen pflücken konnte, und wie konnte man an Aufgabe denken, wenn das Innere noch so brannte?

Aus dem Schlafzimmer drang von dem Einzelbett, das am Fenster stand, leises Schnarchen.

Wie konnte Sophie schlafen, während die Welt um sie gerade dunkler wurde und erkaltete? Selma ging ins Badezimmer und zog ihre Bluse und den knöchellangen Rock aus. Als Kind war sie am liebsten in Hosen ihrer Brüder umhergerannt. Wie sie ihre Kindheit vermisste. Sich nicht kümmern müssen, keine Verantwortung zu tragen und den Tag so rumzubringen, wie er sich von ganz alleine ergab. Kein Abschätzen, kein Beurteilen, kein Müssen. Ein Leben in den Geschichten der Großmutter, zwischen Trollen und Elfen, die sich auf den Wiesen und in den Wäldern um das Haus versteckten.

Selma blickte in den kleinen Spiegel, der über dem Waschbecken hing. Falten hatten erste Spuren in ihrem Gesicht gezogen. Suche nach Liebe? Doch, das hatte es damals auch gegeben. Vor allem, als ihre vier Jahre jüngere Schwester Gerda geboren worden war. Selma fuhr sich mit dem Finger ihre Nase entlang und reckte das Kinn in die Höhe. Drehte sich nicht alles im Leben um die Liebe? Ob es um die der Eltern ging oder, in abgeschwächter Form, um die der Freunde oder um die körperliche Liebe? Warum konnten Menschen überhaupt denken? Tiere folgten ihren Instinkten, ließen zumindest die Bücher verlauten. Vielleicht sollten sich auch die Menschen nur aufs Fühlen verlassen, dann gäbe es weniger Kriege und viel mehr Freude. Selma zog sich aus, bis sie nackt im Bad stand. So hat uns angeblich Gott erschaffen, und so werden wir auch wieder abtreten von dieser Erde. Wie viel Zeit bleibt uns, um das zu erreichen, was wir wollen? Was sollen wir überhaupt wollen? Warum wollen wir überhaupt etwas? Selma legte ihre Hände auf die Brüste und fühlte die Geschmeidigkeit der Haut. So zart und so verletzlich. Wer bestimmte überhaupt, was hässlich war und was es wert war, angebetet zu werden? Selmas rechte Hand glitt auf ihren Bauch. Wie warm die Haut war. Nie würde hier ein Baby heranwachsen, nie würde sie einem Kind das Leben schenken. Das war ihr größtes Opfer. Aber nie sollte ein Mann über sie bestimmen können. Nie.

* * *

»Selma.« Sophies Stimme hing in der Luft, umrundete den Frühstückstisch, kitzelte Selma im Nacken, bis die Nackenhärchen aufrecht standen. »Selma, wir müssen jetzt mal reden. Richtig reden. Mehr als nur ›Kannst du mir bitte mal die Butter reichen?‹.«

Selma schaute auf und betrachtete Sophies Gesicht. Dunkle Schatten lagen unter deren Augen und raubten den Magnetismus. »Ja. Du hast recht, ich sollte mich wohl …«

Sophie unterbrach sie: »Entschuldige bitte, Selma. Ich wollte mich bei dir entschuldigen.«

Selma schaute sie verblüfft an.

Sophie fuhr fort. »Es ist nicht leicht, ich … du weißt, dass ich dich …«

Selma griff über den Tisch und nahm Sophies Hand. »Nein, es war mein Fehler, du hattest ja gesagt, dass du eine Beziehung mit einer *hands off*-Regel willst. Weißt du, das Zusammensein mit dir ist das Glücklichste, was ich erleben durfte, seitdem ich meine Schwester verloren habe.«

Jetzt schaute Sophie sie fragend an.

Selma erklärte. »Ich meine nicht den Tod meiner älteren Schwester Anna, sondern als sich Gerda verlobt hat. Bis dahin hatten wir Pläne, zu zweit zusammen alt zu werden, wir waren fast so etwas wie unzertrennliche Zwillinge. Ich habe zwar ihrem unermüdlichen Drängen und Glauben an mich zu verdanken, dass mein *Gösta* zum Wettbewerb eingereicht wurde, aber sie hat sich damals für eine andere Familie entschieden. Sie ist immer noch meine Familie, versteh mich nicht falsch, aber sie ist nicht mehr ein Teil von mir, wie ein zweites Bein oder ein zweiter Kopf.« Selma fuhr sich mit der Zunge über die Lippe. »Du … du bist so wunderbar. So genau richtig, so wie du bist. Du hast ja von Anfang an gesagt, wozu du bereit bist, aber ich … was soll ich sagen, ich wünsche mir natürlich mehr, aber ich will dich nicht verlieren.« Selma schaute feierlich. »Ich schwöre dir, dass ich meine Sehnsucht zügele und dass wir das Leben so genießen werden, wie wir beide es zusammen können. Denn weißt du …« Selmas Stimme wurde leise. »Das Wichtigste ist, dass du bei mir bist. Denn alles, was zählt, ist, dass wir uns haben und dass wir uns lieben.«

Sophie küsste Selmas Hand, und ihre Augen glänzten feucht. »Ich werde dich immer lieben. Und ich werde mit dir alt, das verspreche ich dir. Ich schwöre es. Wir werden immer zusammen bleiben. Die Liebe, die es mir möglich ist, dir zu geben, die will ich dir schenken. Du bist die Erste, die mich nicht drängt, mehr zu tun, als ich will. Danke. Danke dafür!«

* * *

Wie jeden Morgen klapperte es an der Tür, als die Zeitung *Gotlands Allehanda* auf die Schwelle geschmissen wurde, daneben lag ein kleiner Stapel nachgesandter Briefe. Selma öffnete lustlos die Umschläge ihrer drei Briefe und überflog, was ihre Mutter aus Landskrona berichtete, Mats Widegren aus Stockholm und Anna Oom aus Landskrona. Sie schielte zu Sophie, die mit einem Lächeln ihren Brief las. Ein Stich durchdrang Selmas Bauch. Dieses Lächeln war so anmutig und sinnlich. Warum galt es nicht ihr?

»Wer hat dir denn geschrieben?«, fragte Selma und räusperte sich.

»Betty«, sagte Sophie und schob die drei Umschläge und Briefe ordentlich übereinander auf einen Stapel.

Selma machte ihren Hals lang und schaute auf das Blatt. »Schreibt Betty wieder, wie doof sie es findet, dass du nicht mit ihr verreist, sondern mit mir? Aber … aber das ist doch gar nicht die Schrift von Betty!« Selma runzelte ihre Stirn und griff nach Sophies Briefumschlägen. Aber Sophie war schneller und wischte diese mit der Hand auf den Boden.

»Sophie?«

Sophie blickte Selma in die Augen. »Selma, ich … weißt du. Gut. Ich wollte dir das eh schon lange erzählen. Es ist nur etwas kompliziert. Aber Ehrlichkeit war früher mal meine am höchsten geschätzte Tugend, und das soll sie auch bleiben. Ich schreibe doch mit Alexis Sluys, dem Belgier.«

»Den du in Nääs, an der Schule deines Bruders kennengelernt hast? Der Sozialist?«

»Ja.«

»Und?«

»Wir schreiben uns schon seit Jahren.«

Selma schaute Sophie an. So lange, bis diese aufsprang und auf und ab lief. »Ich weiß auch nicht, was das ist. Anfangs waren wir ineinander verliebt. Jetzt schreiben wir uns, vertrauen uns, lieben uns zwischen den Zeilen, aber …«

Selma hatte mit einem lauten Ruck den Stuhl nach hinten geschoben und drückte ihren Rücken durch.

»Ach, Selma, Liebes, es ist nicht das Gleiche wie mit dir. Es ist mehr ein Schmachten, nichts Echtes. Ein … Suchen, ein …«

»Sophie«, Selma versuchte, ihre Stimme nicht zittern zu lassen. »Es ist gut. Ich habe keinen alleinigen Anspruch auf dich. Du gehörst mir ja nicht, wie ein … Tisch oder ein … Stück Nutzvieh … Liebst du ihn?«

»Ich weiß es nicht.«

Selmas Stimme wurde leiser. »Liebst du mich?«

Sophie trat zu Selma und küsste sie innig auf die Lippen. »Ja. Dich liebe ich besonders. Komm, lass uns zum Wasser gehen.«

Nach einem Spaziergang traten Selma und Sophie wieder in ihr Haus ein. Es hatte gutgetan, sich den Kopf frei pusten zu lassen.

Selma sagte: »Die Luft ist hier so sauber, fast betäubend. Ob wohl die alten Hanseaten all die Energie verbraucht haben, und für uns Lebende ist nichts mehr übrig?«

Sophie schenkte ihr einen langen Blick, machte Tee, und sie setzten sich mit zwei Tassen auf die Terrasse und beschlossen, Zeitung zu lesen. Wie jeden Tag teilten sie sich die Seiten von *Gotlands Allehanda* auf und überflogen zunächst blätternderweise die Überschriften. Plötzlich jauchzte Sophie.

»Selma, schau doch, tatsächlich. Der Redakteur hat das Interview mit mir gebracht.«

Selma lächelte Sophie zu, die gerade vorlas, war aber nur mit dem halben Ohr bei ihr. Ihre Augen hatten sich an einer Notiz festgesogen, die ihre Fantasie an einen anderen Ort katapultierte: *Die Bauern in Nås in Dalarna, die ihres Glaubens wegen nach Palästina gezogen waren, beginnen, sich in ihrer neuen Heimat zurechtzufinden. Sie haben ein Stück Land gepachtet und ein paar schwedische Pflüge geordert, um es bestellen zu können.*

TEIL II

6. März 1900, Jericho, Palästina
Selma an ihre Mutter

Liebe, geliebte Mutter!
Das ist eine Reise, muss Mama denken. Aber man sieht jeden Tag so vieles Merkwürdiges, dass das Gehirn ganz und gar am Überlaufen ist. Wir haben jetzt einen Dragoman überall mit dabei, der alle notwendigen Sprachen spricht und zu uns passt wie ein Leibdiener, der schon jahrelang in unserer Anstellung ist und uns gut kennt, das ist sehr schön.
Alles verlief gut, und als wir morgens nach Jaffa kamen, sah das Meer recht freundlich aus. Ich weiß nicht, ob Du weißt, dass der Hafen von Jaffa als der gefährlichste der gesamten Reise gilt, da er vollkommen ungeschützt und der Brandung ausgesetzt ist. Wir hatten schrecklich oft erzählt bekommen, dass beim Umsteigen vom Dampfer in die kleinen Boote Leute ins Meer gefallen seien. Leider können die Dampfschiffe nicht direkt an einer Landungsbrücke anlegen, sie müssen weit draußen vor Anker gehen. Bis wir endlich angekommen waren, tanzte unser kleines Boot wie ein Korken auf und ab, aber schließlich waren wir an Land.
Mitten in den Hügeln liegt Jerusalem von Mauern mit Zinnen umgeben. Es ist eindrucksvoll und strahlend und voll mit Menschen aus vielen verschiedenen Ländern. Alle reden von der düsteren und schmutzigen Stadt, aber das ist sie bei Weitem nicht. Wir wohnen zwar im besten Hotel Jerusalems, aber das ist tatsächlich schäbig, es riecht nach Schmutz und Rauch auf den Zimmern, das Essen ist miserabel, und die Hunde heulen die ganze Nacht, sodass wir nicht schlafen können.

15. März 1900, Jerusalem
Selma an ihre Mutter

Liebe Mama,
ich sende heute ein sehr schmutziges Briefpapier, aber mit guten Bildern von der Grabeskirche, von Beduinen und von der Stadt selbst, die wirklich eine der schönsten Städte ist, die man sich vorstellen kann, mit ihren vielen Häusern und Kuppeln. – Wir haben uns nun einen kleinen Fotoapparat gekauft, mit dem wir viele pittoreske Eindrücke festhalten können, an denen wir vorbeiziehen.
Es ist eine lange Reise, bis wir wieder heimkommen werden, aber jetzt habe ich getan, weswegen ich das auf mich genommen habe: Ich war den gesamten Dienstag draußen in der schwedischen Kolonie und habe mir einige ihrer Schulen etc. angesehen. Das sind außerordentlich merkwürdige Leute, das muss ich sagen, aber es ist erfreulich zu sehen, wie sauber, gepflegt und wohlorganisiert alles bei ihnen ist. Sie sagen, sie seien glücklich, und die Männer sehen auch munter und lebhaft aus, die Frauen jedoch weniger.

26. März 1900, Haifa
Selma an ihre Mutter

Liebe Mama!
Wir verließen Jerusalem an einem Sonntag auf einer gut ausgebauten Straße. Am nächsten Tag waren wir in Jaffa und fuhren ein paar Stunden in der Umgebung herum, um die fünfhundert wundervollen Gärten zu besichtigen. Am Dienstag fuhren wir mit dem Wagen nach Haifa, aber der Weg war so lang, dass wir unterwegs in einer jüdischen Kolonie übernachten mussten. Die Reise war so gefährlich, wie eine Reise nur sein kann. Wir hatten keine richtigen Straßen, nur Kamelstiege, Brücken waren selten, man fuhr einfach direkt durch die Bäche. Einmal saßen wir in einem Sumpf

fest, bis ein anderes Fahrzeug vorbeikam und sie ihre Pferde vor unseres spannten, um es herauszuziehen. Ja, das war richtig abenteuerlich.

Aus: Selmas Roman Jerusalem II, Im heiligen Lande
Der heilige Fels und das heilige Grab

»Es war ein brennend heißer Augustmonat in Palästina. Jeden Tag stand die Sonne gerade über dem Kopf der Menschen. Da war nicht eine Wolke am Himmel, und seit dem April hatte es nicht geregnet. Es war gar nicht schlimmer, als es um diese Zeit des Jahres zu sein pflegte, aber es war trotzdem fast unerträglich. Unten in Jaffa war es vielleicht noch am besten, lag die Stadt doch direkt am Meer und inmitten von wenigstens fünfhundert Orangenhainen, in denen die unreifen Apfelsinen unter harten, dunkelgrünen Blättern hingen, die sich ganz und gar nicht von dem Sonnenschein beeinflussen ließen.
Aber das Schlimmste war, daß die Sommerhitze die Menschen am Schlafen verhinderte. Nacht für Nacht. Und diese Schlaflosigkeit hatte zur Folge, daß die Einwohner von Jerusalem am Tage niedergeschlagen und reizbar waren und des Nachts beängstigende Gesichter sahen und von Angst und Verzweiflung geplagt wurden.
In einer solchen Nacht, in der eine Schar Straßenhunde sich auf einen Streifzug vor die Stadt begeben hatte und die Luft mit einem jämmerlichen, anhaltenden Gebell erfüllte, hüllte sich eine Amerikanerin in einen langen, weißen Mantel, um der Schlaflosigkeit und ihrer Niedergeschlagenheit zu entgehen. Sie öffnete eine kleine Hintertür und wanderte in der Richtung auf Jerusalem zu. Bald bog sie jedoch vom Wege ab und erstieg einen kleinen, steilen Hügel. Von dessen Gipfel konnte sie in der mondhellen Nacht die Stadt mit ihrer zackigen Mauerkrone und ihren unzähligen großen und kleinen Kuppeln sich vom Nachthimmel abheben sehen.

Obwohl sie dastand und mit Angst und Unruhe kämpfte, beachtete sie doch die feierliche Schönheit der Natur. Palästinas grünlich weißer Mondschein goß seinen Schimmer über alles aus und verlieh allem ein Gepräge von etwas Wunderbarem und Geheimnisvollem. Plötzlich kam ihr der Gedanke, daß, ebenso wie es in alten Schlössern Zimmer gibt, in denen sich die Geister aufhalten, vielleicht diese uralte Stadt und die kahlen Hügel ringsumher die Gespensterstuben der alten Welt waren, ein Ort, wo man darauf gefaßt sein mußte, entschwundene Größen von den Bergen herabsteigen und die Toten der Vergangenheit in der Dunkelheit der Nacht umherschleichen zu sehen.«

15. Juni 1902, Falun,
Brief von Selma an Georg Brandes

Lieber Herr Doktor Brandes!
Durch Ihren Brief, den ich vor ein paar Tagen erhalten habe, fühle ich mich Ihnen zu großem Dank verpflichtet. Ich weiß gar nicht, wie ich Ihnen danken kann. Nicht nur, dass Sie sich bei alldem, was Sie zu tun haben, Zeit für meinen Roman Jerusalem genommen, sondern dass Sie mir auch noch Ihre Meinung geschrieben haben. Sie können mir glauben, dass keine andere Einschätzung mich hätte glücklicher machen können. Vor allem freue ich mich darüber, dass Sie den Roman als eine Steigerung betrachten. Ich hatte ein gutes Stück Arbeit damit und bin froh, dass es Früchte trägt.
Aber wissen Sie, Sie sollten selbst Jerusalem sehen. Ich würde es Ihnen gönnen, auf dem alten Tempelplatz zu stehen, der so wunderbar und großartig ist, dass man sofort allen Geschichten glaubt, die über die Herrlichkeit des Tempels und die Größe des kleinen Volkes erzählen. Und dann Jerusalem, wo die Luft vor Religionen flirrt, wo alle Menschen ein Wunderwerk erlebt haben, wo die ruhigsten Menschen fanatisch werden und von Sinnen sind, wenn sie

zwischen die Streitigkeiten der grundverschiedenen Sekten geraten. Das ist keine behagliche Stadt. Aber das ist doch merkwürdig, auf eine komplette Gesellschaft zu stoßen, die nur aus Fanatikern besteht. Ja, jetzt muss ich schließen mit einem weiteren Ausdruck meiner großen Dankbarkeit.

1904
Oscar Levertin über Selmas Jerusalem

»In ihrer Erzählung Jerusalem hat Selma Lagerlöf einen der größten und tiefsten Stoffe behandelt, die sich einem schwedischen Dichter überhaupt bieten – den schwedischen Bauernstand und sein inneres Leben. Die Geschichte des schwedischen Bauers schreiben, heißt hinab in die tiefste innerste Schicht von Schwedens Kultur dringen, den Grund, auf dem alles andere ruht. Mit etwas von derselben großen und einförmigen Unerschütterlichkeit, die der Boden selbst durch die Jahrhunderte bewahrt, hat der Bauernstand in Schweden in allem Wechsel der Zeiten Vergangenheit und Gegenwart verknüpft. Eine moderne Dichtung, die wirklich dem Namen eines schwedischen Bauern-Epos entsprechen soll, muss, auch wenn sie sich heute abspielt, ein Echo der alten Sage geben. Selma Lagerlöf hat das empfunden und verstanden, und in der großartigen Einleitung zu Jerusalem läßt sie den Ingmar Ingmarsson, der der Patriarch ihres Werkes ist, eine merkwürdige Erscheinung haben – er sieht seinen Vater und alle seine Vorväter in einer himmlischen Bauernwohnstube. Da ist eine unberechenbare Anzahl von Bauern, die rings um die Wände sitzen und die alle graurotes Haar und weiße Augenbrauen haben und eine große Unterlippe und seinem Vater so ähnlich sind, wie ein Ei dem anderen.
So ist Selma Lagerlöfs Jerusalem. Sie hat nie Höheres erreicht. Sowie das Ganze in diesem Buche einfacher und größer ist als früher, ist auch der ganze Styl hier reiner und klarer denn je. Ihre Erzählungsweise konnte in früheren Tagen hysterisch unruhig sein, ihr

Kolorit zu bauernprächtig. Hier ist alles groß, ruhig und still – ohne irgendwelche Schnörkel. Man sieht deutlicher als je zuvor, dass ihre tiefste Originalität nicht in äußerem Ton oder Apparat liegt, sondern in der außerordentlichen Breite ihrer Auffassung und ihrem naiven Gefühl für das Wesentliche in der Welt.«

Kapitel 6

WIND UNTER DEN FLÜGELN

Zwei Monate vor der
Veröffentlichung von Jerusalem I
Falun, Oktober 1901

Selma schaute aus dem kleinen Fenster, es dämmerte bereits, und ihr wurde bewusst, dass sich das Jahr vornüberbeugte, um nach dem Jahresende zu greifen.

Ihr Rücken tat weh, und sie streckte sich auf ihrem schmalen Holzstuhl. Hob die Arme weit über den Kopf und spürte, wie die unteren Wirbel knackten. Seitdem sie regelmäßig diese Yoga-Übungen aus der Zeitschrift machte und durch einen Arzt von ihrem letzten Kuraufenthalt in Larvik noch weitere Anregungen dazu bekommen hatte, fühlte sie sich eigentlich die meiste Zeit über gut. Kein Vergleich zu Sophie, die mit ihrer Gesundheit zu kämpfen hatte. Und mit ihren Nerven.

Nur wenn Selma lange Strecken lief oder tagelang am Schreibtisch saß, kam es zu diesen Schmerzen. Selma schloss die Augen und atmete tief ein. Dabei ließ sie die Arme beim Ausatmen in einem großen Bogen nach hinten unten gleiten. Das machte sie ein paarmal, bis sie die Augen wieder öffnete. Sie hob die Arme erneut gestreckt neben den Kopf, spannte den Bauch an und dehnte den Oberkörper nach rechts, hielt für ein paar Sekunden und dehnte sich dann zur linken Seite. Dann schob sie den Stuhl nach hinten und ließ den Oberkörper nach vorne sacken, bis sie mit den Händen den Boden berührte.

Hatte nicht auch Sophies Bruder Otto in Nääs betont, wie wichtig regelmäßige Bewegung sei? Seine Werkschüler übten sich in der schwedischen Tradition, indem sie alte Weisen sangen und althergebrachte Tänze tanzten und Gymnastik machten. Da gingen schon einmal über vierzig adrett gekleidete Erwachsene mit Hut und Trachtentuch in die Hocke und hüpften wie Frösche zwischen den Rabatten umher. Und wenn die Schüler an den Werkbänken arbeiteten, gab es Bildmaterial, das exakt zeigte, wie man die Füße stellen sollte, um eine aufrechte Körperhaltung zu erzeugen. Selma lächelte. Der erste Besuch in Nääs war über sieben Jahre her, mittlerweile fühlte sie sich dort, als würde sie zur Familie gehören. Bei ihrem letzten Aufenthalt hatte sie mit Sophie die Bilder mit den korrekten Fußstellungen durchgeschaut. Diese hatte das Ganze recht entzückend gefunden und verschiedene Bilder nebeneinander auf den Boden gelegt. Sie prüfte, verschob und forderte schließlich Selma dazu auf, einen Tanz daraus zu machen. Einmal die Fußstellungen von vorne nach hinten durchexerzieren. Als sie zusammen versucht hatten, die Füße nach den Bildern zu bewegen, mussten sie hüpfen, stießen ständig aneinander und waren schließlich laut lachend auf den Holzdielen gelandet.

Mit einem lauten Schnaufen setzte sich Selma wieder normal an den Küchentisch. Vor ihr lag ein Blatt Briefpapier. Es hatte einen leicht gelblichen Stich und war das bevorzugte Schreibpapier von Sophie. Wenn Selma Sophie besuchen fuhr, brachte sie ihr meistens einen Stoß davon mit. An Sophie war dieser Brief auch gerichtet, aber mehr als die Anrede und zwei belanglose Sätze hatte Selma noch nicht hinbekommen. Sie ergriff die Schreibfeder und schrieb weiter: *Die Lesung letzte Woche ist gut gelaufen, Bess war zufrieden mit dem Kapitel, das ich aus* Jerusalem *ausgewählt hatte, und auch die Zuhörer. Darunter war Fräulein Valborg Olander, die mir eine Woche zuvor bereits eine Visite abgestattet hatte. Ich bin ihr schon vor ein paar Jahren begegnet, in Falun holpert man sich bei gewissen Veranstaltungen ja immer über den Weg. Sie wirkt so geradlinig und strahlt eine Aura von Ruhe aus, fast Langeweile möchte ich sagen, aber es ist wohl ein wenig Liebe … sie hat regelrecht um mich …* Selma legte mit einer fahrigen Bewegung die Feder zur Seite, zerknüllte den Brief und schmiss ihn auf den Boden, wo er raschelnde Bewegung in die anderen fünf Papierknäuel brachte, die dort bereits lagen und auf Unterhaltung lauerten. Auf dem Tisch nahm eine Vase mit hellblauen, leicht süßlich duftenden Blumen den größten Platz ein. Selma streckte ihre Hand aus, um eine der Blumen herauszuzupfen und daran zu riechen, als es an der Tür klopfte und das Dienstmädchen hereinkam. Sie wollte gerade den Mund öffnen, um einen Besuch anzukündigen, als eine behandschuhte Hand sie zur Seite schob und Valborg Olander durch die Tür trat. Eine hochgewachsene Frau, die sich so aufrecht im Raum bewegte wie eine Kleiderpuppe auf Rollen. Sie hatte eine gerade kleine Nase, gerötete Pauswangen wie ein junges Mädchen, unter dunklen Augenbrauen dunkle Augen und in dem ovalen Gesicht eine hohe Stirn. Die dunklen Haare trug sie hinten geflochten und zusammengesteckt. Eigentlich sah sie aus wie ein groß gewachsener, ernster Barockengel.

»Valborg, was verschafft mir deinen unerwarteten Besuch? Bist du nicht erst heute wieder von deiner Reise zurückgekommen?«

Das Dienstmädchen trat mit einem verunsicherten Blick neben den Besuch und zupfte an deren Mantelärmel.

Valborg schob die Hand des Dienstmädchens weg, bemerkte erst dann, dass sie den Wintermantel noch anhatte und ließ sich raushelfen. Sie trug ein hochgeschlossenes dunkelgrünes Kleid mit Puffärmeln und eine große goldene Brosche, die über ihrem rechten ausladenden Busen prangte. »Selma, ich muss …«

»Aber Valborg, eile mit Weile, das war selbst Kaisers Augusts Devise. Alles hat seine Zeit!«

»Du mit deinem alten Goethe«, mit einem genervten Ausdruck im Gesicht rupfte sich Valborg den warmen Schal vom Hals und pfefferte diesen auf den Mantel, den das Dienstmädchen im Arm hielt. »Selma, nein, da muss ich dir wärmstens widersprechen. Manche Dinge haben keine Zeit und dulden keinen Aufschub.« Sie machte eine kurze Pause und sagte: »Du sollst das neue Lesebuch schreiben!«

»So?« Selma schaute Valborg überrascht an. In so einem ungeduldigen Zustand hatte sie die Freundin noch nie erlebt. Außerdem sprach sie in Rätseln. Valborg Olander war durch und durch Lehrerin und hatte bewundernswerterweise nicht nur ihre Emotionen, sondern auch ihr ganzes Leben perfekt unter Kontrolle. Bis jetzt zumindest.

Valborg eilte über den dicken Teppich und hämmerte dabei so mit ihren Schuhen auf den wollenen Untergrund, dass Selma befürchtete, das Dienstmädchen würde gleich einen Herzstillstand bekommen.

»Setz dich doch, meine Liebe. Möchtest du mit mir Kaffee trinken und ein paar belegte Brote essen?« Eine lange Reise verursachte nicht nur rote Wangen, sondern meistens auch Appetit. Selma nickte dem Dienstmädchen zu, das sich gleich auf den Weg in die Küche begab.

Valborg blickte Selma vorwurfsvoll an. »Was willst du tun?«

»Ich? Erst einmal Kaffee trinken.« Selma lächelte, nahm kurz darauf dankend dem Dienstmädchen die aromatisch duftenden Getränke ab, sagte ihr etwas in leisem Ton und schickte diese dann hinaus.

»War deine Reise erfolgreich?«, fragte Selma.

»Meine Reise?« Valborg schien irritiert. »Hast du nicht zugehört? Selma! Die wollen dich. Du sollst das neue Lehrbuch für die Schulen schreiben. Du sollst die Kinder mit deiner Kunst dazu bringen, gerne lesen zu lernen, dass sie die Geschichten Schwedens aufsaugen wie kleine Schwämme und dabei glitzernde Augen haben und am besten gar nicht mehr aufhören können zu lesen. Mensch, Selma. Das ist so großartig, ich weiß gar nicht, was ich sagen soll.« Damit entspannten sich Valborgs Gesichtszüge, und sie wärmte sich ihre Hände an der Tasse. Das Dienstmädchen betrat den Raum erneut und stellte ein paar reich belegte Butterbrote neben Valborg.

»So?«, wiederholte Selma, während ihr Gehirn versuchte, die Informationen zu entschlüsseln. »Wer hat das denn gesagt? Deine Freunde in Stockholm? Und wie geht es ihnen denn überhaupt, sind alle gesund? Und was meinst du denn mit *diesem* Lesebuch?«

Valborg lachte. Sie lachte so stark, dass der Kaffee über den Rand schwappte und sie sich die Finger verbrühte. »Au«, stieß sie hervor und konnte doch nicht aufhören zu lachen.

Selma zog die Augenbrauen hoch. Manchmal dachte man, einen Menschen nach einigen Wochen des intensiven Kennenlernens einschätzen zu können, bis ungewohnte Situationen einen Blick hinter die vertrauten Kulissen freigaben. Gerade eben hatte sie das Gefühl, einen Blick auf das junge Mädchen Valborg erhascht zu haben. Ungestüm und noch vielen Regeln und ernsten Themen fern. Eigentlich war das Altern doch ein Fluch.

»Selma, entschuldige, aber jetzt habe ich ganz vergessen, dir alles zu sagen. Meine Freunde?« Wieder lachte sie. »Nein, die haben wie immer nur über das Königshaus gesprochen und über die Kronprinzessin Märtha von Schweden. Sie ist jetzt ein halbes Jahr alt und kann bestimmt ganz prächtig brabbeln und krabbeln. Und natürlich über Politik. Vor allem über Norwegen, und dass die Frauen dort zum ersten Mal an Regionalwahlen teilnehmen dürfen. Zwar müssen sie selbst über Grundbesitz verfügen oder mit einem Grundbesitzer verheiratet sein, aber Selma, das ist der Durchbruch. Unser erster Durchbruch!«

Selma nickte. Valborg hatte sie in Falun bereits mit den Frauen bekannt gemacht, die sich für das Frauenwahlrecht in Schweden engagierten, und sie versucht zu motivieren, ebenfalls mitzumachen. Politik fand sie zwar auch wichtig und spannend, aber das kostete alles immer so viel Zeit, und es gab andere Dinge, die sie spannender fand. »Und das Lesebuch?«

Valborg biss von einem Brot ab, das mit Räucheraal belegt war, und sprach. »Dem Lesebuch bin ich im Zug über den Weg gerannt. Und zwar verkörpert durch Herrn Alfred Dalin. Dieser Herr Dalin befindet sich mit zwei weiteren Oberlehrern in einem Komitee, das endlich ein neues Lesebuch für die schwedischen Schulen herausgeben will. Stell dir vor, er hat vor drei Jahren deine Geschichte *Flucht aus Ägypten* gelesen und war so begeistert, dass er sich keine andere dafür vorstellen kann. Du kannst den Kindern das geben, was sie brauchen. Er hat wohl schon länger probiert, deine Adresse herauszufinden, und da renne ich ihm in die Arme. Ausgerechnet ich. Und jetzt sitze ich hier und darf dir verkünden, dass du die Ehre haben wirst, in ganz Schweden von allen Kindern gelesen zu werden.« Valborgs Stimme hatte sich zuletzt recht feierlich angehört, aber Selma presste ihre Lippen zusammen.

»Mhm, das ist mir jetzt gar nicht so recht. Ich sitze doch noch am Feinschliff des ersten Teiles von *Jerusalem* und stecke mitten im Schreiben vom zweiten Teil.«

»Selma!«

»Aber das wird noch dauern, du weißt ja, wie das bei mir so ist.«

»Selma!!«

»Ja, ist in Ordnung. Ich höre mir das mal an. Jetzt hat er es ja geschafft, an meine Adresse zu kommen. Sage mir, liebe Valborg, wie kann eine Lehrerin in ihrer Freizeit nur so furchteinflößend und bestimmend sein wie du? Ich dachte, ihr hebt euch das für den Unterricht auf.«

Ihr Besuch lachte und schaute zur Tür.

Mit einem Lächeln sagte Selma. »Dem Dienstmädchen habe ich vorhin freigegeben.«

Mit einer flinken Bewegung stand Valborg auf, kam um den Tisch herum, zögerte.

Selma lächelte immer noch und sagte: »Meine Mutter ist nicht hier, sie ist bei Freunden.«

»Na dann«, sagte Valborg mit heiserer Stimme, beugte den Kopf hinunter und küsste Selma vorsichtig auf den Mund. »Ich wollte noch richtig *Hej* sagen.«

Selma zog sie nah an sich heran, streichelte mit den Fingerspitzen Valborgs Wangen. »Du hast mir gefehlt. Kannst du das Reisen in die Stadt für die nächsten Jahre bitte sein lassen?«

»Jawohl, Frau Schriftstellerin, ich werde immer an Ihrer Seite bleiben, um als Faktotum unsichtbar und leise zu dienen.« Valborg schaute auf den Tisch. »Du hast ja noch meinen Blumenstrauß. Dass der so lange hält.«

»Liebe setzt ganz andere Energien frei, weißt du?«, sagte Selma und schob mit dem Fuß die Papierknäuel unter den Tisch. »Valborg, was genau hat es denn mit dem Schulbuch auf sich? Ein neues Lesebuch ist an sich ja schon lange fällig. Wie kann man Kinder auch nur mit diesen fürchterlichen Erwachsenengeschichten quälen? Aber Valborg …«

Valborg, die wieder an ihrem Platz stand und hungrig in ein zweites Brot biss, hob den Kopf.

Selma trat an sie heran und massierte ihr die Schultern. »Es gibt noch anderen Hunger, der gestillt werden will … immer wenn wir uns sehen, versuche ich dich so oft zu küssen, dass es lange anhält, aber sobald du nur aus der Tür trittst, vermisse ich dich schon. Liebe, kluge Valborg, was würde ich hier ohne dich nur machen?«

»Mhmm«, überlegte Valborg und wischte sich mit einer Serviette die Lippen ab. »Vor Langeweile sterben? Selmachen, Falun ist ja doch eintöniger, als du dachtest. Und auf jeden Fall wärst du ungeküsst, aber das können wir ändern.«

* * *

Ein paar Monate später
Falun, Anfang 1902

»Wie schön, dass Sie am Jahresanfang so spontan zu mir nach Falun reisen konnten«, sagte Selma und nickte Herrn Dalin neugierig zu, der ihr gegenüber in einer Hotellobby saß. Er hatte eine hohe Stirn, einen beeindruckenden buschigen weißen Schnauzer und einen zurechtgestutzten Bart, der unter dem Kinn zu einer leichten Spitze zulief. Mit Fliege und schwarzem Wollmantel sah er tatsächlich wie ein Oberlehrer aus.

»Natürlich, natürlich«, sagte Alfred Dalin und drehte seinen Kopf, um die vorbeilaufenden Menschen mit hochgezogenen, wolligen Brauen zu verfolgen. Seine freundlichen Augen schauten neugierig in die Gegend. Dabei ruckte er mit dem Kopf von der einen in die andere Richtung wie eine gemütliche Eule.

»Herr Dalin«, fuhr Selma fort. »Hatten Sie denn eine gute Anreise?«

»Natürlich, natürlich«, erwiderte Alfred Dalin erneut. Er streckte die Hand aus, um einen Keks von einem Teller zu nehmen, als ihm der Mund offen stehen blieb. Er zuckte nervös nach vorne und fragte: »Fräulein Lagerlöf, können Sie mir sagen, ob diese Frau da vorne …«

Selma drehte sich in die Richtung, in die er blickte, und sah eine ältere Dame in Trachtenrock und bunt besticktem Tuch über den Schultern. Sie fragte laut: »Die da?«

»Nein, nein, Sie können doch nicht direkt da hinschauen«, schimpfte der Oberlehrer entrüstet in einem gepressten Ton und fügte ein »Pscht, pscht« hinzu.

»Wer soll das sein?«, fragte Selma leise und schaute nach rechts und links, dass sie keiner belauschte.

»Na eine der Bäuerinnen aus Dalarna«, sagte er stolz. »Die werden doch viel und oft hier bei Ihnen vorbeischauen, die wohnen doch nicht so weit weg, oder?«

Selma schaute ihn verblüfft an. »Doch, das ist schon eine Reise von einigen Stunden, und hier werden Sie keine Bauern aus meinem Roman *Jerusalem* treffen, tut mir leid. Außerdem tragen die eine ganz andere Tracht.«

Dalin schaute sie enttäuscht an, um kurz darauf zu lächeln. »Aber darum bin ich ja auch gar nicht hierhergereist. Liebes Fräulein Lagerlöf, auch wenn ich die Zeitungsberichte über Ihre abenteuerliche Reise mit Frau Elkan regelrecht verschlungen habe. Was für eine fesselnde Idee, Ihre Reiseerlebnisse fast in Echtzeit in den schwedischen Zeitungen abdrucken zu lassen. Aber gut, zum Thema zurück. Ich weiß nicht, inwieweit Sie von unserem Kampf um das Lesebuch gehört haben. Sie waren ja auch Lehrerin und wissen zumindest, worum es sich dreht. Sogar aus der Praxis.«

»Ich kenne das Lesebuch aus der Schule, und ich kenne auch die Kritik von Ellen Key darüber, die ich nur teilen kann. Sie sagte, dass es Wissen nicht als Nahrung vermittle, sondern wie Medizin, in dünnen, glatten, runden, farblosen und geschmackslosen Oblaten.

Sie meinte sogar, dass die Zeichnungen farblos und die Geschichten, die im Lesebuch vorkämen, einfach nur verwässerte Erwachsenengeschichten seien. Wie sollen sich Kinder da angesprochen fühlen? Mit dieser durchgehenden moralischen und religiösen Note erstickt man jede Freude am Lesen im Ansatz. Das würde ich mir ja selbst nicht einmal von der Kanzel anhören wollen. Meinte Ellen auf jeden Fall. Und dann wird da auch noch das Militärische patriotisch gefeiert, als ob man kleine Soldaten unterhalten wollte.« Selma rührte mit einem Löffel in ihrer Tasse Kaffee. »Ellen hat stattdessen das norwegische Lesebuch gelobt, es sei mit führenden Pädagogen, Lehrern und Wissenschaftlern zusammen entwickelt worden und spreche mit fantasievollen Abenteuern die Kinder direkt an. Meinen Sie das in etwa?«

Alfred Dalin nickte. »Genau, das sehe ich sehr ähnlich. Eigentlich sollte ich *wir* sagen. Ich engagiere mich da ja zusammen mit Jöns Franzén und Fridtjuv Berg in einem Komitee. Wir denken auch, dass die alten Geschichten aus dem *Buch von unserem Land* weder einen literarischen Wert haben noch für die Kinder verständlich sind. Seit 1868 diskutieren wir darüber, und wir hatten es seitdem zweimal in den Hauptsitzungen als Tagespunkt stehen. Aber wie wir jetzt gesehen haben, können wir das Thema so oft ansprechen, wie wir wollen, da ändert sich nichts. Somit sind die normalen politischen Wege gesperrt, da müssen wir das staatliche Monopol auf die Lehrbücher eben aushebeln. Das ärgert uns eh schon lange. Ich hoffe, dass wir dafür einen kommerziellen Verlag finden. Aber zunächst brauchen wir einen Autor, nicht wahr?«

Selma schaute ihn wohlwollend an. »Oder Autorin, nicht wahr?« Sie machte eine kurze Pause und fuhr fort: »Ich mag Menschen, die ihr Ziel nicht aufgeben, wenn sie auf Hindernisse stoßen, sondern nach neuen Wegen suchen!«

Alfred strahlte. »Das heißt, Sie würden das machen?«

Selma schürzte ihre Lippen. »Mal schauen. Bis jetzt weiß ich ja noch nicht so viel darüber. Haben Sie einen Vergleich? Denken Sie an etwas, was ich bereits geschrieben habe?«

»Mhm. Vielleicht so in etwa wie Ihre *Flucht aus Ägypten*. Das war so schön einfach geschrieben.«

»Schön einfach?«

Alfred Dalin nickte. »Ja, gewiss. Es soll doch leicht verständlich sein. Mit einer Erzählstimme, die zu verzaubern weiß. Sie werden nicht umsonst Märchentante genannt. So ähnlich wie Anna Sandström, aber die hat uns leider bereits abgesagt.«

Selma verschluckte sich an ihrer eigenen Spucke, hustete und griff schnell zu dem Glas Wasser, das vor ihr stand.

Ihr Gegenüber fuhr fort. »Geht's wieder? Ja? Wissen Sie, das ist für mich die große Kunst des Schreibens, was Sie ganz gut umsetzen. Egal, ob Bauer, Priester oder Kinder – Sie verstehen alle, was sie über das Land erzählen wollen. Es verzaubert einen, und man spürt trotzdem die Poesie hindurch. Der eine dann mehr als der andere, aber das macht ja den Reiz aus. Und wenn wir das Buch verlegt bekommen, dann wird das nicht nur in der Schule gelesen, sondern auch zu Hause von den Eltern. In ganz Schweden! Stellen Sie sich das mal vor.«

Selmas Gesichtsausdruck und Körperhaltung veränderten sich. Die Stirnfalte, die sich gerade aufgebaut hatte, wich einem entspannten Nicken. »Da haben Sie recht, Herr Dalin, darüber habe ich noch gar nicht nachgedacht. Aber die Bedingungen, die Sie daran geknüpft haben, sind die in Stein gemeißelt?«

»In Stein ist bei uns gar nichts gemeißelt. Bis auf diese Kekse hier. Die scheinen aus Stein zu sein.« Alfred Dalin hielt sich seine rechte Wange und ließ den bräunlichen Keks, in den er gerade gebissen hatte, wieder auf den Teller zurückfallen.

Selma lachte. »Das hört sich an, als könnten wir ins Geschäft kommen. Eine Sache noch. Märchentante, das muss wirklich nicht sein. Auch wenn ich Märchen und Sagen aus den Regionen des Landes sammeln soll. Das sollten wir eh noch einmal aussortieren. Also Ihren Anspruch an das Projekt. Ich finde ja auch, dass in ein Erstlesebuch nicht zu viele sachliche Informationen reingehören aus dem Bereich Geografie oder Naturkunde. Ich selbst habe übrigens nicht gerade das Gefühl, dass ich mich in Schweden richtig auskenne. Trotz Lehrerinnenausbildung. Man müsste der Landkarte quasi Leben einhauchen. Das ist es! Man müsste die Landkarte von Schweden lebendig werden lassen vor den Augen der Kinder. Dass sich die Täler, die Flüsse und die Landschaften von ganz alleine in der Erinnerung einnisten. Ohne dass die Kleinen die Namen auswendig lernen müssen. Dieses bloße Auswendiglernen tötet ja auch den letzten Funken Neugierde.«

Alfred Dalin nickte, nahm sich von einem anderen Teller eine Zimtschnecke. »Das hört sich schon mal gut an. Am besten lasse ich Ihnen die Materialien, die ich bereits habe, zukommen. Wir hatten schon einen Rundruf an die Lehrer in allen Regionen Schwedens gestartet, uns alte Sagen und Besonderheiten zuzuschicken. Bis in die letzten Ecken. Das war schon eine nervenaufreibende Arbeit, das können Sie mir glauben. Es gibt Orte, die hören sich an, als hätten Trolle auf Wörtern herumgekaut und übrig gebliebene Buchstaben ausgespuckt.« Alfred Dalin hielt inne und lachte. »Haha. Buchstaben ausgespuckt. Na ja, ich bin gespannt, wie viele Trolle und Spukgeschichten aus diesen Ecken zurückkommen. Dann hängen Sie da ein paar aneinander mit hübsch poetisch aufbereiteten Hintergrundinformationen und Landschaftskunde, und dann wird das wohl was.«

Selma nickte. Mit ihrem Gegenüber war zu reden. Er schien recht dankbar zu sein, überhaupt eine Autorin gefunden zu haben, die das machen wollte. Dabei wusste er gar nicht, was für einen Schatz er da im Angebot hatte. Selmas Nackenhaare prickelten, sie war sich da ziemlich sicher, und auf ihr Gespür war zumeist doch Verlass, oder? Ein richtiger Schatz!

Während Herr Dalin fortfuhr, den Gebäckstückchen zuzusprechen, und von dem beruflichen Alltag eines Oberlehrers berichtete, schweiften Selmas Gedanken ab. Ob Valborg heute Abend wohl wieder vorbeikommen würde? Vielleicht sollte sie ihr hier in der Stadt etwas kaufen. Pralinen oder Blumen. Oder ein leichtes Parfum?

* * *

Drei Tage später
Bengtsarvet, 1902

Selmas Schreibfeder huschte über ein gelbliches Blatt Briefpapier:

Geliebte,
danke für Deine letzten Briefe und entschuldige bitte, dass ich Dich jetzt über zwei Wochen habe warten lassen. Es ist so viel passiert, dass ich gerade nicht weiß, wo mir der Kopf steht.
Ich soll für den schwedischen Lehrerverband ein neues Lesebuch für die Kinder in den Schulen schreiben, sodass sie beim Lesenlernen auch einen passenden Text vorliegen haben. Aber darum geht es mir nicht alleine. Der Text muss nicht nur passen, sondern ich habe mich gefragt, was Kinder brauchen. Ich denke, dass sie in erster Linie etwas Frisches, Wildes brauchen. Die Landkarte von Schweden muss lebendig werden, und zwar so, dass sich die Kinder einbilden, alles bildhaft vor sich sehen zu können. Die Wälder, Seen, Felder und Flüsse, Burgen, Schlösser, Bauernhöfe und Städte von Ystad bis Haparanda. Das soll mein fester Grund sein, auf dem ich bauen kann. Vielleicht sollte ich eine Reihe von Büchern schreiben. Ein einfaches für die Erstleser, eine Art Geschichtsbuch, und dann für die zwei höheren Klassen ein wissenschaftliches. Über Gartenbau, Rechtswissen, Erfindungen, Nordpolreise und den Landtag. Wie Du siehst, ein munteres Sammelsurium mit den wichtigsten Eckdaten unseres Landes.
Zur Vorbereitung will ich gerne mehr über die Geografie unseres Landes kennenlernen und Natur- und Tierkunde. Kannst Du mir da etwas raten, und falls Du etwas in Eurer Bibliothek findest, schicke es mir doch zu. Ja, tust Du das? Vielleicht werden wir zwei bald mal innerhalb Schwedens auf Reisen und Abenteuer gehen.
Wie geht es Dir denn? Bist Du wieder ganz gesundet? Ich mache mir aus vollstem Herzen Sorgen um Dich. Ich hoffe, dass die Pflege, die Du von Deinen Lieben erhältst, eine sorgfältige ist!
Ich bin gerade auf dem Hof von Fräulein Olander, etwas außerhalb

von Falun. Ich brauche gerade Ruhe, um mit Jerusalem I zum Druck pünktlich fertig zu werden. Du glaubst es nicht, wie anstrengend es sein kann, in der gleichen Stadt zu leben wie die eigene Familie. Hier flattern manchmal mehr Besucher um mich herum wie Motten um eine Kerze.
Was hast Du als Kind denn gerne gelesen, oder wovon hast Du geträumt?
Und ich fürchte, dass der zweite Teil von Jerusalem bei Weitem nicht so gut werden wird wie der erste Teil. Ich bin mir nicht so ganz sicher, ob ich eine oder sogar mehrere meiner Figuren zum Schluss hin umkommen lassen soll. Ich weiß nicht, ob mir das die Leser verzeihen würden. Oder ich mir selbst. Und auch die Kritiker. Mit denen will ich es mir vor allem nicht verscherzen. Mal schauen, ob mich Jerusalem in die Nähe des Nobelpreises katapultieren kann oder in die Schwedische Akademie. Spätestens wenn das Schulbuch in jedes Heim Einzug gehalten hat, können mich die Männer nicht mehr ignorieren. Mal schauen, ich bin da guter Dinge, Du kennst mich ja. Ich denke, dass Dein Traum vom Morgenland bald ebenfalls so gut ankommen wird, und wünsche Dir alles nur erdenklich Gute dafür. Möge unsere Reise und unsere Arbeit goldene Früchte tragen! Denk doch nur an die Fahrt auf dem Nil. Das werde ich bis zu meinem Lebensabend in meinem Herzen tragen.
Deine müde, traurige Selma, die Dich sehr vermisst.
Und Du musst nicht auf Valborg eifersüchtig sein – sie kann Dir nichts wegnehmen, was doch Dir gehört. Außerdem ist sie mit ihrer freundlichen Reserviertheit ein seltsamer Vogel. Glaube mir, ich wäre jetzt viel lieber mit Dir unterwegs und würde vom Rücken eines Kamels aus den Sonnenuntergang betrachten. Farbexplosionen trifft es wohl eher. Eine Farbamontana des aufgehenden Mondes, hattest Du es nicht so genannt? Und natürlich machen wir das nicht, ohne vorher mit den exzentrischen Engländern aus dem Hotel über den Sinn von Patiencen diskutiert zu haben, versteht sich. Lachen ist immer noch die beste Weise, um zum einen Sauerstoff bis in den Bauch zu ziehen und um gesund zu bleiben …

Es klopfte an der Tür, und Selma schob den Brief schnell unter einen Stapel Bücher. Valborg trat ein. Zusammen mit einem leichten Duft von Rosen. Sie mochte das neue Parfum von Selma so gerne, dass sie es jeden Tag auflegte und es zu einer zweiten Haut geworden war. Valborg trug ein schlichtes Kleid aus edlem Stoff, das mit einer teuren Brosche den Kragen zu Glanz brachte. Ihre Familie hatte bis jetzt noch keine Geldsorgen kennengelernt. Nachdem ihr Vater, ein Arzt, gestorben war, als sie zwölf Jahre alt gewesen war, hatte die Mutter ein Modegeschäft in Ulricehamn eröffnet, das recht gut lief. Die Freundin hielt einen Stapel Briefe in der Hand.

»Selma, tut mir leid, wenn ich dich störe, aber kommst du gut voran? Ich wollte dich zum Essen abholen und fragen, ob du Lust hast, nachher mit mir einen Spaziergang zu machen. Einmal am Tag solltest du deine Nase schon in die Sonne recken.« Valborg trat an den Schreibtisch und legte die Briefe ab. »Sortierst du die Briefe, oder soll ich sie dir gleich durchsehen?«

Selma blätterte einmal durch und nickte. »Mach du das gerne, falls doch was Privates dazwischen ist, kannst du es mir ja noch geben.« Selma erhob sich, schob den Stuhl nach hinten, strich den Rock glatt und trat auf Valborg zu. »Liebes, danke für deine Gastfreundschaft und deine Hilfe. Du bist mein Lichtblick in stürmischen Zeiten. Darf ich nachher dein Dienstmädchen zur Post schicken?«

Valborg nickte, wobei sich ein Hauch Kälte in das warme Braun ihrer Augen schlich.

* * *

Die Felder lagen unter einer dicken Schneeschicht verborgen. Die Sonne hatte Freude daran, sich in jeder einzelnen Schneeflocke zu spiegeln und Wärme auf die Wangen der Menschen und die Köpfe der Pflanzen zu säen.

»Eine Maus«, quiekte Valborg und sprang auf dem Feldweg ein Stück zur Seite.

»Ti va di ballare? Willst du tanzen? So sportlich kenne ich dich ja gar nicht.« Selma bückte sich, um der Maus hinterherzuschauen, die im Unterholz verschwand. »Ob ich wohl Mäuse vorkommen lassen soll?«

Valborg kickte mit ihrem Fuß einen kleinen Stein. »Besserst du wieder deine Italienischkenntnisse auf?«

Selma pflückte einen braunen langen Halm und kitzelte damit Valborg am Hals. Doch diese lachte nicht, sondern zupfte ihn aus Selmas Hand. »Wann reist du mit Sophie nach Italien? Ende des Jahres? Musst du das denn?«

Selma schaute den weiß gepuderten Feldweg entlang, der vor ihnen lag. Ein ganzes Stück weiter stand ein altes, verfallenes Haus, das dem Gewicht des Schnees und vor allem der Vergänglichkeit nachgegeben hatte. Das Dach war eingestürzt, und die Holzwände hatten riesige Löcher. Von Weitem sahen sie aus wie unzählige unruhige Trollaugen. Überall wuchsen Pflanzen, sogar auf dem kaputten Dach hatte sich ein Baum mit seinen Wurzeln festgekrallt und streckte störrisch seinen Kopf gen Himmel. Vom Wind mal in die eine Richtung, dann in die andere Richtung verwuschelt. Würden alle Menschen auf einen Schlag die Erde verlassen, stände die Natur in den Startlöchern, sich alles wieder zurückzuholen.

»Liebes, sag doch was«, sagte Valborg mit leiser Stimme.

Selma schaute sie an, nahm ihre Handschuhhand und hielt sie fest. »Glaubst du, dass man mehrere Menschen auf unterschiedliche Weisen lieben kann? Die eine vielleicht mehr freundschaftlich, die andere mit jedem Körnchen ihres Seins?«

Valborg zog ihre Hand zurück und lief weiter. Ihr Atem hinterließ kleine Wolken in der Luft. Von hinten sah sie aus wie ein wütend stampfender Zug.

»Ich kann doch Sophie nicht einfach so fallen lassen«, rief Selma ihr nach und eilte hinterher. »Du weißt doch, dass sie Depressionen hat und gesundheitlich so anfällig ist.« Selma fasste Valborg am Arm, sodass diese stehen bleiben musste. »Ich kenne sie doch schon so viel länger als dich. Das ist eine rein platonische Freundschaft, aber ich kann ihr doch jetzt nicht den Todesstoß versetzen, nach dem, was sie schon alles durchgemacht hat. Und was sie für mich getan hat. Man lässt Freunde doch nicht im Stich.«

Valborg drehte ihren Kopf und blickte ihr in die Augen. »Selma, ich liebe dich. Auf eine Art, die ich bis jetzt nicht für möglich gehalten habe. Aber ich muss auch schauen, was ich ertragen kann und was nicht.« Sie stockte. »Lass uns wieder nach Hause gehen, ja? Du wolltest noch über das Ende des zweiten Teils diskutieren.«

Sie liefen nebeneinander den Weg zurück. Unausgesprochene Worte ragten wie Felsbrocken zwischen ihnen. Auf einen Schlag war es kälter geworden, schwarze Krähen hetzten mit bösartigem Gekrächze vorbei, die Bäume schüttelten sich, um Schnee auf sie zu schütten.

Valborg räusperte sich. »Ich verstehe ja eh nicht, dass du dich so von Sophie hast beeinflussen lassen. Die komplette erste Hälfte hast du umgeschrieben. Als ob ihre Meinung so viel stärker wäre als deine. Und was war mit Herrn Dalin? Glaubst du, dass es besonders geschickt war, ihm gleich zu schreiben, dass du das Ganze komplett anders aufziehen willst? Sein Hauptaugenmerk liegt zwar auch darauf, den Kindern Interesse und Neugierde für Schweden zu verschaffen, aber an eine Abenteuergeschichte denkt er wohl nicht. Eher an eine Sammlung von Sagen und Fakten. Über die Heimat und ihre Schönheit.« Ihr Blick schweifte über das aschfahle Feld zu den Bäumen und hoch zu den blassen Wolken. »Schönheit! Vielleicht sollten auch wir viel mehr lernen, das zu genießen, was wir haben.«

Selma trat auf sie zu und umarmte sie. »Nicht nur Sophie hat die erste Hälfte kritisiert, sondern auch meine dänische Übersetzerin Elisabeth Grundtvig. Meintest nicht auch du, dass es bereits an Tiefe gewonnen hat? Weißt du was, das Lesebuch werde ich nur mit dir alleine bearbeiten. Ja? Und du hast recht mit dem, was du sagst: Wir sollten lernen, das Jetzt mehr zu greifen und uns nicht von anderen Gedanken umnebeln zu lassen.« Selma küsste Valborg auf die Nase. »Liebe ist ein Bedürfnis, ach was, eine Notwendigkeit, einen anderen zu besitzen, um sich berechtigt zu fühlen, leben zu dürfen. Viel mehr als nur ein Lebenselixier. Derjenige, den niemand lieben kann, der muss sterben. Aber dafür schmeckt das Leben zu köstlich. Hab ich dir schon gesagt, wie gut du duftest?« Sie küsste Valborg auf beide Wangen, auf die Lippen. Ließ sich in den Sog von Leidenschaft voller Rosen fallen und die Sonne in ihrem Herzen aufgehen, bis der Schnee wieder so blütenweiß war wie zuvor.

* * *

Selma öffnete mit einem Briefmesser das leicht nach Vanille duftende Kuvert. Sophie hatte zurückgeschrieben.

Liebste, ich habe mich über Deinen Brief sehr gefreut, der mich in einer dunklen Ecke meines Seins angetroffen hat. Du weißt ja, dass ich ein Lichtmensch bin, der sich nicht nur vom Gelächter und der fröhlichen Gemeinschaft von Menschen nährt, sondern die Sonne so braucht wie ein Fisch das Wasser. Deine Worte waren Balsam für meine Seele. Was würde ich gerade darum geben, neben Dir sitzen zu können, Deine Hand in der meinen zu halten und Deine Wärme zu spüren. Ich stelle gerade ein paar meiner älteren Kurzgeschichten zusammen und will sie in einer neuen Novellensammlung herausbringen. Manchmal bedarf es eines anderen, eines neuartigen Blicks, um Worte und Menschen anders beurteilen zu können. Oder was sagst Du dazu, liebe Selma? Frisch geschöpfte Wörter erscheinen, während die Tinte noch feucht ist, so feurig wie der Vesuv. Blickt man später darauf, wundert man sich entweder, was das Feuer überhaupt entzünden konnte, da man nur Asche vor sich hat, oder stellt fest, dass es sogar immer noch brennt und kurz vor einem erneuten Ausbruch steht. Und manchmal zückt man auch seine Schreibfeder und setzt an einigen Stellen neu an, um den Rost wegzudichten. Welche Perspektive bevorzugst Du gerade in diesen Tagen? Von unten, wie eine lauernde Katze, oder von oben, wie ein rüttelnder Falke? Das gefällt mir, vielleicht nenne ich meine Samm-

lung Aus der Vogelperspektive. *Mit diesem Blick von oben dürfte einem doch nichts entgehen. Im Gegenteil, man sieht nicht nur das, was hinter einem liegt, sondern hat vielleicht sogar das Glück, ein Stück Zukunft zu erhaschen. Manchmal muss man sich nur weit genug vorbeugen. Ich wünsche mir, dass wir bald mal wieder Zeit zusammen in Nääs verbringen können. Mein Bruder lässt Dich übrigens auch grüßen. Ich hatte ihm die neueste pädagogische Arbeit von Alexis Sluys gebracht. Alexis schreibt, wie sehr er mich vermisse und dass ich ihn bald wieder besuchen kommen solle. Ich muss mal schauen, wie das alles in unsere Reisepläne passt. Denn Du hast natürlich immer Vorzug. Das weißt Du doch? Und wie kommst Du überhaupt nur darauf, dass ich eifersüchtig sein könnte? Ich freue mich, dass Du geistig nicht verhungern musst, während wir getrennt sind. Und lass Dir nicht von Wirsén Deine Laune vermiesen. Was schrieb er über Deine Bücher? Stümperei! Ha! Wir wissen doch, dass er selbst einfach nicht in diese Zeit passt. Er kann weder etwas mit Verner von Heidenstam anfangen noch mit August Strindberg. Wie viele andere Schriftstellerinnen würden etwas dafür geben, sich in diese Namensliste der Unverstandenen einreihen zu dürfen. Umso spaßiger ist es zu sehen, dass er mit Levertin und Ellen Key gerade in einer literarischen Fehde steckt. Ellens Pamphlet zur Auflösung der Union zwischen Norwegen und Schweden kann man aus verschiedenen Blickwinkeln betrachten, und du weißt, liebste Selma, dass ich mich für Politik sehr interessiere, aber kein aktiv politischer Mensch bin, aber es war zumindest unterhaltend. Sehe es eher als Ritterschlag an, dass Wirsén so viel Zeit in die Kritik an Dir investiert. So handhabe ich das auch mit dem Schwedischen Tagblatt. Warum hetzt es auf so obszöne Weise gegen weibliche Schriftsteller? Wovor haben die Männer nur solche Angst? Dass wir uns nicht nur den ganzen Tag damit beschäftigen, uns für sie schön zu machen? Oder ziehen sie es doch in Betracht, dass wir sogar besser sein könnten? Ich muss ja gestehen, dass ich mich hinter dem breiten Rücken meines Romans* John Hall *verstecke. Ich weiß sehr wohl, dass ich schreiben kann, und das auch künstlerisch.*

Da habe ich auch Dir ein ganzes Stück zu verdanken. Und ich weiß auch sehr wohl, was Kunst ist. Mit John bin ich in der ernst zu nehmenden Literatur gelandet, die Beachtung findet, und meine Recherchen werden gewürdigt. Das habe ich auch verdient. Wir beide haben das verdient! Wir wissen doch auch beide, dass wir besser schreiben als einige unserer männlichen Kollegen. Was hat es denn damit zu tun, ob ich einen Schnurrbart oberhalb der Lippen trage oder Lippenstift auf denselben? Du bist Schwedens beste Schriftstellerin, und ich komme dann an zweiter Stelle. Damit muss ich mich wohl zufriedengeben. Und ich denke auch, dass der Nobelpreis bald an Dich gehen sollte.

Du hattest mich gefragt, was ich unter Liebe verstehe. Das ist nicht so leicht in einem Brief zu beantworten. Das fängt mit der Liebe zu einem Duft an und endet am Grab meines Mannes und meiner Tochter. Ein ganzes Weltenmeer voller Schattierungen liegt da dazwischen. Und Liebe hat nicht unbedingt etwas mit Männern und Frauen zu tun. Vor allem nicht mit Männern. Liebe Selma, wir beide haben so ausreichend männliche Begabung in uns und tragen Werte wie Ehrlichkeit und Arbeitsfleiß vor uns wie ein Schild, dass wir doch eh keine Männer brauchen. Mit meinem wütenden Willen, den ich mit der Muttermilch bereits einsog, renne ich oft gegen Wände. Was ich brauche, ist nur eins: Ich brauche Dich. Wie sehr freue ich mich immer noch, dass Du den ersten Teil von Jerusalem *mir gewidmet hast. Deiner Reisekameradin. Deiner Kameradin im Leben und in der Dichtung, wie Du es so treffend formuliert hast. Mein Herz macht jedes Mal einen Hopser, wenn ich* Jerusalem *aufschlage.*

Ich freue mich sehr auf unser Wiedersehen und unsere Italienreise, ich sende Dir meine innigsten Wünsche und Küsse, Deine Sophie, die Dich sehr vermisst und über diesen Brief ganz die Kopfschmerzen vergaß. Ich lege Dir zwei Bücher bei, die Du vielleicht zur Recherche für Tierkunde verwenden kannst.

»Du hattest mich gefragt, was ich an den Reisen so liebe, das ist recht schlicht zu beantworten. Es ist das Heraustreten aus dem Bekannten. Das beflügelt sofort meine Fantasie, und ich sauge die Details des Neuen in mir auf, wie Bienen sich an Nektar laben. Doch wenn Du mich fragst, was meiner Natur entspricht, dann ist es das einer ganz langweiligen Schreibtischschaffenden, die einfach nur ihre Ruhe haben will.«

Selma in einem Brief an Valborg

Kapitel 7

WER DEN REGENTROPFEN ERKLÄREN KANN, KANN AUCH DAS MEER ERKLÄREN

Auf dem Heimweg von Italien nach Schweden
Kopenhagen, April 1903

Der ganze Wagen rumpelte, und Selma wurde im Zugabteil gegen Sophie gepresst. Ein lautes Tuten und Pfeifen kündigte die Einfahrt am nächsten Bahnhof an. Menschen erhoben sich aus ihren Sitzen, rissen Koffer aus der Ablage oberhalb der Köpfe, rempelten sich an, entschuldigten sich, strichen zerknitterte Röcke glatt, Kinder wachten auf und kreischten erbost über die unerwünschte Unterbrechung, Hunde kläfften, alte Männer husteten, manche schimpften, und wieder andere lachten. Selma liebte diesen Lärm. Das war es, was das Leben ausmachte. In Bewegung sein, anderen begegnen, die Momente mit all ihrer Vielfalt versuchen in sich aufzusaugen und zu erkennen, dass es so viel mehr gab, als man sich nur ausmalen konnte. Das echte Leben sprengte alle Ketten des Vorstellbaren und ließ selbst die größten Dramen im Theater wie ein hölzernes Marionettenspiel wirken.

»Selma«, Sophie stand am Fenster und rückte ihren ausladenden schwarzen Hut zurecht. »Selma, vor ein paar Tagen waren wir noch im warmen Italien, im wunderschönen sonnigen Neapel und im malerischen Florenz und jetzt, jetzt sind wir schon wieder im kühlen Norden. Wobei ich Kopenhagen liebe. Aber da bin ich ja nicht alleine.« Sophie schenkte Selma einen langen Blick. »Schade, dass du nicht weiter mitreisen kannst. Jetzt haben wir so viele Monate zusammen verbracht. Wann sehen wir uns denn wieder? Kann ich dich bald in Falun besuchen kommen?«

Selma antwortete nicht, und Sophies Ton veränderte sich. Eine

Spur Schärfe lag nun darin. »Oder bist du zu beschäftigt? Auch mit deinem Fräulein Olander?«

Selma seufzte. »Sophie, nicht schon wieder. Ich bin ja auch nicht eifersüchtig, wenn dich Ebba Atterbom oder Betty Warburg besucht oder du von schönen Damen erzählst.«

Sophies Stimme wurde schrill. »Das ist was ganz anderes.«

Die beiden Frauen waren mittlerweile alleine im Abteil. Selma seufzte erneut. »Sophie, Liebste, auch wenn es mir ein wenig schmeichelt, dass du eifersüchtig bist, du weißt doch, dass ich, so lange ich lebe, dein Eigentum bin. Ob ich will oder nicht. Aber Valborg, die kann einem leidtun, also falls sie sich zu sehr in mich verliebt hat. Das weiß ich ja nicht. Doch ich habe ihr keinen Augenblick lang verheimlicht, was du mir bedeutest, also ist sie selbst schuld. Ich vermute im Übrigen, dass es sich bei ihr so verhält wie bei mir, dass sie auch noch jemanden hat, also neben mir, den sie mag. Sie sehnt sich einfach danach, unterhalten zu werden, was für intelligente Frauen in Falun nicht so einfach ist. Oder willst du, dass ich dort eingehe wie eine einsame Primel?«

Sophie blickte Selma besänftigt an: »Dann bleibe halt noch in Kopenhagen. So ein Treffen mit unseren Übersetzerinnen ist natürlich wichtig. Das verstehe ich schon. Das nächste Mal komme ich einfach mit, aber jetzt muss ich zu meiner Mutter weiterreisen. Ich werde sie von dir grüßen. Und auf mich wartet ja noch ein Stapel Bücher.«

»Ich bewundere deinen Fleiß und deine Genauigkeit, ich bin mir ganz sicher, dass dein Roman über König Gustav IV. Adolf ein glanzvolles Stück der Weltliteratur werden wird. Und denke immer daran: Du hast es damals geschafft, an Jaffa an Land zu gehen!«

Sophie tappte mit dem Finger auf das Fensterglas und lächelte schief. »Trotz meterhoher Wellen und nussschalenkleinen Boots. Und das mir, der schon bei Babywellen schlecht wird. Ja, ich weiß, ich muss meine Ängste überwinden.«

»Falls du magst, lese ich gerne mal drüber.«

»Danke, aber so weit bin ich noch lange nicht. Ich werde mich wieder nach Stockholm begeben und dort in den Archiven und in der Privatbibliothek von Betty wühlen. Doch die Gespräche mit dir darüber waren bereits mehr als hilfreich.«

»Weißt du, Sophie, manchmal kann man den Erfolg einfach nicht einschätzen, aber ich habe da wirklich ein gutes Gefühl. Ein sehr gutes. Es tut mir auch leid, dass dein Roman von unserer Reise ins Morgenland so übersehen wurde.«

»Übersehen ist gut«, Sophie zog die Nase kraus. »Es wurde auf den Boden geworfen und darauf herumgetrampelt.«

»Ich habe Oscar Levertin geschrieben und ihm gesagt, dass er doch nicht deinen Kurzroman mit meinem Roman vergleichen soll. Das hat in den Zeitungsartikeln über *Jerusalem* nichts verloren. Falls er dich erwähnen will, sollte er betonen, dass du extra mit mir in den Orient gereist bist und mir die allerbeste Reisekameradin warst, die man sich vorstellen kann. Noch besser als der bei Hans Christian Andersen. Vor vier Jahren hattest du doch deinen Durchbruch mit *John Hall*. Daran soll er dich messen und dich als eigenständige Person sehen. Ich verstehe nicht, warum man uns immer vergleichen muss. Und jetzt knüpfst du ja mit dem historischen Thema an deinen alten Erfolg an. Kopf hoch! Du weißt, dass du gut bist, besser als die meisten anderen!«

Das Dadamm-dadamm der Räder wurde leiser, und der Zug hustete wie ein alter Mann.

Selmas Blick wich Sophies Augen aus und klammerte sich flüchtig an das Notizbuch auf ihrem Schoß, bis er aus dem Fenster hinausfloh. Prächtige, altehrwürdige Gebäude reihten sich aneinander. Viele davon lauschten dem Menschenlärm schon seit zweihundert Jahren und hatten Kopenhagen dabei beobachtet, wie es sich zu einer wohlhabenden Händlerstadt entwickelt hatte. Genauso wie in Stockholm saßen Kopenhagens Häuser auf mehreren Inseln verteilt, was eine geschickte Ausgangslage war, auch der Stadtname, der übersetzt »Hafen der Kaufleute« bedeutete, wies darauf hin. Aber nicht nur das, seit Langem war diese Stadt auch ein Magnet für viele Künstler aus allen Sparten. Von hier aus eroberten

Themen den Rest der Welt, ob aus der Literatur, der Musik oder der Malerei.

Mit einem weiteren Geschnaufe und Quietschen, das einem sämtliche Nackenhaare aufstellte, hielt die Lokomotive in einer weißgrauen Rauchwolke. Die beiden Freundinnen hängten sich ihre Taschen um, griffen nach den Koffern und reihten sich in den Sog der Menschen ein, der sie auf den Bahnsteig hinaustrug.

»Oh«, Selma blieb mit ihrem Koffer an einem Hinweisschild hängen und stolperte. Die Tasche purzelte zu Boden, und als sich Selma bückte, fiel ihr das Notizbuch aus der Jackentasche, das sie dort hastig verstaut hatte. Es blieb aufgeschlagen liegen, und zwischen *Palästina Legenden* und *Erzählungen von Oma* prangte ein dicker neuer Schmutzfleck.

Sophie fasste Selma unter den Arm und half ihr, sich wieder aufzurichten. Doch Selma schüttelte die Hand ab und schaute nervös den Bahnsteig entlang.

Mit einem hellen Lachen hob Sophie das Notizbuch auf und reichte es ihr. »Dass du so viel Muße hast, an mehreren Werken parallel zu arbeiten! Ende des Jahres erscheint *Herrn Arnes Schatz,* und neben dem Schulbuch bereitest du jetzt noch diese Legenden auf. Da bin ich auch schon ganz neugierig. Nach unserer ersten Italienreise hast du so etwas Zauberhaftes wie die *Wunder des Antichristen* geschrieben, und jetzt schreibst du über unsere Ägyptenreise schon dieses zweite Meisterwerk. Ich glaube, dass wir bald mal …«

»Valborg, was machst denn du hier?«, sagte Selma.

Sophie erstarrte und blickte die Gestalt, die gerade an ihnen vorbeigehen wollte, verdutzt an.

»Selma?«, sagte Valborg und blieb stehen. Auch sie trug bequeme Reisekleidung und hielt einen Koffer in der Hand. Während Sophie in Schwarz gewandet war, trug Valborg ein frisches Grün. Nur ihre Wangen färbten sich gerade etwas rötlich.

Sophie knallte ihren Koffer auf den Boden. »Das ist ja ein Zufall. Fräulein Olander, was verschafft uns dieses besondere Vergnügen?« Sie schaute Selma an, deren Wangen sich ebenfalls rötlich verfärbten.

»Ich?«, sagte Valborg und stammelte. »Ich … ich bin hier beruflich. In Sachen Frauenverein und Frauenwahlrecht. Sie wissen schon, Politik. Wir haben da so unsere Treffen. Wie war denn die Reise nach Italien?« Valborg nahm ein Taschentuch aus ihrer großen karierten Handtasche und putzte sich die Nase.

Sophie zog eine Augenbraue in die Höhe. In ihrer Familie tupfte man sich die Nase und rieb nicht daran herum, wie ein Dienstbote die Schuhe putzte.

Selma ergriff die Hand von Valborg und schüttelte diese. Was ungefähr so fehl am Platz wirkte, als hätte sie König Oskar II. zur Begrüßung auf die Schulter geklopft. »Schön, dich zu sehen. Ich hatte Sophie erst erzählt, dass du mir mit meiner neuen Rohfassung helfen willst. Also ins Reine schreiben und so.«

»Tja«, Sophie rümpfte die Nase, »früher war ich die Einzige, die Selmas Schriften gegengelesen hat. Aber sie holt meine Meinung ja immer noch als erste ein. Schön, dann wünsche ich einen schönen Aufenthalt in Kopenhagen, wir gehen jetzt weiter. Selma?«

Mit großen Augen schaute Selma Valborg an.

Die sagte: »Ich bin auch auf dem Weg in die Stadt, vielleicht kann ich mich euch ja anschließen?«

»Bitte?« Sophies Stimme wurde laut. Laut und kratzig. »Selma hat jetzt keine Zeit, sie muss weiter und ihre Übersetzerinnen treffen, die übrigens auch die meinen sind.«

Selma hatte sich auf ihren Koffer gesetzt, ihre Ellbogen auf die Knie gestützt und den Kopf in den Händen abgelegt. Der Kopf schien gerade das Gewicht einer Kanonenkugel zu haben.

In einem schnellen Takt wippte Sophie auf ihren Fußspitzen und räusperte sich mehrmals hintereinander. »So«, sagte sie in einem gellenden Ton. »So, so. Dann bleiben also Fräulein Olander und Selma in Kopenhagen, und ich reise weiter. Ich frage mich, wer mir hier leidtun soll.« Sie schob ihre Zunge von der rechten Wange in die linke, blinzelte und bückte sich, um den Koffer wieder aufzuheben. Dabei zitterte ihre Hand, als hätte sie in eiskalten Schnee gepackt. »Selma«, wisperte Sophie.

Doch Selma hielt den Kopf weiterhin gesenkt.

»Selma«, schrie Sophie mit einer schrillen Stimme, und eine Träne rann ihre Wange entlang. »Selma, das kannst du mir doch nicht antun.«

Leute waren stehen geblieben. Stimmen tuschelten, Männer brummten, und Frauen zischelten. Kinder lachten und rannten zwischen dem Gepäck umher, ein Hund jaulte und kläffte. Dazwischen Stille, die das Herz erdrückte und das Weiterschlagen verhinderte. Selma hasste diese Unruhe. Das war es, was das Leben vergiftete. Diese Missgunst, diese Disharmonie. Sie blickte Sophie ins Gesicht. Unfähig aufzustehen. In diesem Moment fühlte sie sich in ihre Kindheit zurückgeschmissen. Sie war wieder dreieinhalb Jahre alt und komplett hilflos. Damals war es ihr unmöglich gewesen, selbst zu laufen. Diese wenige Kontrolle, die man als Kind gerade erst über das Leben gewonnen hatte, war ihr wieder entglitten. Lähmung der Beine, sagten die einen, ein Rätsel, sagten die andern, und Selma war vom Kindermädchen abhängig gewesen, das sie hatte herumtragen müssen. So hilflos wie ein frisch geborener Regenwurm, dem Gutdünken ihrer Familie und Mitmenschen ausgesetzt.

Das war jetzt zweiundvierzig Jahre her. Und trotzdem konnte Selma noch spüren, wie sie als kleines Mädchen im Bett unter der Dachschräge aufgewacht war und die Beine nicht mehr hatte bewegen können. Dieses endlose Entsetzen, das sich in einem einzigen langen Schrei in die Welt herausgebrochen und das Kindermädchen herbeigelockt hatte.

Jetzt saß sie auf ihren Koffern. Wieder ohne Gefühl in ihren Beinen. Auch die Stimme versagte, als sie schreien wollte.

»Selma«, Sophies Stimme war nicht mehr als der letzte Hauch eines Wintersturms, der bereits vor mehreren Stunden vorbeigezogen war.

Selma schluckte und flüsterte: »Danke. Sophie, ich danke dir. Für alles. Ich … Ich …«

Mit einem Aufschluchzen drehte sich Sophie um, presste ihre Tasche und den Koffer fest an den Körper und rannte den Bahnsteig entlang, als ob alle bösen Engel der gesammelten Himmelreiche hinter ihr herstürmten.

* * *

Valborg half Selma aus dem Mantel und sah ihr bekümmert zu, wie sie sich wie ein kleines Kind auf dem Hotelbett einrollte. Mit dem Rücken zu ihr. Mit zittriger Hand streichelte Valborg über Selmas Haar. »Es tut mir so leid. Ich hatte von dir keine Ankunftszeit und buchte irgendeinen Zug. Dass wir direkt am Bahnsteig aufeinandertreffen würden, konnte ja keiner ahnen.«

Langsam drehte sich Selma um, fasste Valborgs Hand und sagte: »Du kannst doch nichts dafür. Meine sanftmütige, treue, liebenswerte Geliebte. Du doch nicht. Ich bin es, die verletzt. Ausgerechnet die beiden Menschen in meinem Leben, die mir alles bedeuten.«

Valborg beugte sich über sie und küsste die Tränen fort, die einen Schatten über die Freude des Wiedersehens warfen. Fast fünf Monate waren sie getrennt gewesen. Fünf Monate, in denen sie die Geliebte sehnlichst vermisst hatte.

»So schöne Briefe hast du mir geschrieben«, flüsterte Valborg mit ihrer sanften Stimme: »So schön … Sobald du an mich denkst, durchströmt dich ein uferloses Glücksgefühl, ein Meer gespeist aus vielen Augenzwinkern der Liebe. Mhm … meintest du das eigentlich ernst, dass du am liebsten allen Menschen von uns erzählen würdest?«

Selma nickte. »Ja. Das wünsche ich mir tatsächlich. Allerdings will ich nicht, dass das Geheimnis …«

»… in den Dreck gezogen wird«, ergänzte Valborg.

Selma fuhr fort: »Das könnte alles ersticken. Die Gesellschaft hat sich dahin gehend so verändert, man könnte meinen, dass Frauen, die sich lieben, gefährlich wären. Aber im Halbdunkeln der Verborgenheit können wir uns an jedem Augenblick erfreuen und uns einfach genießen. Wir müssen es bewahren wie einen Schatz. Und du, du verwöhnst mich so mit deiner Liebe! Ich konnte gar nicht anders, als dich gleich im Anschluss an meine Italienreise hier um ein Treffen zu bitten.«

Valborg lachte und legte sich neben Selma. Streichelte die Konturen von Selmas Gesicht mit ihren Fingerspitzen. »Liebste Selma, schieb mich nicht immer wieder zur Seite. Manchmal denke ich, du bist eine moderne Huldra. Verführerisch, neckisch, aber immer eine Armlänge auf Abstand, und irgendwann stehe ich alleine im Wald und finde nicht wieder zurück. Auch nicht mehr zu mir selbst.«

Selma fasste Valborgs Hand und küsste deren Fingerspitzen. »Valborg, so etwas darfst du gar nicht sagen. Ich würde dich nicht alleine im Wald stehen lassen. Auf jeden Fall nicht ohne einen Blätterstapel von mir zum Korrekturlesen.«

Valborg lachte und hielt abrupt inne. »Selma, du hast mir so gefehlt.«

Selma nickte, streckte ihr Gesicht vor, bis ihre Lippen Valborgs berührten, und schloss die Augen. Ihre Haut schien so dünn und weich wie Seide, und sie spürte und schmeckte so intensiv, als wären auf einmal all ihre Sinne aus einem langen Winterschlaf erwacht. Die Kopfhaut prickelte, ihr war gleichzeitig warm und kalt. Wie bei einem Tanz bewegten sich die Finger der beiden tastend über die Haut der anderen. Es schien, als würde selbst die Zeit den Atem anhalten, um jede Sekunde ausgiebig auskosten zu können. Es brauchte nicht viel, um geliebt zu werden, aber es brauchte viel Nähe, dass die Liebe auch unter die Haut ging und die Realität in die Ecke stellte. Sich ganz einem Fühlen hinzugeben, es selbst zu spüren, war so viel mehr, wie Selma von den größten Dichtern gelesen hatte.

Ein Stöhnen entrann Selmas Kehle, und sie bäumte ihren Oberkörper auf. Öffnete die Augen und blickte auf die entblößte Brust ihrer Freundin, berührte diese, was eine Sternenexplosion hinter ihrer

Stirn auslöste. Dass es so viele Nervenzellen gab, die nur für ein reines Vergnügen sorgten, war unbeschreiblich. Unbeschreiblich gut.

* * *

Die Sonne blinzelte und tauchte alles in ein goldenes, warmes Licht. Auf dem Weg zu den dänischen Übersetzerinnen schlenderten die beiden Frauen an den Grachten vorbei. Immer wieder blieben sie stehen, um die Boote anzuschauen, die leicht auf und ab schaukelten. Immer wieder berührten sich ihre Hände, und die Finger verhakten sich ineinander.

»Vorhin auf dem Bahngleis, das war so ein Gefühl«, erzählte Selma, »als ob ich wieder dreieinhalb Jahre alt gewesen wäre. Weißt du, die Zeit meines größten Leids barg auch schöne Momente.« Selma lächelte schief. »Meine Beine waren ja gelähmt, und so trug mich unser Kindermädchen Back-Kajsa den ganzen Tag herum. Selbst über diesen grässlich schwarzen Speicher musste ich mich nicht mehr schleichen.« Selma fuhr sich mit der Zunge über die Lippe. »Damals, damals hatte ich noch Angst vor Geistern. Nur wenn man leise schlich wie ein Indianer, wurde man von denen nicht gesehen. Jetzt trug mich Back-Kajsa auf ihren starken Armen, und ich kam mir fast vor wie eine Prinzessin. Mein Hinken hatte ich ja schon immer, von Geburt an. Hüftfehlstellung heißt es. Stigmatisierung nenne ich es. Immer sah ich in den Augen der anderen ein mitleidsvolles ›so hässlich, das arme Kind‹ aufblitzen. Das war jetzt komplett anders. Immer wenn Besuch kam, wurde ich präsentiert wie eine Heiligenfigur, und ich bekam immer mein Lieblingsessen, sodass ich gar nichts anderes mehr wollte.« Selma blieb stehen und legte die rechte Hand über ihre Augen, um besser sehen zu können. Valborg stellte sich dicht neben sie und schaute ebenfalls zu den großen Schiffen hinüber, die Hände fanden sich in einem warmen, starken Druck.

Selma erzählte in monotonem Ton weiter: »Eines Tages waren wir an der Küste und freundeten uns mit einem Kapitän an. Er lud uns ein, auf sein Frachtschiff zu kommen, und erzählte von einem Paradiesvogel, der sich in seiner Kajüte befinden sollte. Stell dir vor, Valborg, ein echter Paradiesvogel! Ein kleiner Bote Gottes. In der Kajüte des Kapitäns. Und ich durfte ihn sehen, vielleicht sogar berühren.« Selma lachte leise, was sich mit dem Wiegen der Wellen und den metallischen Geräuschen vermischte, die überall da entstanden, wo Schiffe vor Anker lagen. »Mit einem Ruderboot wurden wir zu dem großen Handelsschiff gerudert, und mich trug man zuerst an Bord. Setzte mich zu einem Kajütenjungen, der nicht wusste, was er mit mir anfangen sollte. Ich fragte ihn natürlich direkt nach dem Paradiesvogel, und er winkte mir, ihm zu folgen. Ich lief hinterher, in die Kajüte, und bestaunte diesen unglaublichen Vogel. Und stell dir vor, ich war ganz alleine gelaufen. Auf meinen eigenen Füßen! Du kannst dir sicherlich denken, dass ich einen ganzen Schwung Arztbesuche und Heilversuche hinter mich gebracht hatte. Und alleine die Anwesenheit dieses Paradiesvogels, der übrigens ein ausgestopfter Pfau war, reichte, um wieder alleine gehen zu können.«

Valborg starrte weiterhin auf die Schiffe.

Selma fuhr fort. »Als meine Lähmung begann, war gerade Gerda frisch auf die Welt gekommen, meine kleine süße Schwester. Bess wurde genauso durch die Gegend getragen wie ich. Sie war der Liebling aller.« Selma lachte. »Entweder hatte der Pfau seine heilige Arbeit erfüllt, oder meine Beine waren einfach zu sehr gelangweilt, wer weiß das schon? Ich glaube eh, dass meine Seele in der Kindheit einen Schaden erlitten hat. Es gab so viele langweilige Dinge, die wir machen mussten, immer wieder. Und alles wiederholte sich, ständig. Und das mir, der Sensiblen …« Selma drückte Valborgs Hand und zog sie die Straße weiter. »Lass uns gehen. Ida und Elisabeth warten schon auf uns. Sollen wir wetten, dass über Frauenpaare in Kopenhagen nicht so gelästert wird wie in Schweden?«

Mit einem hellen, wohlklingenden Ton stolperte Valborg hinterher. »Lästern ist gut, bei uns könntest du sogar im Gefängnis landen. Außerdem spielen deine Übersetzerinnen ganz vorne mit, was die Frauenfragen politisch anbelangt, da wagt sich so schnell wohl keiner ran.«

Selma drehte sich um und blickte ernst. »Valborg, du hast recht. Ich sollte mich mehr politisch engagieren. Vielleicht kann ich sogar in meinen Büchern den Stimmen der Frauen noch mehr Gewicht geben. Wer weiß, was sich noch alles verändern lässt, wenn man das erste Steinchen erst mal ins Rollen gebracht hat.«

»Das würde mich sehr freuen, Liebste.« Valborg schaute sich schnell um und küsste Selma auf den Mund.

* * *

Elisabeth Grundtvig und Ida Falbe-Hanse saßen zusammen auf einem roten samtigen Sofa. Sie saßen so dicht beieinander, dass ihre Arme ständig in Berührung waren. Es schien, als ob sie die Wärme der anderen brauchten, um atmen und reden zu können. Beide trugen dunkle, hochgeschlossene Kleider, die von glitzernden Broschen gehalten wurden. Elisabeth trug ihre dunklen Haare am Hinterkopf zu einem Knoten, und das Funkeln ihrer silbernen Brosche setzte sich im Glänzen der dunklen Augen fort. Diese schienen kaum zur Ruhe zu kommen, sondern tasteten die Umgebung und die Konturen der Menschen ab und drangen in die tiefsten Schichten des Seins. Nichts schien diesem Blick standhalten zu können. Sie war Wortführerin im dänischen Frauenverbund, Gründerin der Zeitschrift *Die Frau in der Gesellschaft* und hatte es geschafft, als erste weibliche Stenografin im dänischen Parlament angestellt zu werden, und somit den Weg für weitere Frauen geebnet. Elisabeth lächelte, wobei ihre lange gerade Nase und die breiten Lippen von unzähligen Falten umtanzt wurden. Idas Haare waren eine Nuance heller, aber auch sie trug die Haare am Hinterkopf zu einem Knoten, verziert von einer großen Schleife. Alles an ihr schien etwas leichter. Verspielter. Die Nase war kürzer und frecher, und die Augen blitzten neugierig, als sie Selma ansprach: »Liebe Selma, schön, dass du noch Zeit finden konntest, uns zu besuchen! Seit der Übersetzung von *Jerusalem* ist ja schon etwas Zeit verronnen. Wobei der Schwall an begeisternden Kritiken nun auch aus den anderen Teilen der Welt eintrudelt. Die waren eben nicht so schnell mit dem Übersetzen wie wir.« Ida grinste. »Wo ist denn eigentlich Sophie, bist du nicht mit ihr in Italien gewesen?«

Valborg, die gerade mitten in einem Gespräch mit Elisabeth über die Frauenbewegungen steckte, lehnte sich in ihrem Sessel zurück.

Selma sagte: »Sophie ist bereits nach Hause gereist, aber ich wollte gerne, dass Valborg euch kennenlernt. Ihr müsst wissen, dass sie mir bei meinem Schreiben so hilft, wie ihr euch gegenseitig mit den Übersetzungen unterstützt.«

Elisabeth fuhr sich mit der Hand über die Haare, die exakt in der Mitte von einem Scheitel geteilt waren. »Hauptsache, du bist nicht mehr von Georg Brandes und seinen Kritiken abhängig, meine Liebe.«

Selma lachte lautstark und erklärte der erstaunten Valborg: »Du musst wissen, dass sich Elisabeth und Georg Brandes seit einem Streit vor Gericht nicht mehr so ganz wohlgesinnt sind.«

Elisabeth unterbrach. »Aber ich habe gewonnen. Das will ich doch betonen. Das Gericht entschied zu meinen Gunsten.«

Valborg beugte sich nach vorne und fragte: »Um was ging es denn?«

»Um diesen Tanz um die keusche Frau. Warum sollen Männer anders behandelt werden oder andere Zielsetzungen für sich in Anspruch nehmen? Wenn, dann soll das Gleiche für beiderlei Geschlechter gelten! Und da Georg Brandes das ins Lächerliche zog, musste ihm ja jemand die Schranken weisen.«

Ida prostete ihr mit einem Glas Schaumwein zu. »Meine Damen, lasst uns auf das neue Jahrhundert anstoßen, mit großartiger Literatur und großartiger Politik.«

Alle vier erhoben die Gläser und stießen lachend zusammen an.

Elisabeth musterte Valborg und meinte: »Haben Sie bereits *Vom neuen Weibe und seiner Liebe* von Elisabeth Dauthendey gelesen?«

Selma verschluckte sich an ihrem Getränk und fing an zu husten. Valborg tätschelte ihr zart den Rücken und sagte: »Ja, aber ich weiß nicht so genau, was ich davon halten soll.«

»Warum denn das?«, wunderte sich Ida. »Ellen Key hat doch ein Vorwort zur schwedischen Ausgabe geschrieben, die schätzen Sie doch auch, oder? Und es kann ja nichts dagegen sprechen, dass Frauen und Männer sich auf Augenhöhe begegnen sollten.«

Valborg reichte Selma, die immer noch hüstelte, ein Glas Wasser. »Das schon, aber warum rät sie den Frauen davon ab, zu heiraten? Soll das nicht auch jede selbst entscheiden können?«

Elisabeth mischte sich in das Gespräch ein. »Ja, schon, aber die Frau ist nicht dazu da, als Einzige die Moral hochzuhalten. Wenn schon mit der Moralkeule gemessen wird, dann auch für beide Geschlechter.«

Selma räusperte sich und sagte mit monotoner Stimme: »Ich würde das Buch am liebsten verbrennen.«

Ida zog die Augenbrauen hoch. »Warum das denn? Sophie hat in ihrem letzten Brief geschrieben, dass in ihrer Nachbarschaft die Malerin Lindholm lebt, und diese sagte sogar, sie würde es gut finden, wenn Frauen einfach Frauen heiraten würden.«

»Nein«, erwiderte Selma. »Das ist alles falsch und schmutzig. Was bringt uns dieses Buch denn? Jetzt werden die Männer erst recht Jagd auf Frauen machen, die unschuldig miteinander nur das gleiche Schicksal teilen und in dem Wunsch, Kosten zu sparen und das Leid zu halbieren, in einer Wohngemeinschaft leben. Oder zusammen reisen.«

Elisabeth mischte sich ein. »Liebste Selma, so sehr ich deinen Geist und deinen Scharfsinn bewundere, hier liegst du falsch. Es dürfen nicht nur diejenigen gehört werden, die am lautesten schreien und die Fäuste auf den Tischen krachen lassen. Damit muss es jetzt zu Ende gehen. Es ist Zeit, dass wir Frauen nicht nur die Möglichkeit haben, als Lehrerin der Verarmung zu entgehen. Wir können genauso gut andere Berufe ergreifen. Wie die Männer. Es wird Zeit, dass die Jünger Darwins einen Schuss vor den Bug erhalten, von wegen Frauen seien in der Evolution stecken geblieben, und sobald sie studierten, würde die Gebärmutter verkümmern, weil die Energie dann aufgebraucht sei. Muss man der hellste Stern am

Abendhimmel sein, um das infrage zu stellen? Nein. Man sollte sich seines Verstandes bedienen, aber das passt ja den Männern so einfach gut ins Konzept. Es geht letztlich doch nur um eins: um Kontrolle und Erhaltung der eigenen Machtposition.«

Ida drückte Elisabeth einen Kuss auf die Wange. »Du sollst dich doch nicht immer so aufregen, denk an deinen Blutdruck!«

Auf die erstaunten Blicke von Selma und Valborg brachen die beiden dänischen Frauen in Gelächter aus. Ida meinte: »Gerade dieses Feuer macht Elisabeth ja aus, oder? Aber ich muss ihr zustimmen, auf solchen mehr als nur kruden Aussagen bauen andere ihre angebliche Wahrheit auf. Hat nicht der Österreicher Otto Weininger in seinem Buch behauptet, dass die Frau in der Entwicklung zwischen Kind und Mann stehen geblieben sei? Unfähig, zwischen Denken und Fühlen zu unterscheiden, und unfähig, moralisch oder genial zu agieren. Nur Männer könnten etwas Geniales zustande bringen. Selma, das kennst du doch auch zur Genüge, oder?«

Selma nickte. Wie hatte sie es satt, auf die Märchentante reduziert zu werden, wenn sie es geschafft hatte, starre Literaturformen aufzubrechen, tiefer in die Wesen der Menschen eintauchte als die meisten herkömmlichen Herren Literaten, und dabei noch Handlungsstränge verwebte, die diese sogar zu doof waren zu erkennen. »Das stimmt schon, vor allem hat ausgerechnet Strindberg die Schriften von Weininger aufgegriffen. Er bezeichnet unverheiratete Frauen als defekt, als ob wir Maschinen wären, und sieht unseren Platz auch den Männern untergeordnet an.«

Elisabeth leerte ihr Glas auf einen Zug und stellte es lautstark auf einem Beistelltisch ab. »Und jetzt gelten Frauen, die ihre eigene Frau stehen, als alte Jungfer, abnormal, und wenn sie die Gesellschaft von Frauen bevorzugen, sogar als Nymphomaninnen. Dabei wollen wir einfach nur geliebt werden, und zwar so, wie wir sind. Ob in einer Ehe oder auch in anderen Konstellationen. Was interessiert das die Liebe, ob und wie viele Y-Chromosomen dabei sind oder nicht? Es ist die Gesellschaft, die ihre Schubladen aufreißt und versucht, alles in Formen zu pressen.«

Selma ereiferte sich. »Aber das ist es ja, was das Buch von Elisabeth Dauthendey anstellt. Es zeigt mit dem Finger erst recht auf uns. Und jedes unschuldige Frauenpaar, das zusammen Zeit verbringt, steht nun unter Verdacht. Deshalb sollte man es verbrennen. Es ist schwer genug, in der Männerwelt zu existieren, da muss man nicht noch eine extra Zielscheibe über den eigenen Kopf hängen. Auch Sophie Adlersparre distanziert sich von der Erotik zwischen Frauen.«

Ida wackelte mit ihrem Kopf, sodass die Schleife in ihrem Haar aussah wie ein Schmetterling, der mit seinen Flügeln schlug. »Aber Selma, wir müssen doch vorwärtsgehen und können es nicht zulassen, dass wir sogar rückwärtstaumeln. Schau, vor fast zehn Jahren beleuchtete doch bereits Lou Andreas-Salomé in ihrem Werk über Ibsens Frauengestalten die Selbstverwirklichung der Frauen in der Ehe. Hat sich seitdem etwas geändert? Man könnte meinen, nein, aber dem ist nicht so …«

Valborg setzte sich kerzengerade hin und sagte: »Im Gegenteil, entschuldigen Sie, wenn ich mich so einbringe, aber es gibt nun Frauenvereine und auch solche, die sich mit dem Frauenwahlrecht auseinandersetzen. Da bewegt sich etwas.«

Elisabeth lächelte. »Ja, die Zeit scheint reif zu sein. Zeit, nach vorne zu schauen, denn Dauthendey sagt ja, dass wir Frauen selbst wissen, wie stark und intelligent wir sind und gleichzeitig zur Einsamkeit verdammt. Denn es gibt noch keinen Mann, der uns in unserer Wesensganzheit so lieben könnte, wie wir es verdient haben.«

Valborg nickte. »Es geht ja nicht nur darum, dass Männer und Frauen nach den gleichen moralischen Maßstäben gemessen werden sollen, sondern ganz schlicht um die körperliche Gewalt. Also das, was einige Männer durchaus unter Liebe verstehen. Das sucht die Frauenfigur bei Dauthendey. Sie will weg vom Mann und hin zu einer Frau, doch bleibt die Frage bestehen, was ist echte Liebe und was rohe Gewalt.«

Jetzt nickte Ida, und der Schmetterling übte Kopfstand: »Wie sollen wir denn über gleichberechtigte Liebe reden, wenn wir nur die Worte benutzen, die uns die Männer aus ihrer Männerwelt vorgeben? Wie kann ich von so etwas Sinnlichem wie der Liebe zwischen Frauen reden, wenn die Männer nur ihre Heterosexualität kennen, die ich mir nicht einmal im Traum ausmalen will, da es bestimmt nicht so weich und duftend ist, wie es sein sollte.«

Die vier Frauen lachten und wischten somit Bilder aus ihren Köpfen, die aus dem Gespräch zu entstehen drohten.

Elisabeth unterhielt sich mit Valborg über die Bürde, sich gesellschaftlich zu engagieren, als Ida sich zu Selma beugte. »Übrigens hatte Ellen Key gefragt, was das mit dir und Sophie ist.«

Selma zuckte zusammen, als ob ihr jemand in den Nacken geschlagen hätte.

Ida lächelte und sagte. »Natürlich habe ich gesagt, dass ihr beste Reisekameraden seid, so wie es in deiner Widmung in *Jerusalem* zu lesen ist. Was denkst du denn? Sophies letzte Novellen sind reinste Meisterstücke, das Übersetzen davon hat mir sehr viel Spaß bereitet. Und dass sie jetzt auch ins Russische übersetzt wird, ist einfach großartig.«

Selma blickte zu Boden und meinte. »Das wusste ich noch gar nicht.«

»Ach ja? Das ist merkwürdig, aber dass sie in die Bände der Schwedischen Nationalliteratur aufgenommen wird, das wusstest du schon, ja? Nach Sophies *John Hall* und deinem *Jerusalem* haben wir wohl zwei Anwärterinnen auf den Nobelpreis, oder? Aber lasst uns jetzt zum Essen gehen, sonst müssen wir noch eine zweite Runde von Elisabeth zum Frauenwahlrecht über uns ergehen lassen. Erzähl doch gleich mal, an was du gerade so arbeitest! Sophie hat geschrieben, dass es eine Märchensammlung aus Schweden werden soll?«

Eine Falte manifestierte sich zwischen Selmas Augen, und ein Gewitter zog in ihrem Kopf auf. Aber die anderen bekamen davon nichts mit. Selma hörte im Inneren die Stimme ihrer Oma, die ihr zuraunte: »Wer den Regentropfen erklären kann, kann auch das Meer erklären.« Selma seufzte, manchmal war die Frage, wer war der Regentropfen, und wer war das Meer?

»Warum sollten alle Menschen den zweiten Teil von Jerusalem mögen? Genauso wenig, wie alle braven Gläubigen eine Predigt von der Kanzel gleichsam entzückend und berückend finden können. Und weißt Du was, ich finde das nicht schlimm. Der erste Teil wurde innerhalb von wenigen Monaten fünfzehntausend Mal verkauft, und der zweite Teil sprengt die Zahlen sogar noch. Das lässt mich ruhig schlafen und zeigt mir, dass es doch wenigstens ein paar davon gefallen haben muss. Bonnier hat erwähnt, dass es das erfolgreichste Buch in Schweden sein soll, seitdem hier Bücher verlegt werden. Was will ich mehr?«

Brief von Selma an Valborg

Kapitel 8

HEIMAT IST DA, WO DAS HERZ SCHLÄGT

Ein halbes Jahr später
Falun, Herbst 1903

»Nein, das machst du nicht!«, schrie Valborg und stieß einen Stuhl um, der polternd zu Boden fiel.

»Valborg, was sollen die …«

»Was die Dienstmädchen denken, ist mir gerade total egal. Du solltest mal daran denken, was ich denke.«

Selma lachte. »Das ist aber gerade viel Denkerei, Valborg, so kenne ich dich ja gar nicht.«

»Verdammt, Selma, mir ist im Moment alles andere als zum Lachen zumute, du kannst doch nicht schon wieder mit dieser … mit …«

»Doch. Ich kann nicht nur, sondern ich muss, weil …«

Aber Valborg wollte sich die Erklärung nicht weiter anhören, sondern stürmte aus dem Zentralpalast in Falun, als wären Hunderte von piesackenden Trollen hinter ihr her.

Selma war erst vor einem Jahr innerhalb Faluns umgezogen und genoss die neue Wohnung. Das war vor allem den herrschaftlichen Räumen geschuldet. So hoch wie in einem Schloss und fast genauso elegant eingerichtet. Fast. Die Kamine hatten Spiegel an den Kacheln, was Selma nicht mochte, aber es gab Parkettboden, Schiebetüren und drei Balkone, von denen man auf die Kirche, den Markt und den grünen Park schauen konnte. Alleine das Arbeitszimmer war so groß wie die komplette Wohnung zuvor. Für die eingerichtete Wohnung zahlte sie im Jahr drei Viertel ihres alten Lehrerinnengehalts an Miete. Achthundertfünfzig Kronen. Von so etwas hatte sie in Landskrona noch nicht einmal zu träumen gewagt. Dort hatte sie für ihre erste Wohnung fünfundvierzig Kronen im Monat gezahlt mit Halbpension. Preismindernd war allerdings die Tatsache, dass direkt über der neuen Wohnung einmal wöchentlich ein Ball stattfand. Ausreichend Platz für sie zusammen mit ihrer Mutter und Tante und eine Bibliothek.

Doch konnten die Eleganz und Erschwinglichkeit der Räume sie gerade nicht darüber hinwegtrösten, dass Valborg sie so bitterlich alleine hatte stehen lassen.

* * *

Ein paar Wochen später
Karlskrona in der südschwedischen
Provinz Blekinge, 1903

Sophie schlug die Augen auf. Licht strömte durch die bodenlangen eierschalenfarbenen Vorhänge und webte in die Luft flüchtige Geisterhände. Sie brauchte nie lange, um sich an einem fremden, neuen Ort wie zu Hause zu fühlen. Das hatte sie wohl den frühen Reisen ihrer Eltern zu verdanken. Den Gutenachtkuss und die Lieder hatte sie in jeder Unterkunft bekommen, egal, wo ihr kleines Bett damals gestanden hatte. Heimat war ein Gefühl, das sie tief in sich überall mit hintrug. Auch wenn es nicht mehr so stark glühte wie in ihrer Jugend. Hundegebell, das Plätschern von Wellen und das Klappern von Pferdehufen rissen sie aus Erinnerungen. Als dann noch vom Nachbarbett das Geschnarche lauter wurde, überfiel Sophie ein Lachen.

»Ja?«, schmatzte es, und nach einigem Rascheln hatte sich Selma aufgesetzt. Sie gähnte herzhaft und nahm sich das Glas Wasser vom Nachttisch, der zwischen den beiden Betten stand.

Sophie betrachtete sie liebevoll. Wie lange kannten sie sich jetzt? Neun Jahre! Und das Leben hatte ihnen Sonne und Falten auf die Stirn getupft. Sie selbst war fünfzig und Selma vierundvierzig, wobei Selma ja bald Geburtstag hatte. Sie befanden sich quasi am Zenit ihres Seins. Beruflich betrachtet auf jeden Fall.

»Warum lachst du denn?«, fragte Selma und setzte sich neben Sophie auf das Bett.

»Vielleicht, weil ich einfach glücklich bin?«, antwortete diese und küsste Selma auf die Stirn. »Einfach glücklich.« Damit sprang sie aus dem Bett und tanzte mit wehendem Nachthemd und wehenden schwarzen Haaren wie ein Geist zwischen den Lichtstreifen hindurch.

Zwei Stunden später standen die beiden Frauen auf dem größten Marktplatz, den Selma in Schweden je gesehen hatte, dem Stortorget von Karlskrona. Die Stadt war als Marinestützpunkt von König Karl XI. errichtet worden und breitete sich mit seinen Bauwerken auf unzähligen Inseln aus. Von allen Seiten aus gut erreichbar mit Schiffen. Der Stortorget selbst befand sich auf dem höchsten Punkt der Hauptinsel Trossö. Ein Inselzipfel, der weit ins unruhige Meer hineinragte. Es war zu jeder Seite nur ein Katzensprung zum Wasser, und so kam man gar nicht umhin, vom Glitzern der Wellenkronen verzaubert zu werden oder sich ab und an unter tief fliegenden Möwen ducken zu müssen, die gierig Ausschau nach Futter hielten. Der Himmel wölbte sich über die Landschaft wie eine Kuppel aus grünem Glas. Das Meer lag milchweiß, kleine Wellen kamen mit Silberglanz auf dem Kamm dahergerollt. Mitten in all dem Weiß lagen die vielfachen Schäreninseln kohlschwarz. Selbst die weißen und roten Häuser auf den Inseln hoben sich schwarz gegen den grünen Himmel ab. Es sah aus wie in einer anderen Welt.

Selma und Sophie standen in einem kleinen Park inmitten des Stortorget und betrachteten die prachtvollen steinernen Gebäude, die von Ruhm und Wohlstand erzählten und den Platz säumten.

»Hässlich«, sagte Selma und schnaufte laut aus.

Sophie blickte sie verwundert an. »Was? Ich fühle mich fast ein bisschen an Italien erinnert, so wie der gepflasterte Platz hier angelegt ist. Und das Rathaus ist doch nett. Etwas groß für die Stadt, aber schön barock.« Sophie drehte sich um. »Oder meinst du die beiden Kirchen hier? Ich mag, dass sie anders aussehen, alleine dieses Gelb. Nett.« Sophie drehte sich weiter. »Oder diese beiden Gebäude, was …«

»Nein. Ich meine Langlippe hier.« Selma wanderte um die Statue herum, die mitten auf dem Platz auf einem hohen Steinsockel stand. »Der hat die hässlichsten langen und vorgestülpten Lippen, die ich jemals gesehen habe. Und damit kenne ich mich aus, ich stamme immerhin von den Wallrothers ab, die für ihre etwas hervorstehenden Unterlippen bekannt sind.«

Sophie lächelte: »Na, deine Lippe könnte nicht perfekter sind … übrigens, sei froh, dass Karl schon vor zweihundert Jahren gestorben ist, sonst wären jetzt wohl sämtliche Kanonen seiner Kriegsschiffe auf dich gerichtet.«

Selma lachte. »Und der Bildhauer hat das hier überlebt?«

»Ich denke schon. Hinter der Kupferbrust im Sockel soll er Münzen aus der damaligen Zeit, einen Kalender und andere Dinge eingemauert haben.«

»Woher weißt du das denn?«

»Karlskrona ist doch die Geburtsstadt meiner Mutter. Ich kenne das alles gut«, sagte Sophie.

Selma blickte sie von der Seite an und fasste ihre Hand. »Das, was ihr beide habt, bewundere ich sehr. So eine innige, liebevolle Beziehung.«

Sophie fragte verblüfft: »Aber du hast deine Mutter doch als die perfekte Autorinnenmutter beschrieben.«

»Schon. Sie unterstützt mich schon immer, wo es geht, und glaubt an mich, na ja, nachdem *Gösta* veröffentlicht war zumindest. Aber es gibt da so eine Distanz zwischen uns … ich kann sie gar nicht richtig fassen, aber das ist wie eine unsichtbare Mauer, über die wir uns beide nicht rübertrauen. Oder besser gesagt, nicht können.«

Sophie drückte Selmas Hand und zog sie in den südlichen Teil, die Södra Kungsgatan hinunter, immer weiter, durch einen Park, bis sie vor einer alten roten Holzkirche stehen blieben. Dass sich elegant bekleidete Frauen, die sich mit kleinen spitzenbesetzten Schirmen vor der Sonne schützten und ihre neuesten Hüte austrugen, verwundert nach ihnen umdrehten, daran hatte sich Selma schon längst gewöhnt. Ihre Freundin wurde nur dann langsamer, wenn Selma zu stark humpelte, sie selbst entweder keine Luft bekam oder von Weh und Depressionen heimgesucht wurde. Aber alle drei Phänomene gingen irgendwann vorbei, und die unbändige Neugierde und der Wissensdurst trieben sie an wie Wasser eine Mühle.

»Gefällt dir das besser?«, fragte Sophie und machte eine Bewegung mit der Hand wie eine Stadtführerin.

Weiße, große Fenster äugten auf die Fußgänger hinunter, und der hölzerne Kopf wurde von einem Blechdach bemützt.

»Darf ich vorstellen, das ist die älteste Kirche der Stadt, die Admiralitätskirche Ulrica Pia, die den Namen der Frau des langlippigen Königs trägt. Sie sollte auch aus Stein gebaut werden, aber dazu hat es nie gereicht.«

Selma musterte das quadratische Haus mit seinem Vorbau und trat ein paar Schritte näher an den Eingangsbereich. Hier stand eine Holzfigur, nur etwas größer und zweimal so dick wie ein echter Mann, gekleidet in dem Aufzug eines Bootsmannes aus dem 18. Jahrhundert, mit langen weißen Strümpfen, schwarzen Schuhen mit goldenen Schnallen, einem langen braunroten Mantel mit ebenfalls goldener Schnalle und goldenen Knöpfen. Er hatte schulterlanges graues Haar und einen grauen langen Bart. Auf dem Kopf saß ein schwarzer Hut. Eine Hand streckte er bittend in die Luft, und in der anderen hielt er ein Schild mit der Aufschrift:

So herzlich flehe ich dich an.
Wenn auch nur matt ist meine Stimm:
Leg einen Schilling nieder hier,
Doch meinen Hut erst ab mir nimm!

Sophie trat neben die Figur, lüpfte den Hut und schmiss eine Münze in den Schlitz des Kopfes. »Ich bin gerne selig. Und das reicht auch für uns zwei. Komm, lass uns in die Kirche gehen, dann kann ich dir die Geschichte vom Alten Rosenbom erzählen, der hier bei der Kirche erfroren sein soll. Aber das ist auch schon über hundert Jahre her. Jetzt ist er immerhin noch eine Armenbüchse. Aber alle Kinder hier lieben ihn, vielleicht liegt es daran, dass er immer noch so stark und keck aussieht, gerade so, wie man sich vorstellt, dass die Leute in alten Zeiten ausgesehen haben. Selma, merkst du, wie du in meinen Gewässern plünderst? Ich dachte, wir hätten klare Absprachen. Ich das Historische.« Sophie lachte wieder und zwickte Selma in die Seite. »Komm schon, Liebes, wir stehen erst am Anfang der Stadtführung. Hier gibt es noch andere interessante Dinge. Zum Beispiel ein deutsches Pils, das hier gebraut wird, das Karlskrona Pilsner, oder ich kenne hier ein Café, da würden sich die Damen von Stockholm oder Göteborg die Finger nach abschlecken. Nicht nur das.«

* * *

Das Geplaudere der anderen Gäste des Restaurants perlte an Selma und Sophie ab. Ihrer beider Aura umschloss sie wie eine Käseglocke. Selma musste immer wieder feststellen, dass sie sich in der Nähe von Sophie geborgen fühlte und gewärmt. Meistens zumindest. Es hatte sie ein Stück Arbeit gekostet, Sophie nach dem unglückseligen Zusammentreffen mit Valborg wieder zu besänftigen. Ein Zufall sei es gewesen, hatte sie erklärt, da Valborg zufällig auch etwas in der Stadt zu tun gehabt habe.

»Eigentlich schade, dass wir so wenig in Schweden gereist sind«, sagte Selma. »Ich kenne nur wenige Ausschnitte, und das sind eher Mückenschisse auf der großen, weiten Landkarte.«

Sophie nickte dem Kellner zu, der ihnen Wein nachgoss, und stieß mit Selma an. »Auf schwedische Abenteuer, auch wenn sie uns nicht auf den Kamelrücken durch die Wüste tragen werden. Und jede Menge neue Mückenschisse.«

Selma nippte an ihrem Weinglas und griff zum Wasser. »Ach, Sophie, wusstest du, dass ich manchmal noch von unserer Reise durch Ägypten und das Heilige Land träume? Ich werde wohl nie vergessen, wie wir den Nil hinuntergefahren sind. Weiße Morgen mit müßigem Licht, so feurige Sonnenuntergänge, und wir, wir waren immer hungrig.«

Sophie lachte. »Obwohl es um halb zehn, um eins, um halb sechs und um sieben ausreichend zu essen gab. Meine geliebten Sardinenbrote. Mhm. Und wie die Schiffsmannschaft für uns in den Essenspausen sang … und diese wackeligen Hütten auf dem Oberdeck, in denen wir schliefen. Noch nie spürte ich den Mond so intensiv auf meiner Haut.«

Selma lächelte und pikste mit der Gabel eine Erbse auf. »Ich war ja sehr davon beeindruckt, wie du in Assuan auf dem Esel hoheitsvoll zur Pyramide geritten bist. Mit schwarzem Samtkleid, schwarzweiß gestreifter Bluse, grauem Filzhut mit hellblauem Schleier und Sonnenschirm mit grünem Futter. Das ist so, als ob ich davon eine Fotografie in meinem Kopf hätte. Und von mir war ich übrigens auch beeindruckt, also von meinen Reitkünsten auf einem Esel.«

»Ich dachte schon, du meintest den Tempel mit seinen dreihundert Jahre alten Inschriften. Dass du davon beeindruckt seist. Von mir auf einem Esel? Echt? Und wie wir dann im Hotel unsere blauen Flecken verglichen haben. Das Hotel war auch so eine Sache, immerhin waren die Gäste aus aller Herren Länder und ganz nach unserem Geschmack. Ach, Selma, du bist wie ein Kolibri, du palaverst sofort mit allen anderen, so leicht und flattrig, als würdest du den ganzen lieben langen Tag nichts anderes machen, als gepflegte Konversation führen.« Sophie hob nun ihr Wasserglas und stieß mit Selmas an. »Und wie berauschend schön der Libanon war. Da sollten wir unbedingt auch noch einmal hin. Hach. Auf uns. Möge das Band noch fester werden und wir niemals vergessen, dass ich in Jaffa an Land ging!«

Selma trank einen Schluck, stellte das Glas ab und schlug die Augen nieder. Stach die nächste Erbse auf. Manchmal hasste sie sich selbst dafür, dass sie so fühlte, wie sie fühlte. Dass ihre Gefühle zerrissen waren und gegen Pflicht und Verstand ankämpften. Aber was sollte sie machen? Mit sich selbst musste man ja irgendwie auskommen. Leise Stimmen, die flüsternd in ihrem Kopf Kriegsrat hielten und stichelten, tadelten und beurteilten, das hatte sie zur Genüge. Schon seit ihrer Kinderzeit.

Nach dem Essen spazierten sie Arm in Arm durch den Hoglands Park, ein grüner Fleck inmitten der Steingebäude, der etwas nördlich vom Stortorget lag. Mit seinen breit angelegten Blumenrabatten und den vielen Statuen mutete dieser fast französisch an.

»Lass uns ins Hotel zurückgehen«, sagte Selma.

»Warum? Wartest du auf einen Brief von Valborg?«, setzte Sophie nach, zog ihren Arm zurück und sah Selma streng an.

»Sophie, es war doch alles gut, muss das jetzt wieder sein?«

»Ach, weißt du, es fällt mir schwer, bei dir so locker zu sein, so wie du mit mir und dem Belgier umgehst.«

Selma blieb vor der Statue eines Jünglings stehen. »Er ist doch nach der Italienreise, die du ihm und seiner Familie gezahlt hattest, wieder vollkommen genesen?«

»Ja, und stell dir vor, er schrieb mir jeden Tag. Zwar beklagte er sich hauptsächlich über seine Krankheit und den Fortgang seiner Arbeit, aber dazwischen ließ er immer süße Liebesschwüre mit einfließen. Es macht mich sehr glücklich, von ihm zu lesen, wie viel ich ihm bedeute.«

»Vielleicht solltet ihr überlegen, eure Liebe fester zu schnüren? Eventuell solltest du wieder heiraten und sogar ein Kind aufnehmen? Hab ich dir eigentlich von Carl Larsson und seinem fünfzigsten Geburtstag berichtet?«

Sophie schaute sie mit zusammengepressten Lippen an, schüttelte den Kopf und schlug die Straße zum Hotel ein.

»Larsson hat ja letztes Jahr dieses bezaubernde Porträt von mir gemalt, und da wir ja quasi Nachbarn sind, lud er mich zu seinem Fest ein. Er hatte alle Sundborn-Bauern eingeladen, das war wirklich ein netter Zug. Von einer Grippe geplagt, stand er etwas neben sich, aber stell dir vor, er verursachte einen richtigen kleinen Skandal.«

Sophie blieb vor ihrem Hotel stehen und blickte Selma an. »Was meinst du denn?«

»Er hat mich geküsst. Mitten auf meine Wange. Vor allen Augen, er sei ja so in mich verliebt.«

Nach einem kurzen Gang ins Badezimmer sank Sophie mit Kopfschmerzen auf ihr Bett, drehte sich zur Seite und schloss die Augen. Sie sei zu erschöpft und könne nicht mehr auf dem Balkon sitzen und das Abendrot betrachten. Selma hatte sich die Post geben lassen und saß im zweiten Raum, in dem sich ein Tisch mit Stühlen, ein kleiner Schreibtisch und eine Sitzgruppe befanden. Sie legte zwei der drei Briefe für ihre Freundin auf die geklöppelte Tischdecke und öffnete vorsichtig und leise den Umschlag, der an sie adressiert war. Während sie den Brief las, vergrößerten sich ihre Pupillen, und zum Ende hin hielt sie den Atem an. Ihre Hand zitterte, als sie auf dem Sekretär zwischen losen, unbeschriebenen Blättern wühlte. Sie zog eins heraus, auf dem in einem glänzenden Gold der Name des Hotels abgedruckt, und einen Bleistift, dessen Ende zerkaut war. Nachdem sie für einige Sekunden die Augen geschlossen hielt und dabei ihrem Atem lauschte, bis dieser nicht mehr ihren ganzen Körper zum Beben brachte, fing sie an zu schreiben:

Meine Geliebte! Es gibt Dinge, die erscheinen so unwahrscheinlich und schrecklich, dass sich der Verstand weigert, diese Informationen weiterzuverarbeiten. Ich lebte tatsächlich bis zur Lektüre Deines Briefes mit dem Trugbild, dass unsere Lebenswege so eng miteinander verwoben sind, wie sich eine Efeupflanze an einen Baum schmiegt. Du sprachst von Liebe, und ich glaubte Dir. Immer wieder. So süß Deine Worte, so berauschend das Uns.
Warum nur musst Du mich verlassen?

Vielleicht kannst Du mir das versuchen zu erklären – Du kannst doch nicht aus einer Laune heraus einfach alles, was wir haben, verlassen wie ein heruntergekommenes Haus.
Aber weißt Du, Du bist nicht die Erste, die mein Herz bricht. Man gewöhnt sich natürlich nicht daran, aber man stumpft ab, findet Wege, wie man damit umzugehen lernt. Freundschaft ist mir wichtig, aber irgendwann tritt eine Art Selbstschutz ein, und man lässt dann nicht mehr viel an sich heran. Und Du kamst mir so nah, wie mir noch nie jemand nahekam, Du bist so viel mehr, als ich mir im Leben überhaupt nur zu erhoffen wagte.
Du bist das für mich, was andere nur als Buchstaben in Büchern kennen, Du bist mein Alles, meine große Liebe.
Was hattest Du damit gemeint, dass ich Dich sowieso irgendwann verlassen würde? Ich plane noch lange nicht, mit Sophie zusammenzuziehen, davon kann überhaupt keine Rede sein! Ist das der Grund?
Aber wie sollte ich das wollen oder überhaupt nur können, Dich zu verlassen?
Solange meine Mutter lebt, bin ich quasi an Falun gekettet und würde hier bei Dir bleiben, falls Du es Dir doch anders überlegst oder das zumindest aufschiebst, denn mein Wunsch, Mårbacka wieder zurückzukaufen, brennt immer noch in mir. Er treibt mich voran, motiviert mich, aber dafür reichen meine Verkäufe noch lange nicht. Ich male es mir gerade aus, wie Du in den Wintermonaten immer bei mir bist und im Sommer reisen kannst und leben kannst, wie Du magst. Aber in der dunklen Jahreshälfte gehörst Du auch dort mir. Vielleicht findest Du meine Träume kindisch, aber weißt Du, meine Träume haben den Hang dazu, in Erfüllung zu gehen. Und ich weiß, dass Du davon träumst, nach Stockholm zu ziehen, um dort eine neue Lehrerinnenstelle anzunehmen. Aber ich bitte Dich hiermit, diese für mich in der Luft verpuffen zu lassen. Wie soll ich Dich sonst weiterlieben können?
Deine Selma

Selma wischte sich eine Träne aus dem Augenwinkel und zog die Nase hoch. Was musste sie noch alles verlieren, bis sie sich zu den Gewinnerinnen zählen konnte? Humpelnd ging sie ins Schlafzimmer zu den Betten, wischte Sophie vorsichtig eine Haarsträhne aus dem Gesicht und legte sich dann in ihr eigenes. Unruhig wälzte sie sich von der einen Seite auf die andere, unfähig, in den Schlaf zu finden. Valborg musste doch verstehen, dass sie selbst nicht anders konnte. Sie liebte Valborg und sehnte sich danach, ihre Haut zu berühren und ihren Duft einzuatmen, aber sie konnte für diese eine Liebe nicht alles andere, was sie bisher an Tiefe und Geborgenheit gefunden hatte, opfern.

Hatte ein Hahn gekräht, oder war es nur das Krächzen von Möwen gewesen, die die Sonne begrüßten? Irgendetwas hatte Selma aus der fadenscheinigen Traumwelt gerissen, in die sie hinübergeglitten war. Sie eilte zurück zum Sekretär, zog den Brief heraus und schrieb darunter:

Nach einer Nacht ohne Schlaf bin ich gerade aufgestanden und muss Dir noch ein paar Worte hinzufügen: Ich fühle mich so hoffnungslos, weiß nicht, was ich machen kann, um meine Angst in mir zu zähmen, dass Du mich verlassen könntest, und ich weiß nicht, was ich machen kann, dass Du bleibst. Vielleicht denkst Du, dass Deine Entscheidungen nur Deine Zukunft beeinflussen, aber das stimmt so nicht. Bis ich gestern Deinen Brief bekam, fühlte ich mich so lebendig und reich, und jetzt, jetzt bleibt mir nichts mehr.

Nach einem kurzen Frühstück spazierten Selma und Sophie am Hafen entlang.

»Was ist denn los, Liebes?«, fragte Sophie.

»Nichts. Ich habe nur sehr schlecht geschlafen … danke.«

»Ja? Vielleicht magst du dich nachher etwas ausruhen? Aber du musst mir noch mehr zum Inhalt des Schulbuchs erzählen. Falls wir in Schweden umherreisen, muss ich für die Planung ja ein paar Richtpunkte haben.«

Selma betrachtete das feine Gesicht von Sophie, die Lachfalten, die geringelten Löckchen, die Bernsteinsprenkel in den braunen Augen, die so vorwitzig glitzerten, als ob das Leben ein einziges Abenteuer wäre.

Sie fasste Sophies Hand. »Du weißt, dass das mit Larsson nur ein Spaß war, also von ihm aus?«

Sophie wurde auf einen Schlag ernst. »Dass sich Männer in dich verlieben, das ist doch normal. Du bist eine strahlende Persönlichkeit, alle Männer, die selbstbewusst genug sind und eine richtige Frau schätzen, verlieben sich natürlich in dich. Und Larsson prägt ja auf seine Weise das Gesicht Schwedens, natürlich spürt er eine Verbindung zu dir. Ihr seid beide Künstler, jeder in seiner Sprache. Nur ... nur küssen, das solltest du dich nicht mehr lassen. Du weißt ja, dass ich dich nicht ... dass ich dich liebe. Dass ich dich nicht verlieren will.«

Selma ergriff Sophies Hand. »Uns zu trennen, ist uns nicht möglich. Das haben wir ja in den letzten Monaten festgestellt. Wenn ich mich aus deinem Leben herausziehen würde, hättest du dein bestes Publikum verloren, was wäre schon ein Juwel ohne sein Funkeln, ein Gemälde ohne Rahmen.«

Mit einem Lächeln küsste Sophie Selmas Hand, zog sie dann ganz nah an sich heran und gab ihr einen Kuss auf die Lippen. So kurz wie ein Maikäferflügelschlag, aber lang genug, um die Wärme zu übertragen wie ein Leuchtfeuer.

Der Kaffee duftete aromatisch-würzig und erfüllte die gesamte Luft des kleinen Cafés. Zwei große Stücke Apfelkuchen standen vor den beiden Frauen auf dem Tisch, und die Sahne sah aus, als ob echte Vanille daruntergemischt worden war.

Selma teilte mit dem Löffel davon etwas Weiß ab, betastete es mit den Lippen, nickte genüsslich und ließ es in den Kaffee gleiten. »Weißt du, das Unterrichten nervt mich ja schon lange. Es scheint mir so fern vom Kind zu sein wie der Mond von der Erde. Warum unterrichtet man an einem einzigen Schultag so viele verschiedene Fächer? Weißt du, als ich als Lehrerin gearbeitet hatte, sah ich fast vor mir, wie die Kindergehirne in sich zusammenfielen, vor allem erstickte die gottgegebene Neugierde im Keime … und ohne Neugierde, wie willst du da etwas aufnehmen können? So werden aus schlauen, interessierten Kindern funktionierende Schatten ihrer selbst. Pestalozzi betonte ja immer die Naturgemäßheit – je mehr die Schule es schafft, dem Leben nah zu kommen, desto besser ist es für die Kinder. Weg mit der Künstlichkeit und hin zur Verbindung der Schulfächer. Mehr Eigenverantwortung und Gestaltung für die Lehrer, und die Kinder müssen doch ernst genommen werden mit ihren Emotionen und Interessen, sonst geht komplett alles an ihnen vorbei. Alleine dieses lange Sitzen in einem toten Raum, da geht es mir selbst nach kurzer Zeit ja schon schlecht.«

Sophie nickte. »Du weißt, wie sehr ich hinter der Arbeit meines Bruders Otto stehe. In Nääs werden nicht nur die Handfertigkeiten beigebracht, sondern es geht darum, wie die großen und kleinen Schüler das in ihren Alltag integrieren können. Sie sollen ja nicht nur lernen, dass sie selbst mit ihren Händen etwas gestalten können, das würden sie nach ein paar Jahren wieder vergessen haben. Nein, ihnen werden solche Dinge weitergegeben, die sie auch immer wieder brauchen und machen werden.«

»Ich war immer gerne Lehrerin«, sagte Selma. »Ich hänge manchmal noch meinem Traum von der eigenen Schulgründung nach. Wie vielen Kindern hätte ich damit helfen können? Wenn nicht die Schreiberei meine größere Leidenschaft wäre.«

»Du warst ja auch sehr beliebt. Ich kenne auch keine andere, die mit ihren Schülern raus in den Wald gegangen ist, um dort vor Ort zu unterrichten, oder aus den eigenen Büchern vorgelesen und dann darüber diskutiert hat.«

Mit einem lauten Lachen, sodass einige wohlfrisierte Köpfe von den anderen Tischen zu ihnen herzuckten, sagte Selma: »Ich denke, dass das alles ein großer Humbug ist, was wir Unterrichten nennen.

Früher hat es mich mal richtig gefesselt. Früher … Übrigens finde ich Uffe und Almkvist besser als die anderen. Auf einen pädagogischen Luther warten wir irgendwie immer noch. Es ist nur so schade, dass die Schule so am Wesen der Kinder vorbeigeht.«

»Uffe? War das nicht eine Frau?«

Selma nickte. »Ja, das ist doch das Pseudonym von Anna Sandström, die streitet nicht nur mit Ellen Key über den Feminismus, sondern versucht, den Schulbetrieb den einzelnen Kindern anzupassen.«

»Was hat das jetzt mit dem Schulbuch zu tun?«

»Viele sehen gar nicht, dass auch der normale Sachunterricht stark mit der Sprache verknüpft ist. Ich will mehrere Bereiche verbinden. Eine einfachere Satzstruktur verwenden, um den Kindern mit ihrem Wortschatz und ihrer Aufnahmefähigkeit entgegenzukommen. Das habe ich selbst erlebt, sobald ein Satz über eine halbe Seite geht, schalten die Kinder ab und hängen noch beim ersten Gedanken. Dalin betont ja immer die Sagen der Regionen, die mit einfließen sollen. Das ist mir selbst auch wichtig, da es ja die Fantasie der Kinder anregt und wachkitzeln kann. Stell dir vor, du liest von Riesen, die die Landschaft um dich herum erschaffen haben, dann wirst du nie wieder mit den gleichen Augen das alles betrachten können. Ich würde die Kinder am liebsten neugierig machen, dass sie sich selbst als kleine Abenteurer in ihrem eigenen Land sehen. Ich will die Empathie anregen und auch für die Nöte und Bedürfnisse des Landes sensibilisieren. Weißt du, ich würde so gerne auch politische Themen kindgerecht mit einfließen lassen, und selbst wenn es nicht für sie ist, dann …«

»Dann ist es für die Eltern, die mitlesen werden«, ergänzte Sophie.

Selma nickte. »Genau, so wie die Norrlandfrage, die gerade alle umtreibt. Was glaubst du, wie sich das weiterentwickeln wird? Dieses riesige Areal ganz oben im Norden, das so dünn besiedelt ist. Die erste Eisenbahnlinie hat das Gebiet ja jetzt erschlossen.«

»Bei dem ganzen Holz und den Erzen auch kein Wunder. Aber

ob das das Land der Zukunft sein wird?« Sophie zuckte mit den Schultern.

Selma dachte nach. »Wer weiß, welche Themen ich da noch einflechten kann, die den Kindern auch auf lange Sicht etwas bringen. Und natürlich sollen sie in erster Linie stolz sein auf ihr Heimatland. Auf die Schönheit Schwedens, auf all diejenigen, die unter größten Anstrengungen und Opfern den Boden erschlossen haben. Nicht, dass bei dem kleinsten Versprechen, schnell zu großem Reichtum zu kommen, Schweden verlassen wird.«

»Du denkst jetzt an deinen Bruder, oder?«, fragte Sophie.

»Ja, aber nicht nur an Johan, es sind ja fast ganze Dörfer verlassen worden, als Amerika herüberwinkte.«

Das Fräulein mit weißer Spitzenschürze und weißer Rüschenbluse fragte sie nach weiteren Wünschen, was beide höflich ablehnten. Selma schaute Sophie lange in die Augen und sagte: »Danke, Sophie.«

»Danke für was?«

»Danke, dass du meine Freundin und für mich da bist. Die Gespräche mit dir bedeuten mir viel. Bringen mich weiter, du bist für mich ein fruchtbarer Resonanzboden.« Selma hauchte einen Luftkuss über den Tisch und schob sich eine voll beladene Kuchengabel in den Mund.

Sophie strahlte sie an, rührte mit dem Löffel in der Tasse und sagte: »Ich bin auch sehr froh, dass wir uns wieder gut verstehen. Wenn die Stimmung bewölkt ist und man sich in seinen Kopf zurückzieht, birgt das Leben keinen Sinn. Aber lass uns über die Reisen reden! Wie du weißt, meine Lieblingsthematik.« Melodiös sang sie halblaut: »Reisen, reisen, reisen«, um dann fortzufahren: »Hier im Süden haben wir ja schon einiges abgehakt. Växjö mit seiner alten Schlossruine Kronoberg und Ronneby. Jetzt steht noch Kalmar an mit einem Ausflug zur Insel Öland, aber sag mal Selma, über welche Regionen in Schweden weißt du am wenigsten Bescheid und versprechen mit am abenteuerlichsten zu werden?«

Selma überlegte nur kurz. »Ich würde schon sagen, dass das

Norrland ist. Nicht, wegen dieser politischen Debatte, nein, ich will die Wälder, Seen und Flüsse mit eigenen Augen begutachten. Der nördlichste Teil Schwedens macht über die Hälfte der Fläche des ganzen Landes aus und ist für mich ein absolut unbeschriebenes Blatt. Einige Lehrer aus dieser Region haben mir Unterlagen geschickt, und ganz ehrlich, ich fühle mich da als Fremde im eigenen Land. Wusstest du, dass der höchste Berg Schwedens in Lappland in Nordnorrland liegt? Er heißt Kebnekaise. Das alleine hört sich schon nach einer spannenden Geschichte an. Und den Wanderverein habe ich angeschrieben. Die Informationen, die man von denen über die Fauna und Flora erhält, sind manchmal Gold wert.«

Sophie kicherte. »Hoch in den Norden! Ich habe bis jetzt noch von niemandem gehört, dass er dorthin reist, um dort Urlaub zu machen. Zeit, dass das mal jemand testet. Schick mir doch ein paar markante Orte zu, dann plane ich uns da eine schöne Reise.«

»Du bist die beste Reiseplanerin der Welt! Und dein Wissen über gutes Recherchematerial ist mehr als Gold wert. Das ist einen ganzen Regenbogen wert! Liebste Sophie, ich danke dir von Herzen.«

* * *

Ein Dreivierteljahr später
Falun, Zentralpalast, Sommer 1904

Alfred Dalin zwirbelte mit Daumen und Zeigefinger seinen weißen, prächtigen Schnurrbart und musterte die Bücher in Selmas Arbeitszimmer, die sich in schön geschnitzten Holzregalen an der hinteren Wand als Bibliothek präsentierten. Davor wartete ein bequemer Schaukelstuhl auf potenzielle Leser, und Herr Dalin sah so aus, als ob er das ernsthaft in Betrachtung zöge. Sich einfach schaukelnderweise in einen der vielen Buchschätze zu vertiefen. Zudem lagen auf dem Boden und den beiden Tischen weitere Bücher, manche waren aufgeschlagen, in anderen steckten Zettel, man musste sich also nur bücken und konnte sich eines aussuchen.

»Alfred, wollen Sie oder nicht?«, sagte Selma lächelnd. »Alfred, kommen Sie schon.«

Der Oberlehrer schenkte dem Schaukelstuhl, der Palme, den Bildern an den Wänden, den Büchern einen langen Blick und folgte dann seufzend Selma, die ihn auf einen Balkon lockte.

»Kaffee?«, damit goss sie ihm eine Tasse ein und schob ihm zwei Teller hin, die mit selbst gebackenen Leckereien der Köchin bestückt waren.

Aber ihr Besuch zögerte, schaute auf die Menschen hinunter, die in aller Gemütlichkeit über den Marktplatz schlenderten. »Schön haben Sie es hier ...«, seine Stimme rutschte ein paar Nuancen tiefer. »Und schön, dass Sie letztes Jahr noch Zeit gefunden haben, *Herrn Arnes Schatz* herauszubringen.« Mit dem nächsten Blick streifte er Selmas Gesicht. »Sitzen Sie denn jetzt eigentlich ausschließlich an dem Schulbuch?«

Mit einem lauten Klirren rührte Selma in ihrer Tasse herum. »Ich habe schon viel recherchiert, und es steht ja eine weitere Reise an. Nach Norrland. Mit Frau Elkan, meiner Reisekameradin.«

»Aha. Mhm ... Norrland muss wunderschön sein, ich beneide Sie um diese Reise. Ich finde übrigens, dass wir dort das Schulbuch starten lassen sollten. Im Norden, um dann von oben nach unten das Land aufzurollen. Haben Sie denn ausreichend Sagen zugeschickt bekommen, oder brauchen Sie noch etwas?«

Selma schluckte. Sie musste einfach wissen, wie weit sie gehen konnte. »Wissen Sie, lieber Herr Dalin, so einer armen Künstlerin wie mir kann man nicht so einfach befehlen, wann die Inspiration über sie kommen muss.«

Dalin ließ vor Schreck fast die Tasse fallen, die er gerade zum Mund führen wollte. »Was ... was ... aber wie?«

»Ich muss das fühlen«, Selma beugte sich nach vorne und kniff ihm in den Oberschenkel. »So in etwa. Die Geschichte sucht mich aus und wird mich treffen, wie ein Kniff des Schicksals. Sonst schreibe ich schlechtere Geschichten als jedes Schulkind. Ich kann nicht einfach die Sagen anderer aneinanderreihen und dazwischen ein bisschen mit Sachkunde schmücken. Das bin nicht ich, und das lebt auch nicht. Ich suche nach etwas, was sich wie ein roter Faden durch alle Teile hindurchzieht. Einfach nur kurze Geschichten und Informationen aneinanderzureihen, das liegt mir nicht.«

»Aber das bleibt dann bei zweihundert oder zweihundertfünfzig Seiten?«

»Ich weiß es nicht, aber ich halte das für fragwürdig, wenn man sieht, dass wir alleine vierundzwanzig Landschaften in Schweden haben, die ich skizzieren und vor allem lesbar machen soll. Für Kinder!« Selma schob den einen Teller mit dem Gebäck so weit in seine Richtung, dass dieser mit einem *Klink* an die Untertasse stieß. Dalin griff automatisch zu und hielt ein süßlich duftendes Stückchen wie einen Schutzschild vor seinen Mund. »Aber das sind ja immerhin noch zehn Seiten pro Landschaft.«

»Ich sage ja nicht, dass es ausgeschlossen ist. Warten wir mal ab. Und noch mal zu den anderen Vorgaben: Ich bevorzuge es, alleine zu arbeiten.«

Herr Dalin fasste das Gebäckstück so fest an, dass die marmeladige Füllung heraustropfte und den Daumenballen hinunterrann. »Abwarten? Und … ähm …alleine? Wir hatten doch besprochen, dass es, wie bei dem norwegischen Lesebuch, sachkundige Begleitung gibt. Von einigen sachkundigen Begleitern.«

Selma schüttelte den Kopf.

»Einer Pädagogin wenigstens?«

Selma schüttelte wieder den Kopf.

»Aber die enge Zusammenarbeit mit Fridtjuv Berg und Emil Hammarlund ist doch genehm?«

Selma verzog ihr Gesicht zu einem betrüblichen Ausdruck. »Nein, tut mir leid. Ich muss die gesamte Verantwortung auf meinen Schultern fühlen, sonst kann ich mich nicht richtig auf die Arbeit einlassen. Das hat was mit meiner Psyche zu tun, und das mit der Psychologie ist so eine Sache, sie wirkt, ob man dran glaubt oder nicht. Ich bevorzuge es, nur mit einer Person eng zusammenzuarbeiten, da fällt es leichter, demjenigen Vertrauen zu schenken – und das sind ja Sie. Auf Sie kann und will ich nicht verzichten. Ich hätte da gleich noch ein paar Fragen.«

Dalin ließ das Gebäckstück auf die Tischdecke sinken, ohne hineingebissen zu haben.

Selma fuhr fort: »Ich wüsste gerne, wie es um den Vertrag steht, die Gewinnbeteiligung, ob Sie mir versprechen können, dass niemand anders ein Schulbuch zeitgleich herausbringt, vor allem Sie als Verein sollten damit niemanden parallel beauftragen, und darf ich das Material der Lehrer frei verwenden?«

Während Dalin die Fragen beantwortete, so gut er es vermochte, erschien das Dienstmädchen, das kurz darauf Valborg auf den Balkon begleitete. Valborg begrüßte Alfred Dalin wie einen alten Bekannten, und es dauerte nur Sekunden, bis sich beide in einem Gespräch über das pädagogische Umfeld und über die Rechtschreibreform, die der schwedischen Sprache die Endungen einiger Verbformen stahl, befanden. Mitten im Erzählschwung kam Valborg auf Selmas neuestes Projekt zu sprechen, das diese wohlweislich nicht erwähnt hatte. »… Erzählungen von ihrer Großmutter fließen mit ein sowie Sagen aus Palästina. Das muss fürwahr ein gottgeliebtes Land sein trotz Wüsten. Aber da sprudeln bestimmt auch Quellen, und da gibt es doch sicherlich Oasen mit Palmen.«

Dalin schaute Selma mit zusammengekniffenen Augen an. »So, so. Da sprudelt also aus dem kargen Boden noch ein weiteres Buch heraus.«

Selma biss sich auf die Lippe und sagte: »Wenn man hier an einem Ort lebt, mit der Schwester, Mutter, Tante und dem eigenen Kindermädchen, da drängen sich die alten Geschichten ja förmlich auf. Von ausgemusterten Soldaten, armen Bettlern und Wichteln und Geistern. Manchmal sitzt meine Großmutter an meinem Bett, gebückt, weißhaarig und Strümpfe strickend, und erzählt mir die Weihnachtsgeschichte. Dann bin ich mir nicht sicher, ob ich träume oder wache. Wahrscheinlich befinde ich mich in der Zwischenwelt, denn sobald die Morgenröte meine Augenlider wach küsst, flüstert sie mir zu: ›Und das alles ist so wahr, wie dass ich dich sehe und du mich siehst.‹ Damit hat sie schon früher immer ihre Geschichten beendet. Glauben Sie eigentlich an Geister?«

Mit einem verblüfften und zögerlichen »Ich … ich weiß nicht« pflückte sich der Gast einen Butterkeks vom Teller.

»Schöpferisch würde ich die Atmosphäre hier beschreiben. Schöpferisch und ergiebig, was auch dem Schulbuch zuträglich ist. Wenn nur nicht immer so viel Betrieb wäre«, fügte Selma hinzu und blickte zur Tür, an der die weiße Gardine sich hin und her bewegte wie eine unruhige Gestalt.

Die Gesichtsfarbe von Dalin wurde käsig. Valborg stand auf und schloss die Tür. »Die Geister, die hier hereindürfen, die rufen wir immer noch selbst.«

»Walle, walle manche Strecke, dass zum Zwecke Wasser fließe und mit reichem vollem Schwalle, zu dem Bade sich ergieße. Valborg, wir müssen unbedingt mal ans Meer fahren.«

»Vielleicht sogar mit einem Automobil?«, fragte Valborg und zwinkerte Dalin zu. »Von der modernen Technik kann man nämlich Fräulein Lagerlöf auch nicht abhalten, genauso wenig wie von Goethe oder den Geistern.«

»Ein Automobil?«, wiederholte Dalin und gewann etwas an Farbe zurück. »Mit Dampfkraft oder Verbrennungsmotor?«

Die beiden Frauen zuckten mit den Schultern, und Dalin meinte: »Das ist ja auch egal, das würde Ihnen so oder so sicherlich stehen. Sicherlich!«

Fast gleichzeitig hoben alle drei ihre Tassen in die Höhe und tranken einen Schluck Kaffee. Mit einem Seufzen sagte Valborg: »Mal schauen, ob uns dazu auch Zeit bleibt. Mit der aktuellen angespannten Situation. Mit Norwegen und Schweden. Die einen wetzen bereits die Kriegssäbel, während die anderen auf Verhandlungen setzen.«

Nach einer Pause meinte Selma: »Mir macht das sehr viel Angst. Warum muss so viel Leid über unschuldige Menschen gebracht werden, Tot und Verderben, nur weil Norwegen frei werden will? Schweden hat seinen Stolz und Norwegen den seinen. Gut, dass es

Männer wie Karl Warburg gibt, die im Parlament sitzen und noch geradeaus denken können. Ich verstehe unser Nachbarland, ich will auch nicht von Fremden rumkommandiert werden. Nicht, wenn man selbst alles daransetzt, zu wachsen und zu reifen und ein eigenes Herz hat und das Volk seine Seele.«

Valborg lächelte. »Liebe Selma, von wem oder was redest du jetzt?«

»Natürlich von allem. Von der Welt und von mir.«

»Warum bist ausgerechnet Du neidisch auf andere? Du bist für mich das Strahlen meiner Sonne, ohne Dich müsste ich in einem dunklen Loch verharren und alle anderen Menschen verachten und meiden. An dem Glück, Dich lieben zu können, hangle ich mich entlang, ertrage das zurückgezogene Schreibnomadentum. Durch Dich ertrage ich die schwarzen Momente, die sich auf meinem Lebensblatt ansammeln, Du lehrst mich, zufrieden zu sein, mit dem, was ich habe. Das zu schätzen, was ich erreicht habe. Und Du musst wissen, dass Du mir zustehst. Mir alleine!«

Selma in einem Brief an Valborg

Kapitel 9

EINE WUNDERBARE REISE

Eine Woche später
Auf dem Weg nach Narvik, Juni 1904

Selbst der Zug machte hier oben, im hohen Norden des Landes, ein anderes Geräusch. Als ob die Schienen in Moos eingepackt wären und die Räder darüberschnurrten, wie Maikäfer mit ihren Flügeln brummten.

»Selma, Liebes, an was denkst du gerade? Und was hast du denn damit gemeint?« Sophie zupfte an Selmas Ärmel.

Selma lächelte. Seitdem sie vor einem Monat ihre Novellensammlung *Christuslegenden* abgegeben hatte, war ihr Kopf endlich wieder frei. Er funktionierte wie ein kaputter Fahrradreifen; die Luft musste zunächst komplett raus, um ihn flicken zu können, bevor er Neues aufnehmen konnte.

»Überall ist es so grün. In einem gesättigten Grün. Und dann noch diese blühende Pracht der Weißdornhecken. Warum zieren diese Pflanzen eigentlich die Feldränder, was bringt das den Bauern für Vorteile? Und wusstest du, dass auch der Weißdorn zu den Rosengewächsen zählt? Ich habe doch Ruth vor ein paar Wochen getroffen. Meine alte Schülerin hat ihre Leidenschaft zum Beruf gemacht und ist Gärtnerin geworden. Sie hat mich auf diese kleine Blume aufmerksam gemacht.« Selma schaute kurz aus dem Fenster auf ein Waldgebiet, an dem sie gerade vorbeifuhren. »Mit Riesen könnte ich es hier starten lassen. Mit Riesen, die diese riesenhafte Landschaft erbaut haben. So weitläufige Wälder, gewaltige Flüsse und das Gebirge, Sophie, hättest du das hier so mächtig, so gigantisch erwartet?«

Sophie schüttelte den Kopf, als ob diese Frage gerade ihre Gedanken stören würde, und fragte: »Und was hat das jetzt mit diesem

Nick-Carter-Fieber auf sich? Was meintest du denn mit: dagegen willst du anschreiben?«

Selma blickte wieder aus dem Fenster und seufzte. »Ich will wirklich nicht diese Goldmedaille bekommen. Wirklich nicht. Ich vermute, dass dieser unsägliche Wirsén dahintersteckt.«

»Deine Gedanken springen heute schneller als jeder Hase im Zickzackkurs.«

Ein erneuter Seufzer drang aus den tiefsten Tiefen von Selmas Brust. »Man munkelt doch, dass ich die Goldmedaille der Schwedischen Akademie bekommen soll. Dann hätte Wirsén eine gute Ausrede, mir den Nobelpreis nicht zu geben.«

»Aber Selma, Wirsén würde sich doch eher jedes einzelne Haar rausreißen, bevor er dir auch nur den Krümel einer Medaille gönnen würde. Und selbst wenn diese aus Kuhmist wäre. Jetzt haben Nobels Erben nach dessen Tod fünf Jahre gebraucht, bis 1901 zum ersten Mal ein Nobelpreis verliehen wurde, dann kannst du auch noch mal etwas warten. Du weißt ja, an welcher Stelle die Frauen gesehen werden. Und da hilft es nicht, dass in der Schwedischen Akademie nur Männer sitzen. Selbst wenn mein Freund Karl Warburg dort als Referent arbeitet.«

Selma grinste. »Sieben Millionen Kronen, war das nicht die Summe, die man zu der Ehre dazubekäme? Was man damit alles kaufen könnte!«

»Für ein Stück Regenbogen würde es reichen. Sag schon, was meintest du mit dem Nick-Carter-Fieber in Bezug auf das Lesebuch?«

»Man merkt, dass du keine Lehrerinnen in deinem Bekanntenkreis hast. Sonst wüsstest du über diese Schundliteratur in Heftform Bescheid. Meine Zunge verknotet sich bereits, wenn ich in diesem Zusammenhang das Wort Literatur überhaupt benutze. Es geht um einen Detektiv, eben Nick Carter, der in New York ermittelt und sich zwischen Gangstern in den düstersten Ecken der Stadt herumtreibt.«

»Aber Selma, hast du nicht einmal erzählt, dass genau so ein

Abenteuerroman deine Instinkte wach geküsst hatte und du deshalb Schriftstellerin geworden bist? Liegt der nicht in deiner Unterwäscheschublade in Falun?«

Selma lachte. »Ja, das ist aber was ganz anderes. Das ist mein wertvollster Schatz, und da ich davon ausgehe, dass Einbrecher nicht in Unterwäscheschubladen wühlen, ist das der sicherste Ort im Haus. Das Buch heißt *Oceola oder die aufgehende Sonne,* und das kannst du wirklich gar nicht vergleichen. Hierbei ging es um Heldentaten. Um schöne, edle Menschen, gemeine Schurken, Gefahren und Freuden, Glück und Niederlage, Liebe. Eindeutig erkennbares Gut und Böse. Ich war sieben, als ich das las, und plötzlich lag eine ganz neue Welten vor mir, ich wusste bis dahin gar nicht, wie viel Buntes und Duftendes zwischen zwei Buchdeckeln stecken konnte.«

Der Zug war gut gefüllt mit den verschiedensten Menschen. Von ländlich gekleideten Frauen, die Hühner in Käfigen transportierten, über laut schwatzende Familien, adrett gekleidete junge Mädchen bis hin zu alten Männern, denen die weißen Haare aus den Ohren quollen wie Unkraut. Es gab wohl keine Sekunde, in der nicht aus irgendeinem der Münder ein Ton hervorkam. Die Zugflaneure bildeten ein ganz eigenes Perpetuum mobile von Melodik. Die Sprachmelodie hatte sich geändert, und viele eigenartig klingende Worte verkündeten die Nähe zu Finnland, und dass in einsamen Gegenden die Dialekte wild wucherten. Wilder noch als die Ohrbehaarung.

Gegenüber von ihnen saß ein Mann mit sauber geputzten, schwarz glänzenden Schuhen und einem staubfreien Hut auf dem Kopf. Viel mehr war von ihm auch nicht zu sehen, da er vor sich eine aufgeschlagene Zeitung hielt, die immer wieder laut raschelte, wenn er umblätterte. Auf der Titelseite stand in großen Lettern zu lesen: *Generalgouverneur von Finnland – Nikolai Iwanowitsch Bobrikow – ermordet. Er erlag den schweren Schussverletzungen.*

Selma seufzte. »Gegen diese Gewalt in der Welt und diesen Nick-Carter-Detektivschund will ich mein Schulbuch setzen.«

Sophie zog die Augenbrauen hoch. »Und was ist denn jetzt der große Unterschied? Detektiv hört sich ja erst mal spannend an.«

»Es geht darum, dass bei Carter Kindern vorgegaukelt wird, dass es sich lohnt, Gangster zu werden.«

Sophie lachte.

»Ja, du lachst, aber ich habe mir extra ein Exemplar besorgt, das war *En svart spets*. Du kannst dir vorstellen, wie komisch meine Mutter geschaut hatte, als das zwischen meinen Büchern auf dem Tisch lag. Jetzt kannst du lachen.« Selma machte eine kurze Pause und rümpfte die Nase. »Stellenweise scheint es eher eine Gebrauchsanweisung dafür zu sein, dem Laster zu verfallen. Das Verbrechen und die Bösen werden zwar bekämpft, aber auf eine Weise, die die Kinder davon fasziniert zurücklässt. Und auf der Heftrückseite gibt es eine Auflistung der Verbrecherstatistik von New York, was eher einem Wettbewerb und Einstellungsverfahren gleicht. Das Wort Moral nehme ich hier nicht einmal in den Mund. Und dieser Nick ist so unrealistisch dargestellt, zwar charmant, athletisch, spricht so gut wie alle Sprachen der Welt, aber seine Fälle, die löst er eigentlich eher mit den Fäusten als mit dem Verstand.«

»Vielleicht ist das auch gut so.«

Selma schaute ihre Freundin verblüfft an.

Sophie musterte Selma. »Da die Männer den Bereich mit der Körperstärke nun mal für sich gesichert haben, bleibt uns immerhin der Bereich des Intellekts. Auf einem Gebiet müssen wir sie ja auch übertrumpfen.«

Draußen hatten die Wälder ihre Reihen geschlossen, und dunkles Grün zog an dem Fenster vorbei wie eine Wand. Ein undurchdringlicher Dschungel voller Geheimnisse. Ein Tuten ertönte, und Sophie schien sich in Sekundenschnelle selbst in ein zappeliges Schulkind zu verwandeln. »Komm schnell Selma, gleich sind wir da. In Gällivare!«

* * *

»Gällivare«, Selma zog den Schal höher, sodass er das Kinn bedeckte. »Man könnte meinen, wir machen eine Mondwanderung, so fremd ist das alles hier.«

»Fremd?«, wiederholte Sophie. »Faszinierend trifft es wohl eher. Von hier ist es ein Katzensprung nach Finnland und auch zum Polarkreis. Wie viele Wissenschaftler waren wohl schon vor uns an diesem Ort und haben Ausrüstungsgegenstände zusammengesucht? Vielleicht sind einige auch über die Mitternachtssonne wahnsinnig geworden, die in diesen Tagen ja nie wirklich untergeht.«

Die beiden Frauen hatten den kleinen dunkelbraunen Holzbahnhof mit den tiefroten Fensterrahmen und gezackten Zierleisten hinter sich gelassen. Vor ihnen lag eine Brücke, die sie über einen breiten Fluss in das Stadtgebiet *Andra Sidan,* was so viel hieß wie *Die andere Seite,* brachte. Ein ehemaliges Kinderheim, in dem sich nun ein Hotel befand, bot ihnen für die nächsten Nächte eine Bleibe. Und einige Meilen weiter ragte ein Berg in die Höhe, auf dem noch helle Schneestreifen schimmerten.

»Das ist der Dundret«, sagte Sophie und gähnte. »Aber frag mich morgen lieber nach den genauen Daten. Ich brauche jetzt erst einmal etwas Warmes in meinem Magen und etwas Weiches unter meinem Kopf. Du kannst ja schon mal in dein Notizbuch die Anzahl der Rentiere, Bären, Elche und Seen notieren, denen wir auf dieser Fahrt begegnet sind.«

Selma knuffte ihre Freundin liebevoll in die Seite. »Sei froh, dass ich selbst so müde bin, sonst würde ich dich hier den Berg raufjagen! Dann hast du deine verrückten Wissenschaftler.«

* * *

»Die Grubenfelder und Erzbergwerke sind hier das Herz der Gegend.« Selma saß mit Sophie beim Frühstück und blätterte durch eins ihrer Notizbücher. »Die Landschaft ist mal wieder einzigartig, aber ich finde, dass man dieses Leben auf einem Erzberg auf jeden

Fall herausstellen muss. Ich kenn das ja schon ganz gut dank Falun, dort hat man seit dem Mittelalter Bergwerke gegraben. Allerdings ist es hier der Kupferbergbau, der tiefe Schneisen in das Gelände zieht. Sagte nicht Linné, dass Falun das größte Wunder Schwedens sei, aber furchtbar wie die Hölle selbst?«

Sophie lächelte. »*Das Leben auf einem Erzberg*. Das könnte auch der Titel für eine Erzählung sein. Lass uns doch später dem Inspektor einen Besuch abstatten, vielleicht hat er gerade Zeit für uns, und wir können ihm Fragen stellen für deinen Roman.«

»Ich soll fragen, meinst du wohl.« Selma klappte lachend ihr Büchlein zu und drohte Sophie mit dem Finger. »Ich dachte, dass sich deine Schüchternheit mit den Jahren legen wird.«

»Hast du mich jemals eine Lesung machen hören? Nein? Nun, das wirst du wohl auch nicht in Zukunft.« Sophie lächelte und schaute aus den großen Fenstern hinüber zur Stadt. »Es reicht, wenn du diejenige bist, deren Vortrag die Leute begeistert. Manchmal wäre ich gerne ein bisschen wie du.«

Selma ergriff ihre Hand und wartete, bis sich ihre Blicke trafen. »Sophie, du bist mein Glücksstern. Du hast mich gelehrt, frei zu sein.«

Ein paar Stunden später saßen die beiden Frauen in der prachtvollen Holzvilla des Inspektor Boséus, die mit Türmchen und Erkern verziert war, im Nachbarort Malmberget, der nur einen Katzensprung von Gällivare entfernt war. Der Inspektor erzählte: »Gällivare und Malmberget sind eigentlich eins, aber es zieht sich eine Grube als Trennlinie dazwischen hindurch. Eine Grube mit unserem größten Schatz hier: dem Eisenerz. Und da der Ort Malmberget quasi auf Erz gebaut ist, müssen immer wieder Häuser abgerissen werden, um darunter graben zu können. Dann bauen wir an anderen Stellen neue Häuser auf, meistens drüben in Gällivare. Ein ständiges Hin und Her. Meine Damen, darf ich Ihnen die Grube und die Anlagen zeigen?«

Während Herr Boséus schwungvoll vorauslief, hängte sich Selma in seinen Windschatten, um keine der Informationen zu verpassen, die er so nebenbei von sich gab. Dass erst der ganze Erzabbau so richtig in Gang gekommen war, nachdem die Eisenbahn auch das Erz in großen Mengen abtransportieren konnte. Das ging aber nur in Richtung Norwegen, hoch nach Narvik, da es da einen eisfreien Hafen gab. 1898 wurde das vom schwedischen Parlament beschlossen, und 1902 fuhren die ersten Züge, und im Juli 1903 wurde die Strecke offiziell von König Oskar II. eröffnet.

Der Inspektor erzählte weiter: »Und dabei gab es richtig heftige Probleme, die Schienen von Riksgränsen aus auf dem Rücken des kaledonischen Gebirgszuges bis zum Ofotfjord zu bauen. Stellen Sie sich vor, da gibt es auf vierzig Kilometern Bahnstrecke einen Höhenunterschied von über fünfhundert Metern. Als ob wir Menschen von den Gämsen abstammen würden. Aber sie haben es geschafft, die Strecke ist einzigartig.« Der Inspektor eilte an kleinen roten Hütten vorbei, vor denen Frauen und Kinder spielten, die ihm freundlich zunickten.

Sophie flüsterte: »Was ist denn bitte der kaledonische Dingens?«

Selma zuckte mit den Schultern, beeilte sich aber, wieder Anschluss zu finden.

Herr Boséus blieb am Rand der Grube stehen, er schien irgendeinen Punkt tief unter ihnen zu fixieren. »Und dann kamen sie, mehrere Tausend arbeitswütige Menschen. Arbeit war genug da, aber keine Häuser, die mussten sie sich dann selbst schaffen. Einige zimmerten sich Hütten aus unbehauenen Balken, andere wohnten in Schuppen, die sie sich aus Kisten und leeren Dynamitbehältern bauten. Ein bunt zusammengewürfeltes Städtchen, nicht wahr? Steht ganz schön in Kontrast zu den großen, mit Schnitzereien verzierten Villen der Ingenieure und Inspektoren. Na ja, immerhin gibt es hier elektrisches Licht, und wir haben es geschafft, den Gestank zu reduzieren. Durch den ganzen vergammelnden Hausmüll, der hier einfach in den Schlamm zwischen die Häuser geworfen wurde, konnte man in den Sommermonaten fast nicht atmen. Aber die großen Maschinenhäuser sehen recht beeindruckend aus, oder?«

»Ja!« Selma sog den Lärm, den Dampf, der aus den Feuern der Maschinenhäuser herwehte, und die fahlen Farben der Umgebung in sich auf. »Ich hätte erwartet, dass eine Erzgrube als Stollen in einen Berg hineingetrieben wird. Also nicht nach unten in die Erde.«

Der Inspektor verzog seinen Mund. »Nein, aber dann freue ich mich, wenn ich Ihnen dabei helfen konnte, Missverständnisse aufzuklären. Fräulein Lagerlöf, was wollen Sie denn darüber schreiben? Eine Sammlung von Märchen für die Schule? Da könnte ich Ihnen …« Ein Arbeiter kam herbeigestürmt und verwickelte ihn in ein lautstarkes Gespräch über eine anstehende Sprengung.

»Das sieht aus wie eine Wunde«, flüsterte Selma Sophie zu und schaute runter in die Tiefe. »Die Erde wurde hier gewaltsam aufgerissen, um ihr das Innerste herauszureißen.«

Ein Sprengschuss ließ die beiden zusammenzucken, und Sophie klammerte sich an Selmas Arm.

Der Inspektor trat zu ihnen und lachte. »Das hört man schon gar nicht mehr, wenn man hier täglich arbeitet.«

Eine Staubwolke erhob sich wie eine frei fliegende Qualle und ließ kleine Steine vereinzelt auf den Boden prasseln.

Selma streichelte Sophies Hand und sagte: »Muss da nicht jeder Arbeiter jeden Augenblick damit rechnen, von einem umherfliegenden Stein oder einem herabrollenden Felsblock getroffen zu werden?«

Herr Boséus tippte sich auf den Arbeitshelm. »Keine Angst, meine Damen, ich bin ja bei Ihnen.«

Am nächsten Tag saßen die beiden Frauen wieder im Zug, der sie weiter nach Norden brachte und mit der Bezeichnung Erzbahn darauf hinwies, dass die gesamte Zugstrecke überhaupt nur existierte, weil das Erz weitertransportiert werden musste. Der Zug ruckelte und schaukelte an einigen Stellen, aber Selma und Sophie lauschten der Erzählung einer älteren Frau, die ihnen gegenübersaß. Sie trug eine einfache weiße Bluse mit einer Jacke darüber, einen gestreiften langen Rock und eine Schürze. Ihre Hände sahen aus, als ob sie viele Jahre ihres Lebens harte Arbeit gekannt hätten. Mit leiser Stimme erzählte sie. »Wir heißen ja erst seit ein paar Jahren Kiruna. Davor nannte sich die Stadt Luossavaara. Das war den Herren Inspektoren wohl zu umständlich. Und Kiruna ist ja tatsächlich meistens weiß.«

Auf die fragenden Blicke der beiden Freundinnen hin fuhr sie fort. »Schneehuhn ist die Übersetzung und geht wohl auf die Lappen zurück. Die leben ja noch dort am See. Alle konnte die Regierung bis jetzt nicht vertreiben. Alle noch nicht.« Damit schloss sie die Augen, und ihr Kopf sank auf die Brust, wo er sich regelmäßig im Rhythmus des Atmens hob und senkte.

Selma blickte aus dem Zugfenster. Unendliche Sümpfe, Wälder, die einfach nicht mehr aufhören wollten, Seen, die sich wie blaue Punkte auf einer Kette aneinanderreihten, und Flüsse, die so reißerisch dahergestürmt kamen, dass man sich fühlte, als ob man mitten in der Entstehungsgeschichte der schwedischen Sagenwelt steckte. Selma flüsterte Sophie zu, um die Alte nicht aufzuwecken. »So schön!«

Sophie nickte. »So echt!«

Ihre Hände fanden sich, wurden zum wärmsten Punkt an ihren Körpern, die Finger verschränkten sich und schlossen den Kreislauf.

Der Zug näherte sich schwer schnaufend der Stadt und hielt dort an einem Bahnhof. Nicht weit von einem kleinen See, der zwischen zwei erzhaltigen Bergen lag. Etwas weiter entfernt, am linken Ufer des Sees, standen etliche Zelte, zwischen denen Rentiere angebunden waren.

Die alte Frau erwachte beim letzten Ruck der Eisenbahn und zeigte zu den Tieren. »Das ist das Lager der Lappen, nette Menschen. Durchaus. Gutes Rentierfleisch.« Sie nickte den beiden zu, umschloss die Henkel ihrer Taschen und stieg aus.

»Was ist das denn?« Selma hatte sich mit Sophie ebenfalls aus dem Zug herausgeschoben und schaute verwundert auf einen kleinen, ausgebauten Holzwagen mit großen Rädern und Dach, der Massen an Schuhen zum Verkauf anbot.

»Das ist unser fliegender Händler«, sagte eine Stimme neben ihnen. Ein junger Mann mit hellblauen Augen deutete eine Verbeugung an und streckte seine Hände nach den Koffern aus. »Fräulein Lagerlöf und Frau Elkan, nehme ich an? Ich darf Sie zu Ihrer Unterkunft begleiten. Weit haben wir es hier ja nicht.«

Kiruna war eine recht junge Stadt und viel kleiner als Gällivare, doch standen zwischen gemütlichen behaglichen Häusern auch grob zusammengezimmerte Bretterbuden, wie sie die beiden bereits kannten.

»Vor Kurzem wurde das erste Kind hier geboren, es heißt wie die Stadt nun Kiruna Söderberg, wie auch sonst. Ich sag immer: Hauptsache gesund. So, da wären wir.«

Der Bahnhof fungierte auch gleichzeitig als Unterkunft, recht schlicht, aber die beiden Frauen waren durch ihre Reisen genügsam geworden.

»Wie schade, dass Sie ausgerechnet jetzt hier sind. Zur Mittsommernachtszeit kann man das Nordlicht nicht sehen. Dafür ist es jetzt natürlich viel zu hell. Immerhin können Sie mit Recht behaupten, in der nördlichsten Stadt Schwedens gewesen zu sein, das ist ja immerhin auch mal was, oder? Übrigens gibt es heute zum Abendessen geräuchertes Rentiersteak, ich hoffe, Sie mögen das. Und Moltebeeren habe ich noch, aber das kennen Sie sicherlich schon, oder? Aber in Ihrem Zuhause, also genau hier, schmecken sie bestimmt besser. Bestimmt! Glauben Sie mir.« Der junge Mann verabschiedete sich und eilte aus dem Bahnhofsgebäude.

»Wer war das denn?«, fragte Selma.

Sophie zuckte mit den Schultern. »Woher soll ich das wissen? Aber immerhin hat er uns zu den weichen Betten gebracht, und er erzählte was von Essen. Ich finde, du solltest ihn heiraten.«

Selma lachte und folgte ihrer Freundin, die in das spartanisch eingerichtete Gästezimmer eintrat und sich mit einem Seufzer theatralisch auf die Matratze fallen ließ. »Hier kann ich die nächsten Stunden bis zum Essen gerne bleiben.«

Mit einem weiteren Lachen beugte sich Selma über sie, gab ihr einen Kuss und kuschelte sich daneben. »Etwas Zeit haben wir ja noch. Reden oder dösen?«

»Dösen.«

Die beiden Frauen hatten sogar noch so viel Zeit, um einen Spaziergang zu machen. Auf den Dächern von einigen Hütten lag Rentierfleisch zum Trocknen ausgebreitet, aber Selma hatte eine Gestalt entdeckt, die ihre ganze Aufmerksamkeit beanspruchte: Zwei Lappen standen da und leuchteten. Zumindest die Kleidung tat das. Es waren ein älterer Mann und ein junges Mädchen, vielleicht dreizehn oder vierzehn Jahre jung. Die beiden standen mit einem weiteren Mann dort und diskutierten. Der ältere Mann trug eine Hose und Oberteil, das an der Hüfte zusammengeschnürt war, beides in einem tiefblauen Ton, aber die eingesetzten Streifen auf der Brust, an den Schultern und am Saum von Ärmeln und Bund knallten rot und leuchtend orange hervor. Auch die Mütze hatte die gleichen Farben. Die Kleidung des Mädchens ebenfalls, nur trug sie einen langen Rock und eine Art Haube auf dem Kopf. Selma ging langsam in die Richtung, wartete, bis das Gespräch beendet war, und fragte: »Haben Sie etwas Zeit für mich? Bitte!«

Auf dem wettergegerbten Gesicht des Mannes lieferten sich die Falten einen kleinen Wettkampf, bis sie sich auf einen freundlichen Ausdruck einigten, und er nickte. »Sie können mich ja ein Stück des Weges begleiten. Sie sind nicht von hier.«

Er sprach mit einer eigenartig klingenden Melodie, und Selma musste etwas schneller laufen, um Schritt halten zu können, was sie zu einem Humpeln brachte. Das Mädchen zog den älteren Mann am Ärmel, bis dieser stehen blieb.

Er fragte: »Was wollen Sie denn?«

»Ich würde gerne etwas über Sie erfahren, wissen Sie, ich bin Autorin und schreibe gerade ein Buch über Schweden.«

»Dann gehören wir da nicht hinein, wir sind ja keine Schweden«, er drehte sich um und lief weiter, ließ die Häuser Kirunas schon hinter sich, aber das Mädchen hielt ihn wieder durch das Zupfen auf.

Selma blickte hinüber zur Lappensiedlung und sah Rauch aus den Öffnungen der Koten steigen. »Ich finde, dass Schweden Sie ganz unbedingt braucht.«

Der Lappe schien sie jetzt überhaupt erst wahrzunehmen. Er studierte ihr Gesicht, verzog seinen Mund zu einem freundlicheren Ausdruck und stellte sich in eine bequeme Pose. »Wenn Sie etwas über uns wissen wollen, dann hören Sie mal hier hin.« Damit nickte er dem Mädchen zu.

Dieses strahlte über das ganze Gesicht und studierte Selma und Sophie, als wären es zwei neuartige Tierwesen. Das Wasser des Sees plätscherte, Vogelrufe durchzogen den Himmel, aus der Stadt kamen Hammer- und kräftige Schlaggeräusche. An der einen Seite des einen Berges wurde Erz abgetragen, was mit einer ganzen Komposition an Lärm Hand in Hand ging, dieser vermischte sich mit fernem Hundegebell und gelegentlichen Sprenggeräuschen. Ein leises Summen schob sich dazwischen. Das Mädchen bewegte den Oberkörper sanft von der einen zur anderen Seite und fing an zu singen. Es waren aneinandergereihte Laute, die sich anhörten wie ein langsames »Heiladilada-Heiladiaa, Lajialaadilololo«, mit aufsteigender und fallender Tonhöhe. Lautstärke und Rhythmus wechselten, die Silben vermischten sich mit einzelnen Wörtern, die allerdings in einer Sprache waren, die Selma nicht verstand. »Vuoi ilo, vuoi ilo, du lusa vuolgán, Heiladilada-Heiladiaa, Lajialaadilololo.«

Die Laute flossen direkt hinter Selmas Augen und stießen Fenster auf, von denen sie nicht einmal gewusst hatte, dass sie existierten. Wärme durchfloss Selma, und sie sah zum Lager der Lappen. Zwischen den Zelten bewegten sich die Rentiere, die bunt gekleideten Lappen, Selma sah, wie alles zusammenfloss. Wie der Wald und der See und der Berg mit diesen Menschen verschmolz und daraus ein Klang entstand. Ein Klang, der sich bis hoch zur Mitternachtssonne ausdehnte und dafür sorgte, dass sich die Welt weiterdrehte. Der Klang legte sich um die Natur, damit diese nicht vergaß, dass es auch bald wieder dunkler werden sollte. Eine Sehnsucht erfüllte Selma, eine Liebe zu diesem Land und eine fließende Dankbarkeit. Die Tonhöhe wurde immer höher, bis sie zu einem Jubilieren kam und abrupt abbrach.

Und die goldenen Fäden, die die Töne nach allen Richtungen ausgeworfen hatten, zogen sich auf einen Schlag zurück. Selmas Augen füllten sich mit Tränen, eine große Traurigkeit überkam sie urplötzlich, und eine kalte Hand griff nach ihrem Herzen.

»Jetzt haben Sie genug über uns erfahren«, sagte der Mann, drehte sich um und schritt weiter. Der Wind wehte seine letzten Worte abgehackt herüber. »Sonst können Sie ja in den nächsten Tagen mal bei uns vorbeikommen.«

Das Mädchen wartete.

Selma sagte: »Das war … das war wunderschön, es hat mich sehr berührt.«

Das Mädchen lächelte und deutete einen kleinen Knicks an. »Das war mein Joik für Sie im Heute und Hier. Es hat keinen Anfang und kein Ende, so wie der Wind.« Mit einem weiteren schüchternen Lächeln drehte sie sich um und rannte dem Mann hinterher.

Sophie fasste Selmas Hand. »Manchmal habe ich das Gefühl, dass *du* der Magnet von uns bist.«

Noch lange standen sie da und blickten auf den See, die Wälder und die Berge. Wussten nicht, ob ihr Herz schlug oder die Welt einfach nur laut atmete.

Das Rentierfleisch schmeckte ganz gut, vielleicht hatten die beiden Frauen aber auch nur einen ausgesprochen großen Hunger, die Teller wurden zumindest leerer und leerer.

»Die Lappen?«, fragte der junge Mann mit den hellblauen Augen, der anscheinend Hausmädchen für alles war und ihnen Wasser nachschenkte. »Die Lappenfamilien sind erst vor einem Monat hierhergekommen. Sie haben nicht viel Zeit gebraucht, um ihre

Wohnung in Ordnung zu bringen.« Er lachte. »Die Lappen brauchen weder Felsen zu sprengen, noch müssen sie mauern, um guten und ebenen Baugrund zu schaffen. Ein trockener Platz in der Nähe des Sees reicht, dann noch das Weidengestrüpp weghauen, einige Erdhügel ebnen und die Zeltpfähle tüchtig fest in den Boden rammen. Mit einer Leinwand darüber ist ihr Haus dann schon so gut wie fertig. Mit Fellen und Tannenzweigen auf dem Boden wird es gemütlich, und zum Kochen befestigen sie oben an den Zeltstangen eine eiserne Kette mit einem Kessel, in dem sie ihr Rentierfleisch kochen. Wussten Sie, dass die Lappen die Rentiere komplett verarbeiten? Aus den Sehnen stellen sie Faden her, aus den Fellen werden neben den Kleidern auch Schuhe genäht und aus dem Geweih Kämme und allerlei geschnitztes Gerät. Ich habe manchmal das Gefühl, dass sich die Lappen darüber wundern, dass wir feste Häuser bauen und so einen Aufwand mit dem Erzabbau betreiben, wobei man nur ein Zelt und ein paar Rentiere braucht, um glücklich zu sein. Ich glaube, dass die Lappen sterben würden, wenn man sie zwingen würde, in Steinhäusern zu leben.«

Selma schaute den jungen Mann an. »Sie scheinen älter zu sein, als Sie aussehen.«

Der Mann legte den Kopf schief. »Und Sie scheinen gerne Fragen zu stellen. Aber wir haben hier oben ja Zeit.«

Sophie ließ sich eine zweite Portion auf den Teller geben. »Was können Sie uns denn hier noch empfehlen, Sie scheinen sich ja bestens auszukennen.«

Er presste die Lippen aufeinander. »Mhm … falls Sie noch länger hier sind, würde ich eine Wanderung zum höchsten Berg Schwedens, dem Kebnekaise, vorschlagen, Sie sehen ja noch ganz rüstig aus.«

»Rüstig?«, wiederholte Selma. Als sie aber das spitzbübische Lächeln des Jungen sah, verblasste ihr aufsteigender Ärger. »Wollen wir wetten, dass wir schneller auf der Bergspitze wären als du? Wir hatten nämlich ein paar Jahre mehr Zeit, das Wandern zu üben.«

Der Junge legte wieder seinen Kopf schief und setzte sich zu ihnen.

»Oben in den Lappenbergen ergab es sich, dass vor vielen Jahren ein Wolf umherirrte, er war anders als die anderen, er konnte nicht so schnell rennen, nicht so weit springen und vor allem konnte er kein Ren reißen, er musste das fressen, was die anderen liegen ließen. Dazu müsst ihr wissen, dass es eine Zeit gab, in der einige Menschen sich in Wölfe verwandeln konnten. Im Vorsommer zogen die Lappen nach Finnland, um dort den Winter zu verbringen, und ein Mädchen hielt Wache bei den Rentieren, es hatte einen Kessel aufgesetzt und aß gekochtes Fleisch. Der Wolf begab sich mit ans Feuer, schien aber harmlos, er sperrte nur immer sein Maul auf, wenn das Mädchen etwas aß. So fütterte sie ihn, auch damit er nicht aus Hunger doch noch auf den Gedanken kommen konnte, ein Ren anzufallen. Am nächsten Morgen kam ein hübscher Jüngling, mit einem weißen Fell bekleidet, zu ihr und bedankte sich. Durch ihre Barmherzigkeit hatte er sich nach sechs Jahren wieder zurückverwandelt.«

Selma bedankte sich für die schöne Erzählung, und er fragte: »Ihr seid doch beide Autorinnen, könnt ihr mir sagen, was die Sprache mit den Menschen macht? Die Lappen kennen Hunderte von Ausdrücken für das Rentier, es heißt in jedem Alter anders, das Fell an den Beinen hat eine andere Bezeichnung als das an den Flanken, auch für Schnee und Wasser kennen sie so viele Wörter mehr als wir im Schwedischen.«

Selma und Sophie schauten sich erstaunt an.

Sophie sagte: »Du bist ein schlauer Junge, und ich kann dir da keine Antwort darauf geben. Ich denke allerdings, dass die Wörter, die wir benutzen, die Welt abbilden, in der wir leben.«

Selma lächelte. »Ja, das denke ich auch, je mehr Wörter du vielleicht für Schnee kennst, bedeutet dann, dass du ihn auch vielschichtiger wahrnehmen kannst, mehr Details, leichte Veränderungen. Vielleicht drückt es auch nur eine besonders innige Liebe und Beobachtungsgabe aus?«

Der Junge nickte zufrieden und stand auf.

»Woher weißt du denn so viel über die Lappen?«, fragte Sophie.

Der Junge schaute sich um, aber sie waren die einzigen Menschen im Raum. »Meine Oma stammt von ihnen ab. Wenn die Lappen nicht so schlecht behandelt werden würden, könnte ich sogar stolz drauf sein. Aber so schweigt man besser darüber. Seit fast zwanzig Jahren ist es uns in einigen Gegenden verboten, unsere eigene Sprache zu sprechen, unser traditioneller Gesang wird als Teufelszeug abgetan, und an anderen Orten werden wir nicht nur ausgegrenzt, sondern wie minderwertige Menschen behandelt.«

Abends lagen die beiden in ihren Betten, Selma blickte aus dem Fenster. Taghell …

»Sophie, kannst du auch nicht schlafen?«

»Doch, du bist nur bereits in meinem Traum und sprichst zu mir … Was beschäftigt dich, Liebes?«

»Wie soll ich diese ganzen Geschichten und Informationen nur in so ein kleines Schulbuch bekommen? Ich denke, dass eine gute Allgemeinbildung die Klassenunterschiede durchaus verringern könnte. Aber vor lauter Sagen ist da doch gar kein Platz mehr für all das andere. Wusstest du, dass die Flechten pro Jahr nur einen Millimeter wachsen? Das habe ich aus einem dieser Tausend Bücher, die sich bei mir zu Hause stapeln und sich mit der schwedischen Natur befassen. Dann habe ich noch mal etwa tausend über die Tiere. Manchmal würde ich am liebsten alles verbrennen und einfach irgendwas ganz anderes machen. Und zu der Lappensiedlung müssen wir auf jeden Fall, ich will sehen, wie sie sich kleiden und was sie dort selbst herstellen. Sophie … Sophie?«

Ein ruhiges, leises Schnarchen verkündete, dass die Freundin die Grenze zum Traumland erfolgreich überwunden hatte.

* * *

Das Rattern des Zuges schien ein Teil ihres Lebens geworden zu sein. Es trieb sie vorwärts, auch in ihren Gedanken.

Aus ausladenden Wäldern waren einzelne Birken geworden, und die hohen Berge ringsum waren schneebedeckt. Ein Tunnel wechselte sich mit dem nächsten ab, Rentiere tauchten als zahlreiche Punkte am Wegesrand auf, und eine Biegung jagte die nächste Kurve. Fast wären Selma über ihrem Notizbuch die Augen zugefallen, als sie vor sich Narvik auftauchen sah. Sie sog tief Luft ein und atmete laut aus, es tat gut, den Ofotfjord zu sehen, alleine der Blick auf Wasser befreite sofort.

»Sophie, weißt du, was mich bei dem Gesang des Mädchens so berührt hat? Es war nicht nur, dass sie meine Gefühle für dieses Land öffnete, nein, es war weit mehr, es fühlte sich an, wie angekommen zu sein. Sophie, werden wir wohl jemals ankommen?«

Sophie nahm Selmas Hand, führte sie zu ihren Lippen und drückte einen zärtlichen Kuss darauf.

Die untere Hälfte des Bahnhofs in Narvik bestand aus behauenem Granit und ließ durch riesige halbrunde Fenster viel Licht ins Gebäude fallen. Die obere Hälfte war aus geschnitztem dunklem Holz im Drachenstil errichtet worden, genauso wie die letzten Bahnhöfe. Vom Dachfirst schien ein leibhaftiger Drache auf die Menschen zu seinen Füßen hinunterzublicken. Das Hotel lag nur ein paar Schritte weiter an einer breit ausgebauten Straße. Aus dem Fenster ihres Hotelzimmers konnten sie direkt auf die Mitternachtssonne sehen. Gleißend, hell, wärmend.

Sophie blätterte einen Stapel Briefe durch, bis ihre Augen anfingen zu strahlen. Mit einem »Immerhin ist auf das postliche Nachsenden Verlass« verschwand sie mit zwei Briefen in der Hand im Badezimmer.

Selma zog aus ihrem Stapel zwei Briefe und ein Telegramm von Olander heraus. Mit zittrigen Fingern öffnete sie die Kuverts und las. Sie schluckte, lauschte in Richtung Bad, nahm sich einen Bogen Hotelbriefpapier vom Sekretär und fing an zu schreiben.

Mein Liebes! Ich bin gerade erst in Narvik angekommen und habe Deine Briefe schon herbeigesehnt, danke, dass Du mir geschrieben hast. Ich denke, dass wir eine Einheit bilden, die von nichts oder niemandem bedroht werden kann, ich bin so froh, Dich als sicheren Fels in der Brandung zu haben. Ist es egoistisch von mir, von Dir zu fordern, dass Du in meiner Nähe wohnen sollst? Ich weiß es nicht …

Als sich die Badezimmertür öffnete, steckte Selma schnell den angefangenen Brief in eine Schublade des Sekretärs.

Sophies Wangen waren errötet. »Selma, du glaubst es nicht, aber Alexis will seine Frau verlassen. Für mich.«

Selma schluckte erneut. »Das ist doch gut, oder nicht?«

Der Ausdruck auf Sophies Gesicht wechselte von Freude zu Ängstlichkeit. »Aber … aber ich weiß nicht. Es ist so … unerwartet.«

»Sophie! Was willst du denn? Hattest du dir nicht genau das gewünscht? Du betonst doch immer, dass du dich zu ihm so hingezogen fühlst.«

»In den Briefen, Selma, in den Briefen. Außerdem hat er Kinder, und irgendwann hat er auch seine Frau geliebt und tut es bestimmt auf eine Art immer noch. Hilft sie ihm nicht bei seiner ganzen Arbeit? Ach, Selma, was ist das nur immer zwischen den Menschen?« Sophie griff hektisch ihren Mantel und stürmte zur Tür hinaus.

Selma schaute ihr kurz nach und zog den angefangenen Brief wieder heraus, schrieb weiter. Wenn Sophie so verärgert war, musste man sie erst einmal in Ruhe lassen, das hatte sie in den letzten zehn Jahren durchaus gelernt. Durchaus!

* * *

»Wollen wir das machen?« Sophie klatschte in die Hände und breitete eine Landkarte quer über dem Frühstückstisch im Restaurant des Hotels aus. Dass dabei das Besteck klirrte und ein Stückchen Brot auf den Boden segelte, störte sie nicht, auch nicht, dass sich die beiden anderen Gäste hinter vorgehaltenen Händen über sie unterhielten und ihnen Blicke zuwarfen. »Wir sind genau hier und wollen dort entlang.« Sie fuhr mit dem Zeigefinger die Bahnstrecke ein

Stückchen zurück, bis sie auf einen riesigen See stieß, den sie schon während der Fahrt ausreichend bewundert hatten. Am oberen Drittel vom See Torneträsk hatte Sophie ein Kreuz auf der Karte eingetragen, darauf tippte sie jetzt. »Wir haben ein paar Tage Zeit, die wir noch so verplanen können. Und da du ja davon sprachst, gerne richtig draußen in der Wildnis zu leben, könnten wir bei der Abisko-Touristenstation übernachten, ist das vielleicht ein guter Plan? Diese Unterkunft soll vor einem Jahr eröffnet worden sein. Es gibt hier also doch schon mehr Touristen, als wir dachten.«

Zwei Tage später hatte sie der Zug in Abisko ausgespuckt. Vor ihnen lag nicht nur der riesenhafte See, der ganze Großstädte hätte schlucken können, sondern in ihrem Rücken erhob sich die atemberaubende Gebirgsformation Lapporten. Die Eingangspforte nach Lappland. Zwischen zwei hohen Bergen senkte sich das Tal wie ein U ab, es sah aus, als würde sich hier der Mond niederlegen, wenn er seine allnächtliche Arbeit vollbracht hatte.

»Autsch«, fluchte Sophie, als sie sich der Touristenstation näherten. Innerhalb der halben Stunde Fußweg hatte wohl schon die zwanzigste Mücke von ihrem Blut genascht. Die Unterkunft lag in der Nähe der Bahnlinie, in einer ewigen Einöde. Sie war sehr schlicht, von außen wie von innen, das war aber auch kein Wunder, da sie eine alte Behausung der Bergarbeiter, die die zahlreichen Tunnel für die Bahn gegraben hatten, gewesen war. Etwas moderner nun und funktional auf die Bedürfnisse der Reisenden abgestimmt. Zwei Damen mit bändergeschmückten Strohhüten und langen schwarzen Röcken sowie ein paar Männer grüßten sie, als sie sich an der Rezeption meldeten.

»Wir sind wahrlich nicht die einzigen Touristen hier, obwohl ich mich schon wie mitten in der Wildnis fühle«, sagte Selma.

»Wilde Tiere, die unser Blut wollen, gibt es auf jeden Fall auch genug«, erwiderte Sophie.

»Wie gut, dass ich immer mein Moskitonetz mit mir führe«, sagte Selma. »Und heiß ist es hier, wie im Süden. Verrückt.« Kurz darauf machten sie sich auf den Weg zum See, nun ausgerüstet mit ihren Strohhüten, an denen sie die Moskitonetze befestigt hatten, die bis zu ihren Oberkörpern hinunterhingen.

»Unser Blut muss man sich verdienen«, Sophie grinste und hüpfte über ein paar faustgroße Steine. Nach einer Wegeskurve blieb ihnen fast gleichzeitig das Herz stehen. Ein Wasserfall sprang ganz unerwartet von einem Felsvorsprung herunter, vorbei an mit Flechten und Moosen bewachsenen Steinen. Mit einem Plätschern spritzte das Wasser in einen kleinen See, und die Luft wurde noch frischer, als sie sowieso schon war. In der Luft glitzerten die Wassertropfen und setzten sich wie kleine Zauberkugeln auf das dunkelgrüne weiche Moos.

»Da fehlen einem die Worte«, sagte Selma nach einer Weile. »Und das uns, die doch genau dafür Geld bekommen. Das ist so ein Platz, an dem Sagen geboren werden.«

* * *

Geliebte Olander, die Tage in der Wildnis waren einzigartig. Ich bin ganz erfüllt von der Schönheit hier oben, das hätte ich in dieser Intensität nicht erwartet. Im Überfluss gab es Rentiere, und wir trafen auf prächtig gekleidete Lappen, das ist das Faszinierendste und Interessanteste auf dieser ganzen Reise. Es gibt hier kleine wunderschöne Blumen, die Weiße Silberwurz genannt werden und in großen Gruppen an Sträuchern wachsen. Sie hießen früher Zwergeiche, weil sie so genügsam sind, dass die einzelne Pflanze auch bis zu hundert Jahre alt werden kann. Wusstest du, dass Carl von Linné eine Forschungsreise bis hier oben hin gemacht hat? Ein anderer Gast hier ist auch Botaniker und hat so einiges erzählt. Ganz eigenartige Menschen, die hier in den Norden reisen. Besonders ein anderer Gast, ein schonischer Redakteur. Alle scheinen sie von innen heraus zu glühen und strahlen dabei eine Ruhe aus, von der sich der eine oder andere Reisekamerad eine Scheibe abschneiden könnte. Übrigens benannte Linné bei seiner großen Einsortierung diese

Zwergeiche in Dryas octopetala um und zauberte zur Eiche noch den achtarmigen Kraken hinzu. Ich bin jetzt fast eine Art Expertin in Sachen Linné, die ständige Helligkeit verleitet die Menschen dazu, sitzen zu bleiben und weiterzuerzählen. Es ist schon komisch, wenn man sich vorstellt, dass an fast den gleichen Orten vor hundertsiebzig Jahren bereits Forscher unterwegs waren und genauso neugierig die Pflanzen und Menschen hier oben beäugt haben. Wir werden auf Linnés Spuren auch über Land weiterreisen, über Jokkmokk nach Edefors, was direkt am Luleälv liegt. Dann geht es mit dem Dampfschiff endlich wieder gen Süden. Das hatte Sophie bereits im Vorfeld geplant, ist also eher Zufall. Die Gute ist fleißig am Arbeiten, um fertig zu werden. Du kennst das ja von mir, wenn die Abgabe drückt, schlägt das auch aufs Gemüt. Einsam bin ich, wenn Sophie so viel arbeitet. Und abends sind die Mücken hier echt bisswütig, und das Essen ist zum Abgewöhnen. Ich vermisse Dich sehr und hoffe, Dich bald wieder in meine Arme schließen zu können. Es vergeht keine Stunde, in der ich nicht an Dich denke, meine Geliebte. Oft fühle ich, wie Du an meiner Seite stehst und gemeinsam mit mir über die Weite und die tiefgrünen Wälder und sumpfigen Moore blickst. Das Land ist gut übersichtlich, und ich denke, dass ich es ganz gut beschreiben kann. Und es wäre wunderbar, wenn mich Fredrik Wulff tatsächlich zum Nobelpreis anmelden würde, sicherlich bekommt den Preis jemand anderes, aber es wäre lustig, auf der Liste zu stehen. Hast du Wirséns letzte Rezension gelesen? Das war milder, als ich erwartet hatte, aber wahrscheinlich ruht er sich nur aus, bis er zum nächsten Schlag ausholt. Gestern bekam ich einen Brief von Bonnier, er ist sehr zufrieden mit den Christuslegenden. Auf bald, jetzt ist es nicht mehr lange, bis wir uns wiedersehen.
Deine Selma.

* * *

Zwei Wochen später
Mariefred, Schloss Gripsholm, 1904

Liebste Olander, ich danke Dir herzlichst und aus vollem Herzen für Deine Liebe. Ich bin eh schon voller Sehnsucht nach Dir, aber Deine Briefe steigern das noch ins Unermessliche. Und ich habe solch ein Heimweh, ich kann das gar nicht in Worte fassen, es schmerzt körperlich, mein Bauch krampft sich zusammen, und eine so intensive Sehnsucht dröhnt in meinem Kopf. Verdrängte Bilder aus meiner Kindheit steigen auf, ich kann fast die Rosen riechen, die unter den Fenstern in Mårbacka wuchsen. Fühle unter meinen nackten Füßen die Erde, die Waldwurzeln, spüre den Wind auf meiner Haut, der aus dem Wald herüberweht und den harzigen Gruß von ewiger Wildheit mit sich trägt. Ich habe Tränen in den Augen, während ich das schreibe. Ich weiß nicht, was mich erwischt hat, aber der Stachel sitzt tief. Ich hatte vor vielen Jahren geschworen, mein Zuhause zurückzuholen, jetzt ist wohl der Zeitpunkt gekommen.

Sophie sitzt neben mir, sie liest von Verner von Heidenstam Der Wald *rauscht. Sie ist gerade sehr missmutig, da will ich den Brief kurz halten. Heidenstams Artikel hatte ich in Dagens Nyheter in der Einsamkeit vermisst, genauso wie all meine Zeitungen, man fühlt sich dann so abgeschnitten vom Rest der Welt. Am ersten Tag sah es hier in Mariefred mit der Unterkunft sehr düster aus, aber durch Glück trafen wir die richtigen Leute und dürfen im Kavaliersflügel des Schlosses wohnen. Gustav III. hat diesen Flügel selbst für seine Adjutanten und Gäste einrichten lassen, wir haben es hier recht königlich, ich hoffe, dass wir den ganzen August bleiben können. Stell dir vor, wir leben dort, wo die realen Figuren aus Sophies Roman sich bewegen, geatmet und geliebt haben. Das ist so unreal, aber beflügelt Sophie sehr beim Schreiben.*

Danke, dass Du Dich um die Grammatik in meinen Legenden kümmerst, das bedeutet mir sehr viel. Ich sage Dir noch Bescheid, wann wir über Uppsala heimreisen werden. In ewiger Liebe, Deine Selma.

Nachts lag Selma lange wach und dachte über das Schulbuch nach. Sie hatte so viele lose Fäden in der Hand, die sich einfach nicht verbinden lassen wollten. Das Schulbuch sollte doch das Beste werden, was sie bis jetzt geschrieben hatte. Ihr Geschenk an die Kinder und an Schweden selbst, wie konnte sie die Liebe, die sie dafür empfand, nur weitergeben? Sie hatte bereits etliche Sagen aneinandergereiht, wichtige Informationen über die Landesteile gesammelt, aber es war nicht rund. Es war einfach überhaupt nicht rund.

In dem anderen Bett im Zimmer raschelte es. Sophie wälzte sich von der einen auf die andere Seite. »Nein. NEIN!« Mit einem lauten Schrei setzte sich Sophie aufrecht hin. Mit halb geschlossenen Lidern stammelte sie »1797, das war doch 1797 … das muss es doch gewesen sein. 1797.«

»Sophie«, Selma trat an das Bett ihrer Freundin und legte ihr behutsam die Hand auf die Schulter. »Sophie, du träumst ja.«

Sophie öffnete ihre Augen und blickte Selma an. »Das war doch 1797, als Gustav IV. Adolf seine Prinzessin Friederike Dorothea von Baden ehelichte, 1797, oder?«

»Ja, gewiss.« Selma streichelte ihr über das verschwitzte Haar und drückte sie wieder sanft auf das Kissen. Dann küsste sie Sophies Stirn. »Schlaf gut, meine Schöne, du machst alles richtig!«

Am nächsten Tag konnte sich Sophie nicht an ihr nächtliches Aufwachen erinnern. Wieder einmal. In den letzten Tagen häuften sich ihre Albträume. Sie saßen beim Frühstück in einer großen Gasthausstube, in der alles aus dunklem Holz bestand. Sophie bekam nur eine Tasse Kaffee hinunter. »1797, sagte ich? Ja, das ist sogar das richtige Datum. Schau an, da hat mein Unterbewusstsein gerade mächtig zu tun.«

»Liebes, aber du lässt doch alles von Ludvig Stavenow überprüfen. Immerhin ist dein Freund Professor der Geschichte in Göteborg. Hat er nicht mal gesagt, als du eine seiner Vorlesungen besucht hast, dass du die geborene Historikerin bist? Du machst das schon! Glaube an dich! Ich tu es schon lange.«

Sophie wippte mit ihrem Fuß einen schnellen Takt. »Ja, ich weiß, er schrieb mir auch erst gestern und fragte, ob ich nicht in der Fachzeitschrift *Historisk Tidskrift* dazu etwas veröffentlichen will. Er lobt doch immer so meinen feinen sensiblen Blick, wie ich die Charaktere zeichne … aber ich weiß nicht.«

»Mensch, Sophie, das ist doch herrlich! Besser geht es nicht. Du schreibst sowieso schon mit den Historikern aus der ganzen Welt und beantwortest deren Fragen. Die fragen dich!«

»Ich mache es nicht.«

»Bitte?« Selma hielt mitten in der Bewegung inne und stoppte den Löffel voller Marmelade. Stillschweigend tropfte das klebrige Etwas hinunter.

»Du weißt doch, dass ich so etwas nicht mag.« Sophies Stimme klang gepresst, und ihre Finger umkrampften den Tassenhenkel.

»Sophie!«

»Nein, ich mach keine Lesungen, halte keine Reden, und ich werde auch nicht in einer Fachzeitschrift veröffentlichen. Basta.« Sie stellte die Tasse auf den Tisch und erhob sich. »Nicht jede kann so mutig sein und keine Angst vor Fehlern haben. Tut mir leid, wenn ich hier nicht deinen Erwartungen entspreche. Ich geh schon mal vor, ich muss noch ein Kapitel zu Ende überarbeiten.« Sie schritt mit nach oben gerecktem Kinn durch die Tür des Gasthauses und ließ eine Selma mit einem klebrigen Fleck auf dem Rock zurück.

Selma ging spazieren. Das war immer der beste Weg, um stockende Gedanken ins Laufen zu bringen. Das Schloss Gripsholm saß auf einer kleinen Insel im Mälarsee; ein roter Backsteinbau, der je nach Lichteinfall in den unterschiedlichsten Tönungen strahlte. Es fügte sich geschmeidig in die Umgebung ein, was auch einer gewissen Harmonie geschuldet war, mit seinen vier wuchtigen Türmen, die unter König Gustav I. Wasa vor fast vierhundert Jahren zu einem wehrhaften Dauerwohnsitz umgebaut worden waren.

Am Ufer des Sees blieb sie stehen und beobachtete die Formen der kleinen Wellen, wenn sie sich fanden, um dann gleich wieder weiterzuschwappen und sich neu zu finden. Ein lustiger kleiner Tanz, der sogar noch seine eigene Melodie dazu aufspielte. Es war zwar noch relativ früh am Morgen, aber die Sonne hatte bereits das Land aufgewärmt. Heute Mittag gehe ich schwimmen, dachte Selma und lächelte. Bei ihrem ersten Italienurlaub mit Sophie hatten sie spätabends einen wunderbaren menschenleeren Strand entdeckt, und Sophie hatte sie überredet, einfach in Unterwäsche planschen zu gehen. Damals war sie es gewesen, die nicht so viel Mut gehabt hatte. Damals hatte Sophie ihr gezeigt, wie es sein konnte, sich frei zu fühlen.

Über Selmas Kopf flogen Vögel mit einem lauten, quäkenden »ga-ga-ga« hinweg und landeten direkt vor ihrer Nase im Wasser, brachten eine Unruhe in das Wellenspiel. Zerstreuten die unklaren Linien in ein heilloses Durcheinander. Das Quäken ging weiter, als ob sich die Vögel ständig gegenseitig bestätigen müssten, wo sie waren, warum sie hier waren und wie sie hießen. Ob die am Abend wohl heisere Stimmen haben würden?, dachte Selma.

»Das sind Wildgänse«, sagte eine tiefe Stimme, und ein Mann trat neben sie. Seine Jägerkleidung ließ keinen Zweifel an seinem Beruf.

»Aha«, erwiderte Selma.

»Um genau zu sein, das sind Graugänse, das können Sie daran erkennen, dass das Gefieder graubraun ist und der Bauch weiß.«

»Ah«, meinte Selma und verzog ihr Gesicht zu einem schiefen Lächeln.

»Die können Sie hier auch nur im Sommer sehen, im Winter ziehen sie gen Süden. Wussten Sie, dass es die Graugänse bis hoch nach Lappland gibt? Die müssen dann natürlich ein Stückchen weiter fliegen.«

»Ach.«

»Von denen stammen unsere Hausgänse ab.«

»Hausgänse?«, wiederholte Selma.

»Nun gut, meine Dame, ich muss weiter. Ich wünsche einen

schönen Tag. Wenn man diesen Vögeln oft zuhört, bildet man sich sogar irgendwann ein, dass man versteht, was sie sagen!«

»Ähm, danke! Ihnen auch!« Selma sah dem Mann hinterher, der durch ein Pfeifen zwei Hunde an seine Seite lockte, die zuvor ein Stückchen weiter auf ihn gewartet hatten.

Hausgans, dachte Selma. Über eine Hausgans hatte sie vor etlichen Jahren mal eine Geschichte geschrieben. Das war in Visby gewesen und eine Auftragsarbeit für eine Zeitung. Es war eine wahre Geschichte, die ihr Vater und die alte Haushälterin auf Mårbacka oft erzählt hatten, wenn sie in der guten Stube zusammengesessen und dem Frühlingsregen gelauscht hatten, der gegen die Fenster geprasselt hatte. Der alte Pastor Wennervik, ein Vorfahre des Vaters, der um 1790 Mårbacka so umgebaut hatte, wie Selma es kannte, besaß eine kleine Gänseherde. Ein besonders abenteuerlustiger Gänserich folgte eines Tages den Rufen der vorbeiziehenden Wildgänse, die gen Norden in ihre Heimat zogen. Die Trauer auf dem Hof war groß, da die Hausgans gut genährt gewesen war. Der Frühling und der Sommer gingen ins Land, und im Herbst spazierte die gleiche weiße Hausgans wieder zum Hof herein. Sie kam aber nicht alleine, sondern in Begleitung von einer Wildgans mit neun gesprenkelten Jungen. Die Frau des Pastors hatte durch eigene erfahrene Demütigungen ein verschlossenes, böses Herz: Sie zögerte nicht lange, lockte sie in eine Scheune, und abends waren alle elf Gänse tot und gerupft.

Zugvögel, dachte Selma. Dann fing sie an zu lachen, aus vollem Halse, drehte sich im Kreis, bis ihr schwindelig wurde, und klatschte in die Hände. Zugvögel!

»Ich muss mit dir reden, Selma.« Sophie saß in den vornehmen Räumen am Schreibtisch und schaute ernst. An den Wänden waren bunte Blumen gemalt, und teure edle Möbel zierten den Raum.

»Ich mit dir auch!«

»Selma, du weißt, dass es das letzte Mal für mich gehörig schiefging, als wir gleichzeitig einen Roman herausgebracht haben. *Jeru-*

salem lief wie ein Pferd aus edlem Gestüt, und mein *Der Traum vom Morgenland* war der alte Klepper, den keiner haben wollte.«

Das Strahlen auf Selmas Gesicht brach ein. »Und?«

»Du weißt doch, dass wir abgemacht hatten, dass wir nur noch um jeweils ein Jahr versetzt unsere Romane herausbringen wollen? Einmal du, dann ich …«

»Na klar!« Selma kam an den Tisch und zog Sophie in die Höhe. »Ich hab's, Sophie, ich hab's!«

»Was? Den Nobelpreis, eine neue Figurenidee oder einfach nur Hunger?«

»Ich weiß endlich, wie ich das Schulbuch aufknüpfen werde! Endlich. Zugvögel werden es sein. Zugvögel fliegen über ganz Schweden, das wird mein roter Faden. Hast du Kipling gelesen?«

Sophie nickte, wobei sich eine steile Falte auf der Stirn bildete.

»Kipling lässt in seinem *Dschungelbuch* doch die Tiere reden. So wie wir. Also, nicht so kleinkindisch *grunz, grunz,* und alle Tiere sind dumm, sondern er stattet seine Tiere genauso mit Charakter aus wie Menschenfiguren.« Selma umarmte Sophie und küsste sie auf den Mund. »Sophie, endlich! Endlich ist der Damm gebrochen, seit so vielen Jahren überlege ich, wie ich das machen soll! Endlich!«

»Es war einmal ein Junge. Er mochte wohl vierzehn Jahre alt sein, war lang aufgeschossen und hatte flachsgelbes Haar. Er war zu nichts recht zu gebrauchen. Am liebsten mochte er schlafen und essen, sein größtes Vergnügen aber war, dumme Streiche zu machen.«

Aus Nils Holgersson

Kapitel 10

NILS HOLGERSSON

Ein und ein Dreivierteljahr später
Falun, Zentralpalast, Mai 1906

Es war ein Hämmern, Stampfen, Pochen, das sich dem Dreivierteltakt von zwei flinken Violinen unterordnete. Über den Köpfen von Selma, ihrer Mutter und Tante war der Ballsaal zum wöchentlichen Fest erwacht.

Eine dritte Violine jaulte und kratzte dazwischen, die Töne kamen aus einer anderen Richtung, sehr nah, aus der Wohnung neben ihnen.

»Ob er das macht, weil er nicht zum Ball eingeladen wird?«, fragte Selma laut, um den Lärm zu übertönen, und stützte ihren Kopf schwer auf ihrer Hand auf.

Lovisa sagte mit zittriger Stimme: »Aber dann würde er doch wenigstens an den anderen Tagen Ruhe geben, nein, der meint das ernst, der versucht tatsächlich, das Geigenspiel zu lernen.«

»Selma, du denkst doch nicht schon wieder darüber nach, umzuziehen, oder?« Louise legte der Tante eine wärmende Decke über den Schoß und stellte allen eine Tasse Tee auf den Tisch. »Wir haben es hier so gut getroffen, so schön habe ich in meinem ganzen Leben noch nicht gewohnt.«

Selma nickte. »Ich weiß nicht. Lovisa geht es ja nicht so gut, wir müssen für Ruhe sorgen.«

Lovisa lächelte gequält, was ihr Gesicht in ein Faltengewitter warf. »Ja, ja, die jungen Leute, die immer feiern müssen. Dafür hatte ich keine Zeit. Ich nicht. So ändert sich alles. Und Selma, es ist nett, dass du so für mich sorgst. Aber manchmal ist es auch gut, alt und taub zu werden. Ich verstehe ja eh nicht mehr, was da alles passiert, und ich will es auch gar nicht mehr.«

Das Dienstmädchen klopfte und geleitete Back-Kajsa herein. Sie begrüßte recht zurückhaltend die anderen drei Frauen. Obwohl sie schon auf viele Jahrzehnte Lebenserfahrung zurückblicken konnte, hatte sie ihre Schüchternheit nie ganz überwinden können. Louise stellte ihr ebenfalls eine Tasse Tee an den Platz. »Back-Kajsa, dir sieht man auch an, dass du am liebsten im Wald bist. Hast du dich noch immer nicht an unsere hohen Decken gewöhnt?«

Das alte Kindermädchen zuckte mit den Schultern. »Ich mag niedrige Decken, da fühlt man sich sicher. Bei Gerda sind die Zimmer kleiner, und deshalb ist es auch gut so, dass ich dort wohne. Selma, wie geht es dir?«

Selma lachte übers ganze Gesicht. Sobald sich die drei Alten aus ihrer Kindheit zusammenfanden, fühlte sie sich wieder so klein und bezopft wie in ihrer Kindheit. Das war der allerbeste Jungbrunnen. »Ich stecke inmitten meiner Lektüre über Zoologie von Stuxberg und bin mehr mit Tieren unterwegs als mit Menschen. Manchmal wundere ich mich, wenn es Unterhaltungen gibt, die sich nicht um Fressen, Schlafen und Partnersuche drehen. Gott bewahre mich, dass ich einem Tier einen falschen Laut in die Kehle lege oder eine Pflanze in der falschen Region wachsen lasse.«

Back-Kajsa blickte Selma wohlwollend an. »Das wurde ja schon zu deiner Geburt geweissagt, dass du mal viel mit Büchern und Papier zu tun haben wirst.«

Louise schmunzelte. »Wie gut, dass Tante Wennervik nicht nur Pastorin war, sondern auch die Kunst des Kartenlegens beherrschte. Was sagte sie damals noch zu Oma? Dass Selma viel mit Papier zu tun haben würde, oft kränkeln und …«

»Niemals heiraten würde«, unterbrach Lovisa und hustete. »Sei froh Selma, dass dir mein Schicksal erspart geblieben ist. Immer nur am Schoßbändel der Verwandtschaft zu hängen erfordert manchmal mehr Demut, als du dir vorstellen kannst.«

»Und nicht zu vergessen«, fügte Selma hinzu und stand auf, um Lovisa ihre Hand auf die Schulter zu legen, »wie die Tante Wennervik damals schon sagte, werde ich immer gut und nett sein.«

Louise lachte laut. »Das war Oma auch mit am wichtigsten, oder? Den Rest konnte man irgendwie immer hinbiegen, aber der Charakter, der sollte rein und fein sein. Was meinte sie auf Tante Wennerviks Satz, dass du immer viel reisen würdest? Ein rollender Stein bedeckt sich nicht mit Moos.«

Lovisa pochte mit ihrem Gehstock auf den Boden. »Selma, spielst du mir die Sonate von Kuhlau vor? Die habe ich früher immer so gerne gehört.«

Überrascht blickend ging Selma zum Klavier und spielte gegen den Dreivierteltakt von oben und das Geigenkratzen von nebenan an, bis sie sich verspielte. »Tante, ich muss erst mal nach den Noten suchen, und vielleicht warten wir, bis es hier ruhiger geworden ist, dann kann ich dir alles vorspielen, ja?«

Lovisa brummelte etwas Unverständliches, schaute giftig in die Runde und ging raus in ihr eigenes Zimmer.

Back-Kajsa blickte fragend in die Runde.

»Sie wird immer wunderlicher«, sagte Selma und zuckte mit den Schultern. »Seitdem wir von Mårbacka weggezogen sind, hat es angefangen.«

»Und du schiebst sie vor, um wieder umzuziehen. Du weißt, auch die kleinste Pfütze spiegelt den Himmel«, antwortete Louise.

»Ach Mama«, Selma drückte die Hand ihrer Mutter. »Du weißt doch, dass ich hier in Falun sehr glücklich bin.«

Es klopfte wieder, und Gerda kam herein mit ihren vier Kindern. Die warme Gemütlichkeit, die die Erzählungen der Vergangenheit gewebt hatten, durchmachte in Bruchteilen einer Sekunde eine Metamorphose, füllte sich mit Lachen, Gehopse und hellem Schreien.

»Gerda, du solltest viel öfters mit deinen Kindern zu uns kommen«, sagte Louise und zeigte in Richtung des Geige spielenden Nachbarn. »Das ist nur gerecht.«

»Haha, Mama! Typisch. Aber wenn Selma damit einverstanden ist, dann gerne.«

Die Augen von Selma wurden plötzlich groß. Erst als die anderen in Gelächter ausbrachen, lachte Selma mit.

Gerda sagte: »Selmachen, wir wissen doch, wie notwendig du die Ruhe zum Schreiben brauchst. Ich habe damals ja nicht umsonst deinen *Gösta* zum Wettbewerb eingereicht, du musst einfach immer weiterschreiben, das ist deine Gabe … Ich weiß noch genau, wie du uns mit diesem Buch von Thomas Carlyle genervt hast. Es hatte irgendetwas mit Helden zu tun … das fällt mir nicht mehr ein, aber du sagtest immer, sein Stil sei das einzig Wahre. Und das immer wieder und wieder. Das war damals dein Bibelersatz, ich hatte dich selten so begeistert von etwas reden hören. Abgesehen von den Theaterstücken und zuvor von Andersen. Von wegen, du seist in Stockholm gewesen, um dein Hüftleiden bei Ärzten behandeln zu lassen. Du kamst beide Male von Tante und Onkel viel besser gekleidet zurück und erzähltest Geschichten, die uns vorkamen, als ob du in einem anderen Land gewesen wärst. Und dann haben wir Puppenspiele nach deiner Anleitung aufgeführt. Ich habe dich da schon lange bewundert. Aber du weißt … ohne mich …«

»… würde mein *Gösta* immer noch in der Schublade liegen«, Selma lachte. »Ich weiß. Du warst meine erste und wichtigste Ratgeberin. Du und natürlich Mama. An euch habe ich getestet, ob mein Geschriebenes richtig klang.«

Louise gähnte herzhaft. »Kinder, ich bin müde, ich muss mich gleich mal hinlegen. Und Selma, es war mir wie immer eine Freude, deinen neuen Entwürfen zu lauschen. Wir Wallrother haben doch ein besonderes Gespür für die gesprochene Sprache und Dichtung. Immerhin etwas, was wir dir mitgeben konnten. Ach, Back-Kajsa, ich wollte dir doch noch einen von meinen Röcken schenken, kommst du bitte mal mit?« Sie standen auf und gingen hinaus. Verfolgt von einer juchzenden Gruppe Kinder, die aber auch nicht mehr zurückkam.

Selma fragte: »Gerda, denkst du oft an früher, an den Duft der Rosen unter den Fenstern, an die Apfelbäume, an Vater?«

Mit einem knarrenden Schaben schob Gerda den Stuhl nach hinten, als sie aufstand. »An Vater? Ich bin froh, wenn ich nicht an ihn denke. Selma, was hast du nur immer mit ihm? In seinen letzten Jahren hast du ihn gehasst. Er tat auch alles, um dich vom Lehrerinnensein abzuhalten. Erst mit dreiundzwanzig hattest du selbst genug Mut gesammelt, um ihm die Stirn zu bieten, und bist gegen seinen Willen gegangen!«

Selmas Kopf sank auf ihre Brust. »Ich wünschte, meine Arbeit würde Trollkräfte besitzen, dann könnte ich uns eine andere Vergangenheit schreiben.«

Gerda holte die Teekanne und schenkte beiden nach. »So wie du damals die Bibel still und heimlich durchlesen wolltest, damit Vater von seiner Erkrankung geheilt würde?«

Selma nickte. »Wie in dem Schwanenmärchen von Andersen. Die Prinzessin hatte es auch geschafft, ihre verwunschenen Brüder zu retten.«

»Haha, das stimmt, wobei der jüngste Prinz ja seinen Schwanenarm behalten hat. Aber was sagte Vater, als er von deinem Bibellesen erfuhr?«

»… dass er nicht gedacht habe, wie naiv und dumm ich sei.«

Gerda nahm ihre Schwester in den Arm. »Schwesterlein, alles ist gut. Wir können doch trotzdem die vielen glücklichen Teile unserer Kindheit im Herzen weitertragen. Weißt du, seitdem ich selbst Mutter geworden bin, verstehe ich ihn noch viel weniger. Nicht nur, dass man Verantwortung für die Kleinen trägt, anhand geht auch ein sehr ausgeprägter Beschützerinstinkt … als er damals starb, da war es irgendwie so komisch.«

»Als ob wir schon längst getrauert und Abschied genommen hätten. Ja, es war eher eine Leere, die sich öffnete. Und doch war er ein gutmütiger Mensch, auch wenn er immer mehr Tyrann wurde und sich alles um ihn drehen musste. Unsere Kindheit war anfangs ein glückliches Spiel.«

»Ach, Selma. Ich werde nie vergessen, wie du den Unterricht von mir übernommen hast, als wir uns keine Gouvernante mehr leisten konnten. Ohne dich wäre ich nicht so stark geworden.«

»Bess …« Selma blinzelte die Feuchtigkeit weg, die sich in ihren

Augen gesammelt hatte. »Bess, ich werde immer für dich da sein, so wie du es für mich bist.«

Bess trank die Tasse leer, gab Selma einen Kuss auf die Haare und ging zur Tür. »So, jetzt schnappe ich mir die Rasselbande, nicht, dass Mutter und Back-Kajsa wegen denen noch einen Herzkasper bekommen.«

Selma saß in ihrem Arbeitszimmer und las in einem Buch. Sie versuchte sich zu konzentrieren, was gar nicht so einfach war. Der Boden war unter der Flut von Fachbüchern, Zeitschriften des Touristenvereins, Schulbüchern aus anderen Ländern und Zuschriften von Lehrern aus ganz Schweden bedeckt. Es war so viel. So viele Informationen. Und sie musste entscheiden, was in das Buch hineinkam und die Kinder stolz machen sollte und was nicht. Was für eine unrühmliche Aufgabe. Auf einem Beistelltisch lagen ordentlich geschichtete, mit Bleistift beschriebene Blätterstapel. Jeder Haufen bildete ein Kapitel. Manchmal kam sie nicht weiter, hatte keine Ideen mehr. Wie wenn ein Zug in vollem Tempo in einen Tunnel fuhr und dort stecken blieb. Im völligen Dunkel. Dann musste das Ganze ruhen, bis sich eine Muse erbarmte und sie wieder wach küsste. Im Januar und Februar hatte sie sogar einen Schreibkrampf gehabt, der alles brachgelegt hatte. *Die Psyche,* hatte Sophie ihr geschrieben, *die Psyche macht so manchmal einen Strich durch private Rechnungen.*

Sophie war zurzeit recht zahm, ihr Roman *Der König. Ein wahres Märchen* war ein voller Erfolg. Gerade bereitete der Verlag den Druck der dritten Auflage vor. Die Zeitung *Aftonbladet* hatte ihn in noch höheren Tönen gelobt als zuvor *John Hall.* Sie erwarteten sehnsüchtig die Fortsetzung *Der König. Eine Landesflucht,* die dieses Jahr herauskommen sollte. Es wurde nur kritisch angemerkt, dass sechshundert Seiten schon ein ordentlicher Umfang seien. Oscar Levertin konnte es natürlich nicht lassen zu lästern und schrieb, dass es seltsam sei, dass so eine spirituelle Autorin nun bedeutungslose Männer behandele. Sophie war sehr dünnhäutig und hatte sich das zunächst zu Herzen genommen und sich in ihrem Zuhause verkrochen, bis die anderen rühmenden Stimmen viel lauter geworden waren. Ein Trommelfeuer, das die leisen Pfeifentöne übertönte. Gustaf Stridsberg vom *Svenska Dagbladets* bezeichnete es als das beste Buch in Schweden, das über diese Zeit geschrieben war, und die Historikerin Lydia Wahlström schrieb in der Zeitschrift *Dagny*, dass es bis zur Schmerzgrenze spannend sei. Das zog natürlich Achtung und Beachtung nach sich, und Sophie fühlte sich selbstsicherer denn je.

Selma klappte das Buch *In Schweden* von Hans Christian Andersen zu und schob es zur Seite. Hier kam auch ein Zugvogelmotiv vor. Lustigerweise war ihr das erst viel später aufgefallen, als sie schon mitten im Schreiben gewesen war. Manchmal verinnerlichte man Ideen anderer, verknüpfte diese mit eigenen Gedanken und wunderte sich dann, wenn man zufällig wieder auf den Grundgedanken bei dem anderen Autor stieß. Dieses Zugvogelmotiv war ihr sogar schon ein zweites Mal begegnet, in einem alten Schulbuch. Rickard Gustafsson hatte an Andersen angelehnt eine Geschichte von einem Jungen erfunden, der auf einem Schwan durchs Land reiste.

Selma stand auf, schob mit dem Fuß ein paar Zettel zur Seite und ging zum Fenster, das sie weit öffnete. Sie blickte über den Park. Die Sonne schien durch das dichte Blätterwerk der Bäume und kam in einzelne Lichtpunkte zerlegt auf dem Boden an. Stimmen fügten sich zu einem unrhythmischen Lautteppich, aus dem einzelne schrille Töne hervorstachen. Vögel trillerten dagegen an, und Automobile knatterten hustend über die Straße.

Sie musste raus.

Auf dem Rücken eines Schwans fliegend oder auf dem einer Gans.

Sie musste ganz schnell unbedingt raus aus der Stadt.

* * *

Ein paar Tage später
Bengtsarvet, 1906

Valborg zupfte an ihrer Bluse, die über dem Bauch etwas spannte, und hakte sich bei Selma ein. Über ihren Köpfen rauschten die bläulich grünen Blätter der Birke. Es war eine ganze Armee von Birken, die sich am Wegesrand eingefunden hatten und mit ihren Ästen die Lieder des Windes mitschwangen. Hinter ihnen lag das dunkelrote Hauptgebäude des Hofes Bengtsarvet, der zehn Kilometer nordwestlich von Falun in Grycksbo lag. Weiße Fensterrahmen blinzelten fröhlich in die Sonne und strahlten eine Atmosphäre von Gemütlichkeit aus. Der Hof gehörte Valborg und ihrer Schwester Maria, die schon seit einiger Zeit über diesen Besitz auf unerfreuliche Weise stritten. Der Waldweg streifte eine große zweistöckige Hütte, in der Selma tagsüber an dem Schulbuch schrieb. Es war eine alte, stattliche Vorratshütte, dunkelrot und oben mit spitzem Satteldach. Der Innenraum war sehr einfach gehalten, mit hellbraunen Brettern, wenigen kleineren Fenstern, einem blau gestrichenen Holzverschlag, einer wackeligen Holzleiter, die in den zweiten Stock führte, und einem Duft, der von eingelagerten Äpfeln, aufgehängten Schinken und frischem Moos erzählte. Valborg hatte ihr geholfen, einen Tisch, Stühle und einige der Bücher hier reinzuräumen. Selma liebte es, in dieser einfachen Umgebung auf Reisen zu gehen. Hier gab es nichts, was sie ablenken konnte. Im Gegenteil, hier hatte sie den Einfall gehabt, dass die Geschichte nicht nur aus den Augen von Tieren erzählt werden sollte, sondern auch aus der Sicht eines Menschen. Und das Abenteuer war geboren!

Da ein großer Menschenjunge aber schlecht auf den Rücken eines Zugvogels passte, kam ein Wichtel ins Spiel. Und da war Selma auch wieder bei ihren Lieblingsthemen gelandet: der Schuld, der Sühne und der Vergebung. Den Jungen nannte sie Nils, der anfangs ein gemeiner Zeitgenosse war, Tiere quälte und auch den Wichtel gefangen hielt. Dieser rächte sich und zauberte Nils so klein wie eine Hand. Als die Hausgans Martin losflatterte, um sich den Wildgänsen anzuschließen, versuchte Nils ihn festzuhalten und wurde so selbst in die turbulente und gefährliche Reise durch Schweden mit reingezogen. Es war eine Reise durch alle vierundzwanzig Landschaften, aber auch eine Reise zu ihm selbst mit der Möglichkeit, wieder zurückverwandelt zu werden.

Selma bückte sich und hob einen Stein auf. »Unglaublich, dass dieser Kieselstein vor Tausenden von Jahren in irgendeinem Meer glatt geschliffen wurde und nun hier liegt. Was er uns wohl über die Entstehung der Erde erzählen könnte?«

»Ach, Selma, du gleitest immer mehr in diese Schulbuchsache ab, irgendwann verwandelst du dich noch selbst in ein Lexikon auf zwei Beinen. Ich mag aber deinen pädagogischen Blick und den Aufhänger, das birgt sehr viel Potenzial.«

»Meinst du jetzt Nils?«

»Ja, das ist wie ein Spiegel für die Kinder. Wer hat denn nicht auch schon mal dumme Sachen gemacht? Und wenn man den Katzen Steine nachgeschmissen oder die Hühner und Gänse über den Hof gejagt hat.«

»Danke!« Selma schmiss den Stein in hohem Bogen zwischen die Bäume. »Ich habe lange überlegt, wie viel Mystik und Zauberei ich einfließen lassen soll. Aber so ein bisschen, als Rahmenhandlung, das konnte ich gut mit meinem Gewissen vereinbaren. Ich muss dir nachher noch was zeigen, ich habe weitere Kinder mit aufgenommen, für meinen zweiten Erzählstrang, ein Geschwisterpaar. Ich kann meine Gänse ja nicht durchs ganze Land jagen. Außerdem wollte ich noch mehr Kinder haben, damit sich die Schüler besser hineinträumen können. Noch mehr … Spiegel anbieten. Das hast du übrigens schön gesagt.«

»Oh, das schaue ich mir später an! Was ist denn mit Dalin? Hast du ihm jetzt schon etwas zugeschickt?«

Selma bückte sich wieder und hob einen Tannenzapfen auf. »Schau mal, das ist ein …«

»Selma! Also hast du noch nichts abgeschickt. Du weißt, dass er schon darauf wartet. Schon lange übrigens. Ich bewundere da seine Geduld.«

Selma schmiss den Zapfen ins Unterholz und nickte. »Ja, ich weiß. Ich mach das heute Abend. Hilfst du mir wieder, meine Post durchzuschauen? Es kam eine ordentliche Sendung aus Falun an.«

Valborg blinzelte ihr zu. »Solange noch Zeit für ein Glas Wein und Weiteres bleibt, gerne. Du weißt, dass ich morgen früh schon wieder zurückfahren muss. Mein Wochenende ist dann um. Du hast ja Glück und kannst mit der Haushälterin hierbleiben.«

»Was ist? Hast du keine Lust mehr?« Selma schaute über einen Stapel Briefe zu Olander, die den Stift vor sich ablegte.

Olander nahm sich ihr Glas, die Flasche Weißwein und las das Etikett. »Moselwein. Der schmeckt wirklich ausgezeichnet. Scharzhofberger van Volxem, 1893. So etwas Harmonisches habe ich selten getrunken.«

Selma lächelte. »Für meine Liebste nur das Beste. Ich bekam ihn von Bonnier, nachdem *Jerusalem* so gut angelaufen ist. Schau mal«, Selma wedelte mit einem Brief. »Hier hat eine Nelly Sachs geschrieben, das ist ja nett. Sie schreibt aus Deutschland, dass sie gerade fünfzehn Jahre alt geworden ist, meinen *Gösta* geschenkt bekam und ich jetzt ihr Vorbild sei. Ob sie mir auch etwas schicken dürfe von ihren eigenen Texten. Weißt du, Valborg, das freut mich so sehr, dass ich richtig gerührt bin. Ich, ein Vorbild. Natürlich will ich etwas von ihr lesen, muss ich ihr gleich schreiben.« Selma tunkte ihre Schreibfeder in ein Tintenfass.

»Deutschland ist wohl ein gut laufender Markt für dich, oder?«

»Mittlerweile schon, anfangs hielt ich es noch für ein unmögliches Land, weil sich nach *Gösta* niemand meldete. Aber schau, schon kurz darauf, im Frühjahr, brachten mir meine in Deutschland veröffentlichten Kurzgeschichten so viel ein, dass ich fast davon leben könnte. Hätte ich da einen Grund, mich zu beklagen?«

Valborg lachte und schenkte Wein in beide Gläser nach. »Ich

glaube, die Deutschen mögen nordische Themen, ist nicht die *Frithiofssaga* ein absoluter Dauerbrenner in Deutschland?«

Selma legte den Stift weg und griff sich ihr Glas. »Das kann schon sein, im Theater stehen regelmäßig Skandinavier auf den Spielplänen, wie Strindberg und Ibsen. Als ich anfangs dem deutschen Publikum vorgestellt wurde, hieß es in einer Zeitung über mich, dass die Geschichten und Märchen aus Schweden stark das deutsche Heimatgefühl ansprächen. Da hört man schon etwas Interesse an uns heraus, oder?«

Die beiden Frauen stießen miteinander an. Valborg fragte: »Du hast doch mal erzählt, dass es anfangs so Probleme gab wegen des Urheberrechts?«

Selma verzog den Mund. »Na, Gott sei Dank haben sie das vor zwei Jahren mit der Berner Übereinkunft geändert. Erst seitdem ist es gesetzlich geregelt, dass ich als Urheberin des Textes auch Geld dafür sehe. Stell dir vor, vor dieser Übereinkunft bringt der Haessel Verlag in Deutschland meinen *Gösta* raus, und ich sehe keine müde Krone dafür. Nicht einmal, nachdem ich sogar nachgefragt hatte. Was ist manchmal mit den Köpfen der Menschen los? Denken die, wir schütteln die Romane aus dem Ärmel wie Kuchenkrümel von einer Schürze?«

Mit einem Lächeln erwiderte Valborg: »Manchmal sind die Köpfe mehr Zierde, als dass sie genutzt werden.«

Selma fiel in das Lachen mit ein. »Praktisch ist es ja, wenn man im jeweiligen Land Menschen hat, die einen sehr schätzen, und wenn diese dann noch für die richtigen Zeitungen schreiben und Kontakte haben, tja, dann hat man das große Los gezogen.«

»Und wie heißen deine Verehrer?«

»Busse, Carl Busse. Er sprach von mir bereits als ›starkes Talent‹ nach *Gösta*. Das ist natürlich sehr schmeichelhaft und wegbereitend. Und nicht zu vergessen Marie Franzos, sie wohnt eigentlich in Wien, aber ohne sie hätte ich nicht diese Kontakte zu den Herausgebern bekommen. Du musst wissen, dass Marie sich die Bücher rauspikt, die sie übersetzen will, und dann muss sie von sich aus einen

Verlag finden, der das druckt, und mir mein Honorar abgeben. Ellen Key hat sie auch übersetzt.«

»Wirklich? Das wusste ich nicht. Das hört sich nach viel Arbeit für den Übersetzer an. Was bleibt denn dann noch für dich an Honorar hängen?«

»Ach«, Selma nahm noch einen Schluck Wein. »Das ist Verhandlungssache, aber ich bekomme noch ein Drittel davon.«

»Das ist gut.« Valborg machte eine Pause und kniff die Augen zusammen. »Du hast mich heute noch gar nicht gefragt.«

»Gefragt?«, wiederholte Selma.

»Ja, wie es bei mir läuft.« Valborg hielt sich das Glas vors Gesicht, und die Augen schauten verzerrt und milchig so vorwurfsvoll, wie es ging.

»Ach, entschuldige, Liebes. Manchmal bin ich so gefangen in meinen Gedanken und meiner Arbeit, dass ich unaufmerksam werde.« Selma hob ihr Glas zu Olander, und sie stießen erneut an.

Olander schaute zum Fenster hinaus.

»Na?«, fragte Selma.

»Bitte?«

»Jetzt sei doch nicht sauer, erzähl schon. Wie läuft es denn bei dir?«

»Nett, dass du mich fragst.« Olander grinste. »Wir haben neue Aufträge vom Verlag bekommen. Gustaf Cederschiöld und ich.«

»War der nicht damals dein Direktor an der Lehrerinnenschule?«

»Ja, das war mein großes Glück, ihm über den Weg gelaufen zu sein. Was haben wir nächtelang über Pädagogik diskutiert. Und was für ein Glück, dass unsere Ausarbeitungen mittlerweile auch anerkannt werden. Wir sollen weitere Bücher für den Gleerups Verlag schreiben. Zum Thema Unterricht in der Muttersprache, und ein Übungsbuch zum Thema Essays.«

»Wenn die Bücher von dir kommen, werden sie auch sehr gut sein! Auch wenn ich denke, dass noch ganz andere Werte vermittelt werden sollten und das Unterrichten an sich überdacht werden muss.«

Valborg schien den letzten Satz nicht gehört zu haben, sie nickte, und ihre Wangen färbten sich. »Das ist die beste Methode, um Kinder schon früh im eigenständigen Denken zu üben. Abwägen, Thesen prüfen, verschiedene Positionen einnehmen! Wir wollen doch aus dieser Sackgasse des bedingungslosen Gehorsams herauskommen.«

»Liebes, ich bin mir sehr sicher, dass in hundert Jahren die Welt eine ganz andere sein wird, mit starken Frauen, die ihren Weg genauso gehen können wie Männer.«

Valborg blickte Selma lange an. »Schade, dass ich morgen schon wieder weg bin, aber ich habe wichtige Termine, die ich nicht aufschieben kann.«

»Dann veranstaltest du morgen Abend also wieder eine Diskussionsrunde bei dir in Falun für deine Schüler?«

»Ja, warum? Das wird wohl nicht so abwechslungsreich werden wie ein Künstlerabend auf dem Hof von einer meiner Tanten hier, aber bestimmt trotzdem nett.«

Selma fuhr sich mit der Hand über die am Hinterkopf hochgesteckten Haare. »Hier ist es aber auch nett.«

»Selma, ich muss unterrichten. Ich kann doch nicht meine Schüler hängen lassen. Außerdem hat der Stadtrat wieder eine Sitzung.«

»Mhm, wie bekommst du das alles eigentlich unter einen Hut? Du hast die Nationale Gesellschaft für Frauenwahlrecht mitgegründet, steckst deine Nase in Gewerkschaftsangelegenheiten, mischst im Stadtrat mit und willst auch noch Vorsitzende der schwedischen Seminarlehrervereinigung werden. Und dann bin da noch ich. Mit all meinen Wünschen und Nöten. Mit Manuskripten, die du hilfst, ins Reine zu schreiben, klärst meine Grammatikfragen …«

Valborg stand auf und kam um den Tisch herum. »Du bist mein Ausgleich. Du bringst mich zum Lachen, du schärfst meinen Blick für Menschen, du zeigst mir, dass mit einem starken Willen fast alles zu schaffen ist, du bringst Licht in manch dunkle Stunde, kitzelst meinen Intellekt. Und … und du fühlst dich gut an.«

Selma schichtete den Briefstapel um. »Weißt du, ich überlege, ob ich die fertigen Kapitel nicht vor einer Klasse lesen lasse. Die unmittelbaren Reaktionen der Kinder wären Gold wert. Und wie soll ich alte Frau sonst wissen, was bei denen ankommt und was sie nur langweilt?«

Valborg zwickte sie in die Seite. »Alte Frau? Mit siebenundvierzig? Ich würde sagen, du bist in der Blüte deines Lebens, oder was soll ich denn da sagen? Ich bin ja auch nur drei Jahre jünger.«

Beide sahen sich an und lachten. Manchmal fühlte sich das Leben sehr leicht an.

Federleicht.

Selma betrachtete die Kerzen, die auf dem Schreibtisch gemütlich hin und her flackerten und das Licht von der Lampe unterstützen sollten. Je müder sie wurde, desto mehr Licht brauchte sie. Aus dem Nebenraum klang das vertraute Atemgeräusch von Valborg. Selma lächelte, sie spürte immer noch die Wärme auf ihrer Haut, die ihre Freundin hinterlassen hatte. Viel lieber wäre sie neben ihr liegen geblieben, in der duftenden Behaglichkeit. Beobachten, wie die feine Nase von Valborg beim Schlafen manchmal zuckte, wie das Gesicht in vollster Entspannung alle Falten vergaß, die das strenge Nachdenken tagsüber auf die Stirn und um die Augen tupfte. Vielleicht waren die Menschen nur dann ganz echt, wenn sie schliefen. Jahre schienen zwischen dem Schlaf- und dem Tagmensch zu liegen. Jahre und viele Sorgen. Und die Träume, die einen nachts überfielen! Selma hatte zwar Freud gelesen, konnte aber mit seinen Traumdeutungen nicht allzu viel anfangen. Da war ein verlorener Zahn, ein Gebüsch im Wald, eine Schnecke oder ein Koffer ein Symbol für Sex. Ob Freud wohl in seinem Leben zu wenig Sex gehabt hatte? War es das? Oder wie kam er darauf, dass die verschiedensten sozialen Schichten aus aller Herren Länder alle die gleiche Traumsprache hervorgebracht haben sollten? Trotzdem war es gut, dass das Unterbewusstsein in der Literatur Beachtung fand. Vielleicht waren einige Träume verdrängte Wünsche, andere ein Tor zu fantastischen Welten, und wer weiß, ob nicht sogar Ahnen nachts zu Besuch kamen, um Geheimnisse zuzuflüstern?

Selma seufzte. Vor ihr lag ein angefangener Brief an Herrn Dalin. Sie musste ihm endlich die ersten Kapitel senden, alleine, dass er sich einen Eindruck von den Charakteren verschaffen konnte. Bis jetzt hatte sie ihn immer vertröstet bekommen, aber er stand ja dem Lehrerverband Rede und Antwort. Natürlich drängte er. Zwar höflich und mit Hunderten von blümeranten Floskeln versehen, aber es wurde wirklich Zeit. Wahrscheinlich hatte er einfach auch Bange, dass das Lesebuch den Schulen doch nicht gefallen könnte. Selma seufzte erneut, das befürchtete sie insgeheim ja auch. Und wenn Dalin erst mitbekommen würde, wie viele Seiten das Buch umfassen würde, dann hätte er noch viel mehr Grund zur Sorge. Valborg hatte ihr heute ein Kapitel ins Reine geschrieben, dazu musste sie jetzt noch einen Brief fertig machen, damit Valborg beides morgen mit zur Post nehmen konnte.

Es wurde Zeit.

Dringend Zeit!

»Innig Geliebte, Dein letzter Brief hat mich sehr traurig zurückgelassen. Ich kann nur ahnen, wie es Dir geht, hoffen, dass Du bald wieder klar meine Liebe erkennen kannst, aber Du darfst nicht Dinge von mir verlangen, die ich nicht fähig bin, Dir zu geben. Ich habe auch schon oft das Schicksal am Kragen gepackt und geschüttelt und verwünscht, warum wir uns erst so spät im Leben begegnet sind, aber es gibt nun mal bereits andere Bande, die ich nicht leichtfertig zerschneiden darf. Ich trage auch Verantwortung für andere. Aber sehe es doch so, wie es ist, ich bin die ganz Deine. Ich bin die meiste Zeit mit Dir zusammen, und bitte, bitte schreibe nie wieder davon, dass Du ins Wasser gehen willst …«

Selma an Valborg

Kapitel 11

NUR AUS DER HÖHE KANN DER BLICK IN DIE FERNE SCHWEIFEN

Nicht ganz ein Jahr später
Falun, Zentralpalast, April 1907

»Du hast es geschafft«, flüsterte Gerda. Sie sprang auf und schrie: »Sie hat es geschafft!« So konnte es auch der Nachbar verstehen, der gerade wieder inbrünstig seine Geige quälte. Sie schwenkte einen Zeitungsartikel durch die Luft, den Bonnier Selma zugeschickt hatte und der eine Rezension aus Deutschland war.

»Was für ein Adelsschlag. Von wegen, es ist nur ein Schulbuch für die schwedischen Schulen. Das Ausland liebt es, wir lieben es, und die Rezensionen überschlagen sich ja förmlich.«

»Na ja, nicht alle«, wandte Selma ein. »Die Schulbehörde kritisierte, dass es zu unterhaltsam sei und märchenhafte Züge trage, einige Pädagogen sagen, dass die Kinder dazu aufgefordert würden, sich von der Schulbank davonzustehlen und sich wegzuträumen. Einige Lehrer schieben dem Buch alles in die Schuhe, was es zwischen Himmel und Erde gibt, die Kinder würden dazu ermutigt, zu lügen, Spitznamen zu erfinden, es seien keine Spiele beschrieben, die man nachspielen könne. Die Kirche kritisierte, dass zu wenig Kirchliches vorkomme, Nils gehe ja kein einziges Mal in ein Gotteshaus, um Buße zu tun und …«

»Aber Selma, ich bitte dich«, sagte Louise, die gerade zur Küchentür hereinkam. »Die Kirche findet immer etwas, wenn sie nur lange genug sucht, oder?«

Selma lachte. »Das stimmt, Mutter, ich habe gehört, dass der Pfarrer in Skanör die Lektüre von *Nils* sogar verboten hat, weil mein Kapitel über die Erschaffung von Småland vom Herrgott und dem heiligen Petrus wohl als verderblich aufgefasst wurde, eine

Lehrerin, die daraus vorgelesen haben soll, bekam wohl richtig Ärger.«

Gerda stimmte in das Lachen mit ein. »Sachen gibt's. Aber dass dein Lieblingsfreund und größter Verehrer Wirsén darauf ansprang, war ja klar, das nimmst du dir aber nicht zu Herzen?«

»Wirsén würde in den größten Zeitungen über alles schreiben, was mich in ein schlechtes Licht rücken könnte. Sogar über Magenprobleme von mir, oder wenn ich auf nassem Moos ausrutschen würde.« Selma drehte sich zu ihrer Mutter und erklärte: »Er meinte, dass das Märchenhafte zu wenig märchenhaft sei und die realen Passagen zu wenig real. Den Nobelpreis kann ich erst einmal wohl vergessen, Kinderbücherschreiberinnen seien ja keine geeigneten Kandidaten. Obwohl ich seit 1904 jedes Jahr nominiert werde. Immerhin.«

Gerda bedankte sich mit einem Nicken bei dem Dienstmädchen, das gerade einen Tee auf den Tisch stellte. »Selma, deine Ziele hängen höher als die Sterne! Ich bin ja so dankbar für das, was du bis jetzt schon erreicht hast. Auch wenn es einige dusselige Kritiken gibt.«

»Ja, aber es gibt ja auch Kritik, die ich mir durchaus zu Herzen nehme. Wenn auch nur zum Teil, aber der Zoologieprofessor Lönnberg hat im *Stockholms Dagblad* ganz schön ausgeholt, er sagte, dass ich wohl noch nie in natura eine echte Wildgans gesehen hätte, sonst hätte ich die Füße anders beschrieben, oder dass sie keine gelb leuchtenden Augen hätten. Darüber kann man lächeln, auch dass er kritisiert, dass die Gänse auf einem Balkon oder einer Kirche landen, aber dass sie nicht durch einen dichten Wald fliegen können, das hätte ich wissen müssen. Ich habe jetzt den Ornithologen Kolthoff gefragt, ob er mir helfen kann.«

Gerda sagte freundlich. »Wie viele Bücher wurden noch mal gedruckt, über zehntausend, oder?«

Selma lächelte geschmeichelt. »Die Erstauflage waren zwanzigtausend Stück, aber Bonnier meint, dass wir wohl die hunderttausend Stück knacken werden.«

»Und so viel Geld! Selma, hättest du das damals gedacht, als du den Preis für deinen *Gösta* gewonnen hast?«

Aus Selmas Augen schossen Funken voller Glück. »Nein, bestimmt nicht! Dafür kann ich es jetzt umso mehr genießen! Und das Beste, was ich mit dem Geld machen konnte, war, es anzulegen. Was freue ich mich, wenn wir auf meinen neuen Hof ziehen. Ich brauche noch einen Namen dafür, Bergmannshof kam vom Vorbesitzer, das müssen wir ändern, was haltet ihr von … von Lagerlöfsgården?«

Die anderen klatschten in die Hände und lachten, als das Dienstmädchen anklopfte. »Ein Fräulein Lundgren will gerne hereingelassen werden.«

»Ach ja, natürlich«, sagte Selma. »Das ist meine neue Haushälterin, dann kann sie ja gleich meine ganze Familie hier kennenlernen.«

»Und das Gegeige«, flüsterte Gerda. »Nicht, dass sie gleich wieder geht.«

»Quatsch, ich locke sie mit der Aussicht auf Lagerlöfsgården, oder? Aber viel Zeit habe ich gleich nicht, ich muss ja noch packen. Sophies Bruder geht es nicht so gut, den wollen wir besuchen, und nach Nääs geht es gleich weiter mit der Reiserei.«

* * *

Vier Wochen später
Wien, 1907

»Wollen wir uns das wirklich ansehen?«, flüsterte Sophie Selma zu. Sie waren bereits drei Wochen durch Berlin und Prag gereist und befanden sich seit einigen Tagen in Wien.

Selma wisperte genauso leise zurück. »Ja, Marie erzählt so begeistert davon, da können wir sie doch jetzt nicht enttäuschen.«

Die beiden Frauen folgten Marie Franzos. Eine quirlige Mittdreißigerin, die ihre dunklen Haare fast auf skandinavische Weise seitlich am Kopf geflochten hatte. Unter schmalen, dunklen Augenbrauen funkelten neugierige, ebenfalls dunkle Augen hervor. Sie übersetzte seit einigen Jahren Selmas Bücher ins Deutsche und war geradezu vernarrt in die schwedische Sprache. Sie hatte ihnen zuvor erzählt: »Diese Melodie, der Klang, das ist das Schönste, was ich an Sprachen kenne. Da habe ich, nachdem ich zunächst Dänisch gelernt hatte, um Andersen zu übersetzen, das Dänische ganz schnell weggeschoben und bearbeite nun fast ausschließlich schwedische Autoren.«

Sie liefen in Wien die Simmeringer Hauptstraße entlang. Ein geschäftiges Treiben schob die Menschen vorwärts, Frauen wie Männer mit Hüten, Schirmen und Gehstöcken, die Taschen oder Zeitungen unter die Arme geklemmt und den Blick nicht unfreundlich, aber meist starr auf ein Ziel gerichtet hatten, das ein paar Meter in gerader Linie vor den Menschen lag. Da einige immer wieder aus dem Fluss ausbrachen und anfingen zu rennen, handelte es sich wohl auch um eilige Ziele. Automobile bahnten sich ihren Weg auf der Straße, überholten Kutschen, und zwei Pferde zogen eine Straßenbahn ihre Schienenspur entlang.

»Hier, das müssen sie sein.« Marie Franzos blieb kurz stehen und zeigte auf zwei Autobusse. An den Seiten stand *Gemeinde Wien,* vorne am Steuer saßen Fahrer mit großen Schnurrbärten und grimmigen Gesichtern. »Das sind die ersten benzinbetriebenen Busse in Wien, für sechs Wochen wollen sie es wohl testen. Der Fortschritt ist nicht aufzuhalten, oder?«

Sophie meinte mit ernstem Ton: »Ich würde mich denen auf jeden Fall nicht in den Weg stellen wollen.«

Die drei liefen weiter, bis Marie mit einem »Eh voilà« auf einen steinernen Torbogen zeigte. »Sophie dürfte das interessieren, das hier ist zwar nicht der älteste jüdische Friedhof der Stadt, aber die Zeremonienhalle ist sehenswert. Ich bin ja auch Jüdin.«

Sophie sagte: »Ich weiß, ich bewundere den Roman *Der Pojaz* von Ihrem Onkel Karl Emil Franzos.«

Marie blickte sie kurz erstaunt an, wobei ihr die Jugend ins Gesicht huschte wie eine wiederentdeckte Melodie. Sie liefen eine Baumallee entlang, betrachteten die schmuckvollen und altehrwürdigen Grabstätten, um nach etlichen Minuten bei den Ehrengrabmälern zu stoppen.

»Beethoven«, las Selma und lächelte. Auf einem Sockel thronte ein steinerner Aufsatz in Form eines Obelisken, der mit mehreren Symbolen in Gold verziert war. Eine Leier, darüber eine Sonne und ganz oben ein Schmetterling, worum sich eine Schlange wand, die sich selbst in den Schwanz biss.

Sophie überlegte. »Die Leier ist definitiv ein Symbol für Apollo, die Sonne ebenfalls. Apollo war ja auch ein Gott der Musen.«

Selma stieg mit ein. »Die Schlange, die sich selbst in den Schwanz beißt, stellt den ewigen Kreislauf dar.«

»Wie die Musik immer wieder neu geboren wird, wenn jemand die Takte am Klavier anschlägt, sie ist schon so etwas wie ewig. Der Schmetterling als Zeichen für Freiheit?«

Sophie legte ihren Kopf schief. »Ich würde darauf tippen, dass es die Seele darstellt, die gerade gen Himmel fliegt.«

»Danke, Marie«, sagte Selma.

Marie deutete mit ihrem Kopf eine kleine Verbeugung an. »In deinem *Gösta* hast du Beethoven eine besondere Stellung eingeräumt, ich dachte mir, dass ihr euch gut kennt.«

Selma lachte. »So kann man es auch nennen, das Klavierspielen fiel mir eigentlich nie leicht, im Gegensatz zu Sophie bin ich hier keine Naturbegabung, aber Beethoven habe ich schätzen gelernt. Er hat mich durch manch dunkle Stunde getragen, auch wenn er mir das Du nie angeboten hat.«

Marie drehte sich einmal im Kreis. »Hier komme ich manchmal her, wenn ich Ruhe zum Nachdenken brauche. Hier passiert alles auf einmal, die Vergangenheit, die Gegenwart, und in den Gedanken wird auch die Zukunft geboren. Das wollte ich euch zeigen. Und von der prominenten Seite Wiens habt ihr sicherlich eh schon einiges gesehen.«

»O ja!«, seufzte Sophie. »Stockholm und Göteborg haben in Sachen Mode auch einiges zu bieten, aber so einen Salon der Schwestern Flöge, das haben wir dann doch nicht. Welch eine Eleganz! Ich habe noch nie zuvor solche Kleider gesehen. Uns wurde erzählt, dass die eine Schwester, Emilie, mit Gustav Klimt liiert ist und so nicht nur das Gebäude und den Salon von ihm verschönert bekommen hat, sondern dass einige Entwürfe der Kleider auf ihn zurückgehen. Ein Maler, der Frauenkleider entwirft! Das habe ich auch noch nie gehört.«

Selma ergänzte: »Und von der Mariahilfer Straße zur Galerie von Klimt sind es ja doch fast zwanzig Minuten zu Fuß gewesen.«

»Typisch Selma, ich schwärme von den Reformkleidern, die ganz ohne Korsett und Einengung daherkommen, und Selma hat nur Augen für Gold.«

»Na ja, für das Gold, das an Klimts neuestem Gemälde hängt. Wenn ich über das nötige Kleingeld verfügen würde, dann würde ich mir das von seiner Muse und Gönnerin Adele Bloch-Bauer durchaus kaufen. Das war Liebe auf den ersten Blick.«

Die drei näherten sich dem Hauptausgang.

»Wollen wir noch einen Kaffee trinken gehen?«, fragte Sophie. »Marie, warum übersetzen Sie eigentlich unter einem männlichen Pseudonym?«

Marie blieb unvermittelt stehen und musterte Sophie. »Weil ich mir so eine Menge Scherereien erspare. Mit meiner Mutter an meiner Seite muss ich schauen, dass ich genug zu essen auf den Tisch schaffe.«

»Aber vor zwei Jahren haben Sie doch von König Oskar von Schweden die Goldene Medaille *Litteris et Artibus* bekommen, oder?«

»Das schon, aber Medaillen kann man nicht essen, höchstens man hat noch ein paar Zähne in Ersatz. Aber auch dann ist sie irgendwann zerkaut. Sie kennen das ja selbst, als Frau muss man sich gleich zweimal auf die Hinterbeine stellen.«

Ein begrünter Vorgarten eines Cafés lachte ihnen mit all seinen Blumen entgegen. Unter bunten Schirmdächern, zwischen vergnügten Menschen und dem Trubel des Straßengeschehens genossen sie ihre gegenseitige Gesellschaft.

»Fräulein Lagerlöf, stimmt es, dass Sie in den Vorstand der Frauenwahlrechtsvereinigung eingetreten sind?«

»Warum fragen Sie denn?«, wunderte sich Selma.

»Ich überlege, aus meinem Frauenverein wieder auszutreten. Die Frauen streiten und streiten, meist aus privaten Gründen. Ich denke, dass man persönliche Konflikte von politischen Zielen fernhalten sollte.«

»Vielleicht gibt es ja noch andere Vereinigungen?«, sagte Selma. »Ich denke, dass sich alle Kräfte erheben müssen. Vor allem auch neue, die für die Gesellschaft arbeiten und zupacken wollen. Erik Gustaf Geijer nannte das, was gerade in der Politik passiert, eine Seelenlethargie. Die alten Politiker kleben an ihren Sitzen fest und sind blind und taub geworden für die Belange und Nöte ihrer Bürger. Das, was hier in unserem Lande als Bürokratismus bezeichnet wird, ist eine ständige Wiederholung. Immer wieder. Immer das Gleiche. Da verknöchern eher noch die Gehirne dabei, als dass sie neue Ideen ausspucken. Einiges funktioniert, aber wie würde hier die weibliche Vitalität der Politik etwas Feuer unterm Hintern machen!«

Die drei Frauen lachten, und Selma fuhr fort: »Vor einigen Jahren hätte ich mich mit Füßen und Händen gewehrt, aktiv in der Politik mitzumischen, aber jetzt ist ein Punkt in meinem Leben gekommen, da kann ich einfach nicht anders. Das Gefühl, aktiv mitgestalten zu müssen, ist so intensiv, dass ich darauf hören muss. Das zieht sich ja durch mein Leben, dass ich mich auf mein Bauchgefühl verlasse! Eine Gesellschaft, die gesund ist, hat keine Armen, die in Armut leben müssen, und keine Kinder, die im Stich gelassen werden, und schafft ausreichend Arbeit, dass sich die Erwachsenen auch gebraucht fühlen dürfen. Hier kommen wir wieder ins Spiel – die Frauen! Ob es Empathie ist oder die Schaffenskraft, man braucht hier einfach eine weibliche Stimme. Früher, als ich noch zu Hause wohnte, wünschte ich mir, so viel Macht haben zu können wie ein Mann. Warum sollten wir das nicht auch erreichen können? Wir werden es sehen!«

Sophie schaute zwischen den beiden Frauen hin und her. »Ich bevorzuge es, über Politik zu lesen, zu diskutieren oder zu schreiben.«

»Das ist doch genauso wichtig«, meinte Marie.

Selma blickte an den Nachbartisch hinüber, an dem zwei kleine Mädchen saßen. »Ich hoffe sehr, dass sich in den nächsten Jahren etwas ändert. Es ist definitiv eine Welle losgetreten worden, die Frauenwahlrechtsvereine sprießen aus der Erde wie Pilze, und 1905 haben wir in ganz Schweden dreihundertfünfzigtausend Stimmen im Reichstag eingereicht. Wir werden immer mehr, der Druck wird immer größer. Das kann so ja nicht weitergehen!«

»Und den Text der Faluner Petition hattest du geschrieben, oder, Selma?«, fragte Sophie.

Diese nickte. »Es ist doch etwas anderes, ob man andere formulieren lässt oder es selbst tut. Aber wenn ich meine Unterschrift unter eine Petition setzen soll, dann mache ich das doch gleich lieber selbst. Wer hätte gedacht, dass mir solche Dinge mal Freude bereiten.«

Sophie stand auf und ging zu einem freien Tisch. Auf einem Stuhl lag halb versteckt eine vergessene Zeitung, die holte sie sich und kam wieder zurück. »Nennt es Sucht, aber ohne Zeitung fühle ich mich fast so wie nackt. Und ich hatte heute noch keine Gelegenheit dazu.« Sophie verschwand mit dem Kopf hinter der aufgeschlagenen Zeitung.

Vorne prangte in dicker Schrift: Frankreich: *Farbfotos der Brüder Louis Jean und Auguste Lumière tauchen zum ersten Mal in der Öffentlichkeit auf. Wird die Zukunft bunt?*

Selma lächelte »›Das Auge bedarf der Farbe, wie es des Lichtes bedarf.‹ Das sagte schon Goethe. Interessieren Sie sich für Technik und Wissenschaft, Fräulein Franzos?«

Diese nickte und zupfte sich eine Falte ihres langen Rockes glatt.

»Wenn es mir die Zeit erlaubt, lese ich auch gerne darüber. Aber mein Interesse gilt der Sprache und der Literatur. Manchmal gehe ich gerne ins Konzert. Zuletzt sah ich im Carltheater *Ein Walzertraum* von Oscar Straus. Das war toll, eine Operette mit allen Kniffen. Ein Leutnant hat eine Fürstentochter geheiratet und ist schnell von den ganzen Etiketten ermüdet, aber die Musik und der Walzer retten die junge Liebe. Hach, das war was! Die Leute standen am Ende minutenlang da und haben gar nicht mehr aufgehört zu klatschen.«

Sophie raschelte mit der Zeitung, als sie umblätterte, und die beiden anderen schauten irritiert in ihre Richtung. Selma meinte: »Wir haben jetzt wohl erst einmal Ruhe vor Sophie. Wollen wir uns einfach einen Kuchen bestellen?«

Eine Zeitungsecke knickte sich nach unten, und über die Kante lugte Sophie.

»Erzähl doch mal von deinem Nils, bis du damit fertig bist, hab ich das hier schon lange durchgeschaut.«

Selma lachte. »Ach, Marie, seitdem *Nils* letztes Weihnachten veröffentlicht wurde, bekomme ich die drolligsten Zuschriften. Kinder schreiben mir, schicken mir Bilder, senden mir Grüße, wollen wissen, wo der Wichtelmann oder die Gänseschar jetzt sind und was aus Nils wird. Ich muss mich sputen, um rechtzeitig die Überarbeitung des zweiten Teils abzugeben.«

Hinter der Zeitung ertönte es: »Nils, du wolltest von Nils erzählen.«

»Ach ja. Ich hab jetzt einen Pflegesohn, der Nils Holgersson heißt.«

Marie lachte, stockte, als sie sah, dass Selma ernst blieb, und schüttelte den Kopf. »Nee, oder? Wie … also woher …?«

»Das ist eine längere Geschichte. Die fängt auch fast an mit *Es war einmal*. Nein, aber eine Baronin Schough schrieb mich an, dass ein mutterloser Junge mit drei kleineren Geschwistern und einem desinteressierten Vater Hilfe brauche. Und da war ja dann der Name, und ich hätte ja ein großes Herz und ob ich nicht …«

Die Bedienung brachte ihnen drei bestellte große Kuchenstücke, die herrlich nach Erdbeeren dufteten.

»So schmeckt der Sommer«, sagte Sophie und faltete die Zeitung zusammen. »Erdbeeren und Sahne, und man fühlt sich wie die reichste Prinzessin der Welt. Und Walzer tanzen kann man dann immer noch.«

Marie starrte Selma an. »Und jetzt? Jetzt wohnt dieser Nils bei dir?«

»Nein, der kommt erst noch. Wenn wir unsere Reise in den Sommermonaten beendet haben, dann kommt er bei mir in Falun vorbei. Mal schauen«, sagte Selma.

»Die Sache ist ja die«, ergänzte Sophie, »Selma wollte das eigentlich gar nicht, aber sie erzählte von ihm in ihrer Frauengruppe des Wahlrechtsvereins in Falun herum, und da hat eine der Damen gesagt: Gut, das machen wir.«

Selma pikste eine Erdbeere auf und roch daran. »Ja, ich meine, was soll ich denn machen? Ich bin im Laufe eines Jahres ja die meiste Zeit nicht da, oder wenn ich da bin, dann schreibe ich. Ich kann schlecht das Kind mitten in der Stadt in ein Zimmer sperren. Und diese Frau hat einen Hof außerhalb von Falun. Ich unterstütze das Ganze dann finanziell und werde mich natürlich auch immer mal wieder um ihn kümmern. Nils Holgersson. Dass mir das dann auch noch ein Kind einbringt!«

Sophie und Selma tauschten einen kurzen Blick, der vor Dichte fast geplatzt wäre.

Ein paar Stunden später war die Sonne untergegangen. Die beiden Freundinnen saßen im Herzen Wiens in ihrem Hotelzimmer auf den Betten und ließen ihre Füße herunterbaumeln. Von der Straße klangen die schnellen Schritte von Menschen herauf, die zu irgendwelchen Veranstaltungen eilten oder andere Ziele ansteuerten. Gelächter perlte zwischen Hufgeklapper und dem lauten Glockenläuten der Straßenbahn. Der Tag war anstrengend genug gewesen, da genossen sie es, ihre Ruhe zu haben.

Sophie lehnte ihren Kopf an Selmas Schulter. »Es tut gut, mit dir wieder reisen zu können. Das Schulbuch hatte dich ja fast mit Haut und Haaren komplett aufgefressen. Und dann … dass …«

Selma streichelte über Sophies Haare. »Dass deine Mutter starb, das war schlimm, Liebes. Ich weiß.«

Mit einem Ruck setzte sich Sophie wieder hin. »Selma, weißt du, woran ich vorhin denken musste? Als du von Nils erzählt hast.«

Selma schüttelte den Kopf.

Sophie fuhr fort. »Du hast mich ganz am Anfang unserer Beziehung gefragt, ob ich es mir vorstellen könnte, mit dir zusammenzuziehen und ein Kind zu adoptieren.«

Selma streifte mit ihrem Blick den Boden, um dann Sophie in die Augen zu schauen. »Es gibt immer Wünsche, die auf der Strecke bleiben. Vielleicht wäre das auch nicht der richtige Weg für uns gewesen. Wer weiß das schon, aber es ist so mühselig, über Dinge zu reden, die hätten sein können. Wir sind so reich an Erlebnissen. Dafür bin ich dankbar.«

Sophie küsste Selma auf die Wange und ging zum Tisch, um die Briefe durchzusehen. »Wann reist du genau ab?«

»Morgen gegen 14 Uhr. Schade, dass du nach Uppsala nicht mitkommst.«

»Ja, aber ich habe noch einen Termin hier in Wien, du weißt ja, und in einer Woche ungefähr bist du wieder hier. Dann können wir den Balkan entlangreisen, bis nach Dalmatien. Ungarn, Herzegowina, Bosnien, Sarajevo. Das klingt alles so verlockend!« Sophie hob ihren Kopf und lächelte. »Ich freue mich schon darauf wie eine Schneekönigin. Kristallblaues Meer, Sonne, die nicht nur nach Erdbeeren schmecken wird, Dörfer, wie aus den Märchen von *Tausendundeiner Nacht*, Moscheen, die sich in den Himmel erheben. Ich freue mich! Ich freue mich so sehr!«

* * *

Ein paar Tage später
Uppsala, 1907

»Ehrendoktorwürde der Philosophie von der Universität Uppsala«, flüsterte Valborg stolz und wischte Selma von dem langen weißen Mantel ein Staubkorn.

»Du siehst heute umwerfend aus. Der schwarze Hut mit den schwarzen Federn passt perfekt zu deinem Kleid. Humpelst du wieder mehr?« Sie blickte auf den Regenschirm, den Selma an ihrer Seite hatte.

Diese nickte. Sie musste sich auf ihre Atmung konzentrieren, da ihr Herz gerade beschlossen hatte davonzugaloppieren. Erst hatte sie die Große Goldmedaille der Schwedischen Akademie vor drei Jahren erhalten, jetzt das. Dabei war sie gerade erst neunundvierzig Jahre alt.

Die Männer konnten sie nicht mehr ignorieren. Ob sie wollten oder nicht. Und die Stimmen wurden immer lauter, dass der Nobelpreis auch mal einem Schweden oder einer Schwedin gegeben werden sollte. Lauter und lauter.

»Liebes, du musst wieder zur Kur fahren. Nach Larvik, oder was tut dir so gut? Marstrand?«

Selma nickte erneut. Sie war viel zu sehr mit Atmen und den Stimmen in ihrem Kopf beschäftigt, als dass sie hätte antworten können.

»Eine Nacht bleibst du nur hier? Musst du dann gleich wieder zurück nach Wien?«

Erneut nickte Selma.

Über Valborgs Gesicht huschte ein Hauch Dunkelheit, aber sie hatte sich im nächsten Augenblick gleich wieder gefangen. »Wollen wir das Beste draus machen, ja? Ach schau, da geht es schon los, sie holen uns ab! Hörst du die ganzen Kinder? Ich hab sie vorhin aus dem Fenster gesehen, mit ihren Fahnen und Kleidchen. Wie schön, dass die Verleihung mit dem Linné-Jubiläum zusammengelegt wurde. Oh, der Herr Rektor persönlich.« Valborg stand auf und zog Selma am Arm mit in die Höhe. »Einen wunderschönen guten Tag, Herr Viotti, wir haben schon gewartet. Gehen Sie ruhig vor, wir folgen Ihnen.«

* * *

Ein paar Monate später
Falun, 1907

»Schau mal, das habe ich dir aus Dalmatien mitgebracht«, Selma hielt Nils eine eingewickelte Süßigkeit hin. »Aber Vorsicht, das ist sehr süß. So was kennst du sicherlich noch gar nicht.«

Der Junge schüttelte den Kopf, nahm das klebrige Päckchen von Selma, machte aber keine Anstalten, es auszupacken, sah sich mit riesigen Augen in den prachtvollen Räumlichkeiten der Faluner Wohnung um.

Frau Blomquist räusperte sich. »Erzähl mal ein bisschen was von dir, wir würden dich ja gerne kennenlernen!« Eigentlich würde sie erwarten, dass der Junge nur so übersprudelte von Erlebnissen und Wissen über Tiere und dem Land. Allerdings war er ein kleiner, hässlicher Bauernjunge mit blondem Haar und blauen Augen, aber aufgeweckt.

Nils gähnte. »Ich darf dann bei dir wohnen, Tante?«

Frau Blomquist nickte. »Ja, weißt du, Fräulein Lagerlöf hat jetzt erst mal viel zu arbeiten. Dann ist noch jemand gestorben, und sie muss verreisen und sich kümmern, und dann ist hier auch kein Spielkamerad für dich. Aber in den Ferien kommst du dann hierhin zurück, ja?«

* * *

Ein paar Tage später war Selma wieder auf Reisen, die Reisegesellschaft war vertraut, aber in dieser Konstellation ungewohnt, und die Stimmung gedrückt. Es regnete und plätscherte auf das Kutschendach, und Selma schaute aus dem Fenster auf den glitzernden Fryken-See. Dunkle Bäume säumten ihn, und obwohl der Himmel weinte, breitete sich in Selma ein Gefühl von Glück aus. Seit vielen Jahren war sie nicht mehr in dieser Gegend gewesen. »Bess, wann wurde unser alter Hof verkauft?«

Gerda putzte gerade ihrem jüngsten Kind die Nase, überlegte kurz und meinte: »Mhm, das muss so um 1890 gewesen sein, also vor siebzehn Jahren ungefähr, warum?«

»So lange sind wir nicht mehr hier gewesen.«

»Tja, manchmal muss erst jemand sterben, dass man die alte Heimat wieder aufsucht.« Gerda schaute auf ihre vier Kleinen, denen man anmerkte, wie langweilig es war, seit Tagen und Stunden zu reisen. »Wusstet ihr, dass eure Tante über diesen See etwas sehr Schönes geschrieben hat?«

Unter dem Gejohle der Nichten und Neffen beugte sich Selma vornüber. »Dieser See ist so lang gezogen wie ein zäher Teig, an dem man zieht und zieht. Aber sein Wasser kommt nicht alleine aus den Regenwolken, nein, der Wald und die Berge sammeln es unaufhörlich für ihn. Ströme und Bäche ergießen sich das ganze Jahr über in sein Becken. Er kann sich auf feinem weißem Sand ausstrecken, Landzungen und kleine Inseln widerspiegeln und beschauen, der Neck und die Nixe können sich da fröhlich tummeln, und er wird in kurzer Zeit schön und groß. Dort oben im Norden ist er froh und heiter; wenn ihr ihn nur an einem Sommermorgen noch schlaftrunken unter seinen Nebelschleiern liegen sehen könntet, da ist er fröhlich. Erst spielt er eine Weile Verstecken, dann schlüpft er leise heraus aus der leichten Umhüllung und zeigt sich so zauberhaft schön, dass man ihn kaum wiedererkennt …« Selma stampfte mit dem Fuß auf und breitete ruckartig ihre Arme weit aus, sodass die Kleinen quietschend und schreiend nach hinten in ihre Sitze plumpsten. »Aber dann wirft er wie mit einem Ruck die ganze Decke zurück und liegt nun frei und offen glänzend, vom rosigen Morgenlicht umflossen vor euch.« Zufrieden schaute Selma den Kindern zu, wie sie sich jetzt ihre Nasen an den Fenstern platt drückten, um eine Nixe oder Neck zu sehen.

Ein leises Schnarchen verkündete, dass Louise Schlaf finden konnte, wann immer sie es wollte.

Bess sagte: »Selma, das war gestern schön, oder?«

»Dass uns der Wirt und seine Frau wiedererkannt haben? Ja, das war schön. Das fühlte sich an, als ob man …«

»Nach Hause kommt«, ergänzte Gerda.

Die Wolken rissen auf, und einzelne Sonnenstrahlen tasteten die Baumwipfel ab und berührten vorsichtig die Wasseroberfläche, als ob sie Fische angeln wollten.

Schnurstracks vor der Emterviker Kirche stieg der Weg zu einer kleinen Anhöhe auf. Unter ihnen breitete sich die ganze Gemeinde mit der Kirche und der Stadt, mit dem großen Fryken und dem langen, schmalen Tal aus. Und da lag Mårbacka. Eingerahmt von üppigen blauen Hügeln.

Gerdas Mann zeigte rundherum. »Schaut mal, die Häuser um die Kirche haben auf halbmast geflaggt. Und da drüben, da sind die ersten Trauergäste.«

Gerda wurde ganz aufgeregt. »Der Gottesdienst fängt wohl gleich an. Schaut mal, ist das nicht der alte Hauptmann Noreen? Und so viele Bauersfrauen und Mägde. Selma, die werden doch nicht nur gekommen sein, um dich zu sehen?«

Selma schüttelte erstaunt den Kopf. »Und selbst wenn, dann hat Tante wenigstens eine Beerdigung, die sich sehen lassen kann und ihr auch zusteht. Hier war sie noch glücklich und ganz sie selbst! Nicht mehr so wie in ihren letzten Lebensjahren.«

Einen Tag später brach die Reisegruppe doch nach Mårbacka auf. Die alten Bekannten, mit denen sie am Abend noch zusammengesessen waren, hatten ihnen alle abgeraten. Man solle alte Sachen ruhen lassen. Zu vieles habe sich zum Schlechten verändert. Erinnerungen könnten schöner sein als die nackte Realität. Der Hof sei doch früher mal der schönste und entzückendste der Gegend gewesen. Früher. Aber Gerda wollte ihren Kindern gerne das alte Zuhause zeigen, und auch Selma fühlte eine Unruhe in sich, die sie dorthin trieb. *Nach Hause, nach Hause,* riefen ihr die Vögel zu, an denen sie vorbeifuhren. *Nach Hause, nach Hause,* säuselten die Bäume, die ihr mit den Wipfeln den Weg zeigten. *Zu Hause, zu Hause* plätscherte der kleine Teich, der immer noch neben dem kleinen Hof lag. Der Vater hatte hier seine Fische gehalten und vor zu hungrigen Vögeln beschützt wie eine Fischmutter.

Aber das Zuhause war nicht mehr so … nicht mehr das Zuhause, das es einmal gewesen war. Es war nicht einmal mehr ein Hauch davon, viel schlimmer, es war, als ob man seine alte Mutter verlassen hätte und nach vielen Jahren zurückkehren und sie arm und elendig vorfinden würde.

Die Bäume standen noch im Garten, aber die Wege zum Hof waren zugewachsen. Und Mårbacka selbst war zu einem brüchigen Bauernhaus verkommen, mit muffigen Zimmern, in denen norrländische Schlafbänke und ein paar Truhen standen. Nichts anderes. Nach dem Verkauf des Hofes hatte es bis jetzt sieben verschiedene Besitzer ertragen müssen, und Verwahrlosung war das Los. Das Land außen herum und der Wald waren zu großen Stücken verkauft worden, die Ställe waren eingestürzt, die Kätnerhäuser verschwunden, und die fruchtbare Erde war ausgeblutet.

Louise ging um das Haus herum, um nach den Apfelbäumen zu schauen, während die beiden Schwestern auf der Veranda saßen.

»Unser alter Nachbar Noreen hatte erzählt, dass seit dem Erfolg von *Gösta* regelmäßig Leute herpilgern. Und seit *Nils Holgersson* werden es immer mehr, ein paar Hundert über den Sommer, meinte er«, sagte Selma.

Gerda legte ihren Arm um Selmas Schulter. »Dann bist du wohl für die erste Touristenwelle in Värmland verantwortlich, wie lustig.«

»Aber Bess, der Hof sieht aus wie aus einer Spukgeschichte, das ist nicht der strahlende kleine Hof, den ich im zweiten Teil von *Nils* beschrieben habe. Wenn der an Weihnachten erscheint, werden vermutlich noch mehr Menschen hierherkommen.« Selma schluckte. »Weißt du, beim letzten Mal, als ich einen Schritt ins Haus gesetzt hatte, schwor ich mir, eines Tages alles zurückzukaufen. Das Mårbacka daraus zu machen, von dem Vater immer geträumt hatte, dem Besuch eines Königs würdig. Den Moment hatte ich mir allerdings feierlich und mit Trompetenfanfaren ausgemalt, nicht so … Ob unser Tomte hier wohl noch wohnt?«

»Meine Liebe, hast du nicht gerade erst bei Falun einen Hof gekauft?«

»Aber das hier ist unser Zuhause. Bess, eine bessere, glücklichere Kindheit hätte man nicht haben können. Und jetzt mit all den Touristen.«

»Glücklich, bis Vater anfing zu trinken?«

»Bess!«

Gerda sagte mit leiser Stimme: »Ich weiß, es gab Zeiten, da hätte ich für Vater auch alles geopfert. Keiner konnte so mit uns toben und uns zum Lachen bringen wie er. Und keiner konnte uns so gruseln mit seinen Geschichten. Aber schau«, sie zeigte ein Stück unterhalb auf einen großen weißen Stall, dessen Dach an einigen Stellen marode herunterhing. »Er versuchte immer wieder, sich ein Denkmal zu setzen. Wer brauchte hier schon einen so großen Stall? Und dann noch auf diesem Moorboden, weißt du noch, wie er immer wieder einsank, wieder und wieder, bis er endlich stehen blieb? So viele Wochen harte Arbeit, und für was? Oder der Bachlauf daneben, an diesem Projekt ist er ebenfalls gescheitert und …«

Selma schlang ihren Arm um Gerdas Taille, und beide verstummten.

Louise kam wieder zurück, mit vier lachenden und springenden Kindern im Schlepptau und Gerdas Mann, der in einen schrumpeligen Apfel biss, mit angeekeltem Gesichtsausdruck das Stück ausspuckte und den Apfel wegschmiss.

Louise setzte sich zwischen ihre Töchter und fasste ihre Hände. »Schön war es hier. Schön! Die meiste Zeit. Erinnert ihr euch noch, wie Lovisa hier die Blumen betüdelte, uns bekochte und mit ihrem Kniehund durch die Felder streifte? Ein Mops war das, oder?« Ohne auf eine Antwort zu warten, fuhr sie fort. »Hier war sie glücklich. Die meiste Zeit.«

Selma atmete hörbar aus. »Ich bin der Landschaft und den Menschen hier so dankbar. Ohne dieses Land mit seinen eingewobenen Geschichten wäre ich nie im Leben dahin gekommen, wo ich mittlerweile stehe!« Weit entfernt glaubte Selma eine vertraute Melodie zu hören, die Melodie, die das Lappenmädchen als Joik vorgesungen hatte und welche die Winde aus den Wäldern mit dem Geruch der Erde zu Selmas Füßen verband, zu einem Glücksgefühl, das sich bis in die kleine Zehe zog und ihre Augen zum Funkeln brachte.

* * *

Einige Monate später
Lagerlöfsgården, 1907

Der Herbst hatte die Blätter der Bäume in Rot, Gelb und Braun getunkt und verbreitete einen Geruch nach feuchter Erde. Der Lagerlöfsgården bestand aus einem kleinen und einem großen falunroten Holzhaus, die L-förmig angeordnet waren und einen feinen Innengartenbereich umgaben. Am lang gezogenen Wohngebäude, an dem fast komplett weiße Rankhilfen lehnten, war das eine Ende in Weiß gehalten und hatte zwischen riesigen Fenstern schön geschnitzte Holzbalken.

Valborg stand mit Selma vor dem Wohngebäude und sagte: »Vielleicht sollte ich mir in der Nähe auch etwas kaufen, oder ich lasse mir etwas bauen. So etwas wie ein auf den Leib geschneidertes Haus.«

»Das müsste bei dir dann aber Platz für viele Frauen von deinen ganzen Treffen haben«, antwortete Selma und grinste.

Zusammen betraten sie das Haus durch den Haupteingang und gingen in die Bibliothek. An der Wand zu ihrer Rechten führte eine Treppe nach oben, die sich nach beiden Seiten hin verzweigte. Am jeweiligen Ende befand sich je eine Galerie, mit Regalen, die bis unter die Decke mit Büchern bestückt waren.

Selma holte sich vom Tisch einen Stapel Blätter und zeigte sie Valborg. »13 500 Kronen. Ein Vielfaches des alten Verkaufspreises. Und was bekomme ich dafür? Nicht einmal das Land drum herum ist mit dabei, sondern nur das heruntergekommene Haus mit dem klitzekleinen Garten und Park, ein paar Morgen Acker, aber immerhin viele alte, wackere Bäume. Rausgeworfenes Geld, aber was sollte ich machen. Mein altes Zuhause verfolgte mich bis in meine Träume.«

»Ich weiß, du hast ja fast eine regelrechte Depression gehabt nach dem Tod deiner Tante und dem Wiedersehen mit deiner alten Heimat. Aber gleich zwei Höfe?«, sagte Valborg.

»Ich weiß, das wird eine Menge Arbeit.«

»Das bedeutet, dass du in der Vorweihnachtszeit wieder über den ganzen Kalenderbeiträgen und Weihnachtsgeschichten brüten und fluchen wirst.«

Selma lachte. »Ja, das wird dann wohl doch nicht weniger. Das ist immer sicheres, gutes Geld. Und was hat mir der Rückkauf bis jetzt eingebracht? Einen Magenkatarrh. Aber so langsam geht es wieder, und ich komme auch wieder zum Schreiben.«

Valborg schüttelte den Kopf, als sie sich in den hellen, freundlichen Salon setzten, der ganz in Gelb gehalten war und einer Vielfalt von Gemälden, einem Klavier und einem hohen Papyrusgewächs Platz bot. »Wenn du nicht ständig fünfhundert Sachen parallel laufen hast, dann wird dir doch langweilig, oder?«

Selma setzte sich auf das grüne Sofa und nickte der Haushälterin Lundgren zu, die daraufhin Kaffee brachte. »Im Gegenteil, ich warte schon mein halbes Leben darauf, dass es mir mal endlich langweilig werden darf. Also, auf eine angenehme Weise.«

* * *

Ein Dreivierteljahr später
Falun, Juni 1908

Selma saß in der Bibliothek und kaute auf dem Ende ihres Bleistiftes herum. Es wurde Zeit, dass sie die Geschichte beendete, es warteten bereits weitere Figuren und Ideen auf sie, die zum einen das Licht der Welt erblicken wollten, und zum anderen brauchte sie das Geld. Auch der zweite Band von *Nils Holgersson* lief gut, und dank dieses Schulbuchs hatte sie es sich überhaupt erst leisten können, die beiden Höfe zu kaufen, aber der Umbau von Mårbacka fraß ihr regelrecht die Haare vom Kopf. Und dann die ganzen Bittsteller, die jeden Tag mit der Post reingeweht wurden. Nicht zu vergessen ihre Familie, Freunde und Bekannte, denen sie regelmäßig finanziell unter die Arme griff. Sie war so etwas wie ein Einefrauunternehmen. Aber sie schaffte das. Sie musste das schaffen.

Um in die Geschichte besser reinzukommen, fing sie an, den Anfang zu lesen, und blieb immer wieder an prägnanten Stellen hängen:

»Vater und die Knaben sitzen an einem regnerischen Oktoberabend in einem Kupee dritter Klasse, auf der Fahrt nach Stockholm. Vater ist auf seiner Bank allein. Die Knaben sitzen ihm gegenüber, eng aneinander geschmiegt, und lesen einen Roman von Jules Verne, der den Titel führt: Sechs Wochen im Luftballon. Da Vater seine Sehnsucht nach Ruhm und Erfolg nicht stillen konnte, suchte er sich mit dem Trinken zu trösten. Er trank ohne Besinnung und ohne Maß und kam binnen kurzem ganz herunter. Er war nicht mehr liebenswürdig und einnehmend, sondern böse und hart. Und das größte Unglück war, daß er einen furchtbaren Haß gegen seine Frau faßte und sie in jeder möglichen Weise quälte, wenn er betrunken war – und auch sonst. Die Knaben hatten also kein gutes Heim gehabt, und ihre Kindheit wäre sehr unglücklich gewesen, hätten sie sich nicht eine kleine Welt für sich selbst geschaffen, voll von Maschinenmodellen, Entdeckungsplänen und Abenteuerbüchern. (…)

Es ist ein Umschwung bei den Knaben eingetreten, und dies

schreibt sich von dem Abend her, an dem Vater vergaß, heimzukommen und Hugos Geburtstag zu feiern. Es war, als hätte sie bis dahin doch die Hoffnung aufrecht erhalten, daß eine baldige Änderung in ihrem Schicksal eintreten würde. In der ersten Zeit hatten sie damit gerechnet, daß Vater ihrer bald müde werden und sie wieder heimschicken würde. Dann hatten sie sich eingebildet, Vater würde sie liebgewinnen und um ihretwillen zu trinken aufhören. Ja, sie hatten sich gedacht, daß Mutter und er sich versöhnen könnten, und daß sie alle glücklich sein würden. Aber an jenem Abend wurde es ihnen klar, daß dies alles unmöglich war. Vater konnte nichts andres lieben als das Saufen. Und eine schwere Hoffnungslosigkeit bemächtigte sich der Knaben. Nichts könnte je anders werden. Sie würden nie von Vater loskommen. Sie hatten das Gefühl, als wären sie verurteilt, ihr ganzes Leben lang in einem dunkeln Gefängnis eingeschlossen zu sitzen.«

Selma rieb sich mit der linken Hand über die schmerzenden Augenlider. Seitdem sie *Nils* fertig geschrieben hatte, fühlte sie sich manchmal so leer und unendlich müde. Früher hatte sie beim Gedanken an die Welt und die Möglichkeit, durch fremde Länder zu reisen, ein aufregendes Prickeln empfunden, aber jetzt würde sie sich am liebsten für ein paar Tage ins Bett legen und einfach schlafen. Für ein paar Tage? Für ein paar Wochen!

Mit einem Mal sah sie es sehr klar vor sich: Für diese Geschichte gab es nur einen Ausweg. Sie musste die beiden lieben Knaben in den Tod schicken.

Der nächste Morgen begann mit Vogelgezwitscher direkt unter ihrem Fenster. Helligkeit tastete sich zwischen den Gardinen hervor und füllte den Raum mit einer angenehmen Wärme. Aus Richtung Küche erklangen fröhliches Gelächter und das Scheppern von Töpfen. Selma setzte sich im Bett auf und spürte, wie ein stechender Schmerz in ihren Rücken fuhr. Warum vernachlässigte man sich selbst so schnell? Warum waren manchmal alle anderen Dinge so viel wichtiger? Mit einem Ruck zog sie die Gardinen zur Seite, öffnete die Fenster, blieb davor stehen und schloss die Augen. Zog die Luft bis tief zum Bauchnabel. Stellte sich auf ein Bein, presste den anderen Fuß seitlich gegen das Knie und hob beim nächsten Einatmen beide Arme weit über den Kopf und führte sie da zusammen. Es war an der Zeit, sich etwas Zeit zu nehmen.

Kurz darauf saß sie draußen im Vorgarten, zwei Bücher lese- und griffbereit neben ihr und ein unbeschriebenes Blatt vor ihr. Der Duft von Flieder hing in der Luft und verdrehte den Bienen den Kopf, sodass manche benommen umhertorkelten, eine davon landete auf Selmas Hand, die gerade zur Schreibfeder griff. Vorsichtig pustete Selma das kleine Insekt zur Seite und schrieb:

Liebste Sophie, es hat mich sehr glücklich gemacht zu lesen, dass Dir das Kapitel über Nääs in Nils Holgersson gefallen hat. Das bedeutet mir sehr viel, genauso viel, wie mir Dein Bruder ein wichtiger Mensch in meinem Leben war. Es vergeht kein Tag, an dem ich nicht an ihn denke. Ich hoffe, dass sich Deine Trauer bald in liebe Erinnerungen umwandeln wird. Und ich bin mir sicher, dass sich Deine Schwägerin nach einer gewissen Zeit auch wieder fangen wird, sobald die Emotionen stabiler werden, wird sich auch mit Sicherheit eine Klarheit im Kopf einstellen und das Debakel über das Erbe schnell in gute Bahnen gelenkt werden.

Endlich habe ich meine Reise zu Dir geplant, ich werde am Freitag nach Mårbacka fahren, um zu schauen, was die Baustelle macht. Lust habe ich darauf keine, das kannst Du mir gerne glauben, aber daran geht kein Weg vorbei, es müssen Entscheidungen getroffen werden, die nur ich vornehmen kann. Nicht, dass plötzlich fünf Türmchen und Zinnen das Dach zieren. Somit werde ich am Sonntag in Göteborg eintreffen, und ich hoffe, Dein geliebtes Antlitz dort auf dem Bahnhof zu entdecken. Vielleicht hast Du Lust, bis wir nach Nääs reisen, mit mir zusammen vor Ort Tapeten und Möbelstoffe auszusuchen? Mårbacka will ja stattlich eingerichtet werden, das hat es sich nach der langen Zeit auch verdient. Du

kennst doch Ruth Brandberg noch, meine ehemalige Schülerin und Tochter meines damaligen Arztes und Freundes in Landskrona? Sie wird meinen Garten neu anlegen. Das ist so schön zu wissen, wenn auch andere Frauen ihrer Begabung folgen, so wie Du und ich.
Mein Pflegesohn Nils entwickelt sich wohl ganz prächtig, ist stets bemüht, es allen recht zu machen, allerdings ist er eher draußen in den Ställen anzutreffen als vor seinen Lernbüchern. Und Du musst keine Bedenken haben, dass ich den lieben langen Tag nur mit Valborg verbringe und Dich darüber vergesse. Valborg ist so in ihre eigene Arbeit eingespannt, dass ich sie kaum sehe, und wenn ich sie sehe, dann langweilt sie mich mit ihren Vereinsgeschichten.
Du findest, dass das neue Gemälde von Larsson von mir nicht so gut gelungen ist? Ich mag es …

Ellen Lundgren kam angelaufen und trug vor sich ein paar Scheiben duftendes, frisch gebackenes Brot, einen Teller, Messer und Butter. »Fräulein Lagerlöf, Sie bekommen Besuch!« Mit einem Lächeln fügte sie hinzu. »Wie auch schon die anderen Tage: Soll ich gleich einen zweiten Teller holen?«

Selma nickte, stand auf, versteckte den Brief in einem der Bücher und schritt auf Valborg zu, die ihr entgegeneilte. Selma nahm sie in den Arm und sog tief den Duft ihrer Haare ein. »Valborg, wenn du weiterhin so oft vorbeikommst, dann gewöhne ich mich daran, das kann gefährlich werden.«

»Liebes, manchmal muss man die Sehnsucht einfach stillen. Was hältst du davon, wenn ich für ein paar Tage bleibe? Ich sehe dich ja bald schon wieder für eine ganze Weile nicht.«

»Komm, setz dich erst einmal, hast du Appetit?«

Valborg schüttelte den Kopf und nahm neben Selma am Tisch Platz. Sie legte ihre Hand auf Selmas Bein und streichelte es. »Liebes, ich vermisse dich jetzt schon. Vielleicht sollten wir das mit meiner festen Sekretärinnenstelle bei dir doch mal ernster ins Auge fassen. Dann wäre ich so gut wie jeden Tag bei dir.«

Als die Haushälterin mit einer weiteren Tasse und einem Gedeck herauskam, nahm Valborg ihre Hand von Selmas Bein.

Selma sagte: »Ich würde auch viel lieber mit dir sein, aber du weißt, dass ich Sophie gerade nicht alleine lassen kann. Sie ist noch labiler, seitdem ihre Mutter und dann auch noch Otto gestorben sind, aber ich kenne keinen Menschen, der so in einer Scheinwelt lebt und das echte Leben ausklinkt wie sie. Du bist der lebende Kontrast dazu, politisch engagiert und so mitten in dem ganzen Jetzt verankert, dass ich dich dafür bewundere, du bist der Teil von mir, den ich nicht ausleben kann. Dafür liebe ich dich.« Selma schaute kurz zur Tür, in der niemand stand, und drückte Valborg einen Kuss auf die Wange. »Und ich liebe dich nicht nur dafür, aber für dieses andere *dafür* haben wir ja in den nächsten Tagen dann noch etwas Zeit.«

»Was mag diese berühmte Schwedische Akademie seit einiger Zeit im Sinn haben? Wie lange wird der Nobelpreis für Literatur noch seine Reise um die zivilisierte Welt machen? […] Allmählich ist es die ganze Welt, um die er läuft. Wird der nächste Preisträger deshalb ein Japaner sein, ein Türke, ein Chinese oder ein hebräischer Theaterdichter?«

Aus einer Pariser Zeitung, nachdem es immer noch keinen schwedischen Preisträger gab, obwohl Strindberg oder Selma herausragende Kandidaten waren

Kapitel 12

ES SCHADET NICHTS, IN EINEM ENTENHOFE GEBOREN ZU SEIN, WENN MAN NUR IN EINEM SCHWANENEI GELEGEN HAT

Stockholm, 10. Dezember 1909

Es war bitterkalt, so kalt, dass die Wangen von Selma und Valborg sofort rot wurden, als sie aus dem Grand Hotel nach draußen an die frische Luft traten. Schnee lag auf den Straßen, gräulich und zermatscht, da, wo viele Menschen und Fahrzeuge entlangeilten. Schnee lag auf den Dächern, weiß und aufgeplustert, wie Vögel, die darauf lauerten, dass der Frühling kam, und Schnee lag auf den Fährschiffen im Hafen, die ihren Qualm durch schwarze Rohre pusteten und dunkle Rußflecken auf das reine Weiß regnen ließen.

»Willst du da jetzt hinlaufen?«, fragte Valborg und zog die Schultern hoch, um den Schal, der um ihren Hals geschlungen war, um einige Zentimeter nach oben zu schieben, ohne ihre Hände aus den Taschen nehmen zu müssen.

»Ein paar Schritte an der frischen Luft haben noch niemandem geschadet, komm mit, meine Liebe. Ist es nicht herrlich?«

Valborg drehte ihren Kopf. »Es ist herrlich, mit dir hier zu sein, auch wenn wir jetzt die Zimmer wechseln müssen.«

Selma, die vorausgeeilt war, blieb stehen. »Nicht schon wieder, Valborg. Du weißt, dass ich das jetzt nicht gebrauchen kann. Komm, schau dir die Königliche Oper an, was der Schnee für Skulpturen auf dieses geweihte Dach gezaubert hat, dann noch ein paar Schritte die Malmtorgsgatan hoch, dann sind wir schon da.«

Etwas missmutig stapfte Valborg hinter Selma her, sie befanden sich seit zwei Wochen in Stockholm und hatten bis heute in der Pension von Klara Larsson gewohnt. Aber heute musste Selma umziehen, da die Preisträger im Grand Hotel untergebracht waren, auch wenn sie die hohen Kosten dann selbst zu tragen hatte. Außerdem reiste Sophie an, die das mit Sicherheit nicht lustig finden würde, dass die beiden sich bis jetzt ein Schlafzimmer geteilt hatten.

»Immer Rücksicht nehmen auf Sophie, Sophie hier und Sophie da, ich kann es bald nicht mehr hören«, schimpfte Valborg leise vor sich hin, aber Selma war so in ihr Glück vertieft, dass sie fast sogar ihr Humpeln vergaß und mit einem gewaltigen Lächeln die Tür zu Augusta Lundins Studio aufstieß.

Valborg murmelte. »Das hatte mir Sophie empfohlen, das ist das Zentrum der Pariser Mode in Schweden und so weiter und so weiter, das ist jetzt das zweite Mal, dass ich hier mit rein …«

»Valborg, kannst du bitte mal?« Selma stand im Empfangsraum zwischen Palmen und Bildern aus Frankreich an der Wand. Augusta Lundin kam herein, eine stattliche Erscheinung von fast siebzig Jahren, die als erste Frau in diesem Bereich den Durchbruch geschafft hatte und als königliche Hoflieferantin der neuesten Mode galt. »Doktor Lagerlöf, ich bin froh, Sie noch einmal persönlich zu sehen. Die letzten Änderungen wurden vorgenommen, und alles wurde fein säuberlich eingepackt. Ich kann Ihnen gar nicht sagen, was es mir bedeutet, Sie zu diesem Ehrentag einkleiden zu dürfen. Die erste Frau! Sie sind tatsächlich die erste Frau, die das geschafft hat! Den Literaturnobelpreis.«

Kurz darauf kuschelte sich Selma in der Kutsche an Valborg. »Wenn dieser Doktortitel für etwas gut ist, dann, dass ich dieses *Fräulein* losgeworden bin. *Fräulein* Olander, wohin dürfen uns die treuen Pferde denn bringen?«

Valborg kniff Selma in die Seite und stimmte in ihr Lachen mit ein. Das Leben war fürwahr herrlich.

Nach einer kleinen Rundfahrt durch die Stadt hielt die Kutsche vor dem Grand Hotel. Die beiden Frauen liefen zur Rezeption, während ein Angestellter die kleinen und großen Päckchen hineintrug. An der Rezeption stand eine vertraute Person, die sich beim Klang von Selmas Stimme umdrehte. Sophie, mit einem Gesichtsausdruck, als hätte sie den Leibhaftigen getroffen.

Selma ging mit ausgestreckten Armen auf sie zu: »Sophie, wie schön, dich zu sehen. Ich freue mich so, dass ihr beide mich zu dem Fest begleiten wollt.«

Sophies Augen verengten sich zu zwei schmalen Schlitzen. Wie ein Tiger, der sich geduckt an seine Beute anschlich, näherte sie sich. »Selma, ich komme gerade aus der Pension Klara, ich vermutete dich zunächst dort.«

Selma schob ihre Unterlippe vor. »Nun, dann hast du uns ja doch noch gefunden, was …«

»Selma!«, Sophies Stimme zitterte leicht. »Selma, ihr habt euch dort für zwei Wochen ein Zimmer geteilt.« Schrill brach es aus ihr heraus: »Was bildest du dir denn ein?«

»Sophie, doch nicht …« Selma fühlte einen Blick in ihrem Rücken, drehte sich um und sah, wie Wirsén zur Hoteltür hereinkam. Selma packte Sophies Hand, drückte sie so fest, bis ihre Freundin scharf die Luft einsog, und sagte leise und bestimmt. »Komm mit hoch. Hier nicht.« Und fügte ein eindringliches »Bitte. Jetzt!« hinzu.

Valborg, die mit großen Augen die Szene verfolgt hatte, löste sich, holte Selmas Zimmerschlüssel und scheuchte die Pagen mit den kleinen und großen Boxen vor sich her.

»Was soll das heißen?« Sophie stand in Selmas Hotelzimmer und rang um ihre Beherrschung. »Seit Jahren begleite ich dich, unterstütze dich, fiebere mit dir mit, und jetzt hast du es geschafft, dein heiß ersehnter Wunsch wird wahr, und du? Lügst mich wieder an.« Sophies Stimme brach.

Selma lief in ihrem Zimmer auf und ab. »Sophie, Liebes, ich habe dich doch nicht angelogen.«

Die Stimme ihrer Freundin überschlug sich, als sie laut brüllte:

»Seit zwei Wochen, ihr seid seit zwei Wochen in der Stadt. Gemeinsam in einem Zimmer.«

Die Tür zum Badezimmer öffnete sich, und Valborg trat dazu. »Man kann euch sicherlich bis auf den Flur hören.« Sie sah Sophie direkt ins Gesicht und sagte. »Nein, das war nicht ein Zimmer, wir hatten zwei Zimmer zu unserer Verfügung. Aber nur ein Bett.«

»Valborg«, jaulte Selma, doch ging das in der aufsteigenden Lautstärke unter.

Sophie stützte sich auf einen Stuhl am Tisch ab und fauchte. »Seit du in ihr Leben getreten bist, ist alles so schrecklich geworden, du bist schuld, dass …«

»Schrecklich? Bitte? Ich glaube, dass ich ihr eine bessere Stütze bin als du. Wer kümmert sich denn um die Reinschrift der Manuskripte, um die Grammatik, um ihre Briefe, wer hält ihr den Rücken so frei, dass …«

»Sie will gar nicht ihren Rücken freigehalten bekommen«, schrie Sophie, griff sich ein Buch vom Tisch und schmiss es nach Valborg. »Sie hat Sekretärinnen, die machen das auch viel besser, du ziehst sie ins …«

Valborg, die von dem Buch seitlich gestreift worden war, schaute sich wild um und griff sich Selmas Regenschirm, der neben der Tür in einem Emaillegefäß steckte. »Ich zieh dir gleich …«, fing sie an, als Selma zwischen sie trat und die Hände über den Kopf hielt.

Mit lauter Stimme sagte sie: »Es reicht. Raus. Sofort. Alle beide.«

* * *

Für die nächste Stunde lag Selma auf dem Bett. Die Vorhänge waren zugezogen, und auf ihrer Stirn befand sich ein Tuch, das sie zuvor in kaltem Wasser getränkt hatte. Ihr Kopf war nicht mehr ihr Kopf, sondern der Aufenthaltsort von einem dumpfen Schmerz, der ihr die Augen zudrückte. In ihren Ohren steckte ein monotones Geräusch, das zur Qual wurde. Sie fühlte sich, als ob ihr Kopf eingeschlossen wäre und so empfindlich gegenüber Licht, Geräuschen und den eigenen Gedanken. Sie drehten sich nur, immerzu, rundherum, um diesen Schmerz, begleitet von dem Ton, der sie zur Verzweiflung brachte.

»Selma«, es klopfte an der Tür. Valborg stand davor. »Selma, du musst dich fertig machen, du hast doch gleich noch deinen Friseurtermin. »Miss«, drang auch Sophies Stimme durch. »Liebes, es tut uns leid, aber bitte, bitte komm doch wieder raus. Du kannst doch nicht auf den letzten Metern dem Wirsén und seinen Artgenossen einen Gefallen tun. Wir reißen uns zusammen. Das versprechen wir dir. Alle beide.«

Valborg fügte hinzu: »Das ist doch dein großer Tag! Und was ist mit deiner Rede?«

Als Selma sich unter Ächzen aufrichtete, aufstand und zur Tür humpelte, diese öffnete und ihre Freundinnen anschaute, konnte sie an deren Reaktion ablesen, dass sie wohl so aussah, wie sie sich gerade fühlte: herrlich schrecklich.

Das lange Kleid war eine Wucht. Silbergrauer Seidenbrokat schmiegte sich weich an Selmas Körper. Unter der hohen Taille floss der Stoff nach unten, öffnete sich weit oberhalb der Knie zu einem Schlitz, aus dem hellgrauer, verspielter Chiffon lugte. Das Oberteil hatte kurze Puffärmel, in denen sich ebenfalls längliche Schlitze befanden, die den Blick auf den gleichen wolkigen Chiffon frei ließen. Unter dem Ausschnitt befanden sich sechs übereinanderliegende Ketten aus silbernen Seidenfäden, auf denen Holzperlen aneinandergereiht waren, die ebenfalls von silbernen Seidenfäden überzogen waren. Über die Schultern hing ein zartes Chiffontuch, das sich flach über die Brüste legte bis auf die Höhe der Hüfte. Silberne Rosen zierten es, und an den Enden waren, ähnlich wie Gebetsketten, ebenfalls die silbern überzogenen Holzkugeln angenäht. In sechs Reihen jeweils sechs Stück übereinander. Die Seide war zu einem Jacquardgewebe verarbeitet worden, somit konnten zarte, silbrig glänzende Rosen mit dunkelgrauen Blättern und ebenfalls silbrig glänzende Bänder, die große Schleifen bildeten, als Muster eingewebt werden, die hinten in einer kleinen Schleppe zusammenliefen. Selma sah aus wie eine Königin, ihre Haare waren zu einer Hochsteckfrisur voluminös aufgetürmt, sie war dezent geschminkt und trug eine goldene Kette, goldenen Armschmuck und Ringe.

Valborgs und Sophies Augen glänzten, als sie ihre Freundin sahen. Jetzt sah sie auch so aus wie eine mächtige, stolze Frau, die nicht nur den Männern die Stirn bot, sondern ebenfalls eine feine Künstlerin der Sprache war.

Zur Preisverleihung kamen auch Selmas Freundinnen Anna Oom und Elise Malmros und natürlich ihre Familie.

Gerda saß in einem wunderschönen blauen Kleid neben Sophie und sagte: »Eigentlich hätte Selma bereits letztes Jahr den Nobelpreis bekommen sollen, wer kann schon behaupten, dass sein fünfzigster Geburtstag so groß gefeiert wurde wie ein Nationalfeiertag? Schulkinder kamen aus der Nachbarschaft bei uns vorbei, in der Zeitschrift *Idun* waren fünfzig Gratulanten von Rang und Namen abgedruckt, und selbst das Königshaus gratulierte. Das habe ich noch bei keinem anderen der Nobelpreisträger gehört. Aber Wirsén hatte ja wieder alles in Bewegung gesetzt, um das zu verhindern. Gott sei Dank ist dieser Bann nun gebrochen.«

In der Musikaliska Akademien am Nybroviken hielten die Gäste in der musengeküssten Halle gemeinschaftlich die Luft an. Es schien, als ob alle Uniformen des Landes mit Schärpen und glänzend polierten Schuhen sich mit den prächtigsten Abendgarderoben der Damen zu einem Stelldichein verabredet hätten. Es raschelte, hüstelte und stöckelte an allen Ecken, und doch traute sich in diesem Moment keiner zu atmen. Riesige gläserne Kronleuchter hingen von den Decken, der Raum war an den Wänden in Gold gehalten, und die leichten Vorhänge hatten ebenfalls eine goldgelbe Farbe. Claes Annerstedt, der Präsident der Schwedischen Akademie, hielt in feierlichem Ton eine Laudatio auf Selma: »Selma Lagerlöf wird heute hier geehrt aufgrund des edlen Idealismus, der lebendigen Vorstellungskraft und der spirituellen Wahrnehmung des Lebens, die ihre Dichtung prägen. Die Einfachheit und Reinheit, die Schönheit des Stils und die Kraft der Einbildung durchdringen sich völlig mit einem weiteren bemerkenswerten Zug ihres poetischen Genies: mit der moralischen Kraft und innerstem religiösem Gefühl. Alfred Nobel hätte es sehr begrüßt, dieser Ehrung von einer Dichterin beizuwohnen, deren Name weit über die Landesgrenzen hinaus bekannt ist.«

Als König Gustav V., mit ordentlich gestutztem Bart, Brille und über und über mit Orden behängt, hinzutrat, um Selma das mit weißen Rosen verzierte Nobelpreisdiplom, die Goldmedaille und den Scheck über 139 799 Kronen und 83 Öre zu überreichen, hatte Selma Tränen in den Augen und bekam außer einem unzusammenhängenden Gemurmel, welches ihren Dank ausdrücken sollte, nichts heraus. Das fiel aber keinem auf, da sich ein ohrenbetäubender Applaus auf den Augenblick legte und Selma glühen ließ wie ein Glühwürmchen, das mit seiner Leuchtkraft die Nacht zum Tag gemacht hatte.

Selma wurde getragen. Von der Stimmung, den Glückwünschen, dem Glück und den Wünschen, den Wünschen und dem Glück. Sie war wie auf Watte gebettet und nahm alles nur durch einen Schleier wahr. Ihr Bruder Daniel mit seiner Familie, die Schwester mit all ihren Lieben, die Familie aus Stockholm, bei der sie als Kind übernachtet hatte, Valborg und Sophie, alle waren immer wieder an ihrer Seite und begleiteten sie auf dem Weg zum Bankett ins Grand Hotel. Die Festlichkeiten hatten gerade erst begonnen und sollten mehrere Tage andauern, aber jetzt erwartete man eine Dankesrede von Selma, wie auch von den anderen Nobelpreisträgern.

Als sie in den großen, hell erleuchteten Saal des Grand Hotel traten, beschienen die Kristallleuchter den festlich gedeckten Tisch, und das Licht wurde tausendfach von den verspiegelten Wänden zurückgeworfen. Selma nahm Platz zwischen dem Kronprinzen Gustav Adolf und dem Malerprinzen Eugen. Sophie strahlte, weil sie mit an der Ehrentafel sitzen durfte, nur Valborg musste, wie das andere Fußvolk, an einem Seitentisch Platz nehmen. Kurz zuvor hatte sie noch ein Blatt in Selmas Hand gedrückt. Das Blatt mit der Rede. Nachdem das Stimmengemurmel weniger geworden war, die Kellner die Gäste mit Gläsern voll perlendem Champagner versorgt hatten, wurden die einzelnen Nobelpreisträger nochmals vorgestellt, aber diesmal unfestlicher, eher heiter. Wilhelm Ostwald, der im Bereich Chemie für seine Forschung über Katalyse den Nobelpreis erhalten hatte, wurde als Maler vorgestellt, der neben der Farbenlehre von Goethe noch nebenbei Zeit gefunden hatte, sich philosophischen Themen zu widmen, und dann noch, sozusagen kurz vor dem Schlafengehen, die Katalyse entwickelt hatte. Ostwald, ein gestandener Mann mit langem dunklem Bart, hob in seiner Dankesrede seine Überraschung über den Erhalt des Preises heraus, und wie er sich gefreut habe, dass die von ihm entwickelten Methoden zu diesem Ergebnis geführt hätten.

Das Essen war köstlich, als Vorspeise gab es eine Consommé Marguérite und als nächsten Gang Suprême de turbotin Polignac (Steinbuttfilet mit Champignons in Weißweinrahmsoße), dazu konnte man einen Rüdesheimer Riesling genießen. In der Essenspause wurde Theodor Kocher geehrt, der den Nobelpreis für seine Arbeit über die Physiologie, Pathologie und Chirurgie der Schilddrüse im Bereich Medizin erhielt. Nach dem Filet de bœuf à la renaissance (Rinderfilet mit gedünstetem lasiertem Frühlingsgemüse und Bratenrahmsoße) wurde Selma als erste schwedische Preisträgerin und Königin der Literatur vorgestellt.

Mit zittrigen Knien stand sie auf, wartete, bis sich alle Augenpaare auf sie gerichtet hatten, holte tief Luft aus dem Bauch und wurde ganz ruhig. Sie lächelte. Wusste, dass, wenn der erste Schritt getan war, die Zuhörer in ihren Bann gezogen werden würden – ihren persönlichen Erzählbann. Und jetzt gab es eh kein Zurück mehr. Die Kerzen auf den Tischen warfen Lichtkleckse an die verspiegelten Wände, die die hellen Punkte um ein Vielfaches durch den Raum streuten, es war fast wie in einem Märchen aus *Tausendund-*

eine Nacht. Jetzt, in diesem Moment, war dieser Raum voll, voll von Geistern und Schemen vergangener Geschichtenerzähler, von Dickens, Andersen, Runeberg, den Kavalieren, der alten Frau, die oft vor Mårbacka gesessen und Geschichten über Trolle und tragische Liebeleien erzählt hatte, ihrer Oma, der Tante. Und ihrem Vater. Ihr Vater war die Person gewesen, die ihr die Liebe für Erzählungen bereits in jüngsten Jahren direkt ins Gehirn und ins Herz gebrannt hatte. Mit so einer unbändigen Lebensfreude und Neugierde, schlau hinterfragend und gleichzeitig alles ausschmückend, dass es fantastischer war, als selbst jeder Pastor von der Kanzel predigen konnte. Es gab keinen, der sich mehr hätte freuen können als er, keinen, der einen größeren Respekt für das geschriebene Wort und seine Erschaffer gehabt hatte.

»Königliche Hoheiten, meine Damen und Herren. Vor ein paar Tagen saß ich im Zug, auf dem Weg nach Stockholm. Es war früher Abend. In meinem Abteil gab es nur wenig Licht, und draußen war es bereits stockdunkel. Meine Mitreisenden dösten in ihren Ecken, und ich saß still und leise da, lauschte nur dem Rattern des Zuges.« Selma berichtete, wie sie an ihren Vater gedacht und eine tiefe Trauer verspürt hatte, dass er heute nicht dabei sein konnte. Da war ihr Vater plötzlich in einem Schaukelstuhl vor ihr aufgetaucht und hatte Zwiesprache mit ihr gehalten. Selma sagte: »Vater, ich bin gekommen, um Sie um Rat zu fragen, ich bin hoch verschuldet, was kann ich tun? Hier auf Erden kann mir keiner raten, aber vielleicht weiß man im Himmel eine Antwort.«

Und der Vater sagte: »Liebe Tochter, was man über Värmland sagen kann, ist, dass es alles gibt, außer Geld.«

Selma fuhr fort: »Es ist kein Geld, um das es geht, es ist noch viel schlimmer. Genau genommen ist es sogar Ihre Missetat von Anbeginn an, dass ich in diese Lage geraten bin. Wissen Sie noch, wie Sie Klavier gespielt und uns die Lieder von Bellman vorgesungen haben? Sie haben uns die Werke der großen Schriftsteller lesen lassen, und das war das erste Mal, dass ich dazu kam, tief in einer Schuld zu stehen. Vater, wie kann ich das jemals wiedergutmachen, dass Sie mir beigebracht haben, die Märchen zu lieben, die Heldensagen, das Land, in dem wir leben, das ganze menschliche Dasein mit all seinem Elend und seiner Herrlichkeit? Aber nicht nur bei Ihnen habe ich Schulden, auch bei all den Vagabunden, die durch unser Land zogen, sich zum Narren machten und sangen. Was schulde ich ihnen nicht, für all ihren Unfug und ihre verrückten Streiche! Und den alten Männern und Frauen, die im Wald in ihren grauen Häuschen hausten, und wenn einer von ihnen herauskam, erzählte er die wundervollsten Geschichten über Wassergeister, Trolle und verzauberte Mädchen, die in die Berge gelockt wurden. Sie haben mir beigebracht, dass es Poesie gibt, in dem harten Gestein und den schwarzen Wäldern. Und denken Sie, Vater, an all die blassen, hohlwangigen Mönche und Nonnen in ihren düsteren Klöstern, die Visionen, die sie sahen, die Stimmen, die sie hörten. Ich habe aus ihrem Legendenschatz geliehen.«

Selma zählte alle auf, denen sie Dank schuldete, von verstorbenen Größen, den Bauern, die nach Jerusalem reisten, der Natur mit ihren Pflanzen und Tieren, die ihr einige Geheimnisse zugeflüstert hatten, ihren Wegbegleitern und Wegbereitern und auch denen, die die Sprache zu dem kunstvollen Instrument gemacht hatten, zu der sie erblüht war, den Fackelträgern und Wegfindern.

Selma endete mit: »Und was soll ich zu denen sagen, die mich für diesen Preis vorgeschlagen, und denen, die darüber abgestimmt haben? Denken Sie, Vater, es geht nicht nur um die Ehre und das Geld, sondern um das Vertrauen, das diese Menschen mir schenkten, mich vor der ganzen Welt so herauszustellen. Wie soll ich diese Schuld zurückzahlen?«

Während sich der Vater Freudentränen aus den Augenwinkeln wischte, donnerte seine Hand auf die Schaukelstuhllehne, und er sagte: »Ich werde mir meinen Kopf nicht zerbrechen über etwas, was sowieso niemand zwischen Himmel und Erde beantworten kann. Ich bin zu glücklich, als dass ich mir über etwas Sorgen machen möchte.«

Selma schloss mit den Worten: »Ihre Majestäten, Ihre königlichen Hoheiten, meine Damen und Herren, nachdem ich auf all meine Fragen keine besseren Antworten bekommen konnte, bleibt es mir nur, Sie zu bitten, sich mir bei dem Toast anzuschließen, den ich die Ehre habe, auf die Schwedische Akademie auszubringen.«

»Ich bin so stolz auf dich«, sagte Sophie und drückte Selmas Hand.

Sie standen in der Hotellobby, wo sich die Ansammlung gerade verlief. Die Geisterstunde war schon lange überschritten, doch das Glück pulsierte immer noch in Selmas Blut und vertrieb jede Art von Spuk, der sich überhaupt nur in die Nähe verirren könnte. Valborg stand auf der anderen Seite von Selma und hatte sich bei ihr untergehakt. Die Verwandtschaft befand sich gerade im Aufbruch.

Gerda drückte ihr einen Kuss auf die Wange. »Danke! Du bist die Beste … auch wenn ich deine Rede überhaupt nicht angemessen …«

»Gerda!« Daniel zog sie zur Seite. »Alles zu seiner Zeit, und heute ist Selmas Tag.«

Selma lächelte schief und winkte ihren Geschwistern nach, zu Valborg und Sophie sagte sie: »Heute ist gut, das geht so die nächsten Tage weiter. Auch wenn ich mich frage, warum man aus einer Geflügelkraftbrühe mit Einlage gleich was Königliches machen muss. Consommé Marguérite …« Kopfschüttelnd küsste Selma beiden Freundinnen einen Gutenachtgruß auf die Wangen. »Vielleicht benennt man mal einen Keks nach mir, wer weiß das schon, aber zur Königin reicht es wohl nicht mehr.«

Sophie kicherte. »Liebes, das bist du doch schon längst.«

Und Valborg bestätigte. »Die heimliche Königin Schwedens!«

Am nächsten Abend fand eine zweite, ausgelassenere Feier statt. Im Wintergarten des Hotel Royal trafen sich zwölfhundert Frauen, um Selma zu ehren, tausend weitere wären gerne noch dazugekommen, aber es war einfach kein Platz mehr. Selma war der ganze Andrang nicht geheuer. So viel Aufhebens um ihre Person. Wie viel lieber hätte sie sich einfach zurückgezogen und versucht, die Dinge, die gerade passierten, in Ruhe zu verstehen und zu verdauen. Ruhe! Ein Wort, dessen Bedeutung sie in praktischer Umsetzung nicht mehr zu kennen schien.

Am Arm der Kinderbuchautorin Elsa Beskow kam Selma nach vorne gelaufen, zu einer erhöht stehenden Tribüne, auf der ein goldener Thron stand. Ein riesiger Blumenstrauß aus weißen Rosen wanderte in ihren Arm, und wie auf ein Handzeichen hin fingen alle Frauen an, das Heimatlied Selmas zu singen. Ein Meer aus Lippen bewegte sich und trug Selma auf dem Bogen der Melodie zu einem Gänseschauer, der ihr den Rücken hinunterkroch:

»Ach, Värmeland, du schönes, du herrliches Land,
du Krone unter allen Ländern Schwedens!
Und käme ich sogar mitten in das gelobte Land,
so würde ich doch immer wieder nach Värmland heimkehren.
Ja, dort will ich leben, ja, dort will ich sterben.
Sollte ich einmal eine Maid aus Värmland heiraten,
dann weiß ich, dass ich es nie bereuen werde.«

Selma schluckte und flüsterte Lydia Wahlström, die auf sie zutrat und ihre freie Hand schüttelte, etwas zu. Lydia hatte den Landesverband für das Frauenwahlrecht mitgegründet, war aktuell dessen Vorsitzende. Jetzt wurde der goldene Stuhl von der Tribüne hinuntergestellt, Selma wollte nicht über den anderen sitzen, sie wollte auf Augenhöhe mit ihnen sein. Lydia sprach ein paar Worte zur feierlichen Einstimmung und bedankte sich auch für den Goldstaub, den Selma auf den Alltag aller streute und mit ihren Geschichten die Herzen von Klein bis Groß traf.

Selma war in den Wochen vor der Reise nach Stockholm krank gewesen und hatte schon befürchtet, die Fahrt nicht antreten zu können. Umso mehr fühlte sie eine Dankbarkeit, die an ihrem Herzen ein Streichholz entzündet hatte. Es war alles genau richtig, so wie es gerade war. Sie stand in einem wunderschönen schwarzen Kleid, das sie aus dem gleichen Modeatelier hatte wie das Nobelkleid, vor den Gästen und blinzelte. Das Licht blendete sie, und die Spannung, die im Raum lag, konnte man fast mit einem Messer zerschneiden. Sie war Vorbild, Vorbild für so viele Frauen. Sie bedeutete ihnen etwas, sie sahen etwas in ihr, das sie nun auch versuchen musste auszufüllen. Preise waren nicht nur dazu da, entgegengenommen zu werden, nein, sie verpflichteten den Träger, den Schatten auszufüllen, der von ihm geworfen wurde. Selma schloss kurz die Augen, ließ die Melodik, gewebt aus dem Geflüster, Lachen und Gemurmel, an ihr Ohr branden, sammelte sich in ihrem Atem und sprach mit klarer Stimme zu den blitzenden Augenpaaren, die sie so erwartungsvoll und bewundernd anstarrten:

»Meine werten Damen, ich fühle mich sehr geehrt, dass Sie alle heute zusammengekommen sind, um mit mir das Ereignis zu feiern, dass nicht nur ein erster schwedischer Mitbürger den Literaturnobelpreis erhalten hat, sondern dass es eine Frau ist … eine Frau, die diesen Preis nun in Händen hält. 1903 gab es bereits im Bereich Physik und Chemie eine weibliche Preisträgerin, unsere geschätzte und verehrte Marie Curie. Und nun haben wir auch im literarischen Bereich Einzug gehalten. Ihr seht, die Männer kommen nicht mehr um uns herum. Wir werden nicht die letzten Frauen gewesen sein, im Gegenteil, wir haben gerade erst angefangen, unsere Plätze einzunehmen, die uns auch zustehen. Dabei bedarf es helfender Hände, liebe Damen. Es bedarf der Freundinnen, Heldinnen, Abenteuerinnen, Vordenkerinnen, und ihr könnt alle einen Teil dazu beitragen: Tut einfach das, was wir Frauen am besten können: unterstützen! Aber diesmal nicht als Stütze der Männer, das machen diese untereinander schon sehr gut, das können Sie mir glauben, nein, es geht darum, dass wir uns gegenseitig helfen. Ich stehe hier nun als Selma Lagerlöf leibhaftig vor Ihnen, aber ich bin nicht alleine. Hinter mir stehen viele weitere Frauen, ohne die ich überhaupt nicht hier sein könnte. Meine lieben Reisekameradinnen in Raum und Zeit, familiäre und freundschaftliche, und eine meiner ersten Förderinnen, Baronin Sophie Adlersparre. Und sie war, genauso wie ich, Fredrika Bremer verfallen, eine leuchtende Fackel in einer noch dunkleren Vergangenheit. Fredrika, die sich klar gegen eine Heirat entschied und als Schriftstellerin durch Amerika reiste und kritisch über die Stellung der Frau schrieb, wie in ihrem Roman *Hertha*. Ich bin mir sehr sicher, dass wir nicht hier im Heute und Jetzt stehen würden, wenn es *Hertha* nicht gäbe. Es braucht in jeder Zeit diese Fackelträgerinnen, die uns den Weg voranschreiten und ausleuchten. Keine andere als Fredrika kann ich als meine literarische Mutter und Ahnfrau bezeichnen, und ich will Ihnen eine kleine Geschichte dazu erzählen. Eine Geschichte über eine Begegnung, die ich mit ihr hatte. Jetzt können Sie zu Recht rufen, sie ist doch schon seit vierundvierzig Jahren tot, von was ich da groß erzählen möchte. Aber ich bitte Sie einfach, die Augen zu schließen, sich ganz dem Rauschen Ihrer Kleider und des Blutes hinzugeben und sich vorzustellen, dass es doch möglich wäre, in Raum und Zeit zu reisen …«

Ein paar Tage später waren die Festlichkeiten überstanden, mit der königlichen Familie hatte Selma gespeist, Journalisten und Kritikern gegenüber ihre Frau gestanden und versucht, Wirsén aus dem Weg zu gehen. Sie wollte sich ihre gute Laune nicht durch den Blick auf eine missgünstige Miene trüben lassen. Morgen ging es wieder zurück nach Mårbacka. Und hoffentlich auch in ruhigere Gewässer. Aufregung hatte Selma in letzter Zeit genug gehabt. Und Weihnachten stand auch noch bevor. Sie befand sich mit Sophie in der Lobby und musste noch ein unangenehmes Gespräch führen. So viel zum Stichwort Aufregung.

»Bitte?« Sophie beugte sich über den Tisch, an dem sie mit Selma alleine saß.

Selma schaute sich um. »Sophie, verstehe doch, Valborg kommt nur mit nach Mårbacka, weil sie mir noch mit dem Ins-Reine-Schreiben helfen muss und mit der Flut an Briefen. Gerade nach dem Nobelpreis drohe ich darin unterzugehen.«

Tonlos antwortete ihre Freundin: »Das könnte ich auch … könnte ich auch.« Ächzend stützte sie sich schwer am Tisch ab und zog sich in die Höhe. »Ich merke sehr wohl, wenn ich nicht erwünscht bin. Ich werde dann meine Pläne ändern. Kein Problem. Ich hatte eh noch andere … andere Dinge. An die Küste oder Belgien, oder Betty hatte mich ja gefragt …«

Selma wollte nach ihr greifen, aber Sophie wehrte die Hand ab. »Alles gut. Ich weiß, wann es Zeit ist zu gehen.«

* * *

Eine Woche später
Mårbacka, 1909

Der Kamin knisterte und untermalte das Heulen des Windes, der draußen um das Haus strich wie ein einsamer Wolf, der auf der Suche nach Wärme und etwas zu essen in den Tiefen der Schneewehen verzweifelte.

Selma saß mit Valborg im Salon, und sie schauten gemeinsam dem Tanz der Flammen zu. Neben ihnen lag ein Stapel Bücher, in denen sie zuvor gelesen hatten, aber gerade war alles ausgelesen. Alles ausgesprochen. Der Kopf war nur gefüllt mit Wärme und Licht. Der harzige Geruch legte sich um die Zimt- und Kardamomnote, die aus der Küche herwehte. Weihnachten feierte es sich besser zusammen. Weihnachten nannte man ja das Fest der Liebe, das musste man dann auch machen. Das Zusammensein und das sich Lieben. Selma seufzte. Gab es etwas Schwereres als die Liebe? Sie kam sich immer noch wie eine Suchende vor, als junges Mädchen, wie sie gerade zum ersten Mal die Schmetterlinge im Bauch fühlte und Louise Thyselius aus der Ferne anhimmelte. Warum zerfleischte man sich selbst immer wieder und wieder, anstatt das festzuhalten, was man hatte? Selma griff nach Valborgs Hand, streichelte die zarten Finger und spürte den sanften Druck an den Stellen, die sich gerade berührten. Der Körper, das ganze Leben war einfach ein Wunder. Und wer im Endeffekt die Fäden in den Händen hielt, konnte einem doch eigentlich egal sein, oder? Selma beugte sich vor und küsste Valborg auf den Mund, ließ das Knistern hinter geschlossenen Augenlidern weiterleuchten und schüttelte die letzten Jahre ab wie ein Wolf die Nässe aus dem Pelz.

* * *

Ein paar Wochen später
Mårbacka, Januar 1910

Es tat so gut, so unaussprechlich gut, wieder im alten Zuhause zu wohnen. Die ersten Umbaumaßnahmen waren bereits vollbracht, aber das war nicht das Ende von Selmas Ideen. Ihr Vater hatte sich einen prächtigen Bau vorgestellt und viel und ausführlich von seinem Vorhaben geschwärmt. Von diesen Ideen konnte einiges auch in ihre eigenen Pläne fließen. Es sollte herrschaftlich werden, voller Licht und Fenster, die auf das Land zeigen. Das Land drum herum hatte sie dank des Nobelpreisgeldes zurückkaufen können. Im letzten Moment fast, da der Vorbesitzer gerade angefangen hatte, die alten Baumbestände abzuschlagen. Wie konnte man nur? Selbst die Wolken hatten geweint, als sie die Baumriesen hatten fallen sehen.

Die Tür zu ihrem Arbeitszimmer öffnete sich, und Ellen Lundgren trat ein. Sie stellte frisch gebackene süße Teilchen neben einem aromatisch duftenden Kaffee auf den Tisch und legte einen Stapel Briefe daneben ab. »Ihre Briefe, Doktor Lagerlöf.«

»Ellen, vielen Dank. Aber wann können wir uns denn darauf einigen, dass du mich mit dem Vornamen ansprichst? Jetzt sind es ja auch schon über zwei Jahre, dass du bei mir angefangen hast zu arbeiten.«

»Sehr wohl, Doktor … ähm. Wie wäre es, wenn wir das nach dem Einbau eines neuen Ofens machen würden?« Damit eilte sie wieder raus aus der guten Stube in ihr königliches Küchenreich.

Selma schüttelte den Kopf und lächelte. Ihre Haushälterin war ein Goldstück, aber reagierte extrem empfindlich, wenn es um ihren Zuständigkeitsbereich ging. Manchmal war sie kratzbürstiger als jeder Igel, sodass ein Gang in die Küche abenteuerlich enden konnte. Aber sie hatte ja recht, die Küche gehörte wahrlich dringend neu ausgestattet.

Die Tür ging erneut auf, und Nils kam herein. Als Selma mit ihrer Mutter nach Mårbacka gezogen war, hatte sie auch Nils zu sich nach Hause geholt. Zwar gab es auf dem Hof keine anderen Kinder, aber auf den Nachbarhöfen hatte er schnell Anschluss gefunden. Man traf sich ja bereits auf dem Weg zur Schule. Sicherlich war der Junge davon genervt, hauptsächlich Erwachsene und deren Gespräche in den Abendstunden ertragen zu müssen, auch die Liebe zum Vorlesen teilte er nicht einmal im Ansatz, aber er mochte die Pferde und war ein richtiger Landbursche. Sobald es ging, trieb er sich draußen herum, half den Knechten, den Mägden oder war bis zum Abendessen einfach verschwunden. Allen voran hatte Ellen ihn ins Herz geschlossen und verwöhnte ihn nach Strich und Faden. Sie war auch seine Verbündete, wenn es regelmäßig Ärger gab, was seine Schulleistungen anbelangte.

»Nils, schön, dich zu sehen. Magst du dich zu mir setzen und die Post durchschauen?«

»Nein, danke, Fräulein Lagerlöf. Ich wollte fragen … also, ob ich … da ist so ein Kätzchen.« Seine Stimme wurde schneller, und der Neunjährige zappelte herum, als ob er ein Gummiball wäre. »Es ist ganz alleine.«

Selma winkte ihn zu sich her, drückte ihm ein Gebäckstück in die Hand und streichelte ihm über seine blonden Haare. »Natürlich, Nils. Schön, dass du dich so um die Tiere sorgst.«

Nils wollte bereits zur Tür hinausstürmen, als Selma sagte: »Über eine Sache sollten wir noch reden. Der Teich ist nicht zum Baden, der ist für die Fische, geh doch bitte zum Bach und …« Sie musste ihre Stimme lauter klingen lassen, da Nils mit einem Nicken bereits in der Tür stand. »Nils! Lass die Pfauen in Ruhe, ja? Sarah und Pharao tragen ihre Federn nicht zum Ausrupfen. Wenn ich noch einmal mitbekomme, dass du …«

Aber da war Nils bereits verschwunden. Selma seufzte. Sie hatte das Gefühl, dass mit steigendem Alter der Kinder die Sorgen immer größer und mehr wurden. Machten alle Kinder so viel Arbeit? Sie konnte sich nicht daran erinnern, dass ihre Eltern etwas in dieser Hinsicht hatten verlauten lassen.

Als hätte sie ihre Gedanken erraten, kam Louise herein. Sie ging langsam, gebückt an einem Stock. Hatte ein schwarzes geschlossenes Kleid mit Spitze an und trug eine Haube auf dem Kopf. Ihr Gesicht war ein Faltenmeer, aus dem helle Augen wie Saphire herausstachen. Sie setzte sich zu ihr. »Selma, wollen wir gleich eine Runde draußen drehen? In Richtung Ruhestein?«

Selma lächelte und schob ihrer Mutter den Teller hin, auf dem noch zwei Teilchen lagen. »Gerne, Mutter, aber ich schaue nur kurz die Post durch, ja? Dann können wir unseren Gang zum Stein machen. Der Geist des Priesters ist ja von dort mittlerweile verschwunden.« Louise lachte, Selma stimmte mit ein. »Schön zu sehen, dass du wieder wohlauf bist! Du kannst mir auch gerne hier noch Gesellschaft leisten.«

Die Mutter nickte, blickte aus dem Fenster. »Weißt du eigentlich, woher der Name Mårbacka kommt?«

Selma schaute auf, und die Mutter fuhr fort: »Von dem Måror, dem gelben Labkraut hinter dem Haus.«

»Von diesen kleinen, stark duftenden Blumen?«

»Genau.« Louise klingelte nach der Haushälterin. »Ganz früher hat man damit gefärbt.« Der Kaffee wurde hereingetragen, und sie streckte den Arm aus, um sich einen einzuschenken. Ihre Bewegungen verliefen fließend und langsam, als ob sie einen verlangsamten, gut einstudierten Tanz aufführte. Wie oft man wohl in seinem Leben immer die gleichen Bewegungen machte? Tassenhenkel umfassen, Arm im gleichen Winkel nach oben führen, Lippen ansetzen, trinken, dachte Selma und zog den Briefstapel zu sich.

Seit dem Erscheinen von *Nils* und dem Nobelpreis hatte sich die Menge an Briefen noch erhöht. Es kamen Bittbriefe aus dem ganzen Land von Menschen, die finanziell in Not geraten waren, von Menschen, die Rat bei ihr suchten und persönliche Probleme schilderten, von Erfindern, die eine finanzielle Unterstützung brauchten, von Freunden, Verwandten und Fremden, die einen fachlichen Austausch suchten oder einfach nur plaudern wollten. Selma sortierte auf mehrere Stapel und legte sich zwei zur Seite.

»Von Nelly«, murmelte sie und ritzte mit einem Briefmesser das dicke Kuvert auf. Sie las:

Liebe Tante Selma, vielen Dank für deine letzten Zeilen. Es bedeutet mir sehr viel, dass Du Dir Zeit nimmst, um mir zu schreiben. Ich wollte Dir zum Nobelpreis von ganzem Herzen gratulieren. Es ist nicht nur Jerusalem, das Dich in diese Höhen katapultierte, sondern auch Nils, der Deutschland im Sturm erobert hat. Ich habe ihn bestimmt schon dreimal durchgelesen und entdecke immer noch Neues in ihm. Ob ich wohl jemals durch dieses liebe Land reisen kann? Auf den Spuren von Akka von Kebnekaise und Martin. Ich weiß gar nicht, wen ich von all den Gänsen am liebsten habe. Es fühlt sich auf jeden Fall so an, als ob ich mittlerweile Schweden besser kenne als meine eigene Heimat.
Liebe Tante, ich habe Dir meine neuesten Gedichte abgeschrieben und beigefügt. Vielleicht gefallen sie Dir, ich würde mich sehr freuen. Mit meinen allerliebsten Grüßen, Nelly

Selma nickte zufrieden. Solange es noch Poesie in den Menschen gab, war die Welt nicht verloren. Und dieses Menschenkind war ein ausgesprochen begabtes Exemplar, sie musste ihr gleich zurückschreiben und ihr Mut zusprechen! Denn das brauchte man als Dichterin mehr denn je. Mut!

Aber bevor Selma zur Feder greifen konnte, glühte der zweite Brief, der auf dem Tisch lag, rot auf und schien von innen heraus zu pulsieren. Sie schaute zu ihrer Mutter, aber diese hatte die Augen geschlossen und sich so hingesetzt, dass die Sonne ihr ins Gesicht schien.

Selma fuhr sich mit der Zunge über die Lippen, ergriff den Brief, öffnete ihn und lehnte sich mit dem Rücken am Stuhl an. Sophie hatte geschrieben. Der erste Blick zeigte, dass die Bögen der Schrift nach oben verliefen, somit nicht in Eile geschrieben waren, das war schon mal ein gutes Zeichen.

Liebste Miss, ich kann an keiner Blume vorbeigehen, ohne dass ich an Dich denken muss. Da ist der Frühling natürlich nicht der beste Monat, wenn das eigene Herz Trauer trägt.

Wie du vielleicht weißt, habe ich auf meiner Heimreise nach Göteborg Valborg im Zug getroffen. Während ich im Restaurant saß und angeregt mit einem jungen Offizier plauderte, der meine Reisegesellschaft bildete, stand sie wie aus heiterem Himmel neben mir. Sie erzählte, dass sie gerade von Dir komme, und setzte sich zu uns. Frisch und munter und zum ersten Mal erlebte ich sie nicht angespannt oder überzogen, sondern sehr natürlich. Was soll ich sagen? Als der Offizier sich entschuldigte und uns alleine ließ, plauschten wir ganz ungeniert über Dich, Mårbacka und uns. Wir haben uns versöhnt. Das kam wahrscheinlich für uns beide am überraschendsten, da es sich von hinten angeschlichen hat und einfach so vor uns Platz nahm und sich ausbreitete. Valborg ist eine sehr nette Person, und ich kann mir gut vorstellen, dass sie Dir guttut. Ich verstehe nicht, warum Du uns um dieses Kennenlernen gebracht hast, nur um Unbehagen von uns fernzuhalten? Und ich werde hiermit wohl den kürzesten Brief an Dich schreiben, den ich jemals schreiben werde, aber ich muss Dir an dieser Stelle sagen, dass ich Dich freigebe. Werde glücklich mit ihr. Ich werde immer für Dich da sein, falls Du mich brauchst, aber ich werde Euch nicht mehr im Wege stehen. Lebe Dein Leben, wie Du es willst und Du es dir verdient hast. Ich hätte auch kein Recht dazu, Dich auf irgendeine Weise aufzuhalten. Aber ich bin auch zu stolz dazu, auf Deine Gnade zu warten, dass ich Dich besuchen kommen darf. Ich war immer ein stilvoller Mensch und werde das auch mit anderen Menschen bleiben. Ich habe mir das gut überlegt. Ich habe Arbeit, die mich erfüllt. Ich zähle zu dem wandernden Volk, Du bist ein Erdmensch, der seine Wurzeln tief in den Boden streckt, aber wir werden uns wiederfinden, da wir – so unterschiedlich wir sind – uns verstehen und lieben. Besser als mit Menschen, die uns zu arg ähneln. Gib mir einen

Kuss und Deinen Segen. Ich mache das genauso für Dich, wie ich es für mich mache.

Deine Maja

Selma lachte einmal auf, was sich eher wie ein sich überschlagendes Hicksen anhörte, und fing an, den Kopf zu schütteln. Nach gefühlten zwei Stunden saß sie immer noch an dem gleichen Platz, in gleicher Position, schüttelte immer noch den gleichen Kopf. Manchmal wunderte man sich, warum so ein Kopf nicht einfach abfiel. Und auch darüber schüttelte Selma wiederum den Kopf. Manchmal kam man aus einem Kreislauf einfach nicht mehr heraus.

Selma lachte auf, was sich eher wie ein sich überschlagendes Hicksen anhörte …

* * *

Über ein Jahr später
Mårbacka, Juni 1911

»Sag, wie hört sich das an?«, fragte Selma und las aus ihrem Notizbuch vor: »Eine Reform ist spätestens dann überfällig, wenn deren Melodie die Spatzen von den Dächern pfeifen.«

»Gut«, sagte Sophie, beugte sich vor und küsste Selma auf die Stirn. »Sehr gut, mein Liebes. Aber lass uns doch bitte noch festlegen, wo wir unsere Bäderkur verbringen wollen. Oder willst du lieber über die Reise nach Italien und Frankreich reden? Wenn ich rechtzeitig reservieren will, um uns etwas Exquisites zu sichern, dann wird es Zeit. Ich bin zwar erst heute gekommen, aber die wichtigen Dinge müssen eben gleich auf den Tisch.«

Selma lächelte Sophie an. Sie saßen im Garten hinter dem Haus auf einer Decke. Der Duft von Rosen schwebte durch die Luft, stieß an weiße, flauschige Pollen und verwirrte unerfahrene Käfer, die sich zum ersten Mal in Selmas Reich gewagt hatten.

Lautes Lachen und Klatschen drang von der Vorderseite des

Hauses bis zu ihnen. Sophie fragte. »Wie erträgst du das eigentlich?«

»Was?«

»Ja diese ganzen Besucher. Soll ich sagen Bewunderer? Auf jeden Fall diese vielen Menschen, die in deinem Vorgarten zu wohnen scheinen. Manche kampieren ja tatsächlich bei dir. Wie hältst du das nur aus?«

Selma ließ den Stift sinken, den sie zwischen den Zähnen bekaut hatte. »Sophie, diese Menschen kaufen meine Bücher, nehmen die Reise auf sich, um mich und Mårbacka zu sehen, da ist es doch das Mindeste, dass ich sie ertrage, oder?«

Sophie sah schuldbewusst zu Boden, als Selma sie mit dem Stift anstupste. »Und wenn ich es nicht mehr ertrage, dann flüchte ich einfach zu Bess.«

Die Freundin streckte ihren Arm aus, um eine Tasse Kaffee zu erreichen, die am Rand der Decke stand, und hob sie hoch. »Das bewundere ich sehr an dir, dass du in jeder Pfütze den blauen Himmel sehen kannst, der sich dort spiegelt. Aber lese mir bitte noch mehr vor. Es ist ja schon in wenigen Tagen so weit. Macht dich das nervös, dass du die Eröffnungsrede halten sollst?«

»Mhm, ich weiß nicht«, antwortete Selma. »Es kommen schon wahnsinnig viele Delegierte nach Stockholm. Die Beteiligung ist doch höher, als wir uns das vorgestellt hatten, ich vermute, dass die Zeit einfach reif ist für so einen Frauenwahlrechtskongress. Der Stadtrat hat sogar dreitausend Kronen dafür gestiftet, und manche munkeln, dass ein schwedischer Männerverein für das Frauenstimmrecht gegründet werden soll.«

»Das wäre ein weiterer Schritt!«, freute sich Sophie. »Der Stein rollt immer weiter, ich denke nicht, dass man diese Bewegung noch aufhalten kann. Aber jetzt lies doch noch was vor. Bitte.«

Selma nickte und blätterte zwei Seiten in ihrem Büchlein zurück: »Es ist ein Ding, im ganzen Zug mitzuwandern, schweigend der Menge zu folgen, so wie ich es bisher getan habe. Sofern man nur für sich selbst verantwortlich ist, genügt ein fester Glaube an die praktische Notwendigkeit der neuen Bewegung. Es ist ein ganz anderes Ding, herauszutreten und den Vorbeischreitenden zuzurufen, dass der rechte Weg gefunden ist, dafür braucht es dann doch viel mehr. Es reicht nicht, wieder darauf hinzuweisen, dass dreißigtausend Frauen Stimmrechtsvereinen beigetreten sind, dass unsere Petition hundertvierzigtausend Unterschriften fasste, denn es sind an der Zahl immer noch mehr Frauen, die nicht hinter uns stehen. Was sollen wir ihnen zurufen? Dass die Arbeit der Frauen immer noch wesentlich schlechter bezahlt wird als die des Mannes, dass uns immer noch nicht alle Berufe offenstehen? Dass mit zweierlei Maß gemessen wird? Wir brauchen Zugang zu der Gesetzgebung, damit wir mitentscheiden können, auch für die Stellung der verheirateten Frau, und dass sie ein Recht der Entscheidung in Dingen hat, die nur sie etwas angehen. Aber mit welcher Begründung können wir das einfordern? Haben wir nichts getan, was uns zu den gleichen Rechten bringt wie den Mann?« Selma stockte und schaute zu Sophie, die Gänseblümchen vom Rasen pflückte und die Stängel ineinandersteckte. »Wie findest du es?«

Sophie nickte. »Gut. Ich spüre schon, dass dein Blut in Wallung gekommen ist. Aber worauf willst du hinaus?«

»Auf das gute Heim! Sophie, denk doch mal, in den Tausenden von Jahren sind es immer die Frauen gewesen, die sich um das Zuhause gekümmert haben. Wenn man sich schon alleine das Gemälde von Rembrandts alter Bauernfrau anschaut, mit ihren verzehrten Gesichtszügen und den hageren Händen. Glaubst du, ihr Mann würde aufstehen und sagen: ›Und dann habe ich mich noch um ein wohliges Heim gekümmert?‹ Nein, das war schon immer die Sache von uns Frauen. Beeren, Kräuter, Pflanzen, Tiere zähmen, kochen, Kindererziehung, für Unterhaltung und Leichtigkeit sorgen. Wir sind nicht nur die Hüterinnen des Feuers, sondern des kompletten Wohlbehagens.«

»Zu Hause herrschen die Frauen, das war schon immer so«, Sophie lachte. »Aber was haben dann die Männer geleistet? Die Berufe, die sie besetzen, könnten wir ja auch meistern.«

»In den letzten tausend Jahren war das wohl der Staat. Die Männer haben die Strukturen entwickelt, in denen wir leben, er ist der Planmeister des großen menschlichen Ameisenhügels.«

»Aber worauf willst du dann hinaus? Was könnte man den Frauen, die noch zögern, zurufen?«

»Puh, schwierig, vielleicht sollte man zunächst diesen Staat unter die Lupe nehmen? Immer noch gibt es schutzbedürftige arme Kinder, es gibt immer noch Künstler, die nicht einmal mehr ein Tuch haben, an dem sie nagen könnten, es gibt immer noch so viele Arme, so viel Ungleichgewicht und Benachteiligte. Hier kümmern sich die Männer nicht in dem Umfang um jeden Einzelnen, wie sie es machen müssten. Der Staat ist im Gegenteil zu einem Heim alles andere als behaglich oder perfekt. Und hier kommt …«

»… dann die Frau ins Spiel«, ergänzte Sophie.

»Absolut. Denk doch an den Generalstreik in Schweden vor zwei Jahren, als sich so wahnsinnig viele Arbeiter zusammenschlossen, um gegen die drohenden Lohnreduzierungen zu protestieren.«

Sophie nickte. »Ich glaube, es waren um die drei Viertel aller Arbeiter, aus allen Bereichen. Das war erstaunlich!«

»Erstaunlich gut. Und immer, wenn Regierungen wanken, ist der richtige Augenblick da, dass Frauen in die Regierung drängen. Weißt du, wir Frauen sind nicht vollkommen, aber wir können ergänzen.«

»Männer sind auch nicht vollkommen.«

»Das ist es ja eben. Wenn die Männer nicht so viel Angst hätten, ihre Macht einzubüßen, könnten wir schon längst im …«

»Paradies leben«, sagte Sophie.

»So ähnlich zumindest«, Selma lächelte. »Darauf will ich hinaus. Die Frau soll die Bereiche, in denen sie gut ist, mit einfließen lassen, die Frau als Helferin. Und Gleichberechtigte natürlich. Mir geht es darum, dass wir uns von der Fragestellung abwenden, was man den Frauen Gutes tun kann, hin zu: Was können die Frauen dem Land Gutes tun? Aber jetzt erzähl du doch auch, was es Neues vom Belgier gibt.«

»Ach, da gibt es nicht so viel Neues.«

»Ja?« Selma klappte ihr Buch zu und rückte näher an Sophie.

»Ich habe ihm verboten, sich von seiner Frau zu trennen, und ihm klargemacht, dass es ihm wohl eher um die Idee geht.«

Selma schaute sie groß an.

»Du weißt doch, so ähnlich hattest du es mir auch einmal beschrieben. Du und auch Alexis, ihr seht in mir etwas, was ich gar nicht bin.«

Selma schmunzelte und nahm Sophies Hand. »Du meinst das Reine und Leuchtende?«

Sophie nickte. »Ja, so in etwa. Weißt du, in den Briefen zwischen mir und ihm, da liegt die Seele von uns tatsächlich in einer Reinheit, die das echte Leben leider nicht zu leisten vermag. Da gibt es eine Poesie, die ansonsten nur über den Wolken lebt. Und wir sind ja nicht nur Geist. Aber das Körperliche, du weißt ja, wie ich dazu stehe. Außerdem kann ich doch nicht dort hinziehen und den Kindern den Vater nehmen. Und mir mein Leben, das ich lebe. Ich will doch nicht einfach nur die Frau von irgendjemandem sein. Außerdem will ich nicht so etwas wie eine zweite Langevin-Affäre erfahren, Marie Curie wird in der Presse hoch- und runtergejagt. Da würde sich ja sogar meine Familie von mir abwenden …«

Selma küsste Sophie auf die Wange. »Du bist meine Frau. Und nicht die von irgendjemandem. Aber du solltest mittlerweile wissen, dass du ein überirdisches Wesen bist.«

Sophie hauchte einen sekundenkurzen Kuss auf Selmas Lippen und errötete. »Ach, Selma, was bin ich froh, dass wir uns haben.«

Mit einer zarten Bewegung streichelte Selma ihr eine vorwitzige Locke aus dem Gesicht. »Als ob du mich überhaupt freigeben könntest«, sie lachte. »Sophie, wir haben uns ewige Treue geschworen, das will ich auch halten, auch wenn ich das Bild etwas erweitert habe.«

»Ich glaube, dass wir so ganz gut zurechtkommen, mit der zeitlichen Aufteilung durch zwei, oder was sagst du?«

»Ich sage, ich nenne meine Rede *Heim und Staat*«, Selma gähnte, lehnte sich mit Sophie Arm in Arm zurück auf die Decke.

»Selma«, flüsterte Sophie. »Glaubst du, dass unsere Briefe auch mal irgendwann so beachtet und gelesen werden wie die Liebesbriefe von Thomas Carlyle und seiner Frau?«

Selma kuschelte sich an ihre Freundin und wisperte zurück: »Solange die Leute dann nicht darüber lachen … oder wenigstens an den richtigen Stellen. Vielleicht sollten wir den einen oder anderen doch lieber verbrennen. Oder glaubst du, es interessiert, was wir über das Leben nach dem Tod denken oder welcher Art unsere Liebe ist?«

»Welcher Art ist denn unsere Liebe?«, flüsterte Sophie.

»Einzigartig natürlich«, Selma lachte und verfiel gleich wieder ins Leise. »Jeder literarische Ruf ist eine Seifenblase, im Vergleich dazu, wie du von mir geliebt wirst. Deine Begabung liegt in deinem poetischen Wesen. Eigentlich bist du die Belohnung für all meine Mühen.«

Sophie küsste sie auf die Wange. »Ach, Liebes, lass uns die Zeit mit schönen Dingen verbringen. Hatte deine Haushälterin nicht was von ersten Blaubeeren und Kuchen gesagt?«

»Sie wird uns schon rufen. Einen ganzen Kuchen bekommt selbst Ellen nicht aufgegessen.«

Sie schlossen die Augen, lauschten dem Summen der Bienen, den Gesprächslauten, die von der Vorderseite des Hauses herdrangen, und dem Geklapper aus der Küche. Selmas Zuhause durchwehte eine etwas chaotische, aber durchaus zufriedenstellende Harmonie.

TEIL III

Kapitel 13

...

Mårbacka, 5. April 1921

Sie war tot.
Selma biss sich auf die Lippe,
biss sich auf die Zunge,
krallte die Fingernägel in den Arm,
stampfte auf,
wortlos,
tränenblind,
eilte aus dem Haus,
in den Wald,
spürte nicht die Zweige,
die auf die nackte Haut schlugen,
nicht die fließenden Schneereste,
die auf Kopf und Schultern krachten,
riss die Hände in die Luft und schrie,
bis keine Tränen mehr aus ihrem Herzen stürzten,
versiegt,
alles war versiegt,
ausgetrocknet bis zum Ende ihres Lebens,
mit einem Laut,
der die Tiere des Waldes erschütterte,
ließ sie sich auf den weichen Waldboden sinken,
suchte Trost in dessen Kühle.

Die Wolken über ihrem Kopf zogen weiter,
der Wind versuchte an ihren Haaren zu zerren,
wie so oft,
aber nichts, nichts würde jemals wieder so sein,
wie es einmal war.

Sie war tot.
Sophie war tot.

»Wir lasen einmal, Sophie Elkan, du und ich zusammen von einem Land, wo es Brauch war, dass sich um das Lager eines Sterbenden Verwandte sammelten und Freunde, um mit lauter Stimme zu sprechen von all seinen guten Handlungen, von seiner Tapferkeit und Tugend, von den Freuden, die das Leben ihm geboten hatte, um auf diese Weise so viel sie vermochten seine letzten Stunden reich zu machen an Glück und Licht. Ich weiß noch, wie sehr dir dies gefiel, und ich für meinen Teil, ich dachte, dass, wenn ich es sein würde, die bei dir säße in deiner letzten Stunde, ich daran denken würde. Ich würde mich zu dir neigen und in dein Ohr flüstern von deines Lebens Herrlichkeit.
Und wir wären gereist, Sophie Elkan, wir hätten der Erde schönste Gegenden noch einmal gesehen, wir hätten vor den edelsten Werken gestanden, die es in der Kunst gibt, wir hätten uns eingelebt in alte und neue Geschichte. Wir wären den Nil hinabgeglitten, wir wären im Mondschein über den Berg Libanon gefahren.
Und wir hätten Bücher geschrieben. Du hättest auf deinen Bibliotheken gesessen und hättest geforscht, und dann wärest du zu mir gekommen und hättest mir deine Funde gezeigt. Wir hätten wie in verflossenen Tagen Pläne erörtert, geprüft und verworfen. Wieder hätte des künstlerischen Schaffens unvergleichliche Freude deine Seele durchleuchtet.
Und wir wären zu Festen gefahren, Sophie Elkan. Ich liebte es immer sehr, dich hinaustreten zu sehen unter die Menschen. Welch herrliche Augenblicke, wenn dein Geist aufblitzte, wenn aller Augen an deinen Lippen hingen! […]«

Selmas Grabesrede bei der Beerdigung von Sophie

Kapitel 14

STETIG BLEIBT NUR DER WANDEL

Zwei Monate später
Mårbacka, Juni 1921

Selma strich sich den Kragen ihres schwarzen Kleides glatt. »Bitte, Herr Clason, hier entlang.«

Der Architekt begutachtete die Treppe, die in den ersten Stock führte, und schaute sich die Bausubstanz in aller Ruhe an. Die Balken, die Wände, den Boden. Prüfte, klopfte, lauschte, roch.

»Ja, das bekommen wir wohl hin. Aber Sie müssen damit rechnen, dass das etwas dauern wird. Das wird schon etwas dauern! Wir werden uns noch um die Ställe, die Nebengebäude kümmern, die Straßen auf Vordermann bringen. Mit dem dritten Stockwerk wird das Gebäude etwas Erhabenes bekommen, dazu ziehen wir es etwas in die Länge und bauen eine komplett neue Küche. Sind Sie sicher, dass Sie keinen hinteren Ausgang zum Garten haben wollen? Das würde das Gleichmäßige zwar brechen, aber wir richten uns da ganz nach Ihren Wünschen.«

»Dauern? Das ist kein Problem. Wenn ich etwas habe, dann ist es Zeit. Und ja. Ich will, dass das Äußere makellos ist.«

»Das bekommen wir wohl hin, Sie schätzen ja auch meinen Hallwylska Palatset in Stockholm, etwas Glanz davon bekommen wir spielend in diese Gegend transportiert. Übrigens wird August Söderberg die Bauleitung übernehmen. Mit ihm habe ich schon gute Erfahrungen gemacht.« Selma nickte und ließ Isak Gustaf Clason mit seinen Bauarbeitern stehen. Bald würde ein hölzernes Gerüst die Fassade zieren, Klopfen, Hämmern, Sägen, Rufen, Fluchen und Männerlachen zum neuen Alltag zählen.

Fräulein Lundgren trat hinzu und verkündete etwas, was Selma ein Lächeln auf das Gesicht zauberte: Valborg war da!

»Wie willst du das denn dann machen?«, fragte Valborg und schritt mit Selma über die Gartenwege, während ein großer weißer Hund, der auf den Namen Karr mal besser, mal schlechter hörte, laut kläffend vor ihnen herrannte.

»Ich muss während der Umbauten wohl ins Inspektorenhaus ziehen, aber das ist ja nicht schlimm. Wenn ich erst wieder in meine Schreiberei vertieft bin, kann so eine schlichte Umgebung vielleicht sogar die Konzentration fördern.« Selma lachte.

Valborg bückte sich, pflückte eine langstielige weiße Blume ab und reichte sie Selma. »Ich bin so froh, dass du wieder zum Schreiben gefunden hast. Diese Sprachlosigkeit, die der Krieg in so vielen von uns ausgelöst hatte, und du mit deiner Schreibblockade. Ob die Menschen wohl daraus gelernt haben?«

Selma roch an der Blume, steckte sie hinter Valborgs Ohr. »Die Menschen sind zu so viel mehr fähig, als wir uns vorstellen können, Liebes. Da tun sich ganz andere Abgründe auf, die jenseits meiner Fantasie liegen. Weißt du, ich werde nie vergessen, wie ich als Kind meinem eigenen Ungeheuer begegnet bin.«

Valborg blickte in den hellblauen Himmel, in dem weiße Wolkenfetzen entlangtrieben wie freundlich schaukelnde Segelschiffe. »Ungeheuer? Du meinst jetzt nicht euren ersten Hund, mit dem du aufgewachsen bist?« Sie bückte sich, um Karr einen Stock zuzuschmeißen, den dieser freundlich wedelnd liegen ließ, bevor er weiterstürmte.

Selma war stehen geblieben, blickte auf den Boden vor ihren Füßen, es dauerte einen Moment, bis sie weitererzählte: »Nein, wir spielten mal Karten, ich glaub, das war Préférence, mit Tante Lovisa, Onkel Wachenfeldt und Daniel. Ich dachte, dass der Onkel geschummelt hätte, und war ganz außer mir, weinte, schluchzte, schimpfte, bis etwas echt Merkwürdiges passierte: Mein Blick verschob sich, ich sah plötzlich in mich selbst hinein. In meinem Inneren war eine große, leere, halbdunkle Felsenhöhle mit triefend nassen Wänden und einem Boden, der einem Sumpf glich. Nichts als Schlamm und Schmutz. Und ganz drunten, in dem schmutzigen

Schlamm, bewegte sich etwas. Ein großer, fürchterlicher Kopf mit offenem Rachen und Hörnern auf der Stirn tauchte aus der Tiefe auf, und dahinter erkannte ich einen haarigen Körper mit einem hohen Rücken und kurzen, groben Vorderfüßen. Wie der Drache, gegen den der heilige Georg kämpfte.«

Valborg trat an Selma heran, nahm deren Hand in die ihre.

Selma schluckte und fuhr fort: »Ich hatte noch nie so etwas Schreckliches gesehen, Todesangst erfasste mich, weil es seine Wohnstatt in mir selbst hatte. Bis jetzt hatte es sich im Schlamm verstecken können, aber als mein Zorn überhandnahm, wagte es sich hervor.« Selma blickte Valborg an. »In jedem von uns lauert so ein Ungeheuer, und keiner vermag wohl zu sagen, was es alles anrichten kann. Umso wichtiger ist es, dass die Umstände friedlich bleiben, sodass es gar nicht erst herausgelockt werden kann.«

Valborg umarmte ihre Freundin, schloss sie ein in ihre Wärme und Geborgenheit, vertrieb den dunklen Nebel, der sich klebrig über sie legen wollte.

Selma schluchzte. »Weißt du, Sophie war so krank, so leidend. Erst dieser Unterleibstumor vor der Ägyptenreise, der zwar entfernt werden konnte, aber sie hatte ständig Furcht vor einem nächsten. Dann diese unsäglichen Angstattacken und zum Schluss noch der graue Star, der sie nur ein paar Stunden am Tag lesen ließ, und eine Gürtelrose. Sie hat so intensiv gelebt, sie hat alles aufgesogen und war am Ende aufgezehrt … sie konnte einfach nicht mehr. Und dann noch all die Streitereien.«

Valborg streichelte ihr über das Haar. »Liebes, sie weiß, dass auch du sie geliebt hast. Du hattest ja Glück und warst noch ein paar Wochen zuvor sogar bei ihr. Als hättest du es geahnt … Selma, ich bin da für dich. Ich werde es versuchen, auch wenn ich … ich werde sie nie ersetzen können. Aber ich bin da. Ich …«

Selma umarmte sie stürmisch und barg das Gesicht an der Schulter ihrer Freundin.

Minuten, die zu Stunden anwuchsen.

Schweigen, das zu Frieden gedieh.

Sie liefen weiter, redeten über die Pferde am Hof, über die Saat, die ausgebracht werden musste, über das Wetter, über die weiteren Pläne, was mit dem Hof noch passieren sollte. Selmas Blick glitt immer wieder zu ihrer Hand, an der ein filigran gearbeiteter Ring eine Schlange zeigte, die sich selbst in den Schwanz biss. Ein Geschenk von Sophie, das sie mal zum Weihnachtsfest per Post erhalten hatte. Sie erinnerte sich noch genau, wie sie sich gefühlt hatte: Wie eine frisch Verheiratete, die gedacht hatte: Oh, das hat mein Liebster für mich ausgewählt. Vielleicht war es auch einfach ein Inbesitznehmen, ewig gebunden, aber dazu hätte es den Ring nicht gebraucht, das war von ganz alleine gekommen, direkt bei der ersten persönlichen Begegnung.

Nach der Beerdigung hatte Selma Sophies Schwester geholfen, den Nachlass zu ordnen. Ein Großteil der Möbelstücke und des Inventars hatte Sophie Selma hinterlassen, und so plante sie, in ihrem umgebauten Zuhause ein Sophie-Elkan-Zimmer einzurichten. Mit dem großen Gemälde von Mann und Kind über dem Schreibtisch, der gemütlichen Sitzgruppe, dem geschnitzten Regal darüber, ihren Lieblingsbüchern. Bei einem ersten flüchtigen Überfliegen der Unterlagen hatte Selma einen Zettel auf Sophies Schreibtisch gefunden. Vergraben unter einem Stoß von handschriftlichen Notizen. Darauf hatte gestanden: *Er sagt, dass die Lady an einen Weg denkt, der vor ihr liegt, und eine gute Reise haben wird. Des Weiteren hat die Lady Sultan Ibrahim il Kalils und Sultan Solimans Zeichen auf den Händen. Ihr wird alles gelingen, sie hat einen starken hellen Stern.*

Selmas Kehle schnürte sich zu. Auf der gemeinsamen Ägyptenreise hatte ein Wahrsager exakt diese Worte für Selma geweissagt, und Sophie hatte sie seitdem ständig damit aufgezogen, dass sie bei Verirrungen im Wald oder im Leben einfach nur Selma folgen müsse. Dem hellsten Stern am Firmament.

Selma fasste nach Valborgs Hand, fühlte deren Gegendruck und seufzte. Ihre Freundin war ihr nicht nur eine tröstende Stütze gewesen in den letzten Jahren, als ihr Bruder Johan gestorben war und darauf ihre Mutter, sondern sie war so viel mehr. Aber dem

Herzen und der Seele schien es nicht möglich zu sein, zu hundert Prozent in nur eine Richtung zu schwingen. Ging es nur ihr so? Sie schaute ihre Freundin vorsichtig von der Seite an. Wie konnte es überhaupt sein, dass Menschen sie lieben konnten, spürten sie nicht ihre Zerrissenheit? Bevor Valborg Selmas Beben bemerken konnte, wandte Selma den Kopf. Folgte einem Vogel, der zwischen den Bäumen umherhüpfte. Leicht und fröhlich. Den Sorgen der Menschen keine Beachtung schenkend. Ein federleichtes Gewissen besitzend, das nur aus dem Befolgen der Triebe gespeist wurde. Hätte ich lieber als Wacholderdrossel oder als Regenwurm geboren werden sollen?, dachte sie und suchte zwischen den Bäumen nach Rehen und Hasen. Einer von denen musste doch auch Schuldgefühle kennen, oder fing das erst bei den Menschen an? Der Vogel sperrte den Schnabel auf und zwitscherte munter eine Weise über die Sonne und die Lust, schwang sich hoch in die Luft, getragen vom Wind, getröstet von dicken Insekten. Er pfiff auf das Gewissen.

* * *

Sie saßen zu zweit in der guten Stube und öffneten die Post. Die lange Kriegszeit hatte die Anzahl der Bittbriefe noch weiter anwachsen lassen, und Selma zerriss es oft das Herz, wenn sie über die Schicksale las. Am schlimmsten fand sie es, dass sie nicht allen helfen konnte. Immerhin gelang es ihr, Einzelne wieder aufzupäppeln, sie brachte ihre große Familie durch, sprang vielen alten Wegbegleitern bei und hatte es geschafft, nicht einen von ihren Angestellten entlassen zu müssen. Mårbacka war eigentlich ein Verlustgeschäft, das wurde ihr immer wieder von Außenstehenden gepredigt, als ob sie das nicht selbst wüsste. Sie solle doch endlich ein paar verabschieden. Aber das wollte sie auf keinen Fall. Je mehr sie auffangen konnte, umso besser. Es war offensichtlich, dass ihre Schreiberei der einzige Ausweg war, und jedes Mal, wenn ein Buch von ihr das Licht der Welt erblickte, zitterte sie, bis die ersten Rezensionen vorlagen und sie wusste, dass es gut ankam und dementsprechend Geld in die Kassen spülte. Das war ihr Anker. Umso schlimmer, dass die Kriegszeit alles ausgebremst hatte. Aber immer noch schaffte sie es, den Angestellten und ihren Familien gute, saubere Unterkünfte sowie eine Krankenversicherung zu bieten und mehr Gehalt als die Nachbarhöfe auszuzahlen sowie einen Fonds anzulegen, den ihr Gesinde nach ihrem Tod erben würde. Sogar eine kleine Bibliothek hatte sie extra für die Angestellten einrichten lassen. Es gab wohl wenige Arbeitergeber in der Umgebung wie sie. Um nicht zu sagen: keinen einzigen. Aber war es nicht die selbstverständliche Pflicht, sich um andere zu kümmern, wenn es einem möglich war? Was sonst machte das Menschsein aus, wenn nicht das Miteinander? Egal, mit welcher Religion sie sich befasst hatte, es ging im Kern doch immer darum, den anderen zu respektieren und, soweit es möglich war, auch zu lieben und sich gegenseitig zu helfen.

Ein heller Aufschrei lenkte Selma ab. Valborg ließ ein geöffnetes Paket aus den Händen gleiten, sodass es auf den Boden fiel. Es kullerte eine halbe Umdrehung. Aus dem offenen Deckel lugten braun-weiße Federn und ein breiter bräunlicher Schnabel.

Eindeutig ein Gänseschnabel.

Während Valborg ihre Hände in einer fragenden Geste zur Seite streckte, bückte sich Selma und holte eine Wildgans aus dem Karton heraus. Sie war bestimmt so lang wie ihr eigener Oberkörper und wog schwer in ihren Händen. Ein Brief hatte sich im Gefieder verfangen. Selma öffnete ihn und las: *Liebe Tante, wir haben Akka von Kebnekaise gefunden. Sie war ja schon sehr alt. Vielleicht möchtest Du sie bei Dir haben. Viele Grüße, Lars und Ole.*

Selmas Wangen erröteten. Sie schaute sich das Postetikett an und betrachtete den Vogel von allen Seiten. »Das ist sie. Valborg, aus Schonen kam sie wieder zu mir. Wie eine alte gute Freundin.« Ihre Augen sahen aus, als ob sie zu blauen Seen zerflossen. »Ich werde sie präparieren lassen, und dann soll sie einen angemessenen Platz erhalten. Ich muss den beiden Buben gleich antworten. Vielleicht habe ich ja noch was, was ich ihnen mitschicken kann. Jetzt ist Akka wieder zu Hause. Dann wird alles andere auch wieder gut. Alles wird gut.«

Selma stand auf, packte die Gans fast zärtlich in den Karton und klingelte nach der Haushälterin. Kaffee sollte es gleich geben und frischen Kuchen. »Ich würde dir gerne meine ersten Geschichten zum Lesen geben, mich haben die Spukgeschichten und alten Erzählungen wieder voll im Griff.«

»Na klar, gerne, das ist mir auch lieber, als weitere Päckchen zu öffnen.« Valborg lachte. »Das war bis jetzt die größte Kinderpost, die du bekommen hast, oder?«

Selma stand auf, ging raus und kam mit einem riesigen Karton zurück, den sie gerade noch so umfasst bekam. »Nein, schau mal.«

»Schön, das ist ja so was von schön! Ich hatte zwar auch schon das eine oder andere in der Post geöffnet, aber dass das so viele sind!« Valborg langte in die Box und zog einzelne Bastelarbeiten, Bilder und ganze Briefrollen heraus. Es waren Briefe voller Herzchen, Bilder von Kindern und Schulen, Gänsen und Wichteln. Ein Eichhörnchen aus Holz, das eine Nuss hielt, hatte es ihr besonders angetan, dazu gab es gehäkelte Puppen, selbst modellierte Miniaturbüsten von Selma und sogar einen kleinen Rosenbom, der die Hand bittend ausstreckte. Und natürlich immer wieder Nils, in allen Formen und Größen.

»Ja«, Selma strahlte. »Ich kann damit meine neuen Räume fast flächendeckend ausstaffieren. Die Kinder sind so fleißig und lieb. Schönere Reaktionen auf ein Buch kann man sich nicht wünschen. Mich macht das jedes Mal wieder glücklich.«

»Deshalb schreibst du den Kindern auch immer gleich zurück.«

Selma nickte. »Meine Schreibhilfen helfen mir bei den immensen Zusendungen. Sonst bekäme ich das alles gar nicht geschafft. Und selbst Nils steckt gerne seine Nase in die Kinderpost, manchmal greift sogar er zur Feder und hilft mit.«

»Wo ist er eigentlich?«, fragte Valborg und nahm dankend den Kaffee und die nach Zimt duftenden Gebäckstücke an, die Fräulein Lundgren bei ihnen platzierte.

»Der müsste gleich kommen.« Selma schaute bedrückt zu Boden. »Er überlegt gerade, ob er nicht nach Amerika auswandern soll. Nach seiner Ausbildung auf der Landwirtschaftsschule und einigen Anstellungen hier in der Umgebung weiß er nicht so recht, was er mit sich anfangen soll. Und jetzt sind ein paar Freunde von ihm nach Chicago ausgewandert, die Ferne ruft ihn wohl auch.«

Valborg schob die Unterlippe vor. »Na ja, Chicago wird ja nicht umsonst die dritte Stadt Schwedens genannt. Ohne unsere schwedischen Bauherren und unerschrockenen Arbeiter gäbe es da wohl keine Wolkenkratzer.«

»Schon komisch, dass die Värmländer als unerschrocken und frei von Höhenangst gelten, oder? Ob sich das irgendwie regional weitervererbt hat?«

Valborg zuckte mit den Schultern. »Solange ich nicht auf die Dächer hier kraxeln muss. Bist du traurig?«

Mit einem nachdenklichen Blick antwortete Selma. »Ich weiß nicht. Ein bisschen schon. Ich habe mir nie Illusionen gemacht, dass er eine akademische Laufbahn starten würde, spätestens nachdem er seinen Lehrer mit dem Radiergummi am Kopf getroffen hatte und rausgejagt worden war.« Sie lächelte. »Er bevorzugte immer mehr die Gesellschaft der Pferde und der Angestellten als die von Ellen und mir. Er muss seinen Weg gehen, und darin will ich ihn auch unterstützen. Ich hätte ihn gerne hier auf dem Gut später als Verwalter gesehen, aber wer weiß schon, was das Leben mit einem vorhat?«

»Nur das Beste, liebste Selma. Nur das Beste! Wir werden geboren, um hoch zu fliegen.«

Selma lächelte. »Na ja … ist es nicht lustig, dass mein *Nils Holgersson* so ziemlich zeitgleich wie die ersten Flugerfolge der Brüder Wright stattfand? Amerika scheint ja viel zu investieren in das Leben über den Wolken. Ich laufe lieber auf der nackten Erde.«

Selma reichte Valborg einen Stapel beschriebener Zettel, auf dem Deckblatt stand: *Trolle und Menschen.*

Valborg las halblaut: »Krus Erik Erson, der Dorfschuster, und sein Lehrling, Konstantin Karlsen, hatten die ganze Woche im Pfarrhof gesessen und Schuhe gemacht. Nun, so etwa um neun Uhr am Samstagabend, waren sie auf dem Heimweg zu ihren an der äußersten Grenze des Kirchspiels gelegenen Behausungen. Es war Herbst, und die Sonne war schon längst untergegangen, dennoch wanderten sie nicht durch die Dunkelheit, sondern vielmehr durch klare Luft und Mondschein.«

Selma gab Valborg einen Kuss auf den Mund.

Diese unterbrach ihr Lesen. »Hej, keine Einflussnahme auf meinen kritischen und scharfen Sachverstand bitte.«

Beide lachten. Valborg las weiter: »Aber der Weg führte am Friedhof vorbei, und als Krus Erik Erson die alten Grabkreuze über die Kirchhofmauer schimmern sah, da kamen ihm plötzlich allerlei Gedanken. ›Ja, Konstantin‹, sagte er, und seine Stimme klang ängstlich und sehnsüchtig zugleich, so etwa wie man, nachts an einem fremden Obstgarten vorbeigehend, davon spricht, wie schön es wäre, ein paar Äpfel mitnehmen zu können. ›Das wäre doch prächtig, wenn man ein bisschen Graberde kriegen könnte.‹ – ›Graberde?‹, fragte der Lehrling und war so verdutzt, dass er stehen blieb. ›Davon könnt ihr doch so viel haben, wie ihr mögt. Aber was wollt ihr damit anfangen?‹ Krus Erik war ebenfalls stehen geblieben. ›Auf diese Art bekommt man nämlich einen Spirrtus. Und wer einen Spirrtus hat, der kann alles haben, was er will. Man könnte sich ein Haus bauen so hoch wie der Glockenturm, und sich Pferde und Wagen anschaffen und bräuchte keinen Schritt mehr zu gehen.‹«

Selma beobachtete noch eine ganze Weile ihre Freundin, wie sie dasaß, ganz versunken, als gäbe es in diesem Moment nur sie und die Geschichte. Abgetaucht in eine andere Welt. Ein Bildnis, in das sie sich gleich wieder frisch verlieben könnte. Mit einem Blinzeln, was Selma daran erinnerte, wie müde sie eigentlich war, zog sie die Briefe zu sich, sortierte diese und öffnete einen dickeren Umschlag, der den langen Weg aus Deutschland hierhergefunden hatte. Ein Buch rutschte ihr entgegen. *Legenden und Erzählungen* prangte darauf, und der Autorenname leuchtete in voller Freude: Nelly Sachs.

Selma schlug es auf und las: *Dieses Buch soll Selma Lagerlöf einen innigen Gruß aus Deutschland bringen. Es ist geschrieben von einer jungen Deutschen, die in der großen schwedischen Dichterin ihr leuchtendes Vorbild verehrt. Nelly Sachs.*

Dabei lag ein Brief von Nelly, die sich für die Zeit, die Freundschaft und Inspiration bedankte. Mit einem Lächeln blätterte Selma das Büchlein durch, las, dass Stefan Zweig die Veröffentlichung unterstützt hatte, nahm die Ähnlichkeiten zu ihrer eigenen Sprache wahr, erkannte die feinen Beobachtungen und poetische Begabung, griff nach einem Stift und zog eine leere Postkarte aus einem Stapel heraus. Sie schrieb: *Ich hätte es selber nicht besser machen können.* Als Adresse übertrug sie: *Nelly Sachs, Schriftstellerin.*

An der Tür schellte es. Die Schritte von Fräulein Lundgren erklangen, kurz darauf klopfte es, und sie sprach vor: »Fräulein Bäckmann wäre so weit.«

»Ach«, Selma fasste sich an den Kopf. »Das hatte ich ganz vergessen. Ida wollte ja mit ihrem neuen Automobil vorbeikommen. Sie hatte sich recht kurzfristig selbst eingeladen. Aber weißt du, ich überlege, ob ich mir nicht auch eins kaufen soll. Willst du … willst du gerne mit uns eine Runde drehen?«

Valborg kratzte sich am Hinterkopf. »Nein, danke. Wirklich nicht. Ich werde mich einfach solange ausruhen. Oder weiterlesen. Aber mit der Bäckmann bekommst du mich nicht für zehn Minuten in einen Raum.«

Draußen ertönte ein Hupen, kurz darauf ein zweites.

Valborg stand auf und ging zur Tür. »Selma, wenn du nicht willst, dass da jemand alle paar Sekunden hupt und somit sämtliche Hunde der Umgebung wahnsinnig macht, solltest du dich sputen. Diese Verabredung will offensichtlich nicht lange warten. Oh, sieh mal … sind das Hühner- und Gänsefedern, die da am Wagen kleben?«

Das Besondere an Ida war neben ihren roten Haaren, die sie unter einem Hut hochgesteckt hatte, ihr Blick. Sie sah ständig hungrig aus. Als ob das Leben ihr versprochen hätte, den Tisch immer reich zu decken. Mit den fantastischen Abenteuern, den buntesten Reisen und den eindrucksvollsten Begegnungen. Und danach war sie ständig auf der Suche. Die letzten Jahre zumindest, bis sie ein Leben als Reisejournalistin, die mutig aus Krisengebieten berichtete, gegen das einer Gutsbesitzerin eingetauscht hatte. Ihre Drahtigkeit und das Hagere hatte sie weiterhin behalten, auch das Hungrige, was sich nun auf andere Gebiete ausdehnte.

Selma schwang sich auf den Beifahrersitz des schwarzen Fords und strich mit einem überraschten Gesichtsausdruck über das polierte Metall. »Nicht schlecht, liebe Ida. Da hast du nicht zu viel versprochen.«

»Auch dir einen schönen Tag, na dann können wir ja mein Schätzchen starten! Darf ich vorstellen: Hjulianus heißt er. Halt dir mal besser die Ohren zu.«

»Ist der Motor so laut?«

»Nein, aber deine Hunde.«

Ida fuhr sicher auf den Straßen, wobei sie am Scheitelpunkt der Kurven dazu neigte, auf das Gas zu drücken und zu beschleunigen, anstelle brav auf der Bremse zu bleiben. Selma hielt sich mit einer Hand an der Autotür fest und noch öfters die Luft an. Aber immer nur für wenige Sekunden. Wer bei Jaffa an Land gegangen war, dem konnte im restlichen Leben nicht so viel passieren. Es schien, als ob Sophie hinter ihnen im Auto säße und in jeder Kurve laut juchzend in die Hände klatschte.

»Ida, ich sehe schon, falls ich tatsächlich ein Automobil kaufen werde, dann nur, wenn ich ebenfalls einen Führerschein dafür mache.« Selma schob sich ihren großen Hut, der seitlich verrutscht war, wieder richtig auf den Kopf.

Ida nickte. »Auf jeden Fall! Vor allem, wenn man nicht mehr so viel durch die Welt reist wie wir beiden jetzt und sich die meiste Zeit mit Fragen rumplagt, wie man den Gutsbetrieb optimieren kann, dann braucht man auch mal einen Ausgleich. Übrigens, ich habe dir das Buch mitgebracht, das du wolltest.«

»Die ersten Seiten über die Autoreisen mit deinem Ford, was du schreiben willst?«

»Nein, über die Kühe und höhere Milcherträge.« Ida schrie gegen den Fahrtlärm an. Der Wind wehte zu den Fenstern herein und trug einen guten Teil der Stimme mit sich weg. Ob es im Wald wohl eine Stelle gab, wo sich die verloren gegangenen Lautfetzen zum wilden Tanz trafen?

»Aber ich habe mit der Autogeschichte schon angefangen. Es soll *Mit Fordahoppa auf und in der Straße* heißen. Ich will in der Du-Form schreiben, an mein Pferd gerichtet, das ich ja aus Platzmangel jetzt bei dir stehen habe. Wie geht es ihm denn?«

»Gut, es frisst und kaut, verdaut und schläft. Was will man mehr?«

Ida fragte: »Selma, wie geht es dir denn? Also, so im Ganzen betrachtet?«

Selma tätschelte Idas Bein. »Es wird, danke. Es wird. Tod gehört ab einem gewissen Alter leider zum Leben dazu. Ich überlege gerade, ob das Fliegen mit einem Flugzeug wohl ein ähnliches Kribbeln im Magen hinterlässt wie dieses Autogehopse über die Steigungen und Schlaglöcher.«

»Fliegen wird überbewertet. Das einzig Wahre ist, sich die frische Luft hierbei selbst zu verdienen … Dir wird doch nicht schlecht?«

»Nein«, prustete Selma los. »Dazu musst du etwas mehr bieten.«

Und Ida gab Gas.

Nach etlichen Kilometern und Selmas drittem Hinweis, dass noch ein weiterer Gast auf Mårbacka auf sie warte, fuhr Ida seitlich an die Straße und packte ein Picknick aus. Zwei Flaschen Saft, typisch belegte Brote mit Fleisch, Fisch und Käse und ein selbst gebackener, nach Zimt duftender Kuchen.

»Habe ich meinen Geburtstag verpasst?«, fragte Selma und lächelte.

»Liebste Selma, das Leben ist es doch wert, immer gefeiert zu werden! Jeden Tag aufs Neue.« Ida ließ den Blick über die Felsen, die herausragenden Wurzeln der Tannen und den sanften, mit

Moos abgefederten Waldboden schweifen. Sie seufzte laut und reckte die Arme gen Himmel. »Es ist so wunderschön hier in der Heimat. Värmland ist doch das Herz von Schweden, oder?« Auf Selmas Nicken fuhr sie fort. »Lass uns ein Spiel spielen. Ein Fragespiel. Was ist das Wichtigste in deinem Leben und würdest du nicht missen wollen?«

Selma schaute verblüfft, stopfte sich schnell ein Stück Kuchen in den Mund, sodass sie nicht antworten konnte, und zuckte mit den Schultern.

Ihre Freundin grinste. »Nun gut, dann beantworte ich die erste Runde. Es ist mein Journalistenausweis. Ohne den hätte man mich weder im Vatikan vorgelassen, noch wäre ich in Russland oder Südamerika in einigen Situationen so glimpflich davongekommen. Im polnischen Lodz half er mir, den Kriegskommandanten davon zu überzeugen, mich in der Stadt zu lassen. Mit Soldaten im Garten und Bewachung vor jeder Tür, mit gezücktem Säbel.«

»Aber wussten die Menschen dort überhaupt, was ein schwedischer Journalistenausweis bedeutet?«

»Na, Gott sei Dank nicht! Jetzt aber du. Was würdest du so richtig gerne als neues Projekt angehen? Also nicht Trolle und Menschen, du hattest geschrieben, dass du mit dem meisten schon fertig bist. Übrigens noch bitte schön für meine Anregung bezüglich der värmländischen Sagenwelt, aber dann, was kommt dann?«

»Du weißt, dass es mir leidtut«, sagte Selma.

Jetzt schaute Ida sie verblüfft an: »Lass doch die alten Geschichten. Ja, es war damals mies von dir, dass du mich erst motivierst, ein Buch über meine große Liebe Fröding zu schreiben, es Korrektur liest und lobst, und als die Kritiker es zerfetzen, da hältst du dich raus, als würden wir uns nicht kennen. Das war richtig mies. Aber Selma, wie heißt es so schön: Es werfe derjenige den ersten Stein, der nicht auch schon mal etwas Dummes getan hat. Also, was steht als Nächstes an?«

Selma fasste Idas Hand und schaute ihr in die Augen. »Ich weiß nicht, was manchmal los ist. Es ist, als ob mich mein ganzer Mut verlassen hätte. Dann sehe ich wie in einem Tunnel nur die ganzen Arbeiter, die von mir abhängig sind, meine Familie, die mich braucht, das Land … dann legt sich ein Korsett aus Eisen um meine Brust, bis ich keine Luft mehr bekomme. Es ist … es ist, als ob ich dann neben mir stehen würde. Mich selbst verachte, aber nicht anders kann.«

Ida drückte Selmas Hand und reichte ihr ein Glas Saft. »Es ist gut, du hast ja versprochen, bei einer Neuauflage das Vorwort zu schreiben. Nun, wie schaut's aus?«

»Danke. Das bedeutet mir viel. Und es ist eine Autobiografie, die mir vorschwebt.«

»Ah, bist du von deiner Arbeit zur Biografie über Topelius dazu angeregt worden?«

»Ja, das auch. Die Arbeit daran war anstrengend, ich musste schauen, was über ihn schon geschrieben worden war, um nicht das Gleiche zu wiederholen, aber es hat eine eigene Magie, wenn man daran denkt, dass man das steuern kann, wie die Nachwelt einen wahrnimmt. Ich bewundere an ihm besonders, dass er als erster Autor das Wesen der Kinder im Blick hatte, wie sie Geschichten verstehen können. Und dann in ihrer Sprache geschrieben hat. Dem habe ich natürlich Raum gegeben. Aber eigentlich meinte ich die Trilogie von Maxim Gorki über seine Kindheit. Die hat mich nachhaltig beeindruckt.«

Ida schmiss ein Stück Brot zwischen zwei Bäume, worauf sich sogleich eine Horde hungriger Vögel stürzte. Die schwarzen Federkleider pulsierten, bauschten sich auf und zerstoben bis in die kleinsten Flaumenteilchen. Sie sagte: »Ich fand die recht brutal. Aber wie mir meine Reisen gezeigt haben, lässt das echte Leben da nichts aus.«

»Mhm … man darf sich schon fragen, was der Autor da wie zurechtgebogen hat, seiner Erzählung geschuldet natürlich. Aber es gibt ja Instrumente der Übersteigerung oder Überspitzung, du weißt, was ich meine. Und der Auslassung.«

»Schlau, liebe Selma. Sehr schlau. Dann kannst du gleich selbst die Lieder bestimmen, die später über dich gesungen werden sollen. *Très charmant.*«

Bei nettestem Sonnenwetter fuhren sie zurück. Ida wollte noch weiter zu ihrer Verwandtschaft fahren, das war noch ein Stückchen Weg. Sie beschloss, in ein paar Tagen wieder Selma mit ihrer Gegenwart zu beehren. Ob Selma da Zeit oder Lust hatte, interessierte sie nicht so wirklich. Ida beschloss Dinge. Das Auto passierte eine Mühle mitsamt Nebengebäuden, und Selma winkte einem Bauern zu, der am Halfter eine Kuh führte.

»Das ist so ein Übel«, schimpfte Selma. »Wer weiß, wie lange sich die guten Chölers hier noch halten können.«

»Krankheit?«, fragte Ida.

»Nein, bankrott.« Selma trommelte mit den Fingern auf ihr Bein. »Aber weißt du was, vielleicht sollte ich die Mühle mit Aufträgen beliefern. Ich habe doch letztes Jahr schon Hafer angepflanzt. Das gedeiht recht gut auf unserem Boden, es ist recht anspruchslos. Ich habe die Menge bereits in die Höhe schrauben lassen. Vielleicht sollte ich das noch weiter steigern, und ich steige als Mehllieferant ein.«

Ida lachte laut auf. »Selma, du bist einzigartig. Und was für eine Idee! Wie bei Gorki frage ich mich: Machst du das für die Rettung der Bauern, für die gesunde Ernährung der Bevölkerung oder einfach, weil du es kannst?«

Selma stimmte in das Lachen mit ein. Leichtigkeit umfasste sie und ließ sie auch zu einer Flaumenfeder werden, die sich mit dem Wind bis hoch über die Bäume tragen ließ.

»Was findest du an Ida denn so schlimm?« Selma saß mit Valborg am Tisch, eigentlich wollten sie Karten spielen, doch ihre Freundin starrte nur lustlos auf das Blatt in ihrer Hand.

»Schlimm? Das würde ich nicht sagen. Unangenehm und unhöflich, das sind eher Wörter, die mir zu ihrer Person in den Sinn kommen. Vielleicht noch ungehobelt, und das sind nur die, die mir mit ›u‹ einfallen. Aber Selma …«, Valborg legte die Karten auf den

Tisch. »Wollen wir nicht lieber über schöne Sachen reden? Ellen hat erzählt, dass es nach dem Umbau einen neuen Herd geben soll. Geschenkt sogar.«

Selma lächelte. »Es ist oft Glück, so viele Menschen kennen zu dürfen. Der Physiknobelpreisträger von 1912, wie hieß er doch gleich? Ach ... Gustaf Dalén, der hatte mir einen seiner AGA-Herde versprochen. Das soll ein ganz neuer Wärmespeicherofen sein, der mit sehr wenig Kohle auskommt. Wenn du mich fragst«, Selma senkte ihre Stimme und beugte sich etwas vor. »Ich glaube, dass Ellen jetzt schon nachts schlecht schlafen kann, weil sie sich so darauf freut.«

»Haha, als ob du nicht selbst leuchtende Augen hast, sobald du nur in die Nähe von neuer Technik kommst. Wollen wir hochgehen?« Valborg stand auf und zog Selma in die Höhe. »Übrigens war Nils vorhin kurz da, er lässt dich schön grüßen. Und er hat tatsächlich von Amerika vorgeschwärmt. Muskulös ist er geworden. Die Arbeit tut ihm wohl gut. Selma, ich bin in der nächsten Zeit öfters in Stockholm. Seitdem wir das Frauenwahlrecht nun erlangt haben, geht es um die Umsetzung und vor allem: Das war ja hoffentlich erst der Anfang.«

Selma zog eine Schnute.

Valborg musste lachen und küsste sie kurz auf den Mund. »Wenn du in der Inspektorhütte haust, habe ich ja eh keinen Platz zum Übernachten hier.«

»Ich bitte dich, in meinem Bett wird immer Platz für dich sein.«

»Selma!«

»Nun spuck's schon aus, irgendwas bedrückt dich doch.«

»Liebes, ich werde wahrscheinlich nach Stockholm ziehen. Seitdem du dein Faluner Gut an Gerda gegeben hast, bist du ja eh selten bei uns.«

Selma fühlte, wie ihre Beine schwer wurden.

Müde. Einfach nur müde.

»Aber ich habe mir schon überlegt, dass ich dann zwei Zimmer direkt für dich einrichten lasse. Dann brauchst du in Stockholm nicht mehr im Hotel übernachten, und Ferien können wir ja jederzeit auf Bengtsvaret machen. Du hast dann einfach noch einen Ort mehr, zu dem du reisen kannst und wo du gleich ein warmes Bett vorfindest.« Valborg zögerte. »Und haben wir nicht festgestellt, dass das räumliche Getrenntleben unsere Beziehung frisch hält?«

Selma seufzte. »Das mit dem warmen Bett klingt gut.« Sie fasste Valborgs Hand und zog sie die Treppe rauf. Manchmal war es besser, alle Gedanken dort zu lassen, wo sich die Lautfetzen zum wilden Tanz trafen.

Tief im Wald.

Weit, weit weg.

»Hier sind nun die Riesenbienen der Fantasie Jahr und Tag um uns geschwärmt, aber wie sie in den Bienenkorb der Wirklichkeit kommen, darum müssen sie sich wahrlich selber kümmern.«

Aus Gösta Berling

Kapitel 15

AUF DER SUCHE NACH DER VERLORENEN MELODIE

Einige Jahre später
Stockholm, April 1928

Woher sollte man verdammt noch mal wissen, ob alles im Leben richtig verlief und die Entscheidungen so gefallen waren, dass sie einen weiterbrachten? In die richtige Richtung, verstand sich. Das konnte doch wirklich keiner vorhersagen, egal, wie glänzend und hell der eigene Stern sonst wo hing. Selma schaute aus dem Fenster von Valborgs Wohnung. Frauen mit faltigen Röcken und berüschten Hütchen flanierten die Straße entlang. Männer mit Bärten wie die von Walrössern und langen Wollmänteln und teuren Gehstöcken nahmen den Moment ein. Manchmal vermisste sie das Quirlige des Stadtlebens, darüber konnte auch kein Kuraufenthalt mit Valborg in Dänemark oder ihre Reise durch Finnland und Russland hinwegtrösten. In Mårbacka hatte das Alte sie voll im Griff. Wenn sie abends am Kamin saß, kamen die Sagen, um sich neben ihr aufzuwärmen, und dampften ihre nassen Kleider aus. Wie sollte sie da über das Quirlige im Heute jemals schreiben können?

»Selma, Liebes, ich kann heute nicht. Das tut mir so leid.« Valborg kam herein und brachte den Duft von Rosen mit, den Selma meistens in Sekundenbruchteilen wieder an den Anfang ihres Kennenlernens zauberte. Dieses faszinierende Neue, das im Laufe der Jahre in einen wohligen Gleichklang übergegangen war. Und oft genug auch einfach so weiterlief.

»Das ist aber schade. Kannst du es nicht verschieben?«, fragte Selma.

Valborg blickte traurig und schüttelte den Kopf. »Es tut mir leid, aber wir müssen den internationalen Kongress planen. Frag doch eine deiner alten Freundinnen hier in Stockholm, was ist mit Mats und …«

»Nein, das ist doch viel zu kurzfristig. Dann geh ich eben alleine.« Selma küsste Valborg auf die Nase und entlockte ihr so ein flüchtiges Lächeln. »Ist nicht schlimm, wirklich. Ich bin ja fast zwei Wochen hier. Da werden wir wohl noch oft genug aufeinandersitzen und Zeit für uns haben. Darauf freue ich mich. Sehr sogar.«

Das dunkelgrüne Kleid, das Selma zum Konzert trug, hatte sie sich neu machen lassen. Bei der gleichen Adresse, wo auch ihr Nobelpreiskleid geschneidert worden war. Die grüne Farbe schmeichelte ihrem hochgesteckten silbergrauen Haar und der weiche Stoff ihrem Körper. Der Konzertsaal glänzte mit dem schimmernden Schmuck seiner Besucher um die Wette. Eine zärtliche Dunkelheit legte sich darüber, ließ jede Faser der Körper sich auf eine Sache konzentrieren: auf die Musik. Melodien, gesungen von warmen Geigen, begleitet von jugendlichen Klarinetten und vorangetrieben von den dumpfen Schlägen der Pauken. Musik sank bei Selma direkt in die Haut ein. Beharrlich und stetig. Sie schloss die Augen und bewegte den Oberkörper leicht im Takt.

Ganz Ton, ganz Klang.

Etwas pikste sie, veränderte die Lautstärke um sie herum, legte einen Schatten auf die Lichtverhältnisse. Selma drehte sich zur Seite und schaute auf eine Dame, nicht viel älter als sie selbst, die neugierig ihr Kleid betrachtete. »Entschuldigen Sie bitte meine Aufdringlichkeit, aber ich muss Sie einfach ansprechen. Dieses Kleid ist wunderschön. Darf ich mich vorstellen: Henriette Coyet, vielleicht darf ich Sie in der Pause zu einem Getränk einladen? Ich würde mich freuen.«

Selma schaute erstaunt. »Ähm … ja, gerne. Danke.«

Ihr Gegenüber hatte die silbrigen Haare zu einem Knoten direkt oben auf dem Kopf zusammengesteckt, gekränzt von einem sehr teuer aussehenden Perlendiadem. Sie trug ein feines, grau besticktes Spitzentuch über einem blauen Kleid mit Spitzen. Ihr Gesicht war sehr fein gezeichnet, mit einer zierlichen Nase und einem gütigen Zug um den Mund. Sie hielt den Kopf leicht schräg, schaute sie forschend an. Selma hatte das Gefühl, dass diese Frau ihre Traurigkeit spürte. Es waren bereits sieben Jahre seit Sophies Tod vergangen, aber es gab keinen Tag, an dem sie nicht an ihre alte Freundin dachte. »Ich heiße übrigens Selma Lagerlöf«, sie reichte bescheiden ihre Hand.

»Ach«, jetzt war Henriette verwundert. »Dann sind *Sie* unsere Dichterfürstin?«

Selma lächelte schüchtern. Oft kam es nicht vor, dass man sie nicht erkannte. Aber das freute sie in diesem Fall.

Sehr sogar.

* * *

Zwei Monate später
Schloss Torup, Mai 1928

Der große Koffer, den Selma dabeihatte, barg ihre teuerste Garderobe. Die Baronin Henriette Coyet hatte zuletzt den Malerprinzen Eugen als Gast auf ihrem Schloss Torup empfangen, da wollte sie dann doch nicht in ihren Kleidern kommen, die sie auch im Garten trug, wenn sie die Rosen schnitt oder Äpfel pflückte.

Den tiefblauen Himmel zierten ein paar vereinzelte Schäfchenwolken, der Chauffeur summte ein Lied, das noch holpriger war als die Straße, und Selma erspähte die Silhouette des prächtigen Baus. Es war ein roter Ziegelbau, dessen achteckiger Turm imposant von Schutz und Verteidigung erzählte. An ihm konnten nicht nur sämtliche Waffen der Welt abprallen – nein, er war so beständig, dass ihn die Waffen nicht einmal interessierten.

Das Auto rollte auf eine Brücke zu, die über den Wassergraben des Wasserschlosses führte. Eigentlich war die Brücke überflüssig, da genau an dieser Stelle der Graben zugeschüttet war. Gegenüber dem ersten Turm ragte ein zweiter empor, diesmal rund. Durch einen Torbogen hindurch ging es in den Innenhof des viereckigen Grundbaus. Hohe, längliche Fenster mit dunkelbraunen Einfassungen staunten Selma an, die sich am Autositz hochdrücken musste. Dabei belastete sie ihren rechten Arm zu stark, sodass ein kurzer Schmerzenslaut aus ihrem Mund drang. Durch die einseitige stundenlange Anstrengung schmerzte er. Mal mehr, mal weniger. Aber seit einiger Zeit ließ sich Selma morgens nach dem Aufwachen von einem der jungen Fräuleins einölen, mit echtem Olivenöl, an den Beinen und den Armen. Es zog recht schnell ein, und Selma entspannte, wie man es nach einer Massage machen sollte, eh noch eine halbe Stunde auf dem Bett. Seitdem war es schon besser geworden. Ellen Lundgren folgte ihrem Beispiel und meinte nun, dass sie sich elastischer fühle als all die Jahre zuvor.

Die Baronin kam ihr entgegen, in einem langen braunen Kleid, das recht schlicht gehalten war. Ganz Schlossherrin, aber mit einer Note Erdverbundenheit. Sie schickte einen Angestellten mit dem Koffer ins Haus und bat Selma zu einem schattigen Platz mit Blick auf ein Wäldchen. Auf einem Tisch standen Gebäck, belegte Brote, frisches Obst, und Kaffee wurde gebracht. Das Wasser im Graben schwappte leicht hin und her, Vögel tirilierten, Pferdehufe klapperten über Kopfsteinpflaster, und Henriette erzählte von den Anfängen des Schlosses, die bis auf das Jahr 980 zurückreichten. Sie hatte vor einiger Zeit ein Buch über die Geschichte des Prachtbaus geschrieben und spazierte durch die Vergangenheit wie andere über eine Blumenwiese. Sie schrieb auch für Zeitschriften, die sich mit Handarbeit beschäftigten, und hatte ein Buch über Kräuter herausgebracht sowie neun Bände über die traditionellen Künste ihrer Region.

In den letzten Wochen hatten sie einige Briefe hin und her geschickt, aber die Vertrautheit, die zwischen ihnen bestand, schien älter zu sein; sogar älter als dieses imposante Gebäude.

Henriette schritt voran und zeigte Selma die Räume, die bis zur Decke reichenden Gemälde, für die man alleine Stunden bräuchte, um jedes Detail wahrzunehmen. Berge, Wälder, Menschen, Burgen, die kostbaren Möbelstücke und eine Bibliothek, die ihresgleichen suchte. Dunkelbraune Regale von Wand zu Wand, gefüllt mit alten, duftenden Buchrücken, nur unterbrochen von einem überlebensgroßen Gemälde, das eine Frau mit schwarzem Hut und zwei Hunden zeigte, eine Galerie, lederbezogene Sofas, ein riesiger hellgraugrüner Kamin, der in einer Ecke schlummerte und sein offenes Maul den Büchern entgegenstreckte.

Henriette trat zu einem gläsernen Kasten und zeigte darauf. »Das ist ein ganz besonderer Fund, das ist das Meisterwerk des Astronomen Tycho Brahe, das *Astronomiae Instauratae Mechanica* aus dem Jahre 1598. Er forschte am Anfang seiner Karriere noch ganz ohne Fernrohr, sollte aber später an der Erfindung von astronomischen Instrumenten beteiligt sein. Er kam hier aus der Provinz, wobei das damals ja noch zu Dänemark zählte.«

Selmas Augen wurden groß, als sie durch das bunt illustrierte Buch blättern durfte. Ganze Welten und Sternenmeere entstanden vor ihren Augen. Ganze Galaxien zogen durch ihren Kopf. »Hast du das Buch entdeckt?«

Die stolze Besitzerin nickte. »Was meinst du, wie viel Zeit ich auf Flohmärkten und in Antiquariaten verbringe. Mittlerweile hat sich meine Sammlerleidenschaft herumgesprochen, und ich bekomme Angebote direkt hier nach Hause vorgestellt. Sag mal, Selma, wenn du Bücher schreibst, was macht das mit dir?«

»Mmh ... das ist schwer zu sagen, der ganze Prozess, bis das Buch fertig ist, kostet viel Arbeit, aber wenn es fertig ist ... und ich es nach Jahren wieder in die Hand nehme und lese, dann ist es so fremd. Als ob es sich selbst geschrieben hätte und ich nur ein ausführendes Werkzeug war.«

Henriette nickte, fasste das Astronomiebuch vorsichtig an und stellte es wieder zurück. »Ich weiß noch genau, wie ich das erste Mal darin gelesen habe. Sag, Selma, findest du nicht auch, dass die Erinnerungen einen jung halten?«

Selma hakte sich bei Henriette unter. »Nicht nur die Erinnerungen. Es ist das Schöne im Leben.« Selma lachte auf wie ein junges

Mädchen. »Mein ganzes Leben lang habe ich geschrieben und geschrieben, das gab mir auch eine Menge zurück, versteh mich nicht falsch, aber es ist schön, mit neuen Seiten im Leben in Berührung zu kommen, die eine so ganz andere Melodie haben. Es kommt mir so vor, als hätte das Schicksal dich zu mir geführt, um mich mit allem zu versöhnen. Ette, liebe Ette.«

Henriette drückte Selmas Arm fest an ihren Körper und streichelte mit der anderen Hand darüber. »Menschen sind doch die besten Geschenke. Menschen und Geschichten.«

»Und manchmal muss man fast siebzig werden, um sich in anderen wiederzufinden.«

Beide schauten sich an, ließen den Blick sinken und lächelten.

Und manchmal bedurfte es nicht vieler Worte, um das auszusprechen, was man tief im Inneren fühlte.

»Du musst mir unbedingt deinen Kräutergarten noch vorführen!«, sagte Selma. Sie blieb stehen und betrachtete die eingerahmten Auszeichnungen und Medaillen, die an den Wänden hingen. »Ach, das ist ja lustig, du hast 1921 die Sophie-Adlersparre-Medaille bekommen. Was steht da? Für deinen Einsatz bezüglich der Handarbeitskunst der Frauen. Ich kannte Sophie persönlich.«

»Wirklich? Erzähl!«

Die Tage verflogen, zerrannen, waren einfach verschwunden. Selma bedauerte es sehr, dass sie wieder abreisen musste und immer noch nicht herausgefunden hatte, wie man die Zeit konservieren oder anhalten konnte. Sie hatte für Freunde von Ette aus einem neuen Manuskript gelesen, Ausflüge in der Kutsche gemacht, viel geredet, im Garten Kräuter gepflückt, noch mehr geredet. Selma fühlte sich, als hätte sie die Tür zu einem weiteren Zuhause aufgestoßen. Aber auf Mårbacka wartete Arbeit auf sie. Nachdem sie vor sechs Jahren den ersten Teil ihrer Autobiografie geschrieben hatte, war die dreiteilige *Löwensköldsaga* gefolgt, die sie in diesem Jahr abgeschlossen hatte, jetzt wollte sie an der Autobiografie weiterarbeiten. Der Gutshof trug sich leider nicht, auch nicht, nachdem sie angefangen hatten,

Hafermehl zu verkaufen. Ohne das Schreiben gäbe es den Hof schon lange nicht mehr.

Alleine in dem Arbeiterhaus lebten fünfzig Menschen, die Arbeiter hatten zum Teil recht große Familien, und Selma mochte jeden Einzelnen von ihnen.

Gut, dass Henriette versprochen hatte, sie sehr bald auf ihrem Hof zu besuchen. Was habe ich nur für ein Glück, so faszinierende Frauen kennenzulernen, dachte Selma, als sie zum Abschied aus dem Auto winkte. Sie winkte so lange, bis der letzte Ziegelstein des Schlosses nicht mehr zu sehen war.

* * *

Ein paar Wochen später
Mårbacka, 1928

Selma sog tief die Luft ein. Auf Mårbacka duftete sie auf eine ganz eigene Weise. Leicht würzig und so frisch, als ob nicht der lange See in der Nähe, sondern gleich das Meer um die Ecke läge. Kinderlachen erklang, und mit einem Schlag wurde die Haustür des Arbeiterhauses aufgestoßen, und eine Traube Kinder ergoss sich auf der Wiese davor.

Mit einem »Schönen guten Tag, Mutter Selma« stürmten die Kleinen vorbei und jagten sich kreischend zwischen den Ställen entlang. Selma kam jeden Tag vorbei und hielt ein kleines Schwätzchen mit ihren Angestellten. Immer ein offenes Ohr war ihre Devise, und das wurde mit Treue und guter Laune gedankt. Der Gärtner war ganz zuversichtlich, was die Ernte anbelangte, die Melkerinnen bestätigten, dass es den Tieren prächtig gehe und alle Kinder im Haus seien gesund und hätten seit einigen Tagen keine neuen Streiche ausgeheckt, somit schritt Selma gut gelaunt den Weg entlang zum Schuppen, wo gerade auf einem ihrer Lastwagen eine Ladung zum Verkauf fertig gemacht wurde. Der Inspektor Raoul Kajland kontrollierte geschäftig die einzelnen Holzboxen, die von Erik,

Tora, Ivar und Maja verpackt und eingeladen wurden. Mit weißen Bäckermützen und weißen Schürzen bestückt, sahen sie aus wie große, fleißige Wichtel. Mittlerweile bedurfte es alleine fünf Angestellten, um sich um die Mehlverpackung zu kümmern. Ellen Lundgren stand dabei, und um sie herum sprang der Collie Liss. Eigentlich war das Selmas Hündin, aber sie wusste, wer bei den Fleischrationen das Sagen hatte. *Mårbackas spezielles Hafermehl – Haferkraft* prangte in großen Lettern auf den Boxen, und auf anderen stand *Mårbacka Haferkeks.* Das sollte sich heute alles auf den Weg nach Stockholm machen, zur Nordiska Kompaniet, einem der führenden Warenhäuser der Stadt. Andere Lieferungen fanden sogar ihren Weg bis nach Mittelschweden und Amerika. Selmas Hafermehl wurde nach einer speziellen Methode zunächst bei 300 Grad Celsius im Holzofen geröstet, bevor es gemahlen wurde, was auf eine Tradition zurückging, die die Waldfinnen im 17. Jahrhundert mit nach Värmland gebracht hatten. In der Mühle von Ernst Chöler wurden monatlich bis zu zehn Tonnen Hafer gemahlen und auf Mårbacka dann in 500-Gramm-Packungen umgefüllt. Auf der Verpackung war nicht nur ein Zertifikat von einem Karlstader Spitalarzt zu lesen, der die gesunde, herzhafte und günstige Ernährung empfahl, sondern es prangten auch verschiedene Rezepte darauf. Selma hatte nicht nur ein Aktienunternehmen dafür gegründet, sondern im ersten Jahr 8000 Kronen für Werbung ausgegeben, für ein Werbeunternehmen, um die Verpackung zu entwerfen, für Printanzeigen, Rezepte und für Präsentationen auf Messen, und sie ging sogar persönlich zu den Kaufhäusern in Stockholm, um es anzupreisen. Aber dank der unklugen Führung ihres Neffen, der als Direktor für das Hafermehlunternehmen fungierte, strichen sie Verluste ein, was viel Ärger nach sich zog. Der Neffe wurde aus dem Geschäft freundschaftlich bugsiert, und Selma hielt dank ihrer Schreiberei auch das Mehlgeschäft weiter am Laufen.

»Selma«, die Haushälterin hatte sie entdeckt. »Heute sind es wieder Massen von deinen Verehrern.«

»Mhm«, sagte Selma. So richtig hatte sie sich immer noch nicht an den Touristenauflauf gewöhnen können. Den Menschen ging es gar nicht darum, sie als Menschen zu besuchen. Sie war eine Attraktion, so etwas wie eine Marke geworden. Aber was sollte sie tun? Das Bedürfnis nach Fotografien mit ihr erfüllte sie, indem sie Postkarten von sich und dem Hof drucken ließ und verkaufte. Außerdem waren die Besucher dankbare Abnehmer der Haferkekse, somit kam immer wieder etwas in die Portokasse. Nach einigen Jahren hatte sie es sattgehabt, Benzin zu borgen, und somit gab es seit ein paar Jahren auch eine eigene Benzinpumpe auf Mårbacka. Jetzt konnte hier gegen Bezahlung auch getankt werden. Nachdem eines Tages sehr dreiste Menschen einfach ihre Apfelbäume geplündert und die Blumen dabei platt getreten hatten, sperrte nun eine Kette den hinteren Bereich ab. Und dann gab es ja noch Ellen, die Seele des Hauses, die aber so barsch werden konnte wie ein Kettenhund. An manchen Tagen übernahmen auch Gerda oder Ellen ihre Rolle und winkten in Selmas Kleid und Mantel vom Balkon. Das reichte schon, um viele Besucher sehr zufrieden wieder abfahren zu lassen.

Da heute die Sonne besonders prächtig schien, schenkte Selma den zwanzig Menschen, die sich bereits versammelt hatten und zwischen den Bäumen lagen und sich unterhielten, ihre Gunst. Oft hatten die Besucher gar keine Fragen, sondern wollten Selma aus ihrem eigenen Leben erzählen, wie sie von den Büchern bewegt wurden, welche Ähnlichkeiten es zu ihren eigenen Schicksalen gab, wie berührt sie von Selma waren, und glaubten, sie so gut zu kennen wie ihre eigene Mutter.

Ein kleines, bezopftes Mädchen zog Selma am Kleid. »Wo sind denn die Pfauen?«

Selma lachte, bückte sich, um dem Kind über den Kopf zu streicheln, und nahm sie und die anderen mit zu den Gehegen, auf denen Sarah und Pharao zu sitzen pflegten. Pardon, zu thronen, versteht sich, bei all ihrer Schönheit und ihrem Gleichmut.

»Akka, meine Gute, pass du gut auf heute, dass keiner mehr kommt und mich stört, ja?« Selma hatte bei der ausgestopften Gans im Eingangsbereich angehalten und strich ihr zärtlich über den Kopf. Sie stand auf einem niedrigen Bücherregal vor einem großen Landschaftsbild. »Du bist doch meine beste Beraterin, nicht wahr? Aber lass das bloß nicht Valborg hören, oder …« Selma flüsterte. »Oder Ellen. Sonst bekomme ich wochenlang weder Kuchen noch Gebäck.«

Selma ging die Treppe hoch, verharrte kurz im Sophie-Elkan-Zimmer und schaute sich ein Porträt von Sophie an, drückte ihren Rücken durch und schritt in ihr Arbeitszimmer. Ein leichtes Humpeln ließ sie dabei in ihren ganz eigenen Rhythmus fallen. Ihren Lebenstakt, der alles andere als einen gleichförmigen Klang darstellte.

Das Arbeitszimmer war gleichzeitig ihre Bibliothek. In Mintgrün gehalten, mit hellen Fenstern, die in den Garten schauten. Es war die ruhigere Seite des Hauses, und Stille brauchte sie immer noch zum Arbeiten, wie schon als junges Mädchen, als sie ihre ersten Zeilen gedichtet hatte. Von Regalen, die sich in dem länglichen Raum so gut wie komplett über alle Wände zogen, äugten Bücher neugierig auf sie herunter. Selma blieb am hell gekachelten Kachelofen stehen, für den es fast einer Weltreise durch ganz Schweden bedurfte, bis man ihn gefunden hatte. Sie ließ ihren Blick zu den barocken Engelchen schweifen, die von der Wand über ihrem Schreibtisch herablächelten, und sah, dass in ihrer Schreibmaschine noch ein Blatt eingespannt war. Ihr schwarzes Ungetüm von der Firma Adler war auch dringend notwendig, da Valborg Probleme mit dem Lesen bekommen hatte und Selmas Handschrift nur noch schwer entziffern konnte.

Aber an Valborg hatte sie bereits heute Morgen geschrieben. Selma nahm Platz, jetzt tippte sie einen Brief an Henriette:

Meine liebe, liebe Freundin, ich freue mich immer besonders, wenn ich Post von Dir bekomme. Noch eine Woche, dann kann ich Dir auch ganz persönlich meine Heimat zeigen. Ich hoffe, ich habe sie nicht zu schillernd ausgemalt, sodass Du nicht zu enttäuscht sein wirst. Du hattest über meine Augen geschrieben, dass sie so eisgrau seien wie ein zugefrorener See an einem sonnigen Wintertag, an dem man die Wärme spüren könne, die von Güte erzähle. Fast das

Gleiche dachte ich auch über Dich, als wir uns das erste Mal beim Konzert sahen. Vielleicht war das unsere erste Verbindung, diese Güte, wer weiß das schon. Stell Dir vor, sie wollen mich jetzt mit der französischen Ehrenlegion auszeichnen. Mich! Manchmal sitze ich im Garten unter den Bäumen, blicke zu den Nachbarhäusern und schüttele mit dem Kopf. Hätte ich das damals der kleinen Selma erzählt, wäre sie wohl lachend zusammengeklappt. Ich fühle mich gerade meinem kleinen Ich eh sehr nah. Es ist die Arbeit an meiner Biografie, ich weiß, und es ist so merkwürdig, wie viele Details mir nach so langer Zeit wieder einfallen, die ich verschüttet geglaubt hatte. Manchmal ist es ein Duft, der dann plötzlich wieder vor mir auftaucht und mich in alte Gespräche trägt, zu alten Stimmungen, zu Nana und meiner Großmutter. Ich muss Dir hier etwas übertragen, was ich gestern geschrieben habe und Dir vielleicht gefallen könnte:

Meine Hände fangen an, runzlig zu werden; wenn ich sie an die Wange lege, fühlt sich die Haut nicht mehr so weich an wie früher. Jedes Mal, wenn ich sie ansehe, glaube ich sie sagen zu hören, dass sie müde werden. Wir haben bereits zu viele Worte für dich geschrieben, sagen sie. Wir fangen an, steif und ungelenk zu werden. Meine Hände sind alt geworden. Sie fangen an, sich nach dem Strickstrumpf zu sehnen. Sie haben gerade noch Kraft genug, die Patiencekarten zu mischen. Die Gedanken spielen wie früher in meinem Kopf, aber meine Hände sind zu müde, um sie zu Papier zu bringen.

Oh, meine Hände, der Abend ist sehr schön. Die Luft ist mild und lieblich, erfüllt von Wärme und Feuchtigkeit. Der Himmel wölbt sich blassrot über eine lange Reihe zartblauer Höhen. Auf dem Rasenplatz glitzert der Tau. Die Baumgruppen bilden Mauern um ihn herum, die hier und dort als riesige Türme emporschießen. Das Dunkel senkt sich nieder und wird immer dichter. Bald wird nur noch eine gelbe Begonie aus dem Dunkel leuchten. Oh, meine Hände, die Herrlichkeit des Abends wird euch vielleicht in Bewegung setzen können …

Liebe Ette,
Weihnachten steht vor der Tür, und ich will es nicht noch näher kommen lassen, ohne Dir ein friedvolles und schönes Fest in Deinem herrlichen Zuhause mit all Deinen Lieben zu wünschen. Möge all der Schrecken, der über der Welt schwebt, von uns fern bleiben. Danke dafür, dass Du in meinem Leben und für mich da bist!
Ich sitze hier in Mårbacka bei guter Gesundheit, Fräulein Lundgren kümmert sich um den Haushalt, nicht mit der üblichen Kraft wie sonst, aber fast so gut wie. Meine Schwester Gerda und meine Nichte Helena sind gerade hier und werden noch ein paar Wochen bleiben. Sie haben Falun nicht evakuiert, aber es ist doch sicherer, auf dem Land zu sein als in einer Stadt mit Industrie und Fabriken, die in einem Ernstfall Ziel von Bombenangriffen sein könnten.

Selma an Henriette Coyet

Kapitel 16

WÄRME

Zwölf Jahre später
Mårbacka, Februar 1940

Es klopfte an der Tür des Arbeitszimmers, in dem Selma gerade saß und auf der Schreibmaschine tippte. Ellen trat ein. »Dein Termin ist da, Selma. In der Halle?«

Selma nickte, das hatte sie ja ganz vergessen, Frau Wägner hatte sich angemeldet, um ein Interview zu machen. Sie waren sich in den letzten Jahren bereits ein paarmal über den Weg gelaufen. Elin Wägner war in der Frauenbewegung sehr aktiv, arbeitete als Autorin und Journalistin. Sie war eine hübsche Frau mit kurzen, in Wellen gelegten dunklen Haaren und einem neckischen Grübchen im Kinn. Kritisch war sie, das hatte Selma bereits bei vergangenen Interviews festgestellt. Selma seufzte, heute hatte sie überhaupt keine Lust darauf. Nun gut, auch das ging vorbei. Rund um ihr Geburtstagsfest kamen Trauben von bis zu fünfzig Journalisten, da war ein einzelnes Interview nicht viel.

Elin Wägner zückte ein schmales, geblümtes Etui und pflückte daraus wiederum einen silbernen Bleistift. Auf ihren Knien lag ein aufgeschlagenes Notizbuch, und mit einer Denkerfalte auf der Stirn konzentrierte sie sich auf Selma. »Was ist Ihre größere Liebe? Theater oder Film?«

Selma reichte ihr einen Teller mit Gebäckstücken und lehnte sich in ihrem Stuhl zurück, schaute aus dem Fenster hinaus auf den schneegeküssten Vorgarten. Im Winter war das Bedürfnis auch in der Pflanzenwelt groß, einfach zu schlafen. Sie schaute Elin an, die an einer Tasse Kaffee nippte. Bis jetzt hatten sie nett geplaudert, über Stockholm und ihre Heimat Rösås, das im Süden von Schweden lag.

»Also meine allererste Liebe galt dem Theater. Wissen Sie, wann ich angefangen habe, meine Puppenstücke aufzuschreiben? Als meine Großmutter starb, verschwanden die gruseligen Gespenstergeschichten und wärmenden Sagen aus unserem Zuhause. Sie war diejenige gewesen, die das Fenster geöffnet hatte, wenn die Sagen hereinschauten. Nicht ich wähle die Geschichten heute aus, sie schickt sie mir zu. Und damals, als es so still wurde, musste ich mit meiner Schwester ja dagegen anspielen.«

»Sind Sie denn über die Verfilmung von *Das Mädchen vom Moorhof* zufrieden und von *Gösta?*«

»O ja. Und wie! Ich werde es wohl nie vergessen, wie ich im Auto vor das Kino vorgefahren wurde. Die Spannung, bevor der Film begann, und die großartigen Schauspielerinnen. Mit Greta Garbo konnte ich sogar einmal plauschen, was für eine elegante und interessante Frau. Wenn die eigenen Ideen, mit denen man zum Teil lange, einsame Nächte verbracht hat, solch spektakuläre Form annehmen, dann ist man mehr als nur ergriffen. Als ob die Gedanken aus dem Kopf direkt an die Leinwand gesprungen wären.«

»Würden Sie *Nils Holgersson* als das beste Buch von Ihnen bezeichnen?«

»Ach, das kann ich doch nicht sagen. Zu *Nils* fällt mir ein, dass er mir einen Pflegesohn mit dem gleichen Namen gebracht hat, und meine Nichten und Neffen wurden in der Schule dafür gehänselt, dass die Naturbeschreibungen in diesem Schulbuch zu lang waren. Sie konnten ja was dafür, da ich die Tante bin.«

Elin nahm kurz das Ende des Bleistifts in den Mund, worauf Selma sie noch sympathischer fand. »Wodurch erklären Sie sich, dass die Menschen sich religiös bei Ihnen verstanden fühlen? Das heißt Menschen, die sich eigentlich zu verschiedenen Religionen bekennen.«

Selma stockte. Sie atmete schwer aus. Das waren heute aber auch Fragen. »Liebe Frau Wägner, das können Ihnen am besten die Menschen selbst erklären.«

»Doktor Lagerlöf, eine kleine Idee? Über was schreiben Sie denn konkret, wenn Sie christliche Themen verarbeiten?«

»Ach … das ist sehr umfassend und verschieden. Im Prinzip sehe ich Jesus als Menschen, da gehe ich wohl mit der freidenkerischen Strömung Hand in Hand. Aber sonst, sonst versuche ich, das Thema Religion in sozialen Handlungen darzustellen. Es gibt nicht *die* Religion oder *das* religiöse Handeln. Es kommt immer darauf an, was die Menschen daraus machen. Vielleicht können mich die Leser deshalb so gut greifen und fühlen sich verstanden, mich interessiert ja die psychologische Seite. Ich versuche weder zu verurteilen noch zu kritisieren. Ich versuche dahinter zu schauen. Verstehen Sie? Die Psyche der Menschen ist das Faszinierendste, mit dem man sich beschäftigen kann. Das ist vielleicht der rote Faden, nach dem Sie in meinen Werken suchen. Ich frage mich immer, *warum* passiert eigentlich etwas, was veranlasst den einzelnen Menschen zu seiner Handlung, zu seinem Denken und eben auch zu seinem Glauben? Und dann lasse ich sie aufeinandertreffen und schaue, was passiert. Seitdem ich schreibe, arbeite ich so.«

»Und das Schreiben? Wie ist das so?«, fragte Elin und strich sich über ihre Haare.

»Wie das so ist? Einsam!« Selma lachte über den verblüfften Ausdruck auf dem Gesicht ihres Gegenübers. »Ich habe die Wahl, entweder einsam zu sein und zu schreiben, oder mit anderen Menschen zusammen zu sein und nichts schreiben zu können. Das ist eine Entbehrung, die ich auf mich nehmen muss, denn meine Fantasie ist eine solche, dass, wenn ich mit Menschen zusammen bin, ihre Worte in meinen Ohren ein paar Tage lang nachklingen, und solange diese Laute mich verfolgen, ist es mir unmöglich, an dem zu arbeiten, was ich gerade vorhabe.«

»Und wo nehmen Sie all die Ideen her?«

»Wenn ich dichte, bekomme ich ein Stück Wirklichkeit, und das gestalte ich um, damit es schön wird. Dann kommt ihr und seht Ideen, wo ich Schönheit sehe. Seien Sie mir nicht böse, aber ich werde müde.«

»Natürlich, ich danke Ihnen für Ihre Zeit, es ist mir eine große Ehre, mit Ihnen ein Interview machen zu dürfen. Sagen Sie mir nur noch eins: Was bedeutet Glück für Sie?«

»Ein glückliches Leben ergibt sich, wenn man sich einem großen Werk mit Haut und Haaren komplett hingibt, an sich selbst und seine Träume glaubt und niemals, wirklich niemals aufgibt. So ähnlich habe ich es zumindest in Trolle und Menschen formuliert.«

* * *

Einen Monat später
Mårbacka, März 1940

»Bess, Liebes, kannst du mir bitte mal die Sahne reichen?«, Selma saß mit ihrer Schwester vor dem Kamin in der guten Stube. In den letzten Jahren hatten sie es sich angewöhnt, immer mehr Zeit zusammen zu verbringen. Mal auf Falun, dann wieder hier im alten Zuhause. Das Knistern und Flackern klang vertraut und wohlig. Wie könnte die Kälte sich Einlass verschaffen, wenn das Feuer hier loderte? Große Gemälde, die die Vorfahren zeigten, hingen an der Wand, ein Klavier stand vor den Fenstern, und der liebliche Nachklang von Winter lag in der Luft. Es hatte immer noch etliche Handbreit Schnee.

Gerda fragte: »Kommt Nils heute noch vorbei?«

Selma schüttelte den Kopf. Ihr Pflegesohn war vor sechs Jahren aus Amerika wieder zurückgezogen, mit Frau und seinem Sohn Nils junior. In den USA gab es eine Pleitewelle, und die Wirtschaft ging komplett in die Knie. Rechtzeitig hatte er noch den Absprung geschafft und verdiente mittlerweile als Bauherr ganz gutes Geld.

»Wollen wir nachher eine Ausfahrt machen? Mit Pferdeschlitten und Glöckchen?«

Selma nickte. Dafür konnte es niemals zu kalt sein. »Gerne, aber ich will erst noch das Konzert im Radio hören. Und nächste Woche reist Valborg an. Da freue ich mich ganz besonders drauf. Meine gute, treue Valborg!«

In der Eingangshalle, nur ein paar Schritte von Akka entfernt, war der Radioplatz von Selma. Sie hatte das Gerät vom Deutschen Rundfunk geschenkt bekommen, und es verfügte sogar über Lautsprecherboxen, sodass sie nicht mehr Kopfhörer aufsetzen musste. Hier lauschte sie Nachrichten aus aller Welt, hörte Konzerte und traf sich dazu mit den Angestellten. Gerade in diesen düsteren politischen Zeiten bestand sie darauf, das Schöne zu feiern. Das schwarze Ungeheuer war mächtig geworden, und Selma erschauerte bis ins Mark ihrer Knochen, wenn sie daran dachte, wozu Menschen fähig waren. In ihrem Leben stand immer das Schreiben an erster Stelle, das Schreiben und die Sorge um die, die von ihr finanziell abhängig waren. Somit hatte sie sich zwar politisch betätigt, in der Frauenwahlrechtssache, in der Friedensbewegung und hatte sich in der Gemeinde aufstellen lassen, aber sie hatte damit nie ihre Schreiberei gefährdet, bis 1933. Hitlers Jagd auf die Juden konnte sie so einfach nicht hinnehmen. Das war sie schon alleine Sophie schuldig, somit war sie dem Komitee zur Rettung deutscher Juden beigetreten und hatte dem Internationalen Komitee zur Unterstützung von politischen Flüchtlingen die Kurzgeschichte *Die Schrift auf dem Erdenboden* geschenkt, deren Verkaufserlös in eine direkte Fluchthilfe für Juden aus Deutschland floss. Die Reaktionen ließen nicht lange auf sich warten, die deutschen Zeitungen reagierten verblüfft und verärgert. Wurde Selma nicht gerade vom deutschen Volk bedingungslos geliebt? Wie konnte sie nur. Selmas diplomatische Antwort, dass das ein Akt der Barmherzigkeit sei und nicht politisch geprägt, verärgerte noch mehr. Selma hatte Angst gehabt, dass ihre Bücher verbrannt werden würden, gerade der deutsche Markt sicherte ihr stetig einen großen Gewinn, den sie brauchte, um alles am Laufen zu halten. Hatte sie sich viel zu weit aus dem Fenster gelehnt? Aber der erwartete Feldzug gegen ihre Person war ausgeblieben. Ihre Bücher wurden nicht verboten. Es gab zwar keine Radiosendungen mehr zu ihren Geburtstagen, und die Bühnenadaptionen wurden gestrichen, aber sonst lebten ihre Bücher fort. Zu stark sprachen ihre Stoffe die Wünsche und Sehnsüchte an, die gerade von der Masse als trostvolle Heimatliteratur benötigt wurden. Die Erschöpfung, unter der Selma litt, raubte ihr in Verbindung mit dieser Hilflosigkeit viel Energie, und sie befand sich öfters denn je in Zwiesprache mit Akka oder lag schlaflos auf ihrem Bett.

Ellen erschien und sagte mit lauter Stimme. »Selma, darf ich stören, oder passt es gerade nicht? Eine Frau Harlan ist mit einem Taxi da und sagt, dass sie extra aus Berlin angereist sei. Sie sagt, es sei sehr dringlich.«

Selma schaute erstaunt und rieb sich über ihr Ohr. Sie hörte nicht mehr so gut, aber *Berlin* und *dringlich* hatte sie sehr wohl verstanden. Mit einem Nicken schickte sie Ellen hinaus, die kurz darauf mit einer hochgewachsenen dunkelhaarigen Frau wieder zurückkam. Mit einem Gesichtsausdruck, der hoffnungsvoller nicht sein konnte, stand sie da. Verschüchtert und leicht zitternd.

»Wie kann ich Ihnen helfen?«, fragte Selma, und Frau Harlan schrak zusammen. Sie wirkte, als hätte sie nur das Ziel gehabt, hier vorgelassen zu werden, und jetzt wusste sie nicht mehr, was passieren sollte.

»Ich … ich komme aus Berlin.«

»Ja, ich weiß«, sagte Selma und merkte, wie sie wieder müde wurde. Ob sie die Schlittenausfahrt heute noch schaffen würde? In ihrer Brust schmerzte es. Ungeduldig sagte sie: »Was wollen Sie denn hier?«

»Es geht um Nelly Sachs, sie braucht … sie muss … Sie sind ihre letzte Chance!«

Selmas Kopf sackte nach unten. Hatte Nelly ihr nicht geschrieben, vor einiger Zeit? Da war doch was, sie hatte sie um Hilfe gebeten, um mit ihrer Mutter aus Deutschland flüchten zu können. »Dazu habe ich keine Macht«, sagte Selma und blickte die Besucherin traurig an.

»Doch, doch, natürlich«, Frau Harlan hatte neuen Mut gefasst und kam eifrig auf sie zu. »Bitte, es braucht nicht viel, einfach nur ein paar

Zeilen. Damit will ich mich dann an Prinz Eugen wenden. Mit Ihrer und seiner Fürsprache wird es gelingen! Ich glaube ganz fest daran.«

Selma schüttelte den Kopf.

»Bitte! Sie sind die letzte Hoffnung für Nelly. Sie können sich nicht vorstellen, in welchem Elend und welcher Angst sie die letzten Jahren verbringen musste. Hier …«, Frau Harlan fummelte in einer Tasche herum, die sie über die Schulter trug, und zog eine Postkarte heraus, die sie Selma reichte. In Selmas eigener Handschrift stand da: *Ich hätte es selber nicht besser machen können.*

Selma traten Tränen in die Augen, sie ließ sich ein Blatt Papier und einen Stift bringen und schrieb ein paar Zeilen, in denen sie sich für die Ausreise von Nelly Sachs und ihrer Mutter aussprach.

»Danke! Ich danke Ihnen so sehr, Sie sind so gut«, sagte Frau Harlan, strahlte wie ein Kind vor einem beleuchteten Weihnachtsbaum und küsste Selmas Hände.

»Ich bin nicht gut. Sie sind es. Sie sind eine echte Freundin.«

* * *

Selma hatte sich in Sophies Zimmer gesetzt, streichelte mit der Hand über das Sofa. Sie musste an das Interview denken, das sie vor kurzer Zeit gegeben hatte. Was hatte sie auf die Frage nach dem Glück geantwortet: *Einem großen Werke ganz zu leben und es niemals aufzugeben, das ist das Geheimnis des ehrenhaften und glücklichen Lebens.* War es denn so, dass es sie glücklich gemacht hatte, ihr großes Werk so zielstrebig zu verfolgen und niemals aufzugeben? Oder war sie nur glücklicherweise den richtigen Menschen zur richtigen Zeit begegnet, und das alles hatte gar nicht so viel mit ihrem eigenen Willen zu tun? Solchen Menschen wie Sophie und Valborg, und zuletzt war ihr sogar noch das Glück vergönnt gewesen, Henriette über den Weg zu laufen.

»Den richtigen Menschen«, hörte sie die Stimme ihrer Oma flüstern. »Und du hast alles richtig gemacht, kleine Selma. Du bist auch so ein richtiger Mensch. Mit ganz großem Willen.«

Draußen ging die Sonne unter, und Selma genoss das Schauspiel, wie die Rottöne sich veränderten, die feurigen Strahlen sich zunächst zaghaft, dann mit vollem Schein in ihr Zimmer tasteten, wie Lissi unten bellte, Türen klapperten, Stimmen verhallten. Das Leben ging weiter, immer weiter, ob mit oder ohne sie. Auch in hundert Jahren würden hier noch Stimmen ertönen und Schuhe auf dem Boden klappern.

Sie war müde. Sehr müde.

Sie hatte ein gutes Leben gehabt, ein langes und ein ziemlich gutes Leben. In den letzten Jahren wuchs auch das Gefühl, dass Tomte wieder eingezogen war, oben, in ihrem Schlafzimmer, in seinem alten Zuhause. Ihr Bett stand genau an dem gleichen Fleckchen, an dem auch ihr Kinderbett gestanden hatte. Und manchmal, da kam Tomte und wachte über sie, genauso, wie er über das Vieh wachte. Selma hatte nach langem Überlegen entschieden, aus Mårbacka eine Stiftung zu machen, um es als Museum so zu erhalten, wie es jetzt gerade war. So konnten auch die Alten auf dem Hof bleiben und ihr Auskommen haben. Ellen und Kuhstall-Anna und all die anderen, außerdem würden weiterhin die Touristen nach Värmland gelockt werden. Ihrem Värmland, dem Reich der Sagen und Geschichten.

Selma blickte erneut in die untergehende Sonne und meinte, zwischen den schneeweißen Feldern ein Fleckchen Rot von einem der Häuser zu erkennen.

Müde war sie, und es war Zeit.

Zeit, schlafen zu gehen.

Schlusswort

Es war mir eine große Freude und Ehre, mich so intensiv mit Selmas Leben auseinandersetzen zu dürfen, in ihre Gedanken einzutauchen, ihre Freunde kennenzulernen, ihre Wünsche, Sorgen, ihr Engagement und vor allem sie auf den Reisen zu begleiten und ihre Liebe für die Natur, das Geschichtenerzählen und die Heimat mitzufühlen. Einen Teil von ihr werde ich in meinem Herzen verwahren, sie hat mich nicht nur bleibend kreativ inspiriert, sondern wird mir auch immer ein großes Vorbild sein. Ich habe mir oft die Frage gestellt: Was zieht die Menschen aneinander an, was genau fasziniert einen an dem Gegenüber und lässt eine tiefe Freundschaft entstehen? Diese Spannungen, die sich aus dynamischen Freundschaften und Beziehungen ergeben, sind die eigentlichen Triebfedern, die unser Leben salzig und süß werden lassen.

Auch wir sollten uns den Glauben an uns selbst, die pure Neugierde auf das Leben und den Mut, Neuanfänge zu wagen – trauen! Was kann uns schon im schlimmsten Fall passieren? Dass man unseren Stuhl aus dem Haus trägt, das zwangsversteigert wurde, und dann? Dann holen wir es uns wieder zurück und setzen dem Ganzen noch eine Krone auf!

Danke an meine liebenswerte und zuverlässige Agentin Anna Mechler, mit der ich wohl zu unser beider Überraschung den Rekord in Sachen Schnelligkeit von Agentur- und Buchvertrag brach, ett stort tack an meine Lektorin Christine Steffen-Reimann, die sofort begeistert war und mich aufs Wunderbarste unterstützte, sowie an das ganze Team im Hause Droemer Knaur. Ich freue mich immer noch wie eine Schneekönigin über die Schwedenkarte im Buch. Ein großer Dank an meine Außenlektorin Dr. Clarissa Czöppan, die mich mit ihrer Begeisterung getragen hat und für den richtigen Schliff sorgte.

Und natürlich ein dickes, fettes Danke für und an: Corona-Stipendium NRW, Turistbüro Gotland/Sofia, Prof. Heike Bauer, Dr. M. Basler, Fredrika Bremer-förbundet Stockholm, Archiv der deutschen Frauenbewegung, Stadt- und Landesarchiv Düsseldorf, Königliches Archiv in Stockholm, Sigrid Combüchen, Claudia Gratz, Deutsches Literaturarchiv Marbach, Selma Lagerlöf-sällskapets, Lena und Mårbacka Minnesgård für die tolle Führung und die Verwendung der Rezepte und den Verfassern der Bücher rund um Selma.

Und ein riesiges Danke an Maiky für die belebende Begleitung nach Mårbacka und an meine starken Frauen Caro, Martina, Silvia, Iris, Pepe, Annette, Hannah, Dani und unbedingt ein Danke an meine Familie.

Und obwohl sich dieser historische Roman fiktiv mit Selma beschäftigt, will ich mit den Worten abschließen, mit denen Selmas Großmutter auch ihre Geschichten beendete: *Und das alles ist so wahr, wie dass ich dich sehe und du mich siehst!* Nur so!

Originalrezepte von Selma Lagerlöf aus: Malin, Fransson und Maria, Olsson. En doft av Mårbacka. Mårbacka Förlag 2006. Übersetzt von der Autorin, mit freundlicher Genehmigung der Mårbackastiftelsen.

Mårbacka-Kekse

Zutaten:
250 g Dinkelmehl
200 g Hafermehl
2 Teelöffel Backpulver
95 g geschmolzene Butter
90 g Zucker
100 ml Milch
1 Eigelb

Heize den Ofen auf 200 °C vor. Röste das Hafermehl in einer Pfanne an, pass aber auf, dass es nicht schwarz wird. Vermische die Mehlsorten mit dem Backpulver. Füge die anderen Zutaten hinzu und verknete sie zu einem geschmeidigen Teig, den du für eine Stunde in den Kühlschrank stellst. Rolle ihn aus, steche kreisförmige Kekse aus, die du mit einer Gabel einstichst, und backe diese im Ofen für ca. 7 Minuten. Die Kekse schmecken besonders gut mit Butter und Käse oder mit etwas Ziegenkäse.

Mårbacka-Kuchen

Zutaten:
200 g Butter
3 Eier
250 g Zucker
200 g Hafermehl
1 gehäufter Teelöffel Backpulver
3 Tropfen Bittermandelöl
1 Esslöffel Wasser

Für den Rührteig schlage in einer Schüssel die Eier mit dem Zucker schaumig, füge die weiche Butter hinzu. Weiterrühren! In der Zwischenzeit röste das Hafermehl in einer Pfanne an, mische es dann mit Backpulver und hebe es gesiebt unter die Eiermasse. Die Teigmenge passt in eine Backform mit 22 cm Durchmesser, dann für ca. 50 Minuten bei 175 °C backen.

Lecker schmeckt das mit Sahne und Marmelade.

Anhang

Die Bücher, die von und über Selma Lagerlöf geschrieben wurden, vermag ich schon gar nicht mehr alle zu zählen. Im Gegenteil, nur einen Bruchteil davon darf ich mein Eigen nennen, und das sind bereits weit über fünfzig. Bei der Recherche ist es dann auch nicht verwunderlich, auf unterschiedliche Angaben wie beispielsweise verschiedene Jahresangaben zu stoßen. Entweder gab es unterschiedliche Aussagen von Selma selbst oder von Zeitzeugen, aus Briefen, Zeitungsberichten und Biografien. Als Literaturwissenschaftlerin habe ich versucht, mich an ihrem Leben zeitlich korrekt entlangzuhangeln, und als Autorin, die einen unterhaltsamen und spannenden Roman schaffen wollte, griff ich auf die schriftstellerische Freiheit zurück, Fiktion mit einfließen zu lassen und an den Stellen zusammenzufassen oder umzustellen, wo es die Dramaturgie verlangte.

So zog ich bei Selmas und Sophies Aufenthalt auf Visby die Ereignisse aus zwei Reisen zusammen, und da ich aus rechtlichen Gründen die unzähligen Briefe von Selma und ihren Zeitgenossen nicht einfach übernehmen konnte, habe ich etliche erdichtet. Ganz dem Stil und den Aussagen getreu. Somit stammen alle Briefe, die bei den Quellenangaben nicht aufgeführt sind, aus meiner Feder.

Über zwei Jahre Arbeit und Recherche sind in diesen Roman eingeflossen, und da ich wissenschaftliches Arbeiten schätze, weise ich auf weitere Informationen auch in den Quellenangaben hin. Es obliegt dem werten Leser, ob er sich im Detail weiter informieren mag, gerne auch auf meiner Homepage, auf der ich weitere Details zu den Hintergründen preisgebe, oder lieber mit den Rezepten in die Backstube eilt. Und wer dazu eine musikalische Untermalung wünscht, dem sei meine Playlist mit zwei Videos über Selma und Musik, die sie damals selbst auf dem Klavier gespielt oder gehört hat oder für die Region und Zeit typisch waren, empfohlen: https://www.youtube.com/channel/UCTK3OvWrnyv0AvwAyg16iYA/playlists

Quellenangaben

S. 7: Holger Wolandt: Selma Lagerlöf. Värmland und die Welt. Eine Biografie. 2., durchges. u. erw. Aufl. Stuttgart: Verlag Urachhaus 2018, S. 79.

Kapitel 1

S. 12: Vers zitiert nach https://www.lieder.net/lieder/get_text.html?TextId=111634 (zuletzt abgerufen am 27. 04. 2021).

S. 14: Holger Wolandt: Selma Lagerlöf. Värmland und die Welt. Eine Biografie. 2., durchges. u. erw. Aufl. Stuttgart: Verlag Urachhaus 2018, S. 79.

S. 20: Toijer-Nilsson, Ying (Hg.). »Du lär mig att bli fri.« Selma Lagerlöf skriver till Sophie Elkan. Bonniers 2008. S. 12. Frei übersetzt von der Autorin.

Kapitel 2

S. 37 ff.: In den Biografien verschiedener Autoren über Selma und Sophie gibt es widersprüchliche Angaben zu dem Punkt, *wann* sie sich genau *wo* getroffen haben und *wie* ihr Weg des Kennenlernens war. Ob sie sich in Stockholm bei Ellen Key (wo Selma einen Vortrag gehalten haben soll) das erste Mal trafen oder zuvor eine Korrespondenz über Sophies Übersetzungsmöglichkeiten ins Dänische stattfand. Ich übernehme die Infos aus folgender Biografie: Ulvros, Eva Helen. Sophie Elkan. Hennes liv och vänskapen med Selma Lagerlöf. Historiska Media 2001.

S. 46: Zitat mit der Oblate aus: Grönkvist, Lars. »Ett Landskap, två Landskap, det går som en lek, men tjugofyra …« Brev berättar om Selma Lagerlöfs äventyr med Nils Holgersson. Mårbackastiftelsen 2013. S. 7. Übersetzt von der Autorin.

S. 49: Zitat aus: Du lär mig att bli fri, S. 20. Übersetzt von der Autorin.

Kapitel 3

S. 50: Der Satz »Wunderschöne Frauen …« sowie einzelne Begriffe der Beschreibung von Stockholm stammen aus Lagerlöf, Selma. Nils Holgerssons wunderbare Reise mit den Wildgänsen. Anaconda 2011. S. 460 f. Übersetzt von Mathilde Mann.

S. 52: *Flaumenvögelchen* schrieb Selma tatsächlich nach der Begegnung mit Sophie: Lagerlöf, Selma. Liebesgeschichten. Das Flaumenvögelchen. DTV 2008. S. 7. Übersetzt von Marie Franzos.

S. 59: Die Stelle über den Philosophen Höffding ist sehr frei übersetzt aus: Du lär mig att bli fri, S. 9.

S. 60: Stelle mit »Elektrizität« aus: Du lär mig att bli fri, S. 12.

S. 61: Laut der Biografie von Anna-Karin Palm (Palm, Anna-Karin. »Jag vill sätta världen i rörelse«. Bonniers 2019. S. 19 ff., S. 202 ff. und S. 324 ff.) war Selma am Anfang in Landskrona in Anna Oom sehr verliebt, allerdings ging das über eine heftige Schwärmerei nie hinaus. Valborg Olander hat sie möglicherweise später an Anna erinnert, da sie einen ähnlichen Hintergrund (Beruf, Interessen) hatte.

S. 72: Der Tagtraum von Selma ist ein Hinweis darauf, dass sie in Landskrona bereits die Idee zu *Die Königinnen von Kungahälla* hatte, was sie erst Jahre später beendete und 1899 erschien.

S. 73: Die Biografie von Barbara Thoma ist die einzige, die das Abschneiden der Haare auf diese Erkrankung zurückführt. Thoma, Barbara. Selma Lagerlöf. Von Wildgänsen und wilden Kavalieren. Römerhof 2013. S. 62.

S. 74 f.: Sonett aus: Thoma, Selma Lagerlöf, S. 54.

S. 75: Über die Großmutter: Thoma, Selma Lagerlöf, S. 32.

S. 76: Baronin Carin Sophie Adlersparre (1823–1895), die auch Esselde genannt wurde und als Frauenrechtlerin aktiv war, förderte Selma als Mäzenin, half mit, an ihrem Stil zu feilen, und brachte sie darauf, von der Versform Abstand zu nehmen und *Gösta* als zusammenhängenden Text zu schreiben. Selma widmete der Baronin später die Erzählung *In den Fußstapfen des Riesen.*

S. 78 und S. 79: Zitate aus: Lagerlöf, Selma. Gösta Berling. DTV 1979. Übersetzt von Pauline Klaiber-Gottschau.

S. 78: Name »Lotusblüten« und folgende Definition von hier: http://www.austheos.org.au/indices/LOTBLGHU.HTM und der Textauszug: https://theosophische-gesellschaft.org/N302/aus-yoga-und-christentum-oder-die-geheimlehre-der-christlichen-r.htm (zuletzt abgerufen am 27.04.2021).

S. 80: Der Fragebogen ist aus: Thoma, Selma Lagerlöf, S. 61.

S. 81 f.: Die Schilderung des Traums entstand in Anlehnung an: https://www.projekt-gutenberg.org/lagerloe/silbergr/chap010.html.

Und in Anlehnung an: https://www.projekt-gutenberg.org/lagerloe/unsichtb/chap007.html (beide zuletzt abgerufen am 09.06.2021).

S. 83: Zitat aus Lagerlöf, Gösta Berling, S. 157.

Kapitel 4

S. 84: Selma reiste erst 1899 das erste Mal nach Nääs, ich habe das vorgezogen. Da die beiden sich aber in Göteborg befanden und Nääs nur fünfundzwanzig Kilometer weg liegt, ist meine schriftstellerische Freiheit nur ein kleines Stück weitergeflogen. Eine zweite Reise nach Nääs mit Sophie folgte im Jahr 1903 – Ereignisse von diesen beiden Aufenthalten habe ich hier zusammengefasst.

S. 85: Sophie erzählte ihr im Jahr 1894 tatsächlich eine Familiengeschichte, die später in *Unsichtbare Bande* unter dem Titel *Onkel Ruben* erschien. Die im Roman erwähnte Geschichte *Die Geisterhand* hat Selma unabhängig von Sophie geschrieben, sie erschien 1898 in der Zeitschrift *Idun*.

S. 86: Die Rektorin Josepha Ahnfeldt ließ Selma relativ freie Hand in ihrem Tun als Lehrerin, und es gibt Quellen, die bezeichnen sie als gute Freundin (bei Barbara Thoma steht, dass Selma ihr später zur kärglichen Rente regelmäßig Geld überwies und Josepha bat, nicht darüber zu reden).

Selma wurde tatsächlich von einem Herrn aus dem Vorstand angegangen, dass sie sich auf ihren Lehrerinnenberuf konzentrieren solle. Ich habe den Zwiespalt aus dramaturgischen Gründen mit Josepha vertieft.

S. 87: Oscar Levertin hatte an seinen Freund Verner von Heidenstam geschrieben und ihm *Gösta Berling* angekündigt. Die beiden suchten selbst nach einer neuen literarischen Form, die den Realismus, der die Werke der schwedischen Literatur der 1880er-Jahre dominiert hatte, ablösen sollte, und sprachen dabei von der Heidenstamschen-Levertinschen Ästhetik. Selmas Roman sei so gar nicht eine typische »Damenerzählung« (wie die Werke von Frauen damals herablassend bewertet wurden), sondern vermische Passagen aus billigen Abenteuerromanen mit höchst fantasievollen und poetischen Sätzen. Selma war ihnen offensichtlich zuvorgekommen.

S. 89: Ellen Key (1849–1926) kreuzte immer wieder die Wege von Selma, was daran liegen mochte, dass Ellen eine der wichtigsten Frauenpersönlichkeiten in Schweden darstellte. Von 1883 bis 1903 arbeitete sie als Dozentin am Arbeiterinstitut in Stockholm und war als Rednerin bei den unterschiedlichsten Vereinigungen beliebt. 1900 erschien ihr Buch *Das Jahrhundert des Kindes*, welches an die Ideen von Jean-Jacques Rousseau anknüpfte. Selma verband mit ihr eine Art Hassliebe, da sie in einigen Punkten nicht zusammenkamen, so sah Ellen beispielsweise die Forderung nach der Gleichberechtigung der Frau im Beruf als zu extrem an. Zitat aus: Key, Ellen. Om patriotism. Öppet brev till min vän Verner von Heidenstam. In: Vintergatan 1897. S. 241 f. Übersetzt von der Autorin.

S. 102: Der Ausflug nach Kungahälla fand tatsächlich in einem späteren Jahr statt und beflügelte Selma weiter zu ihrem Werk *Die Königinnen von Kungahälla.*

S. 104: Im Jahr 1895 fragte Selma (nach der Italienreise), ob Sophie mit ihr zusammen nicht ein Adoptivkind haben wolle. Aber Sophie wollte nicht aus Göteborg weg, von der Familie oder von der Mutter. Später wollte Sophie, dass Selma nach Göteborg zu ihr zog, das wollte Selma aber nicht. Selma schlug dann Uppsala vor, aber Sophie fand das zu kalt. Da die monatelangen Reisen zu zweit oft auch anstrengend waren, genossen es die beiden wohl auch, Zeit für sich alleine zu haben.

S. 104: Zitat über die »unglückliche Liebe« aus: Du lär mig att bli fri, S. 19, frei übersetzt und angereichert von der Autorin.

S. 107: Zitat aus: Lagerlöf, Nils Holgersson, S. 168.

Kapitel 5

S. 109: Zitat aus: Lagerlöf, Gösta, S. 67 f.

S. 110: Die Oper mit dem Libretto von Selma wurde erst nach hundertfünfundzwanzig Jahren aufgeführt. https://www.tt.com/artikel/15397722/oper-mit-libretto-von-selma-lagerloef-nach-125-jahren-auf-der-buehne (zuletzt abgerufen am 27.04.2021).

S. 111: Zitat aus *Der Reisekamerad* aus: https://www.projekt-gutenberg.org/andersen/maer-03/chap027.html (zuletzt aufgerufen am 24.05.21). Übersetzt von Pauline Klaiber-Gottschau.

S. 111: Wie hier geschildert, waren Selma und Sophie 1894 das erste Mal auf Visby. Da ich aber keine zeitlich lineare Biografie schreibe, ziehe ich die Ereignisse aus der nächsten Visby-Reise aus dem Jahr 1897 vor.

S. 112: Zitat zum Smörrebröd aus: Wessel, Johan Herman. Kierlighed og Smørrebrød. https://kalliope.org/en/text/wesselsmaaverse3 (zuletzt abgerufen am 27.04.2021). Übersetzt von der Autorin.

S. 112: Seit dem Verlust ihrer Familie hatte Sophie Angst, selbst schwer zu erkranken und zu sterben, kränkelte leicht und besaß viele Medikamente.

S. 113: In Landskrona, wo Selma als Lehrerin arbeitete, waren ihre besten Freundinnen Anna Oom und Elise Malmros. Briefwechsel zwischen diesen Freundinnen: Carlsson, Lena (Hg.). Selma, Anna och Elise: brevväxling mellan Selma Lagerlöf, Anna Oom och Elise Malmros åren 1886–1937. Zwei Bände. Litorina Press 2009 und 2010.

S. 114: Diese Begegnung fand im Mai 1897 statt, und Selma sollte 1912 die autobiografische Schrift *Tavaststjernas letzter Sommer* verfassen, die sie bei ihrer Finnlandreise auch vortrug.

S. 116: Zitat aus Faust: Goethe, Johann Wolfgang von. Goethes Werke.

Hamburger Ausgabe in 14 Bänden. Bd. 3. Christian Wegner Verlag 1967. S. 110.

S. 125: Gedicht von Karl August Tavaststjerna: http://runeberg.org/katformor/0163.html (zuletzt abgerufen am 28. 04. 21). Übersetzt von der Autorin.

S. 126: Graugänse erschienen tatsächlich, und darauf sollte Selma viele Jahre später zurückgreifen, als sie den roten Faden für ihren Roman *Nils Holgersson* suchte.

S. 128 f.: Die zitierte Textstelle und die spätere Anspielung beim Jungfrauenturm bezieht sich auf das Bild *Valdemar Atterdag Holding Visby to Ransom, 1361* von Carl Gustaf Hellqvist.

S. 130: Lied von Anna Maria Lenngren: http://www.deutsche-liebeslyrik.de/europaische_liebeslyrik/lenngren_anna_maria.htm (zuletzt abgerufen am 28. 04. 2021). Übersetzt von Gustave Woldstedt.

S. 132: Sophie hatte die Vorstellung von moralisch einwandfreien Frauen, was der Zeit und ihrer Erziehung geschuldet sein mochte. So sei auch das sexuelle Verhalten vonseiten der Frauen zurückzuhalten. Sophie und Selma diskutierten viel über die Leidenschaft und das Körperliche zwischen ihnen, Selma war anfangs wohl ganz vernarrt in Sophie und versuchte, mit ihren und Sophies Gefühlen und Wünschen umzugehen. Besonders leidenschaftlich war die Visby-Zeit, was aus Briefen hervorgeht.

S. 135: Selma war das fünfte von insgesamt sechs Geschwistern. Der Älteste war Daniel, dann kam Johanna Maria, die aber bereits als Kind starb, Selma lernte sie nie kennen. Drittes Kind war Johan, dann kam die Schwester Anna, die der Liebling der Mutter war und als junge Erwachsene an Tuberkulose starb. Selma war die Nächste, und vier Jahre später folgte Gerda, auch Bess genannt.

S. 138: Das fand drei Jahre später beim zweiten Visby-Besuch statt. Zeitungstext: https://www.a-tempo.de/article.php?i=201812&c=8 (zuletzt abgerufen am 28. 04. 2021).

S. 140 f.: Briefe aus: Lagerlöf, Selma. Mammas Selma. Hg. von Ying Toijer-Nilsson. Albert Bonniers 1998. S. 183 f. und S. 186 f. Übersetzt von der Autorin, gekürzt.

S. 141 f.: Brief aus: Lagerlöf, Mammas Selma, S. 187.

S. 142 f.: Textstelle aus *Jerusalem* II: https://www.projekt-gutenberg.org/lagerloe/jerusal2/chap001.html (zuletzt besucht am 25.05.2021). Übersetzt von Mathilde Mann. Gekürzt, bearbeitet.

S. 143 f.: Aus: Lagerlöf, Selma. Brev 1. 1871–1902. Hg. von Ying Toijer-Nilsson. Gleerup 1967. S. 269. Übersetzt von der Autorin, gekürzt.

S. 144 f.: Levertin, Oscar. Selma Lagerlöf. In: Die Literatur. https://www.projekt-gutenberg.org/levertin/lagerloe/titlepage.html (zuletzt abgerufen am 28.04.2021). Übersetzt von Francis Maro.

Kapitel 6

S. 148: Es gibt verschiedene Quellen und Geschichten, wann sich Selma und Valborg kennengelernt haben, und zu dem Punkt, wie Selma an den Auftrag zu *Nils Holgersson* gekommen ist (einige sagen, dass Valborg die Idee und das in die Wege geleitet hatte). Ich beziehe mich hier auf die Recherche von Lars Grönkvist, der sich auf die Entstehung von Nils Holgersson konzentriert hat.

S. 153 f.: Zu Ellen Keys Zitat siehe Quellenangabe zu S. 46.

S. 157 f.: Die Infos für den Brief an Sophie aus: Lagerlöf, Brev 1, S. 250 ff. Übersetzt und frei verwendet von der Autorin.

S. 162 ff.: Briefinfos aus: Du lär mig att bli fri, S. 24 ff. Übersetzt und umgeschrieben von der Autorin.

S. 162 f.: Die Novellensammlung hieß dann tatsächlich *Aus der Vogelperspektive:* Elkan, Sophie. I fågelperspektiv: Valda noveller. Bonnier 1901.

Kapitel 7

S. 175: Über die Lähmung von Selma gibt es verschiedene Quellen. Laut Selmas Autobiografie *Die Erinnerungen* war sie zuvor mit ihren Geschwistern in einem See baden – hier könnte sie sich mit Kinderlähmung infiziert haben. Andere sagen, es sei psychisch gewesen, da ihre Schwester soeben geboren worden war und all die Aufmerksamkeit auf diese ging. Sollte es tatsächlich die Kinderlähmung gewesen sein, wäre sie somit der erste dokumentierte Fall in Schweden, da die ersten Fälle erst Jahre später erfasst wurden. Übrigens besserte sich ihr Humpeln durch Gymnastik, später Yoga, regelmäßige Kuren und entsprechendes Schuhwerk.

S. 176: Johanne Elisabeth Grundtvig (1856–1945) war eine bekannte dänische Frauenrechtlerin.

1902 erschien europaweit das Buch *Vom neuen Weibe und seiner Liebe* von Elisabeth Dauthendey, die über eine Erotik sprach, die auch von der Frau ausgehen konnte und im besten Fall in einer gleichberechtigten Beziehung stattfand. Nur war die Zeit noch nicht reif dafür.

Ida Mariette Helene Falbe-Hanse (1849–1922) arbeitete u. a. als Lehrerin und Pädagogin, hatte Philologie als erste weibliche Studentin an der Uni abgeschlossen und war als Frauenrechtlerin aktiv. Sie übersetzte zusammen mit Elisabeth Grundtvig Selmas Werke.

S. 181: Selma distanziert sich hier davon, Frauenbeziehungen öffentlich auszuleben, wobei es ihr persönlich vor allem um den Schutz dieser Beziehung ging. Zum anderen musste sie natürlich daran denken, dass in der Öffentlichkeit ihre Bücher anders wahrgenommen werden würden, und da sie nicht nur für sich selbst eine finanzielle Verantwortung trug, bevorzugte sie es, ihr Privatleben unter einem geblümten Deckmantel zu leben.

S. 182: Infos zu diesem Brief aus: Palm, Jag vill sätta världen i rörelse, S. 307 ff.

Kapitel 8

S. 185 ff.: Das Bild, wie sich der Himmel wie eine Kuppel aus grünem Glas wölbt, wurde entnommen aus Nils Holgersson, S. 119. Auch die Statue und die Holzfigur, denen sie nun begegnen werden, und die Bezeichnung »Langlippe« kommen dort später vor. Die Inschrift an der Holzfigur wird übrigens unterschiedlich zitiert, hier aus der genannten Ausgabe, S. 124. Die Stelle, dass die Kinder ihn lieben, ist ebenfalls von dort frei übernommen.

S. 190: Selma porträtiert Sophie und den Belgier Alexis Sluys in: Lagerlöf, Selma. Die Wunder des Antichrist. Nymphenburger 1990. Übersetzt von Pauline Klaiber-Gottschau. Donna Micaela ist Sophie und Gaetano ist der Belgier. Sophie war davon begeistert.

S. 191 ff.: Einen Brief ähnlichen Inhalts schrieb Selma im November 1903 an Valborg, siehe: Lagerlöf, Selma. En riktig författerhustru. Hg. von Ying Toijer-Nilsson. Bonniers 2006. Übersetzt und verändert von der Autorin.

S. 198: Der Berg Kebnekaise und der Berg Akka in Lappland standen Paten für den Namen der Leitgans, Akka von Kebnekaise. Akka bedeutet übrigens auf Samisch so viel wie Alte oder Weise.

S. 201 f.: Das Zitat von der Großmutter stammt aus: Lagerlöf, Selma. Christuslegenden. Anaconda 2014. S. 7. Übersetzt von Marie Franzos.

Kapitel 9

S. 205: Ruth Brandberg war eine ehemalige Schülerin von Selma und die Tochter eines Freundes in Landskrona. Sie wird später den Garten in Mårbacka für Selma gestalten. Info aus: Carlsson, Selma, Anna och Elise, S. 60. Übersetzt von der Autorin.

S. 211: Die Beschreibung, wie die Hütten gebaut wurden, sind aus Nils Holgersson, S. 554 f.

S. 212: Selma und Sophie reisen hier im Norden Schwedens in die Gegenden, die auch bei *Nils Holgersson* vorkommen und durch Briefe und Aufzeichnungen festgehalten sind.

S. 213: Selma spricht der damaligen Zeit gemäß von dem Volk der Lappen, heute nennt man sie Samen. Um der Authentizität zu entsprechen, habe ich es bei der Bezeichnung Lappen belassen, will aber darauf hinweisen, dass diese Bezeichnung überholt ist.

S. 214: Das erste Kind der Stadt Kiruna wurde schon 1899 geboren, aber es ist eine so schöne Geschichte, dass ich sie nun fünf Jahre später stattfinden lasse.

S. 216: »Vuoi ilo, vuoi ilo, du lusa vuolgán« ist samisch und heißt: »Freude, Freude, ich komme zu dir«.

S. 218 f.: Die Beschreibung der Zelte der Samen teilweise abgeändert aus

Nils Holgersson übernommen, S. 566. Ebenso die Infos über die Lappen sowie die Geschichte über das Mädchen.

S. 224 f.: In den Briefen an Olander (In: Mårbacka och Övralid. Minnen av Selma Lagerlöf och Verner von Heidenstam av 41 författare. Lindblads 1941) geht die Reiseroute zuerst nach Gällivare und dann nach Malmberget, aber in den Briefen an Selmas Mutter wird die Strecke in der anderen Reihenfolge erwähnt. Ich habe die letztgenannte Version gewählt.

S. 231: Selma hatte die Idee mit den Zugvögeln eigentlich ein Jahr später, bevor sie mit Sophie nach England und Wales reiste.

S. 232: Zitat aus: Nils Holgersson, S. 307. Die Ideen, die *Nils Holgersson* zugrunde liegen, kann man nur versuchen zu rekonstruieren. Ihre Erzählung über die Hausgans, die sich den Zugvögeln anschloss und wieder nach Hause zurückkehrte, hatte sie bereits zuvor mit dem Titel *Graugänse* in *Wärmländigare* veröffentlicht. Parallel hatte sie von Kipling das *Dschungelbuch* gelesen, sie kannte das Reisevogelmotiv auch von Hans Christian Andersen, und Sophie hatte selbst den Titel *Aus der Vogelperspektive* für eine eigene Novellensammlung verwendet.

Kapitel 10

S. 234: Die Weissagung hat Selma selbst beschrieben in: *Ein Stück Lebensgeschichte* (https://www.projekt-gutenberg.org/lagerloe/lebensge/lebensge.html, zuletzt abgerufen am 08.06.2021). Übersetzt von Marie Franzos.

S. 236: 1884 stieß Selma auf das Buch *Heroes, hero-worship and the heroic in history* von Thomas Carlyle. Diese realen Heldengestalten waren so anders wie alles, was sie bis dahin gelesen hatte. Carlyle stärkte ihr Bewusstsein, dass sie auch Prosa schreiben könnte, worin sie später Sophie Adlersparre bestärken sollte.

S. 242: Nelly Sachs (1891–1970) bekam Selmas Buch zum Geburtstag geschenkt, und es sollte sich ein lebenslanger Briefwechsel zwischen ihnen entwickeln. Nelly konnte mit ihrer Mutter dank Selma aus Deutschland flüchten und sollte später auch den Nobelpreis erhalten.

S. 248: Infos, die in dem Brief vorkommen, stammen aus: Lagerlöf, Selma. Brev 2. 1903–1940. Hg. von Ying Toijer-Nilsson. Gleerup 1969. S. 61 ff., übersetzt von der Autorin.

Kapitel 11

S. 255 f..: Zitat Selmas über Bürokratismus und Politik sowie die Stelle über »Macht haben wie ein Mann« aus: Du lär mig att bli fri, S. 261 ff. Sehr frei übersetzt von der Autorin.

S. 256: Info über die Faluner Petition aus: Du lär mig att bli fri, S. 267. Übersetzt von der Autorin.

S. 256: Die Farbfotos tauchten erst zwei Monate später in den Zeitungen auf, ich habe es vorgezogen.

S. 261: Satz über den »hässlichen Bauernjungen« aus: Du lär mig att bli fri, S. 297. Übersetzt von der Autorin.

S. 262: Tante Lovisa war vor der Reise gestorben, im April, da fanden auch die Beerdigung statt und Selmas Rückkehr nach Mårbacka. Aber ich wollte das Kapitel natürlich mit Nils beginnen lassen.

S. 262: Stelle über den See, zitiert nach Lagerlöf, Gösta, S. 25 f.

S. 263: Stelle mit der Emterviks Kirche aus: Du lär mig att bli fri, S. 298. Übersetzt von der Autorin.

S. 264: Stelle mit der verarmten, elendigen Mutter aus: Du lär mig att bli fri, S. 299. Übersetzt von der Autorin.

S. 264: Info über den Zustand des Hofes aus: Petré, Maja. Selma Lagerlöf und ihr Heim Mårbacka. Bonniers 1958. S. 352.

S. 266: Anfangs diente Mårbacka als Sommerhaus, aber als der Lagerlöfsgården in Falun umgebaut wurde, zog Selma mit ihrer Mutter ganz nach Mårbacka, und ab 1911 waren sie komplett dort vor Ort.

S. 268 f.: Die Erzählung *Der Luftballon* ist aus Lagerlöf, Selma. Der Luftballon. DTV 1986. S. 84 ff. Übersetzt von Marie Franzos.

S. 272: Zitat aus: Thoma, Selma Lagerlöf, S. 195.

Kapitel 12

S. 274: Kapiteltitel ist ein Zitat aus dem Märchen *Das hässliche Entlein* von Hans Christian Andersen.

S. 279 f.: Der Satz: »Die Einfachheit und Reinheit, die Schönheit des Stils und die Kraft der Einbildung durchdringen« ist zitiert nach: Nobelpreisträgerinnen für Literatur 1909–1945. Selma Lagerlöf – die erste Nobelpreisträgerin. http://wwwalt.phil-fak.uni-duesseldorf.de/frauenarchiv/npt_neu/lagerloef.html (zuletzt aufgerufen am 06. 05. 2021).

Der Satz über Nobel stammt von der Autorin.

S. 282: Die Nobelpreisrede wird zitiert nach https://www.nobelprize.org/prizes/literature/1909/lagerlof/25541-selma-lagerlof-banquet-speech-1909/ (zuletzt aufgerufen am 06. 05. 21). Übersetzt von der Autorin.

S. 285: Liedtext: https://svenskadikter.com/Ack_V%c3%a4rmeland,_du_sk%c3%b6na, (zuletzt aufgerufen am 06. 05. 2021). Übersetzt von der Autorin.

S. 293 f.: Die Infos aus dem Brief von Sophie an Selma sind aus: Du lär mig att bli fri, S. 336. Übersetzt und stark abgeändert von der Autorin.

S. 295 ff.: Im Jahr 1911 hielt Selma die Rede *Heim und Staat. Eine Rede,* die sie im Bonnier Verlag drucken ließ. Info hier: https://www.e-periodica.ch/cntmng?type=pdf&pid=frb-001:1911:0::75 (zuletzt abgerufen am 06. 05. 2021). Die weiteren Ereignisse fanden in den Jahren danach statt, die Bäderkur und die Reise mit Sophie nach Italien und Frankreich 1913.

Seit 1910 hatte sich das Dreiecksverhältnis tatsächlich so entwickelt, dass sich Sophie und Valborg Selma »teilten«, was mal besser, mal schlechter funktionierte. Ab 1912 lebte Selma fast ausschließlich auf Mårbacka.

1914 wurde Selma als erste Frau in die Schwedische Akademie aufgenommen, erhielt im Laufe ihres Lebens den Ehrendoktor von drei Universitäten verliehen, und Frankreich zeichnete sie mit dem Ritter der Ehrenlegion aus.

Kapitel 13

S. 303 f.: Sophie starb wohl an einem Herzanfall in Göteborg. Selma hatte sie ein paar Wochen zuvor noch besucht.

S. 305: Die Grabesrede ist aus: Thoma, Selma Lagerlöf, S. 135 f.

Kapitel 14

S. 306: Der erste Kontakt mit dem Architekten fand schon früher statt, aber der Umbau fing erst 1921 an und dauerte bis 1923.

S. 307: Die Stelle mit dem »Ungeheuer« ist aus: Lagerlöf, Die Erinnerungen, S. 290.

S. 308: Selma sagte über Sophie, sie habe »intensiv gelebt«. Aus: Lagerlöf, En riktig författerhustru, S. 156. Übersetzt und stark verändert von der Autorin.

S. 309: Die Stelle mit dem Wahrsager stammt aus: Lagerlöf, Ein Stück Lebensgeschichte.

S. 309 f.: Infos zu Sophies Tod aus: Ulvros, Sophie Elkan.

S. 310: Selma blieb von Krankheiten, Depressionen und Schreibblockaden nicht verschont. 1911 hatte sie wohl so etwas wie eine Depression, nachdem ihre Tante Nana gestorben war, wie auch der Tod der Tante Lovisa und der ihrer Mutter sie in tiefe Trauer stürzten und die Umstände des Krieges sie zu lähmen schienen.

S. 313 f.: Lagerlöf, Selma. Der dienstbare Geist. In: Von Trollen und Menschen. Anaconda 2020. Übersetzt von Marie Franzos.

S. 315: Selmas Postkartentext an Nelly Sachs: https://www.deutschlandfunkkultur.de/ueber-die-literaturnobelpreistraegerin-nelly-sachs-diese.1024.de.html?dram:article_id=476188 (zuletzt aufgerufen am 07.05.2021).

Als Nelly Sachs aus Deutschland flüchtete, hatte sie diese Postkarte dabei und nutzte sie dazu, um ihre Beziehung zu Selma glaubhaft zu machen, das ermöglichte ihr mit die Flucht. Als Nelly und ihre Mutter in Schweden ankamen, war Selma leider schon gestorben.

S. 315: Selma lernte Ida Bäckmann (1867–1950) in Stockholm bei der

Eröffnungsrede des Internationalen Frauenwahlrechtskongresses kennen. Selma ermutigte sie dazu, Bücher über ihre Kindheit zu schreiben, was Ida auch tat. Nach Selmas Tod veröffentlichte sie eine zweibändige Biografie über Selma. Selma kaufte sich 1923 übrigens tatsächlich ein Automobil.

S. 323: Das Zitat ist aus: Lagerlöf, Gösta Berling.

Kapitel 15

S. 324: Im Januar 1928 starb Selmas Bruder Daniel. In diesem Jahr erschien auch Selmas letzter Roman, *Anna Svärd.*

S. 325: Als Selma Hilda Eleonora Henriette Dorotée Amelie Coyet (1859–1941) traf, war Valborg wohl krank zu Hause gelegen. Ich wollte aber herausstellen, wie aktiv Valborg in Sachen Frauenfragen noch immer war.

S. 326: Im Nachlass von Henriette Coyet liegt eins von Selmas Notizbüchern, das man hier online anschauen kann: https://libris.kb.se/bib/19748431 (zuletzt abgerufen am 07.05.2021).

Einige Infos stammen von hier: www.skbl.se/sv/artikel/Henriette-Coyet, Svenskt kvinnobiografiskt lexikon (zuletzt abgerufen am 07.05.2021).

S. 330 f.: Seit 1925 ließ sie Hafermehl in der Mühle der Nachbarn herstellen und rettete ihnen damit ihr Auskommen. Die Infos über die Hafermehlproduktion stammen aus: Thoma, Selma Lagerlöf, S. 222.

S. 333 f.: Einige Infos aus dem fiktiven Brief an Henriette Coyet stammen aus: Petré, Selma Lagerlöf, S. 60.

S. 335: Brief aus: Lagerlöf, Brev 2, S. 366. Übersetzt von der Autorin.

Kapitel 16

S. 336 ff.: Elin Wägner (1882–1949), die als Journalistin und Autorin gearbeitet hat, war ab 1944 Mitglied der Schwedischen Akademie. Sie bekam nach dem Tod von Selma den Auftrag, eine Biografie über sie zu schreiben. Sie hatte Selma tatsächlich schon einige Male zuvor ge-

troffen und auch interviewt – wo diese Interviews stattgefunden haben und über welche Themen, ist mir nicht erhalten.
Zitate, die in diesem Interview vorkommen, stammen aus Petré, Selma Lagerlöf, S. 61. Übersetzt von Walther Beyer.

S. 339: Nils zog mit seiner Familie wieder in die USA zurück, wo er auch 1985 starb. Seinen Grabstein ziert eine Figur von Nils Holgersson.

S. 341: Frau Harlan kam im Juni 1939 zu Selma. Ich habe das zusammengezogen mit den letzten Wochen vor Selmas Tod.

Literaturübersicht

Weitere verwendete Werke,
die nicht in den Quellenangaben
genannt wurden:

Datenbanken / Texte von Selma Lagerlöf auf Deutsch und Schwedisch:
https://www.projekt-gutenberg.org/
https://litteraturbanken.se/

Sekundärliteratur (Auszug):

Bäckmann, Ida. Mitt Liv med Selma Lagerlöf. 2 Bände. Norden 1944.

Brunius, Jan. Mårbacka, Selma Lagerlöf-Sällskapet skrifter 1963.

Carlsson, Lena. Fröken Selma. Litorina Press AB 2019.

Edström, Vivi (Hg.). Selma Lagerlöf och bildkonsten. Selma Lagerlöf-Sällskapet 1989.

Edström, Vivi. Selma Lagerlöf. Natur och Kultur 1991.

Ljung Svensson, Ann-Sofie. Jordens Dotter. Makadam 2011.

Müller, Katharina. Autorenlesungen in Skandinavien um 1900. Ergon 2018.

Nilsson, Matts. Alma på Mårbacka. Votum & Gullers Förlag 2014. Väpnargård, Marian. Käraste Selma Lagerlöf, Libris 1993.

Olander, Valborg. Mårbackablomster. Bonniers 1933.

Rüster, Reijo und Westman, Lars. Selma på Mårbacka. Bonniers 2000.

Schwieder, Sabine und Wolfram. Wunderbare Reise durch Schweden. Auf den Spuren von Nils Holgersson. Nymphenburger 2006.

Steinfeld, Thomas. Selma Lagerlöf. Deutscher Kunstverlag 2015.

Vrieze, F. S. Fact and Fiction in the Autobiographical Works of Selma Lagerlöf. Van Gorcum & Comp 1957.

Wägner, Elin. Selma Lagerlöf. Stockholm 1954.

Wolandt, Holger. Selma Lagerlöf: Värmland und die Welt. Eine Biografie. Urachhaus 2015.

Wunderbare Reise … Materialien zur Rezeption des Werkes Selma Lagerlöfs in Deutschland. Eine Ausstellung in der Universitätsbibliothek Marburg 1998.

Sammlung von Filmen mit Selma auf Schwedisch: https://www.filmarkivet.se/sokresultat/?q=selma+lagerl%C3%B6f (zuletzt abgerufen am 08.05.21).

Copyrightvermerke der verwendeten Zitate